rowohlt
BERLIN

Für Talah Rose Ari,
dies ist ihre Geschichte

LINDA GRANT

DIE TROTZIGE SCHÖNHEIT DER WELT

ROMAN

Aus dem Englischen
von Brigitte Jakobeit

ROWOHLT · BERLIN

Die Originalausgabe erschien 2023 unter dem Titel «The Story of the Forest» bei Virago Press, London.

Deutsche Erstausgabe
Veröffentlicht im Rowohlt · Berlin Verlag,
Dezember 2023

Satz aus der PS Fournier Std
bei Dörlemann Satz, Lemförde
Druck und Bindung GGP Media
GmbH, Pößneck
ISBN 978-3-7371-0189-9

Die Rowohlt Verlage haben sich zu einer nachhaltigen Buchproduktion verpflichtet. Gemeinsam mit unseren Partnern und Lieferanten setzen wir uns für eine klimaneutrale Buchproduktion ein, die den Erwerb von Klimazertifikaten zur Kompensation des CO_2-Ausstoßes einschließt. Weitere Informationen finden Sie unter www.klimaneutralerverlag.de

FSC www.fsc.org
MIX
Papier | Fördert gute Waldnutzung
FSC® C014496

«Mach dir keine Sorgen um mich.
Schreibe als Nächstes über die trotzige
Schönheit des Lebens, die allen
menschlichen Dummheiten standhält.»

DEBORAH ORR 1962 – 2019

TEIL I

1

Vor langer Zeit im alten Lettland: Ein Mädchen geht mit einem Korb aus der Stadt in den Wald, um Pilze zu sammeln wie ein Kind in einem Märchen.

Sie heißt Mina Mendel, gerade vierzehn Jahre alt geworden.

Ihr steht etwas bevor, aber davon weiß sie nichts. Märchen fangen an, wenn sich jemand auf eine Reise begibt; dann bahnt sich eine Geschichte an mit einem Anfang, einer Mitte und einem zufriedenstellenden Schluss mit einer Heirat und der Niederlage aller Feinde. Es herrscht Frieden, das Glück kehrt wieder ein, Unrecht ist behoben. Zugegeben, solche Mythen und Legenden handeln gewöhnlich von jungen Männern, die sich auf Heldentaten und Abenteuer einlassen, doch in diesem Fall ist es ein jüdisches Mädchen mit lockigem Haar, das seinen Korb nimmt, aus dem Haus tritt und zielstrebig die Straßen entlanggeht, bis die Stadt hinter ihm liegt.

Im Wald gelten andere Regeln als in der Stadt. Angeblich leben dort Urgeschöpfe der Vorzivilisation – Geistertiere und archaische Wesen, die heute nur noch im Volksglauben existieren. Mindestens Wölfe. Im Schatten des sonnengesprenkelten Blätterdachs schlängelt sie sich zwischen den Bäumen hindurch, entdeckt vielversprechende Pilze, pflückt die dicken Kappen am Stiel aus der feuchten Erde und hört Gesang in der Ferne. Die Musik ist nicht unheimlich oder übernatürlich, es sind eher harsche Laute aus der menschlichen Kehle. Für Mina klingen sie wie Trinklieder, und die Sänger klingen betrunken.

Junge Mädchen tun gut daran, sich vor Betrunkenen zu fürchten, es kann nicht gut enden. Die junge Mina ist klug genug, um diese grundlegende Wahrheit zu kennen. Ihr Vater trägt die Verantwortung, die Familie vor dem bösen Blick zu schützen, der nicht nur in übernatürlichen Formen auftritt, sondern auch in lauten Tavernen, auf der Straße und in Gestalt von Antisemiten, die auf handgefertigten Ledersätteln sitzend von einem Quartett klappernder Hufe vorwärtsgetragen werden. Sie hat von Rauschzuständen gehört, die Männer in Tiere verwandeln, den Verstand benebeln und sie taumeln, stürzen und kotzen lassen. Betrunkene sind lächerlich und verachtenswert, ordinär, unsauber. Ihre Gesichter und ihre Kleidung verströmen den Gestank nach Fusel. Betrunkene kennen keine Grenzen, weil ihr moralisches Zentrum versagt und nichts bleibt als Brutalität. Am schlimmsten sind Betrunkene, die Kreuze tragen. Sie sind schlimmer als echte Wölfe, ihr Hunger nach Blut ist unstillbar. Und Christen sind die natürlichen Jäger der Juden, die bekanntermaßen keine Jäger sind.

Während Mina allein und schutzlos über Baumwurzeln stolpert, spürt sie das zittrige Gefühl von Gefahr. Die Männer könnten ihr Gewalt antun und sie umbringen, dann würde ihr Körper von wilden Tieren gefressen, und auf der moosigen Erde blieben nur ein verstreutes Schlüsselbein, ein Becken und ein Oberschenkelknochen übrig. Es gibt jeden Grund, Angst zu haben, denkt sie, die werden mich in Stücke reißen. Ach! Ich werde meine Eltern nie wiedersehen, und alles nur wegen eines Korbs voll Pilze. Was habe ich mir bloß gedacht? Ich könnte mich ohrfeigen, bis meine Wangen rot sind und – aber halt, was singen sie da eigentlich?

Es gibt einen Punkt, an dem geht man weiter, oder man kehrt um, man muss sich entscheiden, darf nicht wie angewurzelt stehen bleiben. Täte man das, würde die Zeit einfrieren, und die Geschichte wäre zu Ende. Also geht Mina in Richtung der Stimmen. Und alles beginnt.

Der Gesang hielt inne. Die Welt hielt inne. Sie hörte den Wind in den Bäumen, die sich biegenden Äste und überall Vogelgezwitscher, nachdem die rauen Stimmen verstummt waren. Sie spürte eine ungeheure Anspannung. Die Luft vibrierte, oder war sie es, die zitterte? Jugendliche Gesichter drehten sich um und starrten auf das junge Mädchen, das sich ihnen mit stetem, entschlossenem Schritt näherte. Sie sahen das um ihr Haar gebundene himbeerfarbene Tuch, das schlichte graue Wollkleid, unter dem sich die ersten Kurven an den richtigen Stellen zeigten. Ein gewöhnliches Mädchen von, so würden sie es nennen, semitischem Äußeren – die etwas groben Züge, die klumpige Nase, das rabenschwarze Haar, die dunklen Augen.

Beim Anblick des Mädchens ging den Jungen Verschiedenes durch den Sinn. Einige empfanden eine plötzliche Begierde, andere ein eher ästhetisches Wohlgefallen an ihrem gesunden, jungen Aussehen und dem rosigen Teint, das Vorspiel von Lust. Bei manchen regte sich schlichte Neugierde, Fragen, wer sie war, was sie dort wollte, und der Gedanke, dass man sich hüten musste vor Spionen und Häschern der Polizei. Einer musste an seine Cousine denken, die an Diphtherie gestorben war, was traurige Erinnerungen auslöste, und er beschloss, dass seine halbstarken Freunde sie nicht anrühren durften.

Die Jungen verständigten sich mit Blicken, und nach einigem Geflüster, gefolgt von stillem Einvernehmen, fingen sie an, mit den Stiefeln zu stampfen, sie lächelten und gestikulierten freundlich, und der mit der toten Cousine trat vor und befreite sie (für seine Verhältnisse) sanft von ihrem Pilzkorb, nahm sie an die Hand und führte sie in die Mitte der Gruppe. Sie fragten nach ihrem Namen und stellten sich selbst vor, einige nannten sogar ihr Alter. Der Jüngste war siebzehn, der Älteste dreiundzwanzig. Nachdem diese peinlichen Formalitäten erledigt waren, fragten die Jungen, was sie im Wald suchte, woher sie kam, war sie allein, wussten ihre Eltern, dass sie ohne Begleitung durch den Wald spazierte, hatte sie denn keine Angst, und wollte sie vielleicht nach Hause gebracht werden? Als sie sich ein Bild von ihr gemacht hatten und sicher waren, dass sie nur ein harmloses junges Mädchen und keine Spionin war, weihten sie Mina in ihr Geheimnis ein. Sie trafen sich nicht im Wald, um wie sie Pilze zu sammeln, sondern um in der Schönheit der Natur Zuflucht zu finden vor einer feindseligen Gesellschaft, ohne gesehen und belauscht zu werden.

«Wir sind Bolschewiki!», erklärten sie. «Vertreter der kommenden Revolution.»

Wovon redeten sie? Mina hatte keine Ahnung, hatte noch nie von Bolschewiken gehört. Sie war die Tochter eines Mehlhändlers, eines Geschäftsmannes. Sie lebte in einem schönen Haus, ihre Mutter hatte Dienstmädchen, die ihr im Haushalt bei allem halfen. Mina ging zur Schule und lernte die Grundlagen der Mathematik, Geschichte und Geografie, aber über Revolution hatte man sie nichts gelehrt. Ob es mit dem Auf- und Untergehen der Sonne zu tun hatte? Sie versuchte, ein kluges Gesicht aufzusetzen, nickte und lächelte, als wären ihr solche Themen vertraut, als wären Bolschewiken etwas, das man frisch aus dem Ofen mit Butter und einem Klacks Honig zum Tee aß.

Ihr Korb stand unter einem Baum. Die Jungen erhoben ihre Stimmen zu einem unbekannten Lied, an dessen Melodie sich Mina jedoch vage erinnerte. Die Töne wirbelten um sie her, es war mitreißend und erregend. Dann verstummten die Stimmen abermals, und sie fingen an zu reden.

Nach ein paar Minuten heruntergeleierter Vorträge über Politikwissenschaft und aktuelle lettische Geschichte forderte einer der Jungen sie zum Tanzen auf. Mina fand das in Ordnung; sie hatte kapiert, dass sie sich Gedanken über hochtrabende Dinge machten, und das erinnerte sie an ihren wissbegierigen Bruder Jossel, mit dem sie dieser Sache später auf den Grund gehen würde, denn wenn er nicht über Bolschewiken Bescheid wüsste, dann niemand. Außerdem würden sie beim Tanzen aufhören mit ihrem Gerede über Arbeit und Kapital und dieses und jenes, das sie schon nach einer Minute vergessen hatte. Also nahm sie die ausgestreckte Hand eines jungen Mannes, der sie an der Hüfte packte und anfing, sie stampfend und brüllend umherzuwirbeln. Sie schwitzte unter den Armen, ihre Schenkel waren glitschig vor Hitze. Sie leckte sich die Schweißperlen unter der Nase ab.

Die jungen Männer mochten Ausgestoßene und Spinner sein, aber ihr Anblick, ihre Freude und ihr Humor ließen in Mina eine Saite anklingen – ein Bronzeklöppel, der gegen einen Essensgong schlug. Sie atmete eine neue Art von Sauerstoff, die starke chemische Mischung der Freiheit. *Fraj, fraj!*, dachte das Mädchen, eine gute jüdische Tochter, dazu bestimmt, eine gute jüdische Ehefrau und Mutter zu werden. Während sie unter den Bäumen frohlockte, spürte sie, wie sich etwas in ihr verschob, ein Mechanismus in ihrem Innern, der die Zeit wie eine billige Uhr in Richtung früher Ehe ablaufen und sie zu einer Kopie der bleichen mehligen Gestalt ihrer Mutter werden ließ. Und wer wollte schon wie ihre Mutter sein, diese schweigsame, traurige, verbitterte Frau, die kein eigenes Licht verströmte? Die schwache Ausstrahlung, die sie gehabt haben mochte, war vor langer Zeit verschwunden, in einem Innenleben verborgen, von dem nichts nach außen drang.

Was Mina jetzt ermutigte, war die Aussicht auf etwas vollkommen anderes als die Räume voller Verwandten, die zu schwer schnauften, und der Geruch nach fettigem Essen, der Mief der *Schul* – der Anblick der gebeugten Männerköpfe beim Beten, der sich ihr aus der abgetrennten Galerie für die Frauen bot. Zu Hause war alles umschlossen, alles fand innen statt. Mit ihrem abgedeckten Korb, ihrem Umhang und ihrem Kopftuch erinnerte sie vielleicht an Rotkäppchen und die Jungen an Wölfe im Schafspelz, doch hier unter den Bäumen bei den gut aussehenden jungen Männern mit ihren stampfenden Stiefeln und wilden Blicken gab es keinen, der ihr Vorschriften machte. Und das hieß, dass alles möglich war. Darum ging es doch eigentlich. Ihr standen alle Möglichkeiten offen in einer Zeit, in der nichts möglich war, es sei denn, sie lebte so wie ihre Mutter und deren Mutter und so fort bis zurück zu den Anfängen der Geschichte. In der Bibel gab es keine Prophetinnen, und die einzigen Frauen, die etwas Reizvolles machten, waren Königinnen. Zum Beispiel Esther, die in eine babylonische Königsfamilie einheiratete und der Verfolgung ihres Volkes durch ihre klugen Tricks ein Ende setzte. Aber meistens hieß es nur Mutter von, Mutter von, Mutter von, Frau von, Frau von, Frau von ...

Sie verbrachte ein paar Stunden im Wald, tanzte und sang und redete. Ob sie zur Bourgeoisie oder zum Proletariat gehöre, wollten sie wissen. Stand sie auf der Seite der Kapitalisten oder der Arbeiter? Diese Fragen zwangen sie, über ihren Vater und sein Mehlgeschäft nachzudenken, darüber, inwieweit er ein Ausbeuter war. Beutete ihre Mutter die jungen Dienstmädchen aus? Sollten sie nicht in ihre Dörfer zurückgeschickt werden und die Kinder ihre Betten selber machen? Aber was würde dann aus den beiden bescheidenen, fleißigen Mädchen werden? Sollten sie in Ermangelung von Arbeit verhungern? Solche naiven Fragen wurden entschieden und zugleich zuversichtlich diskutiert. Die Dienstmädchen würden anspruchsvollere Arbeit bekommen, als die dreckige Wäsche der Bourgeoisie herumzuschleppen, sie würden in Fabriken arbeiten gehen und nützliche Waren zum Wohl der ganzen Menschheit produzieren. Sie würden an der großen Elektrifizierung des Landes teilhaben, nie mehr schmutziges Gas und Talgkerzen. Mina schien das grundsätzlich in Ordnung, die Kameradschaft in der Werkhalle, alle ziehen an einem Strang, kein Dienern und Katzbuckeln vor irgendwelchen Vorgesetzten. Brot würde in großen industrialisierten Anlagen hergestellt, Millionen von Laiben, die jeden Tag das Volk ernährten. Was für ein schöner Traum, dachte sie. Vielleicht war es ja machbar. Allein die Vorstellung, sinnierte sie, als sie am Abend im Bett lag. Ich hatte ja keine Ahnung.

Die Jungen gaben sich alle Mühe, sich wie Gentlemen zu benehmen, argumentierten mit Vernunft und nicht mit Drohungen, weil sie hofften, Mina ein zweites Mal zu sehen. Sie war nicht gerade eine Schönheit, aber mit ihren vierzehn Jahren und den üppigen schwarzen Locken wohltuend attraktiv: kräftig gebaut, mit einer festen hübschen Taille und breiten Hüften, dazu ein offenes, freundliches Gesicht. Schon als Säugling hatte ihre Tante sie angeschaut und gesagt: «Die hat es faustdick hinter den

Ohren!» Sie wirkte geschmeidig und sinnlich, wie sie da mit dem schimmernden Schweißbärtchen auf der Oberlippe und der glänzenden Stirn unter den Bäumen tanzte. Die Jungen spürten ein gewaltiges Ziehen im Schritt. Ihre Unterhosen, sofern sie sich ein so luxuriöses Kleidungsstück leisten konnten, wurden langsam eng.

Schließlich riss sich Mina von den Tänzern los und rannte nach Hause, aufgeregt, außer Atem und mit einem schlechten Gewissen. Sie fragte sich, ob sie glücklich davongekommen war, weil die Männerhände sie nicht malträtiert hatten, und ob sie in der geheimen Bruderschaft willkommen war. Sie wusste nur, dass sie Spaß gehabt hatte. Sie fühlte sich hingezogen zu diesen kräftigen Gestalten, die offenbar über einen Code verfügten, geheime Zeichen, die das Tor zu einem anderen Leben öffneten. Sie verstand nicht viel von dem, was sie sagten, aber allein wie sie es sagten, genügte schon.

2

Nach ihrer Rückkehr aus dem Wald – den Korb hatte sie vergessen, er lag umgedreht und verlassen unter einem Baum, denn schon beim ersten Tanz hatte sie den Gedanken an Pilze aufgegeben – wartete sie, bis ihr Bruder Jossel ansprechbar war. Jossel war der Intellektuelle der Familie, der Älteste der fünf lebenden Geschwister. Mit ihm besprach man Angelegenheiten, die nichts mit dem täglichen Bodenwischen und Backen zu tun hatten. Das Haus war ziemlich groß, aber voller Menschen – Eltern, Brüder und Schwestern, Dienstboten. Nicht zu vergessen der Teufel Itzik, sechzehn Jahre alt und ein Quälgeist. Er lauschte gern und stemmte mit den bloßen Händen Mehlsäcke auf und ab, auf und ab – und wozu? Um seine spärlichen Kräfte zu steigern. Ein hinterhältiger, verschlossener Junge, der in der Familie als Unruhestifter bekannt war und für den Mina und Jossel wenig übrighatten, als wäre er nicht Fleisch von ihrem Fleisch und Blut von ihrem Blut. «Er ist keiner von uns», sagte Jossel. «Die bösen Geister haben ihn ins Haus gebracht.»

Zwischen Jossel und Itzik klaffte eine Lücke von vier Jahren. Ein fehlender Platz am Tisch, ein Junge, dessen Name nie erwähnt wurde. In der Nacht hatte er starkes Fieber bekommen, einen steifen Hals, Kopfschmerzen. Am nächsten Tag lag er wie eine Marmorstatue im Bett, das er sich mit seinem älteren Bruder teilte. Jossel hatte immer das Gefühl, dass auf seiner rechten Seite etwas fehlte, jemand, der den Raum zwischen ihm und der Wand ausfüllte. Aber er war zu jung, um sich an den Namen seines Bruders zu erinnern. Man brachte ihm einen anderen Bruder, Itzik, der sich rot und schreiend in den Armen seiner Mutter wand, wütend darüber, so dachte Jossel, dass er ein Ersatz sein musste, wütend, dass er überhaupt geboren war. Seine Geburt war schwierig gewesen, etwas war schiefgelaufen, der Arzt wurde geholt. Aber Itzik wurde gerettet, er hatte Rattenaugen in einem menschlichen Gesicht. Irgendwie konnte er nicht richtig blinzeln.

Als Nächstes kam Mina, dann Rivka. Die Hübsche mit einem dunklen Zopf aus glänzendem Haar, das niedliche Mädchen, die feminine Seele. Einmal, als sie weinend auf der Treppe stand, weil ihr Püppchen heruntergefallen war und kaputt und zerdrückt unten auf den Fliesen lag, sagte Jossel: «Ich geh und hol sie dir, keine Sorge, ihr ist nichts passiert.» Aber Mund und Nase der Puppe waren eingedrückt, und Rivka stieß einen schmerzerfüllten Schrei aus, Tränen stiegen ihr in die Augen, und so ging Jossel mit ihr eine neue kaufen. Sie suchte sich eine mit blondem Haar und einer blauen Schleife aus wie Sonne und Himmel. Die perfekte Unschuld.

Jossel erzählte nie jemandem, dass er Rivka am meisten liebte. Er hätte seine eigene Tochter nach ihr benannt, aber es brachte Unglück, Kinder nach lebenden Verwandten zu nennen. Und Rivka lebte noch, als seine Tochter Bernice geboren wurde. Rivka war ein Schatz; wäre sie zum Film gegangen, hätte die Welt sie ins Herz geschlossen. Wenn ihr Haar nicht geflochten war, hing es in glänzenden Locken herab, ganz anders als Minas krauser, drahtiger Haarschopf. Der Tod ihrer Puppe war die größte Tragödie ihres kindlichen Lebens, und der Kauf einer neuen bewies, dass Wiedergeburt möglich war, der Geist des alten Püppchens lebte in dem neuen fort. Das sagte sie, als sie mit Jossel die Straße überquerte. «Du hast eine mystische Veranlagung», erwiderte er.

Wie konnte sie so anders sein als ihr schrecklicher Bruder? Sie war der Augenstern der Familie Mendel, der leuchtende Faden, der den Weg in die Zukunft erhellte.

Als letzte von sechs Lebend- und zwei Fehlgeburten kam Solly aus dem Schoß von Dora Mendel, das Baby, als kleiner fünfjähriger Junge war er robust und ungestüm, wie Jungs sein sollten, und konfrontierte die Welt ständig mit der Frage, *warum*. Warum steht der Mond am Himmel? («Mond, geh weg!») Warum ist Mehl weiß? Warum hat Papa Haare auf dem Gesicht und meins ist glatt wie Mamas? Warum haben Pferde vier Beine und Menschen nur zwei? Warum haben Katzen und Hunde keine Hände? Und, unbeantwortbar, warum gibt es Ecken?

Jossel und Mina waren nicht begeistert von Solly und seinem unaufhörlichen Geplapper; hätten sie damals im Zeitalter von Lautstärkereglern gelebt, dann hätten sie ihm mit einer Geste den Ton abgedreht. Er lief ihnen vor die Füße, sie stolperten über ihn, er kam mit vollem Karacho um die Ecke gesaust und johlte vor Vergnügen. Er lernte Schimpfwörter, die er auf der Straße aufschnappte. Als Jossel sich im späteren Leben an sie alle erinnerte, sagte er: «Rivka war die Schönheit, Itzik das Biest. Solly war ein unbeschwertes Kind, das alle Zeit der Welt hatte, um erwachsen und ein Prinz unter Männern zu werden, und wenn nicht ein Prinz, dann ein *Macher*, eine große Nummer. Einer, der Dinge ermöglichte. Ein Besserwisser. Ich weiß nicht, warum, er kam schon so auf die Welt. Es war sein Naturell, ständig in Schwierigkeiten zu geraten, er konnte nicht die Klappe halten, aber er brachte alle zum Lachen. Itzik, der kleine Fiesling, war das Gegenteil. Er merkte sich, was andere sagten, und hob es sich für später auf. Er sammelte Meinungen, leichtfertig geäußerte Gedanken, schlechte Witze, unsensible Bemerkungen und geheim gehaltene Gefühle, die irgendwie doch nach außen drangen. Ich will ihn nicht niedermachen und schlecht über eine verlorene Seele reden, er konnte nicht anders, er hatte nie eine Wahl, er steckte in diesem kleinen, gedrungenen Körper fest. Ich würde ihm jede Chance auf Glück wünschen, wenn er uns nicht so vieles angetan hätte.»

Wer ein vertrauliches Gespräch führt, muss damit rechnen, unterbrochen zu werden. Jossel und Mina saßen auf der Treppe, und Itzik hing über dem Geländer und versuchte mitzuhören. Rivka ließ sich auf Minas Knie plumpsen und wurde aufgefordert, zu gehen und mit ihren Puppen zu spielen. Der Vater war irgendwo im Haus, außer Hörweite, die Mutter fühlte sich nicht wohl und lag im Bett, wahrscheinlich wieder schwanger, dachte Mina voller Verachtung und ohne Ehrfurcht vor der Tatsache, dass diese Person einen anderen Menschen aus ihrem eigenen Fleisch hervorbringen konnte.

Auf der Treppe sprudelten die Ereignisse des Nachmittags unter Gekicher und Fragen aus Mina hervor. Jossel sagte: «Vergiss die Elektrifizierung der Industrie, haben sie dich angefasst?» Mina bejahte, aber bestimmt nicht so, wie er dachte, er könne beruhigt sein, nur ein Arm um ihre Taille, sie hatten nur getanzt und gesungen. Sie schwor beim Leben ihres Vaters, dass sie die Wahrheit sagte.

Er hatte nicht damit gerechnet, etwas über Bolschewiken zu hören. Seine Schwester erinnerte ihn an ein Kätzchen, das manchmal ein Büschel Katzenminze fand und dann für kurze Zeit verrücktspielte.

«Was hat dir denn an ihnen gefallen?», fragte er.

«Nur das Singen und Tanzen. Normalerweise erlebt man das nur bei Hochzeiten, nicht draußen in der Natur.»

«Waren sie gute Sänger?»

«Na ja. Kantoren waren sie nicht gerade, einige konnten die Melodie nicht halten. Aber kräftige Stimmen. Sehr laut.»

«Männlich?»

«Auch das.»

Mina dachte an die rötlichen Härchen auf den Armen eines Jungen und die raue helle Haut darunter, an seine Hand auf ihrem Rücken. Ein anderer hatte weißblondes Haar wie ... Sie suchte nach einer Metapher, aber ihr fiel nur ein Weizenfeld unter der Mittagssonne ein. (Sie war keine Dichterin, so originell war ihr Verstand nicht. Ihre Seele strebte dem Licht entgegen, konnte es aber nicht beschreiben.)

«Hast du mitgesungen?»

«Manchmal beim Refrain, ja. Der Text war nicht schwer zu merken, hat sich oft wiederholt.»

«Was ist noch passiert?» Jossel fragte weiter, langsam und deutlich, selbstbeherrscht, seine Stimme klang unbeteiligt. Ein Satz folgte dem nächsten wie Kerzenwachs, das auf einen Teller tropft. Er wollte nicht allzu schnell aufbrausen. Ihm blieb noch Zeit, in Wallung zu geraten und zu drohen, mit einer Waffe in den Wald zu stürmen und sie alle zu erschießen. Nicht dass er sich das wünschte, aber er fühlte sich verpflichtet, und das konnte ihn in eine schlimme Lage bringen. Eigentlich war er keine Kämpfernatur, im Gegenteil, Waffen machten ihm Angst. Im Grunde war er ein Mann, der mit seinen Fäusten nichts anzufangen wusste: weich, blasse Haut, ein Träumer, nur Worte, jede Menge Worte.

«Na ja, du weißt schon, wir haben ein bisschen geredet, außerdem getanzt und gesungen.»

«Und worüber habt ihr geredet?»

«Die allgemeine Lage.»

«Welche Lage? Was meinst du damit?»

«Dass die Menschheit geknechtet ist?», sagte sie mit einem fragenden Unterton.

«Ach so. Natürlich. Ich will dir etwas erklären, Mina, mein liebes Schwesterchen.»

«In Ordnung, ich höre.» Sie lächelte, Jossel wusste wirklich alles. Er hatte Bücher gelesen, die er seinem Vater zufolge nicht lesen durfte, weil alles Wissenswerte schon in der Tora und dem Talmud geschrieben stand. Dort steht die Antwort auf jede ethische Frage, ob es dir gefällt oder nicht. *Was, wenn es mir nicht gefällt?,* hatte Jossel zu ihm gesagt und gegrinst. *Besser, es gefällt dir. Sonst bist du verdammt.*

Jossel forderte seine Schwester auf, sich vorzustellen, er halte ein Glas in der Hand.

«Achte auf meine Hand, siehst du, was ich mache? Das Glas ist mit Wasser oder irgendwas gefüllt – Tee, Kaffee, egal. Jetzt drehe ich es um, und das Glas ist leer. Was siehst du? Nicht im Glas, sondern da, wo ich es umgedreht habe. Hier.» Er zeigte auf seine Hose.

«Eine Schweinerei. Du bist ganz nass.»

Sie lachten.

«Ja, genau! Vielleicht hab ich mich vollgepinkelt. Peinlich. Aber hör zu, manche Leute mögen Schweinereien, das stört sie nicht. Sie sprengen gern alles in die Luft – was passiert, wenn man mit nichts von vorne anfängt? Darauf sind sie aus – zerstörerische Leute, die das Chaos lieben.

Wie unser Vater, nur dass er anders vorgeht. Vielleicht hast du schon von ihm gehört, dass er gern eine Waffe nehmen und den Zaren erschießen würde, und wer würde nicht gern in die Hände klatschen, und *zack*, ist er in einer Rauchwolke verschwunden wie bei einem Zaubertrick, er und die ganze parasitäre Familie? Diese jungen Männer im Wald – natürlich sind sie gebildeter, haben gute Absichten, glauben an hochtrabende, kluge, komplizierte Dinge, dass es möglich ist, menschliches Elend für immer zu verbannen, alles gleich, Schluss mit der Ungerechtigkeit. Für sie ist die Wirklichkeit etwas, das man nach den eigenen Vorstellungen gestaltet, aber das sind keine *Ideen*.»

«Und was sind Ideen?»

Wie viele wissbegierige, aufgeschlossene junge Juden hatte sich Jossel mit dem Philosophen Spinoza beschäftigt. Er wollte mit Mina über mangelndes Urteilsvermögen, die unzureichende Vorstellung von Wirklichkeit und die Einheit alles Existenten diskutieren. Er wollte zum eigentlichen Kern dessen vordringen, was Leben bedeutet. Was ist Gott? Wie wollen wir beweisen, dass dieses «Wesen» nicht nur ein Auswuchs unserer Fantasie ist? Woher kommen Ideen? Sind sie dem menschlichen Verstand angeboren, oder werden sie von einer göttlichen Kraft eingepflanzt? Sind Menschenrechte eine menschliche Erfindung oder in der Natur angelegt? Solche Gedanken gingen ihm durch den Kopf, wenn er den Papierkram seines Vaters erledigte, denn seine Aufgabe im Mehlgeschäft der Familie war die Buchhaltung, die ordentliche Prüfung der Zahlen, das Ausstellen und Begleichen von Rechnungen. Aber wie soll man all das einem vierzehnjährigen Mädchen erklären, das kaum liest und nur aus Gefühlen und Empfindungen besteht, einem liebevollen, optimistischen Wesen, einer künftigen Kopie seiner Mutter, einer Maschine zur Vermehrung der menschlichen Spezies? Eine zwangsläufige Entwicklung, die er nicht infrage stellte, so modern war er nicht.

Jossel hätte seine Schwester an diesem Abend in seine Welt einführen können. Er hätte in ihr die Lust am Lernen wecken können, aber wozu? Bildung war nichts für kleine Mädchen. Stattdessen richteten sich seine Gedanken entgegen seiner Gewohnheit auf praktische Dinge: Er musste Mina retten, vor wem auch immer sie da im Wald begegnet war. Vielleicht hatte sie recht, und es waren nette Jungs, die nichts Böses wollten, wahrscheinlicher aber war, dass sie nichts Gutes im Schilde führten. Er konnte ihr nichts verbieten, so viel Macht hatte er nicht über sie. Er könnte es ihrem Vater erzählen, aber er wusste, wohin das führen würde. Der alte Mann würde in Panik geraten, die Angelegenheit selbst in die Hand nehmen und eine überstürzte Entscheidung treffen, die keinem nutzte. Angetrieben von Scham und Familienehre, würde er ein aufgewecktes junges Mädchen in die Hände des *Schadchens* geben, und einen Monat später wäre seine übermütige Schwester mit einem überstürzt ausgewählten alten Witwer mit Haaren in der Nase verheiratet, der ihren Geist unterdrückte und zerstörte. Mina würde innerlich verkümmern und ein unzufriedener, verbitterter Schatten ihrer selbst werden. Er spürte förmlich, wie er bei dem Gedanken daran selbst verkümmerte, weil er wusste, wie es war, wenn man kleingehalten wurde. Vorsichtig versuchte er, die Lage zu sondieren.

«Du hast also vor, wieder hinzugehen und zu tanzen?»

Mina hatte die Kritik ihres Bruders an den Bolschewiken bereits fraglos akzeptiert, er kannte sich mit solchen Dingen aus, er verstand sie, denn die Schleier der Vernunft und Unvernunft waren ein den Männern vorbehaltenes Privileg. Die Jungen im Wald hassten den Zaren – ein wohlvertrauter Impuls, jeder hasste ihn –, welchen Schaden also könnten sie anrichten? Sie hatte zugehört, als sie über die ungerechte Ausbeutung des Industrieproletariats und der Bauern sprachen. Sie hatte genickt. Die Worte zogen an ihr vorbei wie Rauch. Wenn sie in den Wald zurückkehrte, dann nicht, weil der Magnet der leninistischen Ideologie sie anzog. Was sie zu den Jungen hinzog, war der schlichte aufregende Reiz dessen, was in ihren Augen «etwas anderes als Mehl» verhieß.

«Wenn ich es vorhätte, würde ich es keinem sagen», erwiderte sie. Er betrachtete seine Schwester. Sie würde also zurückkehren, er sah es an ihrem frechen Grinsen. Sie zwinkerte.

Bevor sie einschlief, durchlebte sie noch einmal den Nachmittag im Wald, das schräg durch die Äste fallende Licht, die jungen Männer, von denen einige gut aussahen, andere hingegen Gesichter wie Kuheuter hatten, aber alle mehr oder minder ungefährlich, abgesehen von ein paar derben Witzen. Sie hatte das Gefühl, ihr könne nichts zustoßen, wenn sie zurückginge: wenn sie wollte; wenn sich ihr die Gelegenheit bot; wenn es nicht regnete; wenn die Bäume Schutz böten, falls es regnete; wenn es noch Pilze gab; wenn sie wegkäme, ohne dass es jemand bemerkte, besonders Itzik, der alles verraten würde, wenn es ihm einen Vorteil verschaffte; wenn ihr zweitbestes Kleid sauber wäre, nicht das alte graue von heute.

Jossel hingegen, ebenfalls in seinem Bett, betrachtete die Geschichte seiner Schwester von der logischen Seite. Das Mädchen war ein hinreißender Dummkopf, und aus vielerlei Gründen konnte das Ganze nur böse enden. Es war nicht auszuschließen, dass etwas in ihr Klick machte und ihr Interesse geweckt wurde, dass die Jungen sie für ihre Sache gewannen und Mina sich von den revolutionären Zeiten mitreißen ließ, dann würde sie früher oder später verhaftet werden und wegen der infantilen Vorstellung, man könne die Welt verbessern und die Natur des Menschen neu gestalten, in einem Gefängnis verrotten. Irgendwann, wenn sie sterbend auf einer dreckigen, rattenverseuchten Strohmatratze lag, würde ihr dämmern, dass man sie hinters Licht geführt und sie sich umsonst für dieses «Nichts» engagiert hatte. Verschwendung, reine Verschwendung, und wofür? Doch noch ehe es dazu kam, würden ihr die jungen Männer in den Rücken fallen. Nachdem sie Mina mit Politik geködert hatten, würden sie sie ausnutzen, sie vergewaltigen, und nicht nur einer, das ganze Rudel dreckiger Bestien würde nach dem Blut ihres Jungfernhäutchens lechzen und jeder Einzelne sich über ihren noch kindlichen Körper hermachen. Verderbtheit über Verderbtheit. Und im schlimmsten Fall würde sie schwanger werden, ausgestoßen und ganz allein auf der Welt. Das am wenigsten schlimme Szenario war das wahrscheinlichste: Früher oder später würde das kleine Plappermaul es irgendwem erzählen, und dann würde ihr Vater davon erfahren, und bevor noch mehr Schaden entstehen konnte, solange ihre Ehre noch unbeschmutzt war, würde man sie unter die Haube bringen. Es gab genug Witwer mit Haaren in der Nase, die ein heiratsfähiges Mädchen aus einer guten Familie aufnehmen würden.

Die Mutter hatte mal einen Gedanken fallen lassen. Sie, eine Frau, von der er geglaubt hatte, sie denke gar nicht nach.

«Männer sind die Ursache allen Elends, Jossel. Männer prahlen mit der Liebe zu ihren Müttern, eine Mutter verwöhnt ihre Kinder, sie gibt ihnen alles, schenkt ihnen sogar das Leben, kein Wunder, dass sie sie lieben –, aber mit der Liebe zu ihren Frauen prahlen sie weitaus weniger.»

Jossel erschrak über dieses Eingeständnis, ausgesprochen an einem windigen Tag, als sie das Aufhängen der Wäsche überwachte und wohl glaubte, ihre Worte würden in den Hafen geweht und aufs Meer hinausgetragen. Sie hatten sich ihm eingeprägt.

Jossel stellte schwer enttäuscht fest, dass er mit Spinoza hier nicht weiterkam. Er hatte das Gefühl, dass Mina durch diese eine zufällige Begegnung im Wald in der Falle saß, und alle Wege heraus führten zu einem anderen, nicht erstrebenswerten Schicksal.

Dabei mochte er Pilze überhaupt nicht, und auch sie war nicht besonders scharf darauf, ihr ging es nur um die Suche; sie mochte die vermoosten Wege, das Rascheln der Blätter, die Vögel und andere Erscheinungsformen der Natur, die ihn persönlich nicht interessierten.

Und er? Er musste sich im Getreidegeschäft seines Vaters abplagen, musste Zahlen addieren und subtrahieren, Kalkulationen erstellen, sein Leben in Mehlkörnern vermessen, die im Sonnenlicht tanzten. Gab es eine andere Möglichkeit? Einen Ausweg für ihn?

Er war zutiefst beunruhigt, kratzte sich am Kopf und am Hintern und versuchte, mithilfe pornografischer Gedanken an von Dämonen besessene Brüste seine Angst zu vertreiben, bis es ihm schließlich gelang einzuschlafen.

Itzik wiederum, auch er im Bett, dachte über alles nach, was er in seinem Versteck hinter dem Geländer gehört hatte. Reines Gold. Es war das Wissenswerteste, seit er die Anziehungskraft des Mondes auf das seltsame Innenleben von Frauen begriffen hatte, als er seine Mutter beim Auswaschen eines blutigen Tuches am Waschbecken beobachtete. Zuerst hatte er gedacht, sie würde sterben, seine schweigsame Mutter würde sich zu seinem fehlenden Bruder gesellen, auf die andere Seite der Sonne in die von Schatten erfüllte Dunkelheit, bis ihm irgendwann die schreckliche Wahrheit dämmerte. Unter dem Einfluss des Mondes passierte das jeden Monat, hörte auf und fing wieder an. Als Rivkas Puppe kaputtging und ihre Augen in Tränen schwammen, hatte er zu ihr gesagt: «Soll ich dir ein Geheimnis verraten?»

Da sie mit etwas Nettem rechnete, einem Löffel voll mit etwas Süßem, zwang sie sich zu einem Lächeln. «Ja!»

«Eines Tages wird dir das auch passieren. Aber mir nicht. Jungen sind damit nicht gestraft.»

Jetzt wusste er noch etwas. Er hatte einen Schatz, ein Vermögen, mehr als der Zar höchstpersönlich.

Im Haus wurde es ruhiger, dann lauter, als die inneren Zwiegespräche geräuschvollem Schnarchen wichen. Die Dachsparren schwankten und knarrten. Der Mond stand über der Stadt. Im Hafen lagen die Schiffe mit ihren unruhig wartenden Besatzungen und Passagieren auf der baltischen Dünung.

3

Ein paar Tage später kehrte Mina in den Wald zurück. Beim Aufwachen am Morgen rechtfertigte sie ihr Vorhaben damit, dass sie ja noch ihren Pilzkorb suchen und zurückholen müsse. Ein Korb ist ein Korb, immerhin kostet er Geld, man lässt ihn nicht unter einem Baum stehen, damit irgendwer ihn mitnimmt und behauptet, er gehöre ihm. Und so macht sie sich auf den Weg, noch immer sieht sie aus wie ein Märchenkind, aus der Zeit gefallen, ihr Korb ein Motiv in einer Geschichte. Im Gegensatz zum ersten Mal ist sie sich jetzt allerdings der geknechteten Leben derer bewusst, die an den heißen Öfen schwitzten, dem Inferno der Bäckerei, aus denen unschuldig aussehende Brote durch die Alchemie von Mehl in Wechselwirkung mit Hefe, Hitze und Wasser hervorgingen. Ganz zu schweigen von den missachteten schuftenden Mägden, die bei ihr zu Hause auf den Knien den Boden schrubbten und sich in Ehrfurcht vor Jesus Christus bekreuzigten, der *nichts* für sie getan hatte, außer ihnen Gehorsam und Fügsamkeit einzutrichtern. Solche Gedanken schwirrten Mina durch den Kopf, als sie unter pilzfarbenen Wolken in den feuchten Schatten des Waldes trat.

Sie folgte ihrem Gehör, nicht den Augen, horchte nicht auf Vogelgezwitscher, nur auf Menschenstimmen, die aus jungen gesunden Kehlen fröhliche revolutionäre Lieder schmetterten. Auf einem schmalen Pfad ging sie durch das Gestrüpp aus abgefallenen Blättern und vermodernder Vegetation, bis sie auf sich gerichtete Augenpaare und ausgestreckte Arme sah, die sich an sie erinnerten und sie willkommen hießen, und ja, sie hatten noch ihren Korb, der jetzt allerdings auf dem Boden stand und mit Wodkaflaschen, Brotlaiben und Schweinswürsten gefüllt war, *treif* in jeder Hinsicht.

«Ihr seid wieder da», sagte sie gespielt überrascht. «Wollt ihr den Zaren immer noch stürzen?» Sie lachte. Sie fand es komisch, dass ausgerechnet diese Halbwüchsigen den grausamen Tyrannen beseitigen sollten; sie glaubte es nicht, es war so fingiert wie die Spiele mit ihrer Schwester. Er war ein schrecklicher Mann, dieser Zar Nikolaus mit seinem kranken Sohn, den verhätschelten Töchtern und der merkwürdigen Frau, schlimm, und sehr schlimm für die Juden, keine Frage, aber wie sollte ein Haufen Jungs daran etwas ändern? Aber da waren sie, vollkommen ernst und allem Anschein nach mit einem Plan. Mina wollte alles darüber wissen.

«Die Sache ist nicht zum Lachen», sagte einer von ihnen ernst. Er hieß Janis und war nicht der intellektuellste der Bolschewikenjungen, aber der glühendste und natürlich misstrauisch gegenüber jedem, der Zweifel hegte. Zweifler waren potenzielle Überläufer. Wäre es nach ihm gegangen, hätte er sie auf der Stelle zurück in ihr bürgerliches Zuhause und zu ihrer bürgerlichen jüdischen Familie geschickt. Er mochte keine Juden. Es war nichts Persönliches, entsprang nicht dem Verdacht, dass sie Jesus umgebracht hatten; er sah sie einfach nicht als revolutionäre Kraft, die kapitalistischen Bankiers hatten sie fest im Griff, denn die Rothschilds beherrschten die Welt, und sie steckten alle unter einer Decke.

«Mein Bruder sagt ...» Mina gab die Unterhaltung vom Vorabend wieder und war stolz, dass sie sich gegen die jungen Männer behaupten konnte, wenn auch mit von Jossel geliehenen Argumenten.

«Dein Bruder liegt falsch», sagte Janis und fiel ihr ins Wort. «Wir zerstören nicht um der Zerstörung willen. Wir haben einen Plan. Wenn wir fertig sind, wird die Welt ein völlig anderer und besserer Ort sein. Mit dem Zaren fängt es an, aber dort endet es nicht. Es endet nie, das ist entscheidend.»

Am Anfang hörte Mina zu, sie sog den Unterschied zwischen Arbeitskraft und Kapital auf, zwischen dem Proletariat, der Bourgeoisie, dem Kleinbürgertum und dem Lumpenproletariat, das hoffnungslos war, eine passive Antikraft, unfähig, sich für die eigenen Klasseninteressen einzusetzen. Der Platz, an dem sie sich sah, war in der Mitte der Bourgeoisie. Andererseits gab es noch die jüdische Frage, wie sie erfuhr.

«Marx sagte, die Juden seien pragmatisch und eigennützig. Die weltliche Religion des Juden sei die Hökerei und sein Gott sei das Geld, das alle Götter der Menschheit herabsetze und sie zu Waren mache. Natürlich war Marx selbst ein Jude, weshalb er solche Fragen besser verstand als jeder andere.»

«Aber was soll man ohne Geld machen?», fragte sie. «Man verhungert. Geld für unwichtig zu halten, ist verrückt.»

«Du sprichst wie die Bourgeoise, die du bist, *durchdrungen* von falschem Bewusstsein. Sehnst du dich nicht danach, die Fesseln deiner Klasse abzuwerfen und frei zu sein?»

Solche Sätze erschienen ihr wie solide Säulen, anders als die beiläufigen Worte einfacher Leute, die nicht nachdachten, ehe sie den Mund aufmachten – warum sollten sie auch? Es waren gebildete Worte, die sich verdammt schwer entkräften ließen. Ein kleines Mädchen wie ich würde gar nicht wissen, wo anfangen, dachte sie. Und er war ein Junge, und Jungen hatten mehr Rechte als Mädchen, ihre Welt war größer, und sie durchstreiften sie und wollten Dinge entdecken. Und wie es aussah, führte ihre Suche sie zu Marx und, so nannten sie es, dem Lumpenproletariat oder, so nannte es ihr Vater, zum *Drek*.

«Frei wovon?», fragte sie, das einzige Gegenargument, das ihr einfiel. Denn sie sah wirklich nicht, warum sie unterdrückt sein sollte; sie hatte alles im Leben, was sie wollte: eine gute Familie, genug zu essen, ein warmes Haus.

«Von der Unerbittlichkeit des Kapitals, von Angebot und Nachfrage, der bürgerlichen Moral, dem Bedürfnis, zu unterdrücken und Herr zu sein.»

Sie seufzte. «Ich bin nur ein Mädchen, was hat das mit mir zu tun?»

«Dann frag dich, wenn du die Qualen der Arbeiter siehst, *wie du davon profitierst?*»

Aber ihr Verstand hatte genug aufgenommen. Der Junge redete immer weiter, und nichts davon ergab eine interessante Geschichte. Wenn man schwarze Kohlen im Mund hatte, warum sie nicht mit goldenem Honig versüßen? Sie hatte die grundlegenden Lektionen verstanden (und sie dachte nicht daran, eine frustrierte Intellektuelle zu werden, sehr viel weiter würde sie ohnehin nie kommen), und jetzt interessierte sie nur, wann sie wieder tanzen würden. Sie sehnte sich nach dem heißen Rausch, den feuchten Achselhöhlen, dem wallenden Blut in ihren Adern, dem Gefühl, dass es keine richtigen Schritte gab, nur die Kühnheit, von einem Arm in den nächsten geworfen zu werden, zu stampfen, zu jubeln, zu singen, zu lachen und als Einzige im Mittelpunkt der Aufmerksamkeit zu stehen. Sie wollte, dass die Jungen sie umwarben, sich nach ihr verzehrten, versuchten, sie an sich zu ziehen, bis sie ihren Schal abwarf und den Korb wieder vergaß, denn wen interessierte schon ein schimmeliger alter Pilzkorb, wenn man ausgelassen herumwirbeln konnte, bis man keuchend, zitternd und lachend auf der moosigen Erde zusammenbrach, kurz ausruhte, und auf zur nächsten Runde, bis einem nasse Haarsträhnen im kirschroten Gesicht klebten.

Die Jungen saßen auf dem Boden, faulenzten, redeten, dachten nach, diskutierten miteinander und taten, als wäre Mina Luft, denn ihre gute Laune und ihr Humor waren an diesem Tag verschwunden. Die ungeöffneten Flaschen in dem zweckentfremdeten Korb hatten sie noch nicht aufgemuntert. Vielleicht käme es noch dazu, wenn sie lange genug blieb, aber die Sonne senkte sich langsam über die Baumwipfel, ein Zeichen, dass das Jahr sich dem Ende zuneigte, in der Luft lag ein Hauch von Holzrauch und am Himmel eine düstere Unschärfe.

Ein Junge namens Andrievs sah, dass sie sich langweilte. Er rutschte zu ihr. Sie zog ihre Röcke an sich, um ihm Platz zu machen. Er war nicht der bestaussehende unter den Jungen im Wald, aber was ihr immer in Erinnerung bleiben würde, war die Farbe seiner Augen. «Sehr blau, wie Saphire, du weißt schon, der Edelstein, voller Licht, als steckte der Himmel in ihnen.»

Sie meinte, die ruhigen Atemstöße in seiner Brust zu hören. Sein rechtes Bein war bequem ausgestreckt, das linke angezogen, der Oberkörper auf die linke Hand gestützt, und mit seinen langen schweren Oberschenkeln und dem am Hals geöffneten Hemd, aus dem ein paar glänzende Brusthaare ragten, kam er ihr wie der Inbegriff von Männlichkeit vor, sodass ihr auch ohne anstrengendes Tanzen ziemlich heiß wurde. Er drehte sich zu ihr und lächelte. Ihm fehlte ein Zahn.

«Ich weiß, was dir auffällt», sagte er. «Mein Vater war das. Auch ein Tyrann.» Mina hatte nicht geahnt, dass Väter ihren Söhnen so etwas antaten. Ihr Vater war ein autoritärer Mensch, aber nicht so. Nicht mit Fäusten. «Dann sollte er auch gestürzt werden.»

«Oh, das wird er bestimmt, dafür sorge ich. Hast du Lust auf einen Spaziergang, ein bisschen die Beine vertreten? Wir können uns unterhalten. Ich will alles über dich wissen.»

Sie standen auf und entfernten sich ein Stück. Die anderen blickten auf und schauten ihnen nach.

«Verirrt euch nicht», riefen sie sarkastisch. «Sonst kommen wir euch suchen.»

Junge und Mädchen spazierten davon, bis sie außer Sichtweite waren, aber noch die an- und abschwellenden Stimmen in der Ferne hören konnten.

«Warum bist du heute gekommen?», fragte er. «Ich glaube nicht, dass dich unsere Politik sehr interessiert. Bist du zu Hause unzufrieden?»

«Nein, ich bin sehr glücklich. Wenn du die Wahrheit wissen willst, ich bin gekommen, weil ich das Tanzen schön fand. Ich hatte gehofft, ihr würdet singen und der Gesang würde euch auf die Füße bringen.»

Eigentlich wartete sie darauf, dass er sie küsste. Sie sah nicht, wie ihre Absonderung von den anderen sonst hätte enden können. Die Geräusche der Gruppe waren weiterhin zu hören. Sie unterhielten sich weiter, nichts deutete auf das Anstimmen eines Liedes hin. Sie bewegte ihre Zunge im Mund, sammelte Speichel und befeuchtete erwartungsvoll ihre Lippen.

«Es gibt Leute, die sagen, die Revolution ist der Orgasmus der Geschichte, kennst du den Ausdruck?»

«Ich kenne nicht mal das Wort. Ich frage meinen Bruder, der wird es mir erklären.»

«Nein, tu das nicht. Brüder haben die Angewohnheit, alles wörtlich zu nehmen. Brüder sollte man völlig außen vor lassen. Weißt du, ich halte es immer für das Beste, das Erklären den Bäumen zu überlassen.»

«Wovon redest du? Ich versteh überhaupt nichts.»

«Ich mag Bäume, ich mag den Wald. Die Bäume wissen genau, was zu tun ist, ihre ganze Lebensweisheit steckt in ihrem Holz.»

«Stammt das von Karl Marx?»

«Nein, von mir. Marx wusste nicht alles. Ich weiß, ich habe eine mystische Veranlagung, die anderen würden sie mir am liebsten mit dem Messer herausschneiden; angeblich spreche ich in Rätseln, aber ich stehe zu unserer Sache, du darfst nicht an mir zweifeln. Mein sechster Sinn sagt mir, du möchtest geküsst werden und es wird dein erster Kuss sein. Hab ich recht?»

«Ist das so offensichtlich?»

«Wir haben uns gefragt, ob du zurückkommst. Ich sagte: ‹Sie kommt zurück, merkt euch meine Worte. Etwas an uns gefällt ihr, aber die Ideologie ist es wahrscheinlich nicht.›»

«Na, dann küss mich doch, ich warte. Beeil dich.»

«Willst du wirklich?»

«Warum nicht?»

Seine Hand zitterte, auch er war ein jungfräulicher Küsser; im Bordell wurde nicht geküsst, da ging alles zu schnell. Er kannte den Unterschied zwischen einem anständigen Mädchen und einem Flittchen, man musste anders vorgehen. Der Kuss landete keusch und trocken auf ihren Lippen, dann befeuchtete er sich mit der Zunge den Mund und schließlich ihren. Seine Hand verselbstständigte sich, wie mechanisch wanderte sie zu ihrem Mieder und blieb zitternd auf ihrer Brust liegen. Mina war etwas verwirrt, Teile ihres Körpers, die nichts miteinander zu tun hatten, waren plötzlich durch eine züngelnde Flamme verbunden. «Oh!», rief sie. «Das gefällt mir, ich war mir nicht sicher, aber es gefällt mir, wirklich.»

«Das macht mich sehr glücklich. Ist auch bei mir das erste Mal.»

Ein Baumstumpf rührte sich hinter ihnen, und ein Vogel stob von einem Ast in den Himmel. Der Wald erwachte, hatte Augen und Ohren. Der Stumpf nahm die Gestalt eines Jungen an, eines mickrigen Männleins.

Gold und Diamanten, dachte Itzik. Etwas Besseres gibt es nicht. Was er da sah, war so wertvoll, dass er sich nicht annähernd vorstellen konnte, wie er es nutzen könnte. Doch um das herauszufinden, blieb ihm noch sein ganzes Leben.

Die beiden standen auf und spazierten Hand in Hand zu den anderen zurück. Itzik untersuchte die zertrampelte Erde, ob sie etwas hatten fallen lassen, einen Korb, einen Schal, einen Ring, ein Notizbuch. Aber sie hatten keine Beweise zurückgelassen. Als sie die anderen erreichten, trennten sich ihre Hände.

Viel später, als sie in ihrem Sessel im Altersheim saß, sagte Mina: «Ich ließ mich von ihm küssen; der Bolschewikenjunge küsste mich auf den Mund, was glaubt ihr also? War ich ein verwegenes, wildes Mädchen? War ich hübsch? Mein Bruder kann euch alles darüber erzählen. Sag, Jossel, wurde ich im Wald von einem waschechten Bolschewiken geküsst?»

«Woher soll ich das wissen? Ich war nicht dabei. Ich hab's nicht gesehen.»

«*Jemand anders* hat es aber gesehen, dieser Schuft.»

4

Nachdem Jossel von Minas zweitem Ausflug in den Pilzwald und dem Kuss unter den Bäumen erfahren hatte («Was sagst du *dazu*? Deine kleine Schwester hatte ihren ersten Kuss»), erklärte er seinen Eltern, er müsse mit ihnen über die Zukunft der Familie sprechen, wenn die jüngeren Kinder im Bett lägen.

Er spürte eine leichte Unruhe. Vielleicht bildete er es sich nur ein, aber die Atmosphäre im Haus war irgendwie anders. Solly weinte häufiger, schrie plötzlich auf; Rivka konnte sich noch nicht so recht mit ihrer neuen Puppe anfreunden; und Itzik gebärdete sich langsam wie der Zar persönlich, strotzte nur so vor Macht. Was wusste er? Und wie wirkte sich dieses Wissen auf alles andere aus? Jossel sah den Pfad des Verderbens vor sich, seine Schwester für immer verloren im Urwald, wo Leute wie sie nicht hingehörten. Sein ganzes Leben lang würde er sich vor dichten Bäumen, Wäldern und Hainen fürchten und ihnen misstrauen, diesen alten Orten, wie er sie nannte, das Gegenteil der modernen Welt. Es gab andere Länder mit flachem Horizont, dort konnte man sich die Krümmung der Erde vorstellen, die endlose Drehung durch Tage und Nächte und Jahreszeiten, die Unbeständigkeit der Zeit.

«Oh-ooh», sagte Mowscha Mendel, «worum es da wohl

geht? Hat er etwa irgendwelche Ideen für das Geschäft? Mit jungen Männern gehen oft die Pferde durch.»

«Oder es geht um eine junge Dame», sagte seine Frau. «Vielleicht will er heiraten.»

«Ein Mädchen ist es nicht, dafür ist Jossel nicht der Typ. Er ist ein Träumer.»

«Für eine bestimmte Sorte Mädchen sind Träumer leicht zu umgarnen.»

In der Nacht lag ein Hauch von Frieden über dem Haus. Die Uhr tickte in ihrem Walnussgehäuse, die Tischwäsche war gefaltet und verstaut. Der Tag war vorbei, hatte sich in ein anderes Reich verwandelt. Vater war zurück vom Geschäft, herrschte als höchste Instanz. Sein Bart war noch schwarz, nur um den Mund zeigten sich senkrechte Linien.

Seine Mutter stellte die Kaffeekanne auf den Tisch. Vor einigen Monaten hatte Jossel sie vom Markt mit nach Hause gebracht und seiner Mutter als Geschenk überreicht, voller Stolz, dass er einen so hübschen, erlesenen Gegenstand, verziert mit handgemalten Rosen und Blätterranken, ausgesucht hatte. Etwas, das einer Frau gefällt, anmutig, zerbrechlich, schön und nicht ganz zweckmäßig, weil die Tülle kein «guter Ausgießer war», ein Ausdruck, den seine Frau später in ihrem eigenen Heim für eine Reihe von anderen Kannen verwenden würde. Dass seine Mutter die Kaffeekanne hervorholte, deutete auf etwas Besonderes hin, offenbar ahnte sie, dass die Emotionen gedämpft werden mussten. Dora wusste, dass ihr Mann sich nicht trauen würde, mit der Faust auf den Tisch zu schlagen, wenn die Kanne dort stand. Er war impulsiv, hütete sich aber davor, seine Frau zu verärgern. Er verstand sie nicht, hatte sie nie verstanden. Und sie erklärte sich nie. Das war ihre eigene Art von Macht. Der Junge hatte ihr die Kaffeekanne gekauft, früher oder später würde sie kaputtgehen wie letztlich alles, aber Mowscha Mendel wollte nicht dafür verantwortlich sein und den stummen Tadel ertragen. Er behielt seine geballten Fäuste unter dem Tisch.

Jossel saß ihm gegenüber und dachte: Was auch immer in Zukunft daraus wird, niemand kann sagen, ich hätte meine Sache nicht begründet wie ein Mann. Und ist er wirklich eine so große Autorität? Er muss Schwächen haben, ich habe ihn zu sehr bewundert. Schließlich ist er nur ein Mensch, ein mittelmäßiger Mehlhändler, der eine hohe Meinung von sich hat, nicht arm, nicht reich, durchschnittlich. Und wie er sich ständig an die Nase fasst, mit dem Finger auf den Nasenflügel klopft. Er sieht aus wie ein mechanisches Blechspielzeug. Nein, da ist nichts, wovor ich Angst haben müsste.

Jossel legte seinen Vorschlag dar. Einen Plan für die Entwurzelung der Familie und ihren endgültigen Umzug nach Amerika. Ein neuer Anfang, ein neues Leben. In seiner Ansprache berücksichtigte er alles, es klang wie ein offizielles Protokoll:

die feindselige Atmosphäre in der Stadt,

der mögliche Niedergang des Landes,

die Möglichkeit eines revolutionären Umsturzes, und wer wusste schon, zu welchen Unannehmlichkeiten und Gefahren das führen würde?,

die Chancen, die sich einem tatkräftigen Geschäftsmann in den riesigen Getreidestaaten des mittleren Westens boten,

die Gelegenheit, den Kindern ein völlig neues Leben zu ermöglichen,

die Berichte derjenigen, die bereits umgesiedelt waren und im Wohlstand Fuß gefasst hatten.

Und so redete er ewig weiter und sah, dass sein Vater sich auf dem Stuhl langsam nach vorne neigte. Mowscha

Mendel hatte so etwas noch nie gehört, nicht einmal in der *Schul*, hatte nicht geahnt, dass der Junge eine solche Redegabe besaß, wie ein Prophet, wie Amos und Ezekiel, dachte er. Seine Frau hatte sich nicht gerührt, kaum geblinzelt, als hätte sie in der Angelegenheit nichts zu melden, gehöre bei dem Gespräch nicht dazu. Ihre Perücke war leicht verrutscht, sie schob sie wieder zurecht. Es muss sehr heiß am Feuer sein, dachte Jossel.

«Erzähl mir nicht, dass du nie darüber nachgedacht hast», schloss er. «Erzähl mir nicht, dass du noch nie von einem anderen Leben geträumt hast.»

Der alte Mann riss sich zusammen und sagte kurz und bestimmt, was er zu sagen hatte.

«Was für ein Unsinn, bist du nicht ganz bei Trost?»

«Und was hast du dagegen?»

Die Antwort war so offensichtlich, dass sie kaum den Atem wert zu sein schien, so beständig wie Sonne, Mond und Sterne, wie Tag und Nacht. Sein Sohn hatte sich zum Moses erhoben und bildete sich ein, er führe sein Volk aus der Knechtschaft ins gelobte Land, dabei war er bloß ein leichtsinniger *Luftmentsch* mit Wolken im Kopf statt Grips. Jossel, ein Mann der Tat! Er könnte Tränen lachen.

Das Licht spiegelte sich im grellen Blumenmuster der Kaffeekanne. Die Kaffeekanne blieb heil. Es bestand kein Grund für Zornesausbrüche.

Seine Frau zupfte ihn am Ärmel. Warf ihm einen Blick zu.

«Was ist?»

«Wenn du etwas zu sagen hast, sag es. Er verdient eine Antwort.»

Doch bevor er antworten konnte, wurden sie unterbrochen. Solly, der Kleine, kam aus seinem Bett herunter und weinte wegen eines bösen Traums. Er hatte geträumt, sein

Bruder Itzik hätte ihn die Treppe hinuntergestoßen wie die Puppe seiner Schwester. Und jetzt drückte sich dieser Fiesling an die Wand vor der Küche, warum, das verstand Solly nicht. Itzik streckte den Fuß aus und brachte ihn zum Stolpern. Solly heulte auf. Itzik rannte um die Ecke. Dora nahm ihren Jüngsten in den Arm, und für den Rest der Unterhaltung saß er auf ihrem Schoß; der fünf Jahre alte Solly und eine billige Kaffeekanne, die nicht gut ausgoss, als stille Zeugen der Familiengeschichte.

Itzik vermutete, dass seine Mutter ihn gesehen hatte, ihm war, als hätte jemand seinen Namen gezischt wie eine Schlange. Ein Zischen von den Lippen seiner Mutter. Als er an seinen Platz zurückkehrte, wurde die Unterhaltung leiser fortgesetzt. Er bekam nicht alles mit. Aber er erfasste das Wesentliche.

«Was ich dagegen habe?», sagte sein Vater. «Alles. Wer kennt mich denn in Amerika? Wer erinnert sich daran, dass ich früher eine angesehene Person war? Andere können meinetwegen ihr Glück versuchen, ich gehe nicht weg. Ganz einfach. Da hast du meine Meinung.»

«Menschen haben Beine, wir sind zum Reisen bestimmt», sagte Jossel. «Bäume haben Wurzeln, sie stehen an einem Ort, aber Juden leben in der Zeit, nicht im Raum. Im Land Ägypten waren wir Sklaven, dann waren wir frei. Ein Meer hat sich für uns geteilt, wir sind in ein Land zurückgekehrt, in dem Milch und Honig flossen, auch das ging verloren. Wir haben und wir sind eine *Geschichte*, nicht ein Stück Land.»

«Die Zionisten sehen das anders.»

«Die sind unwichtig. Ich spreche hier nicht von Malaria-Sümpfen.»

«Und überhaupt waren das andere Zeiten, eine völlig andere Situation, wieso kommst du jetzt damit? Es ist die falsche Jahreszeit, um über solche Dinge zu sprechen. Heb dir das für Pessach auf.»

«Aber die Möglichkeiten! Hier hast du dein Auskommen, mehr nicht, dort könntest du reicher werden als in deinen kühnsten Träumen. Benutze deine Fantasie.»

Die Pilze im Wald waren nichts im Vergleich zu dem, was in Jossels Kopf aufkeimte. Die Schaltkreise seines Gehirns hatten eine Veränderung vollzogen. Was als Manöver zum Schutz seiner Schwester begonnen hatte, war ein ehrgeiziger Plan zu seiner eigenen Rettung geworden, zu einer pragmatischen Auflehnung gegen das Schicksal. Nach ihrer Ankunft in Amerika war alles möglich; vielleicht wäre er nicht mehr an das Geschäft seines Vaters gebunden, sondern könnte nach neuen Möglichkeiten suchen, wie auch immer die aussahen. Dort gab es große Städte, New York, Boston, Chicago, San Francisco. Er hatte Fotos von diesen Metropolen gesehen, war in Gedanken durch ihre Straßen gewandert. Seine Zukunft in Riga verengte sich wie ein Tunnel; ein Dasein, das aus dem Addieren von Zahlenkolonnen bestand, verkümmert durch Bilanzen, das stinkende Gefängnis des Kontors. Und in Amerika würde Mina zweifellos aufblühen. Sie würde keine jungen Bolschewiken treffen, in Amerika gab es mit Sicherheit keine Kommunisten. Gegen solche Plagen war das Land ohne Zaren geimpft.

Die Verachtung für die Ängstlichkeit und den engen Horizont seines Vaters führte zu einer wachsenden Verzweiflung im täglichen Umgang mit ihm, zu Jähzorn, Gereiztheit. Der kleine rote Mund, der in diesem finster blickenden bärtigen Gesicht plapperte, machte ihn wahnsinnig.

Jossel beschrieb den Staat Kansas, in dem es nur Getreide gab, so weit das Auge reichte. Welliges Land mit reifendem Mais.

«Mit Mais kenne ich mich nicht aus. Nur mit Roggen», sagte sein Vater. «Was hat Mais mit mir zu tun?»

Aus Roggen entstand ein kompaktes, zähes Brot, sie aßen es jeden Tag mit gepökelten Heringsscheiben. Mowscha Mendel fühlte sich durch die Beschreibung der Great Plains im amerikanischen Mittelwesten herabgewürdigt, seelisch und körperlich geschrumpft. Die Landschaft löste in ihm ein Gefühl von Einsamkeit und Bedeutungslosigkeit aus. Die ganze Region erschien viel zu groß, beängstigend, der Maßstab völlig falsch. Zu viel, zu unbekannt. Er selbst baute nichts an, er war ein Zwischenhändler; er fuhr zu den Getreidemühlen hinaus und anschließend zurück zu den Bäckereien. Die Transaktionen beruhten auf einem großen Bekanntenkreis, von dem man wusste, wem man vertrauen konnte und wer ein *Ganef* war. Und das war nur die geschäftliche Seite. Er hatte Söhne und Töchter, die Töchter brauchten Ehemänner aus guten Familien, woher sollte man als Fremder wissen, wer jemand war und wie die Dinge standen?

Jossel ließ sich nicht entmutigen. Er hatte damit gerechnet, dass der Alte auf stur schaltete und anfangs nichts davon hören wollte. Er ignorierte die Mais-Frage, sie war eine Formalie.

«Mutter, was ist deine Meinung?»

«Du willst wissen, was ich denke?»

«Natürlich. Ohne dich ist die Familie nichts.»

Bildlich gesehen war seine Mutter das Zentrum, das alle Mitglieder der Familie verband; sie hatte die Kinder geboren, die aus der Verbindung mit ihrem Mann stammten, der im Alltag wenig mit den Jüngeren zu tun hatte und bekannt dafür war, ihre Namen zu verwechseln. Ausgenommen Itzik, das Teufelskind, *seinen* Namen vergaß er nicht.

Mowscha war ein Pfeiler. Dora war die Erde, auf dem der Pfeiler stand.

«Eine Küche ist eine Küche», sagte sie schließlich, «egal, wo sie ist.»

Aber näher führte sie diesen rätselhaften Gedanken nicht aus, was immer er bedeuten mochte, und Jossel erklärte die Besprechung für beendet, bis sein Vater mehr Zeit gehabt hatte, um über den Vorschlag nachzudenken, und einsah, dass es die richtige Lösung war.

5

Aber Mowscha Mendel schwenkte nicht um, und seine passive Frau hatte der Angelegenheit nichts mehr hinzuzufügen – zumindest nicht ihm gegenüber.

Eines Tages löste sie sich aus ihrer Erstarrung, ging zu ihrem Sohn und sagte: «Wenn du gehen willst, solltest du gehen.»

«Was, *ich* soll gehen?»

«Warum nicht?»

«Aber ich würde dich nie im Stich lassen.»

Sie schaute ihn an, als säße ihm eine Fliege auf der Nase. Zärtlichkeit war nicht ihre Stärke.

«Glaubst du nicht, du könntest ein besseres Leben haben als hier?»

«Natürlich, da bin ich mir sicher.»

«Nun, die Lage ist folgende: Er ist stur, er ist ein Narr. Werde nicht wie er. Aber nimm Mina mit, sie gerät außer Kontrolle.»

Seine graue Mutter stieß Worte aus wie eine tickende Uhr, was war nur in sie gefahren?

«Hast du etwas gehört? Wird in der Stadt geredet? Alles nur Lügen, mit Mina ist alles in Ordnung.» Ihr Ruf war bereits ruiniert, und alles wegen ein paar Pilzen.

«Ich habe nichts gehört, aber ihre Augen sprechen

Bände. Man braucht keine Klatschmäuler, um etwas zu wissen. Wenn du wartest, wird er sie verheiraten. Und warum? Um sich Ärger zu ersparen. Er wird jeden nehmen, der ihm einen Vorteil verspricht, und wer zahlt den Preis?»

«Sie ist zu jung.»

«Ach ja? Ich war jünger.»

Er dachte: Davon will ich nichts wissen, so darfst du nicht reden. Ich will das nicht hören. Am liebsten hätte er sich die Ohren zugehalten. Und sie sah sein Gesicht, sah, wie er sich zurückzog. Sie dachte: Sie sind alle gleich. Keiner von ihnen hat einen Funken Gefühl. Aber wer war schlimmer? Mowscha oder Jossel? Jossel wäre wohl die bessere Wahl.

«Du wirst auf sie aufpassen, du bist ein guter Vaterersatz. Das ist meine Meinung.»

Er merkte, dass es ihr ernst war, sie bat ihn tatsächlich, die Herausforderung anzunehmen, erwachsen zu werden und das Abenteuer einzugehen, sich und seine Schwester von der besitzergreifenden Liebe ihres Vaters zu lösen. Auch hier war Spinoza keine Hilfe.

«Aber wie sollen wir das schaffen? Ich hab kein Geld.»

«Was das angeht, kann ich dir nicht helfen, das bleibt dir überlassen. Du musst wissen, wie du dich im Leben betten willst. Wenn du dich für ein Federbett entscheidest, musst du es dir bequem machen.»

«Wie meinst du das?»

«Wie, wie, wie, zu viele Fragen.»

«Mehr nicht?»

«Nein, mehr nicht.»

«Manchmal solltest du gesprächiger sein.»

«Für die Worte ist dein Vater zuständig; die wenigen, die er mir lässt, nutze ich, so gut ich kann. Redner sind Redner, du bist auch einer, du gerätst nach ihm.»

Für den Rest seines Lebens würde er sich daran erinnern, dass er durch das Einschreiten seiner Mutter aus Lettland herauskam, seiner Mutter, die eine Perücke trug und wegen ihrer Hühneraugen die Schuhe abstreifte, die keine hohe Meinung von der Menschheit hatte, Männer für Bestien hielt und Frauen für deren Nutznießer. Sie blieb ihm ein ewiges Rätsel. Er wünschte, er könnte die Zeit zu dieser Unterhaltung zurückdrehen und ihr tausend Fragen stellen. In seinen verzweifeltsten Momenten hob er die Faust zum Himmel und rief: «Mutter, Mutter, wo bist du?»

Aber sie konnte nicht antworten.

«Ich verbiete es», schrie ihr Vater. «So weit wird es nicht kommen.»

Es kam so weit. Im Hafen lag ein Schiff, sie gingen zum Kai. Der Vater blieb zu Hause. Die Mutter, Brüder und Schwestern winkten zum Abschied vom Ufer der alten Heimat.

In den Köpfen derer, die offen waren für neue Ideen, war die Rebellion ausgebrochen. Im folgenden Jahr lief Itzik davon und verschwand im schwarzen Schlund des zwanzigsten Jahrhunderts, die aus dem Untergrund aufgewühlte Erde der Geschichte warf Hügel und Berge auf, die seinen Verbleib vorübergehend verbargen. Für seinen Vater war er bereits tot, er drehte die Spiegel zur Wand, zerriss Itziks Kleider und sagte: Auf Nimmerwiedersehen. Viel Glück in der Hölle.

Rivka und Solly blieben in Riga. Bis auf Weiteres. Es war ihr Schicksal, nicht an Bord dieses Schiffes zu gehen.

Doras Gesicht war eine weiße Scheibe im Sonnenlicht. Sie zeigte keine erkennbare Gefühlsregung. Solly wusste nicht, was vor sich ging. Er wusste nichts über Schiffe. Er verstand das Ganze nicht. Der Tag war ein Spiel für ihn, sein Bruder und seine Schwester waren dort oben auf dem Deck und winkten. Mina rief etwas, der Wind trug die Worte davon. Rivka fragte: «Wann kommen sie zurück?»

Itzik sagte: «Vielleicht kommt ein Sturm, und das Schiff sinkt, und sie erleiden Schiffbruch. Das wäre aufregend.»

An Deck brach Mina in Tränen aus, während sie sich vom Ufer entfernten. Die Tränen benetzten ihr Gesicht, der Wind trocknete sie. Ihr wurde zum ersten Mal bewusst, was sie tat, was sie zu verlieren drohte, das reglose Gesicht ihrer Mutter auf einem Foto, es würde nie wieder zu ihr sprechen, das schwere unechte Haar auf ihrem gebeugten, sorgenvollen Haupt. Ihren Geruch, ihre Hände, die grob sein konnten, aber sanft mit den Kindern, ihre rätselhaften Krankheiten, ihr entschiedenes Schweigen, ihre wunden Handgelenke, die sie rieb, und die kleine Mina, die zu ihr rannte und einen Kuss auf den Knochen drückte. Ihr Vater musste seine Meinung ändern; es war undenkbar, dass sie sich nie wiedersahen. Es durfte nicht sein, sie konnte es nicht glauben. Und der kleine Solly, der in seinen kleinen Schuhen durch die Küche tapste, auf den Hintern fiel, was alle zum Lachen brachte, der wieder aufstand und vorwurfsvoll in die Runde blickte. Diese frischen Erinnerungen überwältigten sie wie ein überlaufender Brunnen. Erst gestern. Die Welt von gestern.

Die Tränen flossen, bis die Küstenlinie in weiter Ferne lag. Am Himmel sah Mina Meeresvögel, die ein weißes Muster auf die gelegentlichen blauen Tupfer des Himmels zeichneten. Ihre Wangen waren rosig im Wind, sie war wirklich hübsch. Ihr Kummer wurde abgelenkt. Junge Männer in ihrem Alter warfen ihr Blicke zu, wollten sich mit ihr anfreunden. Amerika, sie alle fuhren nach Amerika, wie war es dort wohl, und was würde aus ihnen werden?

Die Reise verlief weniger aufregend als erwartet. Kein Sturm kam auf, die Rettungsboote wurden nicht zu Wasser gelassen, an Bord befanden sich weder Spione noch internationale Verbrecher, nur die übliche Mischung von Passagieren. Jossel blieb viel Zeit, um auf dem Deck zu flanieren und die majestätische See zu bewundern. Die Luft wurde kälter, sie passierten die Küste Skandinaviens, und er dachte an Hamlet, denn selbst jüdische Jungen in Riga hatten von Shakespeare gehört. Hamlet kam ihm jetzt wie ein Trottel vor, unfähig, seine Angelegenheiten in die eigene Hand zu nehmen.

Eine junge Frau sah ihn auf die salzige Gischt starren. Sie hieß Lia. Sie war vierundzwanzig, älter als Jossel, eine junge Witwe, die mit ihrem Vater reiste; ihr Mann war beim Überqueren der Straße von einem entlaufenen Pferd überrannt worden und lebte noch mehrere qualvolle Wochen, ehe er starb. Als der Unfall passierte, waren sie erst drei Wochen verheiratet, und so hatte sie bereits vergessen, wie er aussah, auch wenn sie natürlich ein Bild von ihm besaß. In hundert Jahren würde man es in einer Schachtel mit Fotos finden, und niemand konnte sich einen Reim darauf machen, wer er war. «Irgendein Unbekannter», würde Minas Urenkelin Zoë Fletcher sagen. Ein sepiafarbener junger Mann mit einem zu großen Filzhut und einem Fleck auf der unteren Gesichtshälfte, wie von verschüttetem Tee.

Lia hatte später geheiratet als üblich, weil ihre Mutter an Tuberkulose litt und die Hochzeit bis nach ihrem Tod verschoben worden war. Ihren Vater hatte es nicht gestört, dass sie warten musste, denn damit ging eine verzögerte Übergabe der Mitgift einher. Ihr Mann wiederum war nicht wirklich an Frauen interessiert und lebte nicht lange genug, um seine wahren Begehrlichkeiten zu verstehen und auszudrücken, weshalb auch ihn das Warten nicht störte.

Die ganze Hochzeit beruhte auf verschiedenen Formen der Zweckdienlichkeit, nur nicht für sie.

«Ich habe kein Glück», beklagte sie sich bei ihren Freundinnen. «Eine glücklose Frau ist auf sich allein gestellt.»

Auf dem Schiffsdeck ging Lia nun auf Jossel zu. Er hörte sie fast hinter sich atmen, als ihre Lederschuhe auf den Holzplanken in seine Richtung klackerten. Er drehte sich um und sah eine gut aussehende junge Frau, die auf ihn zuhielt wie ein Pfeil. Wie ein Pfeil würde sie sein Herz treffen. Lia verstand es, etwas aus sich zu machen, sie kannte sich mit Modetrends aus, gab eine gute Figur ab und trug einen Hut im neuesten Stil, zumindest für Rigaer Verhältnisse. Für Jossel waren das fortgeschrittene Künste, ihm völlig fremd. Seine Mutter war eine *heimische* Frau, wie es so schön hieß, sie sah aus, als gehörte sie in die Küche, um am Herd zu schwitzen. Lia war ein Naturtalent, was das Schlendern durch einen Park an einem Sommernachmittag unter einem Sonnenschirm anging.

Sie kamen ins Gespräch. Wie sich herausstellte, hatten ihre Familien gemeinsame Bekannte in der Stadt, das Bäcker- und Müllereigewerbe ermöglichte einen weiten Kreis von Verbindungen. Außerdem war sie gebildet. Spinoza kannte sie nicht, aber sie hatte einige Kapitel von *David Copperfield* in Übersetzung gelesen. Sie beherrschte ein paar höfliche Floskeln in englischer Sprache und war eifrig dabei, sich mithilfe ihres Wörterbuches weitere anzueignen.

Mit jungen Frauen war Jossel bislang nur bei Familienzusammenkünften in Kontakt gekommen, wo die Heiratsvermittler wie Fliegen umherschwirrten, und die gestelzten Gespräche, die bei solchen Anlässen stattfanden, wurden durch den ängstlichen Blick in seinen Augen beendet. Doch an Bord des Schiffes, in der allgemeinen Stimmung von Optimismus und Aufbruch in ein neues Leben, in dem man nicht die Erlaubnis der Eltern einholen musste, unterhielten sie sich unbeschwert und natürlich, tauschten Informationen über die Städte Amerikas aus und darüber, wo man wohl am freundlichsten empfangen wurde, wenn man ein tatkräftiger, moderner junger Mensch war und bereit, sein Bestes zu geben. Er erzählte ihr von Hamlet. «Auch ich bin manchmal zu verträumt», sagte er, «aber vielleicht bringt einen das nicht weiter.»

«Der arme Mann. Sieht Geister. Die Toten sind tot. Meine Mutter ist tot, mein Mann ist tot, ich sehe sie nicht, sie sprechen nicht zu mir. Man muss an die Zukunft denken.»

«Du hast recht.»

Ihr ganzes Leben lang galt Lia als die Entschlossene. Entscheidungen sausten nur so herab wie ein Hackbeil, das am Freitagabend einem Huhn den Kopf abschlug. Für sie gab es keine Kehrtwenden, und ihr Verstand arbeitete auf Hochtouren. Jossel war ein sympathischer junger Mann, unbelastet von Verwandten. Keine dazwischenfunkende Schwiegermutter, kein herrischer Schwiegervater, nur die Schwester, und die schien ihr leicht beeinflussbar. Sie könnten ein effizientes Gespann abgeben, wenn sie das Mädchen kennenlernte und auf ihre Seite zog. Da kein *Schadchen* da war, arrangierte Lia ihre eigene Ehe. Die von ihr eingeholten heimlichen Erkundigungen versprachen eine gute Partie. Sie packte ihr bestes Kleid aus, strich die strohfarbene Seide glatt. Das Sonnenlicht formte einen Kranz um ihr krauses hellbraunes Haar, als sie an Deck stand. Eine Traube junger Verehrer folgte ihr auf Schritt und Tritt. Jossel entflammte vor Eifersucht, wie von ihr beabsichtigt.

Wie ein Mann, der sein Geld im erstbesten Geschäft ausgibt, sagte Mina später; Jossel ging in Riga als freier Mann an Bord des Schiffes und verließ es in Hull als verlobter Mann, der bald heiraten würde. Als er seine impulsive Entscheidung zu erklären versuchte, fielen ihm mehrere Gründe ein – er hatte sich über seinen Vater hinweggesetzt, hatte sein Zuhause verlassen, die halbe Welt durchquert und war ein Mann geworden, ein Mann, der eine Frau hatte und mit ihr Kinder bekam. Eine nahtlose Abfolge von Ereignissen. Er rechtfertigte seine Ehe, indem er sich einredete, es sei in Minas Interesse, eine beschützende ältere Schwester zu haben. «Ich habe es für dich getan», sagte er.

Doch Mina erwiderte: «Nein, hast du nicht. Du hast es getan, weil du Sex wolltest. Sie hat dich versext.»

An Land in England suchten sie unverzüglich einen Rabbi auf und heirateten. Lias erste Ehe mochte kurz und ihr verstorbener Mann im Bett ein Langweiler gewesen sein, aber sexuell war sie weitaus erfahrener als Jossel (ein einziger Abend in einem Rigaer Bordell, einem für einen Spinoza-Schüler derart phantasmagorischen Ort, dass er nie wieder zurückkehrte, nachdem seinem Irrtum, der Nabel sei irgendwie an der Fortpflanzung beteiligt, abgeholfen worden war).

6

In Hull wurden sie ausgeschifft und überquerten die Pennines in einer Pferdekutsche. Das Pferd brachte sie nach Liverpool. «Herrliche Stadt!», rief Jossel, zutiefst beeindruckt von dem Ort, den er für einen Vorboten New Yorks hielt und der seine kühnsten Vorstellungen bereits überstieg. Die Three Graces bewachten das Hafengebiet, die Irische See umspülte die Ufer und wich dem Atlantik, einer riesigen turbulenten Wasserstraße, die Freiheit und Reichtum verhieß. Eine Welt des Seehandels und der unendlichen Möglichkeiten. War das nicht schön? War es nicht großartig? Dagegen wirkte Riga wie eine Kleinstadt.

Sie fanden eine vorübergehende Unterkunft am Brownlow Hill in einem dreistöckigen Backsteinhaus in einem Viertel mit vielen jüdischen Emigranten, die auf das nächste Schiff warteten. Für Mina hätten sie ebenso gut schon in New York sein können, aber Lia sagte, das sei gar nichts verglichen mit dem, was sie erwartete. Mina blickte hoch zu den weißen Vögeln, die kreischend am grauen, kalten Himmel kreisten, und sehnte sich nach ihrem alten Zuhause. Sie dachte an ihre zurückgelassenen Eltern, ihre Brüder und Schwestern. Umziehen war verstörend, deprimierend, aufregend.

Einige Tage später bat Jossel sie, für ein paar Minuten

mit ihm in den Hinterhof zu gehen, wo sich das Außenklo befand, auf dem man sich mit den zerrissenen Seiten des *Liverpool Echo* den Hintern abwischte. Er musste ihr etwas gestehen und bemühte sich, es nicht allzu dramatisch klingen zu lassen, als er ihr stockend und beschämt erklärte: «... nicht genug Geld, um uns bis nach Amerika zu bringen.» Das heißt, er *hatte* die Fahrtkosten, das schon, aber nur fürs Zwischendeck, und er traute sich nicht, es seiner frischgebackenen Ehefrau zu gestehen.

«Mina, was soll ich bloß machen? Unser Vater wird uns nichts geben. Was glaubst du, wie ich uns bis hierher gebracht habe?»

«Mir hast du erzählt, du hättest deine Bücher verkauft. Die Bücher, die dich gebildet haben.»

«Weniger verkauft als frisiert.»

«Wie meinst du das?» Sie stellte sich vor, wie ihre Mutter die ledergebundenen Bände mit einer Schere bearbeitete.

«Ich hab gelegentlich was von Vaters Geschäft abgezwackt. Nur so viel, dass es nicht auffiel. Ein bissel hier, ein bissel da. Auf jeden Fall darfst du Lia nichts erzählen, es bleibt unser Geheimnis.»

«Du bist kriminell geworden, und trotzdem reicht es nicht?»

«Nicht, um so zu reisen, wie sie will. Sie wird mit ihrem Vater in der zweiten Klasse sein, und wir wären bei den einfachen, ruppigen Leuten im schlechten Teil des Schiffs.»

«Ist doch egal. Dann treffen wir sie auf der anderen Seite, und ich hab dich eine Woche lang für mich. Wir sind wieder Bruder und Schwester.»

Aus dem hölzernen Anbau wehten üble Gerüche herüber. Jossel hielt die Luft an und versuchte gleichzeitig zu sprechen.

«Lia ist es ganz bestimmt nicht egal. Du hast keine Ahnung, wie diese Leute im Zwischendeck sind, Schlägereien, Sex, die sind völlig verroht.»

«Ich bin unvoreingenommen, inzwischen hab ich ein bisschen was vom Leben gesehen, sicher nicht das, was mich in Amerika erwartet, aber vergiss nicht, ich bin von einem bolschewistischen Goj geküsst worden, so grün hinter den Ohren bin ich also gar nicht.»

«Lia wird das nicht dulden. Ich bin erledigt, ich weiß nicht, was ich tun soll.»

«Lass uns hier verschwinden. Wir gehen irgendwo Tee trinken.»

Sie gingen in ein billiges Café. «Kelly's» stand über der Tür. Jossel klimperte zur Beruhigung mit ein paar Münzen in der Tasche. Vielleicht war es dumm gewesen, so schnell zu heiraten und die eigene Lage nicht zu bedenken. Die Bedienung sprach in einem Dialekt, den sie nicht verstanden. Alles war fremd, auf die falsche Art fremd. Nicht amerikanisch, umstrahlt vom Glanz des Optimismus.

«Und wann willst du ihr die Neuigkeit eröffnen?»

«Heute Abend, es muss heute Abend sein, sonst verliere ich die Nerven. Aber was soll ich sagen?»

«Überlass das mir, ich rede mit ihr und überzeuge sie.»

Am nächsten Morgen gingen Lia und Mina die Straße auf und ab, und Lia hörte sich an, was ihre Schwägerin zu sagen hatte.

«Was sind schon fünf Tage? Nicht mal eine Woche. Du und dein Vater, ihr habt schon euer Schiffsticket, nur Jossel und ich müssen uns mit dem Zwischendeck begnügen. Die Fahrt vergeht im Nu, und wenn wir da sind, ist alles vergessen, oder es wird vielleicht eine lustige Geschichte für eure Enkel.»

Lia, mit der Sicherheit eines Eherings am Finger und der Aussicht, als verheiratete Frau in der Neuen Welt anzukommen und nicht als Witwe, hatte nicht damit gerechnet, dass einem neuen Leben nun etwas im Weg stehen könnte. Sie nahm die Nachricht mit der für sie typischen Entschlossenheit auf und ließ sich nicht aufhalten. Gott hatte ihr Jossel geschickt. Ihr Vater war ein komischer Kauz, sehr religiös. Jossel war ein Gentleman oder zumindest die jüdische Version eines Gentlemans, das musste ihr genügen.

«Und wenn ich gefragt werde, wo ist Ihr Mann, was soll ich dann sagen? Unter Deck mit dem Pöbel? Das will ich nicht. Wir fahren zusammen, wir gehen zusammen von Bord, wir kommen zusammen auf Ellis Island an.»

«Was ist daran so schlimm?», rief Mina in den salzigen Himmel. «Du musst nicht auf feine Dame machen, nur weil du einen Sonnenschirm hast.»

«Du bist noch ein Kind, du weißt nicht, wovon du redest. Ich bin froh, dass mein Jossel dich vor den schmutzigen Realitäten des Lebens beschützen will.»

«Ach, die kenne ich doch schon.»

«Nein, tust du nicht. Ich habe einen Mann; eigentlich sogar zwei, wenn ich's mir recht überlege. Ich weiß Bescheid über Männer und das Leben.»

«Mich hat ein Bolschewik geküsst», sagte Mina stur.

«Bitte behalte das für dich. Ich will nicht, dass uns in Amerika die alte Geschichte nachhängt.»

Ein Pferd rutschte auf der Straße auf einem Dunghaufen aus. Es war eine Bäckerskutsche. Der vertraute Anblick von Mehlsäcken, die vom Karren fielen, sorgte für Aufruhr in der Straße. Sie eilten weiter und erreichten das Adelphi Hotel, wo gelangweilte, in Pelz gehüllte Frauen die Treppe hochstiegen.

«Das sind die Leute, mit denen wir nach Amerika reisen», sagte Lia, angespornt durch die vornehmen Manieren der Frauen.

Mina betrachtete die Frauen. Sie erschienen ihr wie Pfeifenputzer ohne den Draht innen, als könnten sie jeden Moment umfallen. Wenn die Jiddisch sprechende Lia aus Riga mit ihren paar englischen Gouvernantensätzen glaubte, sie könne auf dem Schiff mit ihnen verkehren, war sie blöd.

Am Abend im Bett verkündete Lia ihrem Mann, dass sie einen Plan hatte. Beim Reparieren einer kaputten Speiche ihres Sonnenschirms habe sie ihn sich zurechtgelegt.

Sie würden noch einige Monate in Liverpool bleiben und genug Geld verdienen, um in der besten Klasse zu reisen, die sie sich leisten konnten, mit den angenehmsten Passagieren.

«Wie soll ich Geld verdienen? Ich habe nichts zu verkaufen, es ist hoffnungslos.»

«Keine Sorge, ich habe alles bedacht. Was fällt dir auf, wenn du dich in unserer Gegend umsiehst? Jüdische Geschäfte. Jedes Haus ist gleichzeitig ein Laden. Du hast doch ein Händchen für Finanzen, du kennst dich mit Zahlen und Geld aus. Geh durch jede Straße, klopf an jede Tür und biete an, die Bücher zu führen. Leute, die Hühner halten und Brot backen, haben keine Zeit für Buchhaltung, ihre Finanzen sind bestimmt das reinste Chaos. Mein Vater kann vorfahren, sich in Amerika niederlassen und uns bei sich aufnehmen, wenn wir ankommen.»

Jossel erzählte es Mina am nächsten Tag.

«Eines musst du ihr lassen, sie hat alles im Griff. Sie will nur das Beste für ihr Geld, sie ist daran gewöhnt.»

«Ach ja? Was hat ihr erster Mann ihr denn gegeben? Sei vorsichtig, Jossel, sie wird dich auspressen, wenn du nicht aufpasst.»

«Sie ist das, was deine Freunde aus dem Wald eine Bourgeoise nennen, so ist das nun mal.»

«Gott bewahre, dass es mit mir so weit kommt», sagte Mina, die leicht enttäuscht war, nun nicht im Zwischendeck zu reisen und das Leben der anderen Hälfte zu sehen.

Aber Gott lachte über die Mendels; Mina stellte sich vor, dass er wahrscheinlich Tränen lachte, als er die Träume dieser seltsamen kleinen Familie hörte.

Er schickte einen Mann mit einer Waffe in eine Stadt in Bosnien, der Mann erschoss den Erzherzog in seinem Wagen und löste damit alle erdenklichen Gefühle aus, was zu einer, so nannte Jossel es, «Situation» führte, und im nächsten Moment gab es Krieg. Der Atlantik wurde von feindlichen U-Booten bedroht und war nicht passierbar. In all ihren Plänen war dies nicht bedacht oder in Betracht gezogen worden. Auf wessen Seite sollten sie stehen und warum sich darum scheren? Was hatte das Ganze mit ihnen zu tun? Sie waren keine Kämpfer.

Einige Monate lang erhielten sie Briefe von ihrer Mutter, sehr kurze Briefe ohne viele Informationen, es war nicht ihre Art, viele Worte zu verlieren, weder mit dem Stift noch mit dem Mund. Über Rivka und Solly gab es zu berichten, dass sie schnell groß wurden, ihren Bruder und ihre Schwester vermissten und fragten, wann sie nach Hause kämen. Aber Itzik war abgehauen. Itzik, von dem Jossel immer sagte, er habe die Seele eines Mörders, war in seinem Element und bereits mit einem Gewehr auf dem Rücken in den Krieg gezogen. Er dachte nie: *Warum schießen die auf mich? Nichts wie weg!*, wie jeder vernünftige Mensch. Nein, er hielt das Ganze für eine große Chance. Sein Leben hatte endlich begonnen.

Jossel sagte: «Das Gute ist, wir müssen ihn nie wiedersehen. Lange wird er nicht überleben.»

«Aber er ist unser eigen Fleisch und Blut, egal, was er getan hat. Hab Mitleid mit ihm.»

«Er ist eine Laus.»

«Wie kannst du nur so etwas sagen?»

«Du musstest nie ein Bett mit ihm teilen und seinen Unsinn ertragen.»

«Zum Beispiel?»

«Egal, vergiss Itzik, er wird uns nicht mehr ärgern. Bestimmt hat er Mama das Herz gebrochen, und schon dafür verdient er sein Schicksal. Wie soll ein Zwerg wie er den Krieg überleben?»

«Ich weiß nicht.»

«Du hast ihn nie gemocht, warum jetzt damit anfangen?»

«Als wir von zu Hause weg sind, dachte ich auch nicht, dass wir keinen von ihnen je wiedersehen.»

«Doch, werden wir, nur Itzik nicht. Verlass dich drauf, eine Laus ist eine Laus.»

Denn er erinnerte sich daran, wie Itzik die Geräusche nachahmte, wenn sein älterer Bruder sich nachts im Bett selbst befriedigte. Das verzieh er ihm nie.

7

Brownlow Hill. Rot-gelbe Backsteinhäuser, jedes mit einem Laden, der von der Straße aus zugänglich war und etwas verkaufte oder eine Dienstleistung anbot. Dort lebten Leute, die es nicht nach Amerika geschafft hatten. Manchen hatte man zu Hause in Polen oder Rumänien gefälschte Tickets verkauft, und nun saßen sie geprellt fest und kamen nicht weiter. Einige verloren den Mut beim Anblick der gewaltigen Turbulenzen des kalten Ozeans und wollten sich nicht mehr vom Fleck rühren. Einige hatte man um ihre Ersparnisse betrogen. Einige sahen im Verkauf von Vorräten für die Reise und Landung in der Neuen Welt eine Gelegenheit, Geld zu machen, und ließen sich geschäftlich nieder. Einige hatten den weiten Weg nach Ellis Island geschafft und waren abgewiesen worden, ohne überhaupt einen Fuß auf echten amerikanischen Boden gesetzt zu haben, weil sie Tuberkulose oder die Pocken hatten.

Brownlow Hill hatte einst zum Jagdgebiet von König Johann Ohneland in der Stadtgemeinde Toxteth gehört, doch was all diese Hetties und Moishes mit englischer Geschichte zu tun hatten, sei dahingestellt. Das wimmelnde Leben am Hill war ein Mikrokosmos ganzer Gemeinschaften aus aller Herren Länder, die sich mit den Alteingesessenen vermischten, denn außer den Juden gab es Waliser,

Iren, Schotten und Deutsche, die dicht an dicht in bunter Mischung nebeneinanderwohnten und sich gegenseitig aushalfen, während die Kleinen ihr Unwesen auf den Straßen trieben.

Lia hatte festgestellt, dass es im Viertel genügend kleine Geschäfte gab, die einen jungen Mann mit Grips und einer ehrgeizigen Frau an seiner Seite versorgen konnten. Sie klapperte die Straßen von Brownlow Hill ab, stapfte unermüdlich auf ihren breiten Füßen auf und ab, notierte sich Namen und Adressen in einem schicken Notizbuch, das sie ursprünglich für Liebesbriefe hatte benutzen wollen. Er sollte ganz oben anfangen, bei der Praxis von Dr. Arthur Hard, einem der wenigen gebildeten Juden aus einer Generation früherer Ankömmlinge, dessen Popularität angeblich darauf beruhte, dass man stets etwas für sein Geld bekam und mit einer Flasche gefärbten Wassers wegging, egal, was einen plagte – Kopf oder Herz, Magen oder Knie. Das andere Extrem war Osher Blackstone, ein *Schtarker*, wie man sagte, er war berüchtigt dafür, erst zuzuschlagen und dann Fragen zu stellen – ihn schrieb sie nicht auf die Liste. Aber was war mit Tower's Scientific Apparatus neben Narefskys Süßwarenladen, Nachbar von Katarovitz' hebräischer Buchhandlung, Nachbar von Tessie O'Gorman mit dem besten selbst gemachten Eis, dann Owen Jones' Pfandhaus, wo man seine Anzüge und seinen Schmuck hinbrachte?

Außerdem Selig Dover mit seinen Milchkühen und das Lebensmittelgeschäft Blackledge. Sam Gordon, ein Alleskönner, der Stiefel flickte, Uhren reparierte und Hosen nähte. Kesselmans Pommesbude. Der Lebensmittelhändler Silver, bei dem man Schwarzbrot, Bagels, Räucherlachs und Sprotten kaufte. Die Vorschte Company von Aronovitch. Der Hauptsitz der Schneidergewerkschaft, ein großer schmutziger Raum voller Tabakrauch, wo Näher und Bügler aus den Werkstätten über Tische geneigt Karten spielten.

Brownlow Hill Nr. 18. Dort landeten die Federn von gerupften Hühnern, man nahm einen Kissenbezug, füllte ihn und hatte nachts einen guten Schlaf. Krons Olivenölgeschäft, das Fußballmannschaften mit Massageöl belieferte. Ginsbergs Bäckerei, und in der Back Great Newton Street fand am Freitagabend das Wichtigste statt, dort wurden die Hühner geschlachtet und gerupft, bei geschlossenen Türen wähnte man sich in einem Schneesturm.

Lia schickte ihren Mann jeden Morgen mit fleckenlosem Kragen und frischen Bügelfalten in der Hose los. Vor jeder Tür richtete er sich auf, wappnete sich für die Abfuhr und setzte ein gespieltes Lächeln auf. Doch entgegen seiner Erwartung wurde er oft auf einen Tee und eine Verhandlung eingeladen, die mit einem Handschlag endete. Lia hatte recht, es war möglich, sich durch Buchführung einen regelmäßigen Lebensunterhalt zu verdienen. Sie mussten nur das Ende des Kriegs abwarten; wenn der Krieg vorbei wäre, würde sich alles ändern. Lia, abgeschnitten von ihrem Vater, der sich mittlerweile in der Bronx niedergelassen hatte, akzeptierte diesen vorübergehenden Zustand, aber nur als Sprungbrett für einen seriösen Beruf mit eigenem Büro und Sekretärin, denn in ihren Augen verfügte ein ernst zu nehmender Geschäftsmann über ein Mädchen mit einem sauberen weißen Kragen und weißen Bündchen, das die Ablage erledigte und ihrem Chef am Vormittag einen Kaffee brachte.

Im Hinterhof ihrer Wohnung hielt die Vermieterin Hühner. Jede Familie aß jeden Freitag ein Huhn in der einen oder anderen Form: Der Vogel wurde gekocht, das Fleisch gegessen, die Leber entfernt und zu einer nahrhaften Pastete verarbeitet, die Knochen landeten im Suppentopf; das gesamte Huhn wurde gnadenlos verwertet. Am Freitagmorgen trafen sich die Frauen im Hof und suchten ihr Huhn aus, das zum Schlachten gebracht wurde. Kleine Kinder hatten oft ein Lieblingshuhn, das sie adoptierten und liebten, ohne zu ahnen, dass es in ein paar Wochen mit Karotten und Sellerie und *Lokschen*-Pudding serviert werden würde. Mit diesen Leuten pflegten Mina und Lia nun Kontakt. Wären sie wie geplant mit dem Schiff weitergereist, hätten sie eine Woche mit ihnen verbracht, jetzt schien es, als verbüßten sie eine lebenslange Strafe.

Lia sagte: «Wie lange kann dieser Krieg noch dauern?»

Jossel erwiderte: «Früher oder später sind sie es leid, sich gegenseitig umzubringen, dann sind wir am Zug.»

«Wenn wir warten müssen, dann müssen wir uns vorbereiten. Wir besuchen die Abendschule und lernen das beste Englisch. Und wenn wir in New York sind, werden sie ihren Ohren nicht trauen, wie gut wir sprechen.»

«Nenn mich Lily, ich nenne dich Joe», sagte Lia nach der ersten Stunde zu ihrem Mann. «Mina, du bist jetzt Millie. Wir sollten uns alle daran gewöhnen.»

Aber hinter geschlossenen Türen benutzten Mina und Jossel weiterhin die Namen aus der alten Heimat.

8

1916 hatten sie schon zwei Jahre Däumchen gedreht, der Krieg war noch die gleiche mörderische Unternehmung und nahm jeden, den er haben konnte, selbst einen Jiddisch sprechenden Juden auf Wanderschaft. Jossel wurde dem East Lancashire Regiment zugeteilt, einem Teil von General Allenbys Streitkräften in der Schlacht um Gaza, und Anfang 1919 nach Liverpool entlassen, ohne Medaillen, Kriegsverletzungen oder Heldenmutsgeschichten, aber mit einer völlig veränderten Persönlichkeit, sodass er den Namen Spinoza fast vergessen hatte, nicht mehr wusste, wie man ihn schrieb, und sich schon gar nicht daran erinnerte, was er gelesen hatte. Er wusste jetzt, was der Tod bedeutete und dass es keinen Gott gab. Auf dem Schlachtfeld war diese große, alles beherrschende Persönlichkeit mit ihren Geboten und Verheißungen und Drohungen nirgends zu sehen. Junge Männer, noch halbe Kinder, hatten geweint und nach ihren Müttern gerufen. Und nach Jesus, doch auch der ließ sich nicht blicken. Es gab keine Wunder. Selbst eine Debatte über Spinozas Fragen war nicht lohnenswert, von solchen Nebeln war der Verstand seines Schülers reingewaschen.

Im späteren Leben, begleitet von seinen üblichen Utensilien, wenn er es sich leisten konnte – eine Zigarre, ein

Glas seines geliebten Haig & Haig Pinch Whisky –, streifte Jossel seine Schuhe ab und gab seine Kriegsgeschichte zum Besten. Sie hallte über Generationen nach und galt bei den Mendels als Maßstab für das Erzählen von Geschichten, machte selbst Minas Geschichte vom Wald Konkurrenz.

In der Zeit seines aktiven Dienstes im Heiligen Land, so nannte es jeder (während Jossel es als Schauplatz seiner Familiengeschichte sah), hatte er sich mit einem anderen jüdischen Soldaten angefreundet, dem Gefreiten Polack, dessen Eltern am Ende des neunzehnten Jahrhunderts noch vor seiner Geburt aus Polen gekommen waren, er hatte keine Erinnerungen an das Schiff, die Masten, die Takelage, das tosende Wasser. Die Familie hatte es nur bis Leeds geschafft, wo sein Vater sich erfolgreich im Sämischledergeschäft niederließ. Nun, im heißen Palästina, versprachen sich die beiden eingezogenen jungen Männer (von denen einer noch nicht einmal die Melodie von «God Save the King» kannte), aufeinander aufzupassen. Die Hitze, der Staub, der Krach der Gewehre, das ständige Blaffen ihrer Feldwebel und die fernen Gestalten der Offiziere, die schön gekleidet auf Pferden ritten, gingen ihnen auf den Senkel. Wofür genau kämpften sie eigentlich?

Die beiden maulten auf Jiddisch über den Krieg, aber nur wenn niemand mithörte, denn sie fürchteten, man könnte irrtümlicherweise glauben, sie sprächen Deutsch, und sie erschießen lassen. Alles war, in der ausdrucksstarken Formulierung des Gefreiten Polack, beschissen. Der Krieg, pflichtete Jossel ihm bei, macht *Asch un Blote* aus einem Menschen. Er zerreibt ihn zu Erde und Asche.

Eines feuchten Nachmittags geriet Louis Polack unter feindlichen Beschuss. Er war nicht ganz tot, aber es war nicht nur eine Fleischwunde. Er sah fertig aus, sein Gesicht weiß wie eine leere Buchseite, sein Atem flach. Den kann man abschreiben, dachte Jossel. Der Stabshauptmann befahl den Sanitätern, ihn aus der Schusslinie ins Feldlazarett zu bringen. Als Louis wartend auf dem Boden lag, blickte Jossel auf ihn hinab, sah, wie das Leben ihn verließ, und hatte plötzlich eine clevere Idee. Jahre später sagte er, er könne sich nicht erklären, wie ihm so etwas Verrücktes eingefallen sei, der Teufel müsse ihn geritten haben. Doch der Krieg hatte seinen Verstand gekapert, der Krieg mit all seinen Gaunereien und Tricks. Der Krieg schuf ihn neu. Er hatte vieles gesehen, hatte Langeweile, Angst, Anspannung, Müdigkeit, unerklärliche Befehle und Einsätze im Schutz der Dunkelheit ertragen, sodass nur noch der kleine Kern seines eigenen Überlebens übrig war. Sein Vater hätte keine Spur mehr von dem entrückten *Luftmentsch* entdeckt.

Einem Beobachter erschien es, als liefe er auf ein Hindernis zu, ein Gewehr, das unbeaufsichtigt auf dem Boden lag. Marschierte direkt darauf zu, stolperte darüber und stürzte schwer auf sein Knie. Eine Stunde später war das Gelenk geschwollen, er fing an zu hinken. Dann präsentierte er sich vor dem Hauptmann. In seinem besten Abendschulenglisch erläuterte er die Situation.

«Der Gefreite Polack ist schwer verwundet», sagte er. «Sehen Sie ihn an, er ist am Ende. Und ich mit meinem Knie bin zu nichts nutze, ist nicht schlimm, in ein, zwei Tagen ist die Schwellung weg. Aber ich könnte meinen Freund ins Feldlazarett begleiten, ihn aufbauen, damit er nicht die Hoffnung verliert und abnippelt. Er wird behandelt, mein Knie kommt zur Ruhe, und Sie kriegen zwei Soldaten zurück statt vielleicht nur einen.»

Hauptmann Bostock war inzwischen alles egal. Vor dem Krieg war er Auktionator in einem provinziellen Verkaufsraum gewesen, ein Fachmann für alte Möbel. Die zwei Burschen bedeuteten ihm nichts, sollten sie doch gehen. Alles, damit dieser Mann mit seinem Akzent ihn nicht länger bequatschte. Es hätte auch anders ausgehen können, doch an diesem Tag spielte der Zufall so.

Hinter der Frontlinie wurde der Gefreite Polack von einem Arzt untersucht. Er hatte viel Blut verloren. «Tja, es steht auf der Kippe», sagte er. «Wenn er einschläft, verliert er das Bewusstsein, dann kann man ihn abschreiben. Können Sie ihn wach halten?»

«Wie soll ich das machen?»

«Reden Sie einfach. Reden Sie mit ihm, hören Sie nicht auf.»

Jossel richtete sich zu seiner vollen Größe auf (er war nur einen Meter siebzig groß) und sagte: «Sir, in der ganzen britischen Armee hätten Sie keinen besseren Mann finden können.»

Als die Sonne über Gaza unterging, setzte Jossel zu seinem Monolog an und bot all die Fähigkeiten auf, die er schon an sich entdeckt hatte, als er seinen Eltern den Plan zur Auswanderung nach Amerika dargelegt hatte. Er sprach von der Kriegsführung, den idiotischen Offizieren, diesen blassen Lackeln mit Pickeln auf der Stirn unter dem Schirm ihrer Mützen, dem heißen seltsamen Land, in dem sie waren, dem Gesang des Muezzins, den orientalischen Juden, ihren Cousins, und den Arabern, die noch entferntere Cousins waren – die Nachkommen Ismaels. Von bewegten Bildern mit Mary Pickford in der Hauptrolle, seinen Eltern in Riga, von denen er seit Langem nichts gehört hatte, nichts, keine Briefe. Den tiefsten Geheimnissen der Buchführung, den Straßen von Liverpool mit den prachtvollen Gebäuden am Ufer, dem Liver Building mit den kupfernen Vogelfiguren auf den Kuppeln, was für ein Anblick! Den Tempeln des Handels und der Versicherungen und dass er den Traum von Amerika, wo sein

Schwiegervater ein neues Leben mit einer neuen Frau in der Bronx führte, noch lange nicht aufgegeben hatte und ihn dort alles erwartete.

Die Nacht ging vorbei wie ein Gespenst, das eine seltsame Kälte ausstrahlte. Der übliche Chor aus Stöhnen stimmte ein. Jossels Knie pochte. Das Gesicht auf dem Kissen hielt weiter die Augen offen. Jossel fing an, alte Volksmärchen aus seiner Kindheit zu erzählen. Er redete und redete weiter.

Dann ging ihm allmählich der Gesprächsstoff aus. Er hatte sieben Stunden lang geredet und eine epochale Leistung der Redekunst und Verzögerungstaktik vollbracht, auch wenn es dafür nur einen einzigen Zeugen gab. Jossel hatte das Gefühl, eine Stimme gefunden zu haben, die eines weltberühmten Rabbis würdig wäre; wenn er noch gläubig gewesen wäre, hätte er mit dem Schreiben von Predigten begonnen. Er tastete seine Taschen ab, in der Hoffnung, etwas Interessantes zu finden, Briefe von zu Hause oder Fotos, und entdeckte ein Bild von seiner kleinen Schwester Mina, die inzwischen in einer Munitionsfabrik arbeitete. Das Bild war 1915 in einem Fotoatelier aufgenommen worden. Sie stand sittsam da und hielt einen Fächer aus Straußenfedern, der ihr Kinn halb verdeckte. Um den Hals trug sie eine Kette aus künstlichen Perlen, auch das ein Requisit des Fotografen, im Hintergrund eine gemalte Brüstung neben einer gemalten Topfpalme. Sie vermittelte den Eindruck eines jungen Mädchens, das in seinem Leben noch nie von Bolschewiken gehört, geschweige denn einen Fuß in einen so wilden Ort wie einen Wald gesetzt hatte. Das Foto war handkoloriert, ihre Augen mit einem Hauch arisch-blauer Aquarellfarbe eingefärbt.

«Das», erklärte er, «ist meine kleine Schwester Mina. Wir nennen sie jetzt Millie, klingt moderner. Ist sie nicht hübsch? Gefällt sie dir nicht auch? In der alten Heimat hat sie sich im Wald den Bolschewiken angeschlossen, kannst du dir das vorstellen? Erst vierzehn und wusste über Marx und all diese Unruhestifter Bescheid. Aber ich habe sie gerettet.»

Er wedelte mit dem Foto vor dem Gefreiten Polack herum, dessen Augen trüb waren wie die eines sterbenden Fisches. Seine Konzentration kehrte für wenige Sekunden zurück, die Lider flackerten, er nickte leicht und versank dann wieder, erschöpft von der winzigen Anstrengung.

«Nun», sagte der mittlerweile ziemlich heisere Jossel, der noch immer Hoffnung auf eine vermutlich unerreichbare Zukunft vermitteln wollte, «wenn der Krieg vorbei ist, kommst du vielleicht bei uns vorbei, lernst sie kennen und fragst, ob sie dich heiraten will.»

Die Mendels und die Polacks gaben folgenden Rat an ihre Nachfahren weiter:

Werdet nicht wie die Engländer, sie gelten als wortkarg und neigen zu bedeutungsvollem Schweigen. Wo wäre Louis Polack heute ohne Jossels unaufhörliches Geplapper? Mit Sicherheit tot.

«Lass dir von keinem sagen, dass du zu viel redest», riet Mina ihrer Tochter. «Denn sie werden es versuchen, glaub mir, sie versuchen es ganz bestimmt.»

| 9

Man baute Gehäuse, nicht solche, wie man sie am Strand fand, Kamm- oder Schneckenmuscheln, sondern Gehäuse von Granaten, um die Hunnen in die Luft zu sprengen. Zusammengesetzt von jungen Mädchen in Gummischuhen, mit Hauben und Masken sowie Arbeitsanzügen, die ihre schlanken Figuren auf erstaunlich moderne Weise zur Schau stellten. Die Männer waren an der Front, neunzig Prozent der Fabrikarbeiter waren Frauen. Am Morgen stempelten sie die Zeit, zogen ihre männliche Kleidung an und gossen geschmolzenen Sprengstoff in die Gehäuse, reinigten das Schraubgewinde, verschlossen es mithilfe eines Rädchens und montierten den Zünder. Dann wurde das Ganze nach Frankreich geschickt, damit es einen deutschen Soldaten in Stücke riss, ihm den Kopf abtrennte, sein Herz pulverisierte, das weiche Gewebe der Genitalien zerfetzte, sodass nichts übrig blieb als ein paar verkokelte Fleischfetzen. Das würde man im Grabmal des unbekannten Soldaten bestatten, Bruchstücke eines Mannes, in den Zustand der Atomisierung versetzt durch die Hände eines Mädchens aus Liverpool, das nunmehr befreit war von der häuslichen Pflicht, Tabletts treppauf und treppab zu tragen, Roste zu reinigen, Flecken aus Kleidern zu wischen, der Hausdame das Haar zu frisieren und der Oberschicht von Lancashire den Arsch zu lecken.

Mina arbeitete nicht in der Fabrikhalle. Sie war eine Fremde, ihr Englisch noch holprig, sie hatte einen Bruder, der König George V. an der Front diente, aber konnte man den Emigranten tödliche Rüstungsgüter anvertrauen? Sie wurde der Kantine zugeteilt, wo die Mädchen mittags Pause machten, um ihr Zwölf-Uhr-Dinner, wie sie es nannten, zu sich zu nehmen.

Noch ehe die Sonne aufging, marschierte Mina vom Brownlow Hill zum Edge Hill. Bei Sonnenuntergang kehrte sie zurück. Auf der Straße fuhren jetzt Autos, die Kleider reichten bis zu den Knöcheln, die Taille war verschwunden, die Mode hatte sich den Zeiten angepasst, der weibliche Körper sollte sich in seinen Hüllen wohler fühlen. Sie sah arme Amputierte betteln, mitleiderregende Witwen mit ihren verwaisten Kindern. Überall nur Leid, Kummer und das Warten auf Briefe – auch Mina wartete auf Briefe von Jossel in Gaza, von ihren Eltern in Riga. Doch aus der Alten Welt kam nichts mehr. Der Krieg hatte die Kommunikation zeitweilig unterbrochen. Die Nachschublinien für Nachrichten waren abgeschnitten. Hinter dem schweren Vorhang des Schweigens konnte ihrer Mutter, ihrem Vater, der kleinen Rivka und dem noch kleineren Solly alles zustoßen. Ob sie in ihrem Haus in Sicherheit waren? Wer wusste das schon? Aber Itzik, der weggelaufen war, um in den Krieg zu ziehen, und mit einem Gewehr in der Hand durchs Land zog und Unruhe stiftete, er war vermutlich in seinem Element. Auf wessen Seite kämpfte er? Für Itzik gab es nur eine Seite, die eigene.

Millie alias Mina stach die Uhr, sie trug einen Arbeitsanzug der Regierung. Sie kochte nicht, hätte auch keine Ahnung gehabt, wie man die Pasteten und Eintöpfe und gedämpften Puddings machte, die die Fabrikarbeiterinnen mittags in sich hineinschaufelten. Ihre Aufgabe war es, morgens um halb sieben anwesend zu sein und in den folgenden Stunden zu schnippeln und zu würfeln – Karotten, Kohlrabi, Steckrüben, Zwiebeln, Kochäpfel – oder die gehäuteten Hälften von Kühen, Schweinen oder Schafen aus dem Kühlraum über den Linoleumboden zu schleppen.

Jetzt bin ich eine Arbeiterin, dachte sie. Die jungen Bolschewiken wären stolz auf mich. Andrievs, der mich geküsst hat, was würde er wohl sagen, wenn er mich jetzt sehen könnte? Er würde noch einen Kuss wollen! Die Geschichte war jetzt auf ihrer Seite und hatte sie, Mina, auf die der jungen Revolutionäre gezogen. Hier war die Kameradschaft des großen sozialen Unternehmens. Endlich gehörte sie dazu. Wenn sie es Andrievs, den sie nach dem Kuss im Wald nie wiedergesehen hatte, doch nur erzählen könnte. Alles war so schnell passiert, die Flucht in die Neue Welt und Jossel, der sie nicht aus den Augen gelassen hatte, bis sie an Bord des Schiffes gingen. Manchmal schien ihr der Wald wie ein Traum, aber wenn es nur ein Traum war, woher wusste sie dann über Arbeit und Kapital Bescheid?

Die Köchinnen waren wuchtige Frauen mit großen männlichen Händen, kräftig vom Teigkneten. Sie hatten fleischige rote Gesichter und Schweißschnurrbärte. Mina hatte großen Respekt vor ihnen, sie hatten ihre Weiblichkeit völlig abgelegt oder vielleicht überhaupt nie besessen. In der Munitionsfabrik existierte sie, um von ihnen herumkommandiert und angeschrien zu werden, sie musste rennen und Dinge holen, wurde zusammengestaucht, wenn sie nicht schnell genug schnippelte, musste auf allen vieren mit einem Eimer Seifenwasser und einer Scheuerbürste Verschüttetes aufwischen, und sie liebte und hasste alles – die Arbeit, den Tag, die Gesellschaft der Frauen. Ich bin die Tochter eines Getreidehändlers, wollte sie ihnen sagen, meine Schwägerin hatte eine Kinderfrau, wir gehen nach Amerika, wenn das alles vorbei ist, wir ziehen zum Schwiegervater meines Bruders in die Bronx und führen ein schönes Leben. Aber sie sagte nie ein Wort, denn die Frauen hätten sie in Stücke gerissen, hätte sie die Klappe aufgemacht.

Nach der hektischen Mittagszeit, wenn die letzten Munitionetten zu ihrer gefährlichen Arbeit zurückgekehrt, die Teller von Soße befreit waren und alle Flächen wieder glänzten, setzten sich die Kantinenfrauen zum Essen hin. Lia hatte angeboten, ihr ein Essenspaket für die Arbeit zu machen, doch selbst wenn man ihr erlaubt hätte, fremde Lebensmittel mitzubringen, wollte Mina das gemeinsame Erlebnis und das aufregende Gefühl, eine *treife* Lammniere oder – der höchste Verstoß – eine fleischige, salzige, schmackhafte Scheibe Kochschinken zu verzehren.

Die Kantinenfrauen sprachen über ihre Fehlgeburten, ihre Totgeburten, ihr lädiertes Inneres, ihre rachitischen Kinder, ihre tuberkulosekranken Männer, ihre Brüder, die vor dem Krieg an den Docks, auf See oder bei Tate & Lyle gearbeitet hatten und die nun fort waren, in Uniform, mit einem Gewehr und einer Gasmaske. Sie ignorierten Mina. Sie steckten tief in ihrem gemeinsamen Leid, das sie mithilfe von Zigaretten, Bier, Klatsch und der heiligen Messe ertrugen. Sie murrten über schlechte Bezahlung und abgezogenes Geld, darüber, warum eine Arbeit einen Bonus bekam und die andere nicht. Die wenigen Männer in der Fabrik waren ihre Herren und Gebieter. Sie bekamen den Löwenanteil von dem, was zu haben war. Die Kantinenfrauen durften nicht mal die Reste aus der Küche mit nach Hause nehmen, alles wurde überwacht, am Ende jeder

Schicht mussten sie sich in Gemeinschaftswaschräumen waschen.

Eines Tages dachte Mina an die Lektionen der jungen Bolschewiken und meldete sich zu Wort: «Warum seid ihr nicht in einer Gewerkschaft?»

Die Frauen lachten. Tränen liefen ihnen über die amüsierten Gesichter. Endlich mal ein richtiger Witz.

«Was ist daran so lustig?»

«Eine Gewerkschaft ist doch auch wieder nur von Männern gemacht», sagte Martha O'Keefe und wischte sich die Augen trocken.

«Warum?»

Martha O'Keefe holte aus und schlug ihr einen Spüllappen um die Ohren. Der Lappen roch nach Schweinefett und Bieressig.

«Hör auf, Martha, sie weiß es halt nicht besser.»

«Sie will Freundlichkeit? Gut, ich bin freundlich. Hier, eine Kippe, wird Zeit, dass du rauchen lernst.» Sie nahm die Zigarette aus ihrem Mund und klemmte sie zwischen Minas Finger. «Na los, steck sie dir in die Fresse.»

«Was soll ich damit machen?»

«Ziehen.»

Mina steckte sich das Ding, an dem feuchte Tabakfäden klebten, zwischen die Lippen. Eine Rauchwolke füllte ihre Mundhöhle, und sie dachte, sie müsste sich übergeben.

«Musst du sie unbedingt provozieren? Lass sie in Frieden, sie ist noch ein Kind.»

«Unser Mieteintreiber ist ein Jude. Ein richtiger Knauser. Geht sicher jeden Abend heim und zählt erst mal sein Gold. Angeblich hat er eine Innentoilette aus *Gold*.»

«Was, der mit seinem alten mottenzerfressenen Mantel?»

«Das sollen die Leute von ihm denken. Unsere Wände

tropfen, die Kinder haben Bronchitis, was soll man machen? Ich hab vier beerdigt.»

«Und ich drei.»

«Mein Charlie.»

«Meine Betty.»

«Meine Mabel und mein Hubert.»

«Das Haus taugt nicht mal für Schweine.»

«Stimmt es, dass eure Leute kein Schweinefleisch essen, also gar nichts vom Schwein?»

«Nein, so steht es in der Bibel.»

«Die Stelle hab ich nie gelesen.»

«Du kannst doch gar nicht lesen. Mary, jetzt mal ehrlich.»

«Na ja, der Pfarrer hat nicht gesagt, dass man kein Schweinefleisch essen soll, er isst selber ganz gern gerösteten Speck, da hast du wohl was falsch verstanden. Der Pfarrer muss es ja wissen.»

Und so ging es weiter in den Jahren in der Kantine der Munitionsfabrik, als die kleine Sozialistin lernte, wie richtige Frauen lebten, wie es war, mit ihnen da unten zu sein, und welche Sorgen sie plagten. Daran hatte damals im Wald keiner gedacht.

| 10

Als Louis Polack 1919 in Liverpool auftauchte und um die Hand von Mina Mendel anhalten wollte, tat er es vor allem aus Pflichtgefühl und in der großen Hoffnung, die Situation hätte sich zwischenzeitlich geklärt und sie wäre schon verheiratet oder wenigstens verlobt oder vielleicht sogar an der Spanischen Grippe gestorben. Er hatte Jossels Vorschlag im Feldlazarett wörtlich genommen, sich mit seinem Vater beraten, der wiederum mit dem Rabbi sprach, und man war sich einig: Er war durch die eisernen Fesseln der Schuld gebunden, musste ein *Mentsch* sein und sie zumindest fragen. Jossel erinnerte sich an Louis, hatte aber völlig vergessen, was er in jener langen Nacht, als ihm der Gesprächsstoff ausging, gesagt hatte. Es war nicht mehr als ein dummer Nachsatz gewesen, aber es hatte gereicht, um Louis dazu zu bewegen, die Pennines zu überqueren und um ihre Hand zu bitten, und Jossel fand, Mina sollte ihn zumindest anhören. Sie durfte selbst entscheiden, auch wenn das Angebot an jüdischen Männern am Brownlow Hill im Krieg schmal war und einige tot waren, andere sich in einer schlimmen geistigen Verfassung befanden, und manchen fehlte ein Arm, ein Bein, beides oder alle vier Gliedmaßen. Wenn also ein ernsthafter Interessent vor der Tür steht, schickt man ihn nicht weg, ohne ihn wenigstens sein Anliegen vorbringen zu lassen.

Louis hätte nicht nervöser sein können. Das Foto von Mina war ihm seinerzeit, soweit er sich erinnern konnte, akzeptabel erschienen, aber hatte er da nicht am Rande des Todes gestanden? Hätte nicht jede alte Sau schön genug ausgesehen? Selbst wenn er sie passabel gefunden hatte, war das Bild veraltet. Vielleicht hatte sie sich verändert, war derber geworden. Und was für ein Mädchen war sie? Eine, die in der Kantine einer Munitionsfabrik mit den härtesten Typen gearbeitet hatte. Auch er hatte Schulter an Schulter mit dem einfachen Mann gekämpft, aber Männer sind von Natur aus ungeschliffen und müssen etwas dafür tun, sich über diesen Zustand zu erheben, wohingegen Frauen von Natur aus wie Blumen sind und durch ihre Umgebung erniedrigt werden können. Er wusste von den Besuchen im Wald und folgerte daraus, dass sie über ein gewisses Maß an Geist verfügte, ein Reiz, der sich umkehren und schal werden konnte. Über Bolschewiken wusste er so gut wie nichts. Von politischer Theorie war er völlig unbeleckt. Sein Vater hatte sich in Leeds hochgearbeitet. Das Geschäft blühte. Er hatte eine Zukunft. Es gab jede Menge junger Mädchen, die ihn liebend gern geheiratet hätten, und sei es über einen *Schadchen.* Er konnte es sehr weit bringen, davon war er überzeugt, aber er musste zu diesem Mädchen gehen und seine Absichten darlegen. Gott behüte, dass er seine Pflicht nicht erfüllte.

Nach seiner Ankunft in Liverpool ging er nicht direkt zu den Mendels. Er hatte Kleidung für die Brautwerbung mitgebracht, zog sich im Waschraum einer Teestube um und präsentierte sich mit einer Nelke im Knopfloch an der Tür der Adresse, die er auf ein Stück Papier geschrieben hatte und gefaltet in seiner Brieftasche aufbewahrte. Er sah aus wie ein Verehrer und wollte als solcher wahrgenommen werden, aber er wollte auch nicht zu enttäuscht sein, wenn sie ihm eine Abfuhr erteilte und er seiner Verantwortung entledigt auf direktem Weg zurück nach Leeds fuhr. Er sah sich selbst als ehrlichen Menschen, der ein wenig im Schatten seines älteren Bruders stand, oft übersehen, ausgelacht und nachgeäfft, weil er auf sein Äußeres achtete und sich so gut wie möglich kleidete. Sein Bruder Mottie vermutete, dass ihn die Verletzung auf dem Schlachtfeld ein wenig wirr im Kopf gemacht hatte, dabei war er vom Wesen her ohnehin schon etwas bequem und anfällig dafür, ausgenutzt zu werden, und dass er sich diesem Mädchen gegenüber verpflichtet fühlte, passte zu seinem Charakter. Es gab immer Möglichkeiten, sich aus einer Situation herauszumogeln. Aber da steht er und klopft an die Tür, in einem marineblauen Anzug, mit Filzhut, Nelke im Revers und einer fertigen Rede, unterwegs auswendig gelernt, um textsicher zu sein.

Es klopft an der Tür. Lia öffnet. (Er denkt: Das ist doch nicht das Mädchen, oder? Die sieht ja aus wie eine junge Kuh.) Sie hört ihm zu, sagt: «Ich kenne Sie, mein Mann hat mir Briefe von der Front geschrieben. Er hat nie erwähnt, dass Sie Millie heiraten wollen, aber wenn Sie schon mal da sind, versuchen Sie Ihr Glück.» Sie ruft: «Millie. Da ist jemand, der dich was fragen will.»

Mina kommt in den Flur. Sieht einen ehrbar aussehenden jungen Herrn mit hellem Teint und einer Blume im Knopfloch. Hört sich die Geschichte seiner Rettung vor dem sicheren Tod auf dem Schlachtfeld an. Sie gehen ins Wohnzimmer, um auf Jossels Rückkehr zu warten. Im Gegensatz zu Louis trägt sie keine passende Kleidung für die Brautschau, und ihr Haar ist eine Katastrophe. Sie ist sich bewusst, dass sie nicht das beste Bild abgibt.

Lia bemerkt es und flüstert ihr zu, sie solle gehen und sich umziehen, in der Zwischenzeit kümmere sie sich um den Fremden.

Mina rennt in ihr Zimmer, kämmt sich das Haar und zieht ein Kleid an, das auf einen solchen Anlass gewartet hat. Das Zimmer hat eine beklemmende schnörkelige Tapete mit Blumen, deren Namen sie nicht kennt – sie weiß das Wort für Veilchen und Rosen, aber nicht für diese rankenartigen Ungetüme mit ihren fleischigen Blättern. Das Kleid liegt gefaltet in einer Kiste, die mit orientalischen Gesichtern verziert ist. Der penetrante Geruch von Mottenkugeln würgt sie in der Kehle. Lia bewahrt in ihrem Schlafzimmer ein kleines Parfümfläschchen auf, das Jossel ihr gekauft hat, als er aus dem Krieg zurückkam, angeblich aus Paris (aber er war nie in der Nähe von Frankreich gewesen). Unter Aufbietung all ihres Mutes geht Mina hinein, findet es in dem ihr bekannten Versteck in der zweiten Schublade der Kommode, tupft sich ein paar Tropfen auf den Hals und hofft das Beste. Zum ersten Mal trägt sie Parfüm. Sie fühlt sich nicht mehr wie ein Mädchen, sondern wie eine Frau am Rande zur weiblichen Reife, und dazu braucht es nur die Essenz von ein paar Blumen. Von einem Kuss unter einem Baum zu einem Heiratsantrag von einem Kriegshelden in der Stadt. Unten im Wohnzimmer nimmt Lia Louis ins Kreuzverhör. Er beantwortet ihre Fragen zufriedenstellend. Jossel kommt nach Hause, ist überrascht, den Gefreiten Polack im Wohnzimmer bei seiner Frau zu sehen, erinnert sich an ihn, sie umarmen sich hocherfreut und denken zurück an ihre Zeit in der Armee. Dann kommt Mina herunter, und Louis vergisst die von ihm so mühselig vorbereitete Rede. Spontan ruft er aus: «Ich bin der Gefreite Polack, dein Bruder hat mir auf dem Schlachtfeld das Leben gerettet, und ich bin aus

Leeds gekommen, um dich zu fragen, ob du mich heiraten willst.»

Ach wirklich? Wir werden ja sehen, denkt sie.

Der junge Mann macht einen passablen Eindruck auf sie, aber sie weiß nichts über ihn. Sie hat nicht vor, sich einfach wegzuwerfen, nur weil jemand den weiten Weg aus Leeds gekommen ist und vermutlich auch dorthin mit ihr zurückkehren will, eine Stadt, die ihres Wissens mit Wolle und Schafen zu tun hat. Allerdings liegt es nicht in Amerika, das sie nach wie vor irgendwann zu erreichen hofft, auch wenn seit Langem niemand mehr über Vorbereitungen für die nächste Etappe ihres Lebens spricht.

«Was für *a Mentsch*», sagt Jossel aufrichtig überrascht zu Mina. Besser könnte sie es nicht treffen. Bislang hat sich Louis an alle Regeln gehalten, und weitere Nachfragen ergeben, dass er in einem wachsenden Familiengeschäft arbeitet.

Ja, man ist sich einig, Louis ist ein anständiger Mann, in der Hinsicht gibt es nichts an ihm auszusetzen, jetzt muss man die beiden jungen Leute nur allein lassen und schauen, ob Mina ihn mag. Er wird um sie werben, aber wenn sie nicht will, keine Chance. In der modernen Nachkriegswelt gibt es keine arrangierten Ehen. Jossel hat sie vor dem *Schadchen* in Riga gerettet, sie soll ihre eigene Entscheidung treffen, andererseits, warum nicht Louis?

Warum nicht? Mina ist kein zweites Mal geküsst worden. Vor der Einberufung aller jungen Männer war keine Zeit geblieben, einen Liebsten zu finden. Sie hat nie ernsthaft darüber nachgedacht, wen sie heiraten wird, und findet, es hat keine Eile. Der Krieg ist vorbei, sie muss nicht mehr in der Kantine schuften und erledigt zu Hause Näharbeiten – flicken und Änderungen. Sie beherrscht das gut; aber es ist ein Leben in der Warteschleife, so kommt es ihr vor, und ihre impulsive Seite will, dass etwas passiert; sie will ihr Glück in der Welt versuchen.

Andererseits ist sie seit dem Moment, in dem sie Louis gesehen und seine Geschichte gehört hat, ziemlich sicher, dass sie ihn sich nach näherem Kennenlernen schnappen wird. Denn so wie Louis seine Pflicht erfüllen möchte, will Mina Lia loswerden. Sie hat keine Lust mehr, noch länger der dritte Punkt im unbequemen Dreieck der Ehe ihres Bruders zu sein und herumkommandiert zu werden und zu warten, bis sie bei der Betreuung einer Kinderschar helfen muss, die früher oder später zwangsläufig kommt.

Es folgte ein Monat der Brautwerbung, in dem Louis mit ihr ins Kino ging und sie an einem Sonntag zu einem Spaziergang auf der prachtvollen Princes Road mit dem flanierenden Adel ausführte.

«Ich schulde deinem Bruder alles», sagte er. «Ich schulde ihm das Leben. Ich will immer gut zu dir sein, ich werde dir ein wunderbarer Ehemann sein.»

Wie Louis vermutet hatte, war Mina mit der Derbheit und Vitalität der arbeitenden Frauen in Berührung gekommen, ihrer Vertrautheit mit Sex, mit anzüglichen Witzen, mit Hunger und Entbehrung. Mit den Frauen in der Fabrik hatte Mina weniger Solidarität als Mitleid empfunden, mit ihren schmerzenden Füßen und kaputten Rücken und schlimmen Ehemännern, die nicht nur sie, sondern auch ihre Kinder schlugen, die wiederum krank wurden und starben – mit all den Sorgen und Leiden des Frauseins. Gott bewahre, dass es mit ihr so weit kommt. Und Louis erweist sich als Typ, der immer das Beste, die schönen Dinge im Leben will. Viel später, als sie in die Eingangshalle eines prächtigen Hotels traten, während sie selbst in einem weniger guten logierten, würde er sagen: «Wir können wenigstens einen Tee hier trinken, für meine Familie ist nichts zu gut. Geht hinein, als ob euch der Laden gehört. Warum sollte nicht jeder eine silberne Teekanne und eine irische Leinenserviette haben?»

Louis war also zweifelsohne ein besserer Mann, als sie es sich hätte erhoffen können. Fern von den Schrecken des Schlachtfeldes war er freundlich, gut gekleidet. Seine Gesundheit würde nie wieder so gut wie vor dem Krieg sein: Die Bronchien waren angegriffen, er röchelte und hustete Schleim in sein Taschentuch, allerdings sehr diskret und mit dem Rücken zu ihr. Er war gut aussehend, größer als Jossel, in der Brust breiter, wohlproportionierter, mit einem fliehenden Kinn, abstehenden Ohren und sinnlichen Lippen. Später überraschte er seine junge Ehefrau einmal mit einer Schachtel, die er hinter seinem Rücken versteckte, als er nach Hause kam. Im Inneren war ein Paar schöne weiße Handschuhe aus Ziegenleder. Abends, als alle im Bett lagen, probierte sie sie an, ein verschwenderischer Luxus, aber Louis sagte: «Macht nichts, *ich* weiß, dass du sie hast», so wie er auch extra dafür zahlte, dass man seine Initialen in Gold in das Schweißband seines Hutes druckte. «*Ich* weiß es.» Und an seinem Gang sah Mina, dass es so war.

Am Rudersee im Sefton Park nahm sie seinen Antrag an. Und er nahm ihr Jawort an. Keiner der beiden war verliebt, Liebe spielte dabei keine Rolle, diese Art von Liebe war gerade erst erfunden worden. Louis hatte seine Seite des Handels mit dem Allmächtigen erfüllt, der Jossel geschickt hatte, um ihn im Austausch gegen eine Frau auf dem Schlachtfeld zu retten. Und Mina hatte ihren eigenen Haushalt. Sie konnte ihrer Schwägerin auf Augenhöhe begegnen. An Louis gab es nichts auszusetzen. Aufregend war er nicht. Ihr Herz hüpfte nicht vor Freude bei seinem Anblick. Es war eher wie die Entscheidung für ein hochwertiges Produkt. Vielleicht, dachte sie, reicht die Aufregung, die ich bisher gehabt habe, für ein ganzes Leben. (Aber die Vorstellung an sich war entmutigend, sie drückte Mina schwer auf den Magen und stieg ihr sauer in der Kehle auf.)

Sie heirateten in der *Schul*. Ein Aufgebot der Polacks kam aus Leeds angereist, um Louis' Hochzeit mit dem Mädchen zu erleben, an dem er seine Pflicht erfüllt hatte. «An Familie wird es uns nie fehlen», sagte Jossel und betrachtete die Männer in ihren guten Anzügen, die sich lächelnd die Hälse verrenkten, um die Braut am Arm ihres Bruders den Gang entlangschreiten zu sehen. «Du hast den besten Mann der Welt an Land gezogen, unseren einzigartigen Louis», sagten Louis' Brüder. «*Masl Tow, Masl Tow*, lasst uns tanzen und glücklich sein.»

Am Abend wartete Louis im Nachthemd auf der Bettkante, dass seine Braut zu ihm kam, parfümiert und mit ihrem schönsten Nachtgewand bekleidet, bereit und in vollem Bewusstsein, was auf sie zukam. Ihre Schwägerin hatte ihr vermutlich alles erklärt. Er wusste, was er zu tun hatte und wie es ging, aber er wollte sie nicht erschrecken. Sie öffnete die Schlafzimmertür, das schwarze Haar fiel offen auf ihre Schultern. Ihm zitterten die Hände, er traute sich nicht, ihren Körper zu entblößen. Gab es ein Gebet, das ein Mann sprechen konnte, damit Gott ihn durch diesen heiligen Akt leiten würde, den Akt, die Zahl des jüdischen Volkes wie Sterne am Firmament zu vermehren? Minuten später drang er in sie ein. Sie stieß einen kleinen Seufzer aus, ob vor Schmerz oder Vergnügen, wusste er nicht.

Das ist also die große Sache, von der alle reden, dachte sie, als es vorbei war und etwas Nasses aus ihr aufs Laken sickerte. Viel Aufhebens um nichts. Vielleicht hätte ich lieber mit den Jungs im Wald durchbrennen und jung und schön sterben sollen, dann hätten sie Lieder über mich gesungen.

Mina schrieb einen Brief an ihre Eltern und schickte ihn an die letzte bekannte Adresse in Riga. Sie versicherte ihnen, alles sei gut, sie seien immer noch in Liverpool, würden sich aber sicherlich bald auf den Weg ins goldene Land Amerika machen. Einzelheiten über die Fabrik sparte sie aus: Ihr Vater wäre nicht begeistert, dass sein Kind mit den Händen und unter dem gemeinen Volk schuftete. Sie lobte die Tugenden ihres jungen Ehemannes und versicherte, sie sei glücklich und zufrieden. Sie wusste nicht, wie lange es dauern würde, bis sie eine Antwort erhielt, ob Wochen oder Monate. Der Krieg hatte alles durcheinandergebracht. Es war lange her, seit sie von ihnen gehört hatte, aber Briefe gingen verloren, Menschen zogen umher, Pläne wurden geändert, so wie auch ihre. Sie fragte sich, wie es Itzik wohl ging. Jossel sagte: «Ich denke mal, auf dem Schlachtfeld gestorben.» – «Denkst du oder hoffst du?» Ihre kleine Schwester Rivka war vermutlich nicht mehr so klein und den Puppen entwachsen. Solly, das Baby, konnte sie sich noch immer nur als kleines Kind vorstellen.

Mina war nun auf einem Weg, eine Veränderung hatte eingesetzt, die so umfassend war wie einst bei ihrem Bruder. Sie war und wurde allmählich, was das Schicksal für sie bestimmt hatte: eine Hausfrau und Mutter. Sie nahm sich vor, niemals zu vergessen, diesen Splitter ihres wahren Ichs festzuhalten. Hier in Liverpool gab es keinen Wald, nur ein paar Haine jenseits der Stadtgrenze, wo die Reichen wohnten. Wenn man ein Auto besaß, konnte man nach Norden zum Land der Seen fahren, wo es nur Hügel und Felder gab, dort könnte man Häuser für die Arbeiter bauen, dachte sie. Das würden die jungen Bolschewiken sagen, erklärte sie Louis, und hatten sie nicht recht? «Da sind keine Fabriken», widersprach Louis. «Wo sollen die Leute arbeiten? Belass es dabei, das Land taugt zu nichts.» (Im nächsten

Jahrhundert besaß einer ihrer Urenkel eine Farm in der Nähe von Keswick, die seine Frau führte, während er unter der Woche nach London pendelte und als Digital Consultant für Umweltorganisationen arbeitete. Doch zu diesem Zeitpunkt ruhten Mina und Louis schon lange gemeinsam auf ihren benachbarten Plätzen im Rice Lane Friedhof.)

Sie blieben also in Liverpool, Amerika war vergessen. Das junge Paar lernte, wie Sex funktionierte, sie lernten, wie sie selbst funktionierten, und alle zwei Wochen liebten sie sich mit Vergnügen. Mina saß mit ihren Kindern Harry, Benny und Paula in der warmen Küche, sie umklammerten ihre Knie. Auf dem Trockengestell über ihr, das mit einer Seilrolle hoch- und runtergezogen wurde, dampften die Hemden in der Hitze des Kohlenfeuers. Die kleine Paula, die Jüngste, schaute hoch und sah ihren Stoffhasen mit Wäscheklammern befestigt an den Ohren hängen und im Luftzug eines schlecht isolierten Fensters schaukeln. Die Küche roch nach Huhn, alles roch nach Huhn. Ihre Mutter war eine dunkelhaarige, rundliche Frau mit einem leichten Schnurrbart. Woran dachte sie? An Worte, die in ihrem Gedächtnis so abgenutzt und verblasst waren, dass sie abgegriffenen Münzen glichen, deren erhabene Prägung allmählich verschwand. Sie hätte in die Bibliothek gehen und sich ein Buch zu dem Thema ausleihen können, aber sie sprach immer noch ein schlichtes Alltagsenglisch mit schlechter Grammatik und begrenztem Vokabular, denn wer hatte schon Zeit, mit drei Kindern die Abendschule zu besuchen? Außerdem kümmerte sich ihr Mann, der die Sprache fast von Geburt an kannte, um alle Belange, die ihre eigene Ausdrucksfähigkeit überstiegen.

Und so wuchsen in ihrem dunklen Inneren große Ideen wie Pilze, verkümmert vom Mangel an Licht, und wurden nie zu Sprache.

| 11

Nach Louis' und Minas Hochzeit gingen die beiden Schwager eine Partnerschaft ein und eröffneten den nordwestlichen Hauptsitz des Polack-Familienunternehmens in Geschäftsräumen am Mount Pleasant, gleich um die Ecke vom Adelphi Hotel, eine prestigeträchtige Adresse, so schien es, wenn man vorbeiflanierte und den Adel in seinen Autos ankommen und die Damen in Pelz und Seidenstrümpfen die Treppe emporsteigen sah.

Das Unternehmen, 1904 als bescheidener Kleinbetrieb in Leeds gegründet, belieferte nun Automobilhandel mit Ledern zur Fahrzeugreinigung. Von Reparaturwerkstätten und Autohäusern in Liverpool erweiterte sich der Kundenkreis nach Cheshire und Wales bis fast nach Manchester, wo größere Konkurrenten den weiteren Vorstoß verhinderten, und hoch bis in die Baumwollstädte von Lancashire. Laut ihren Werbeschriften brauchte jeder Automechaniker oder -verkäufer einen Vorrat an *Elite-Ledern, die allen Chrom- und Silberlacken einen hervorragenden Glanz garantieren.* Jossel kümmerte sich um die Finanzen, Louis war für Verkauf, Werbung und Kundenbetreuung zuständig und inserierte in Lokalzeitungen – anfangs Kleinanzeigen, dann eine Viertelseite im *Echo* mit einer eigens in Auftrag gegebenen handgezeichneten Illustration von einem Mann in weißer Jacke, der die Haube eines Wolseley Silent Six polierte.

Die neue Firma brauchte Personal. Sie stellten zwei Mitarbeiter ein: Bob Wilson, der Handlungsreisende, und Margaret McGlone, von Jossel und Louis nur «das Mädchen» genannt, die als Teenager aus der Scotland Road mit einer Empfehlung vom Pfarrer von St Anthony kam, der sie als gutes Mädchen mit guten Schulnoten aus einer guten Familie anpries, eine gute Angestellte für jedes Unternehmen, am besten jedoch geeignet für eine Position, in der man jeden Tag mit weißem Kragen und Bündchen zur Arbeit ging und sich nicht die Hände schmutzig machte. Er kannte sie, seit sie eine freche kleine Rotznase war, und sah, wie sie sich stetig weiterbildete, und deshalb verdiente sie eine Chance. Sie könnte zu einem spottbilligen Lohn anfangen, bis sie sich bewährt hätte. Der Pfarrer war stolz auf seinen Brief. Jossel lachte, als er ihn las. «Ein günstigeres Mädchen findet man nirgends.»

Ihre Aufgabe war, das Telefon zu bedienen, die Bestellungen zu verpacken und die Ablage zu organisieren. Nach der Probezeit wurde sie einmal in der Woche abends zu einem Steno- und Schreibmaschinenkurs geschickt, wo sie Sekretariatskenntnisse erwarb und ein Zertifikat erhielt, das bei ihr zu Hause im Wohnzimmer gerahmt aufgehängt wurde. Mit ihren neuen Kompetenzen erwarb sie den Titel «Verwaltungsbeamtin», der ihr, so ihre Mutter, alle möglichen Flausen in den Kopf setze, und nun sei ihr kein Junge mehr gut genug, ob sie denn einen Priester heiraten wolle? Aber das ginge ja wohl nicht, also Schluss damit, und sie solle es sich zweimal überlegen, bevor sie all die von Gott geschenkten Stunden für die Juden schuftete, was hatten die je für sie getan?

Bob Wilson war reserviert und hielt sich vom Geschäftsleben fern, fuhr mit der Ware im Lieferwagen zu den Kunden und kehrte alle paar Tage mit neuen Aufträgen zu seiner Frau zurück. Er war aschblond und blass mit Pickeln, spielte Kornett und war Mitglied des Toxteth Oranier-Ordens. Durch die neutrale Haltung ihrer Arbeitgeber, die keiner ihrer beiden Gruppen angehörten, kamen er und Margaret leidlich miteinander aus. Das war der Vorteil, wenn man für die Hebräer arbeitete, sagte er, die schlagen sich auf keine Seite.

Mina sah Bob nur selten, er war ein Name, «der Reisende». Sie stellte ihn sich in einem bunt bemalten Holzwagen vor, wie er mit einer Maiskolbenpfeife im Mund über staubige Landstraßen in Lancashire und Nordwales fuhr. In einem Bilderbuch der Kinder hatte sie ein Bild von einem solchen Mann gesehen. Margaret McGlone hingegen war immer da, wenn sie kurz im Geschäft vorbeischaute, intelligent, charmant, freundlich. Jeder mochte sie. Mina fragte sich, ob sie eifersüchtig auf die kleine Miss Sonnenschein sein sollte, ob Louis vielleicht im Hinterhof mit ihr knutschte, schließlich hat man nur ein Leben, warum sollte das Mädchen nicht sein Glück versuchen, solange es konnte? Doch als sie zu Louis sagte: «Margaret ist ein hübsches junges Ding, immer fröhlich», erwiderte er: «Sie pfeift ständig, das geht mir auf die Nerven.»

Unter den Einwanderern ging das Gerücht, dass es außerhalb der Stadt, an der Straßenbahnlinie 86, die an der Penny Lane vorbeiführte, dort, wo bis vor Kurzem nur riesige Felder, Weiden, Bauernhöfe und weiße Herrenhäuser von viktorianischen Reederei- und Handelsmagnaten waren, inzwischen Häuser an langen Straßenbändern gab. Reihen von Doppelhaushälften, die zusammenklebten wie siamesische Zwillinge, breiteten sich strahlenförmig in südlicher Richtung aus und schlossen sich zu Alleen, Wegen, Einbahnstraßen und Sackgassen zusammen. Verkehrsampeln und Tramlinien schnitten die Fahrbahnen. Hübsch gefärbte Kieselsteine zierten den Putz an den Betonwänden, dekorative Buntglasfenster schmückten die Haustüren. In den Gärten wurden Rosen und Goldregensträucher gepflanzt und Mosaikwege angelegt. Eine Kategorie von Investitionen, die Jossel als nicht liquide Vermögenswerte kannte und die ihm suspekt waren. Bei Bargeld und Juwelen, die man leicht bei sich tragen konnte, wusste man, woran man war.

In den Geschäften an der Allerton Road konnte man einen Hut, einen Mantel, ein Kleid, ein Pfund Äpfel, ein Auto, einen Scherzartikel, eine Rinderhachse, ein Stück Kabeljau, alle möglichen Brotsorten, Kuchen, Kekse, Schokolade, Zeitungen, Zeitschriften, Bittersalz, Medikamente kaufen. Die Frauen trugen Einkaufsnetze und Weidenkörbe, ihre Hüte waren der letzte Schrei. Alle schlank, in Röcken mit modischer Länge, dem Anschein nach ohne jeglichen Kummer. Worüber sollte man sich schon Sorgen machen?

Lia fuhr allein mit der 86 die Upper Parliament Street und die Smithdown Road entlang, um sich wie eine Forscherin ein Bild davon zu machen, was es mit dem ganzen Theater auf sich hatte. Bei ihrer Rückkehr trat sie mit dem Hut in der Hand ins Haus, das überfüllte, gemietete Haus mit zwei wachsenden Familien, voll mit Kochgerüchen und dreckigen Straßenschuhen, mottenzerfressenen Vorhängen und Möbeln, die ihnen nicht einmal gehörten, ein Haus, das nie gut genug für sie war; und dann war da ihr Mann, der, wenn er von der Arbeit kam, nach im Hinterhof gewaschenen Lederwaren roch. Entlang der Straße gackerten Hühner aus den Hinterhöfen, im Außenklo hingen

Zeitungsstreifen an einem Nagel. Wieder Gerüche, dazu Katzen und Ratten und Feuchtigkeit und der Mann, der an die Tür kam und die Miete eintrieb. Alles schien ihr plötzlich völlig falsch, widersprach ihrer wahren Natur, war dem Tragen eines Sonnenschirms völlig abträglich.

«Du hättest das sehen sollen, Millie, du hättest sehen sollen, wie sie dort draußen leben, wie sie sich anziehen und herumstolzieren. Wir *schlampen* schludrig durch die Gegend und warten auf das nächste Unglück. Dort haben sie nicht die geringste Sorge. So lebt der echte Engländer, das könnten auch wir sein.»

Ein paar Tage später unternahm sie einen zweiten heimlichen Ausflug. Sie hatte nicht vorgehabt, ihr Geld für eine neue Frisur zu verschwenden, aber als sie sah, was auf der Allerton Road vor sich ging, war ihr klar, dass es keine Alternative gab. Denn Shmuel (Sammy) Brassey – «der Brassey-Boy», wie er allgemein genannt wurde – hatte einen Friseursalon an der Kreuzung zur Menlove Avenue eröffnet, in dem Dauerwellen nur mit Chemie gemacht wurden, und das hieß, wie Lia herausfand, als sie hineinging und sich erkundigte, dass man keine heißen Drähte am Kopf hatte wie ein elektrisierter Oktopus. Stunden später verließ sie den Salon und sah aus wie all die anderen Vorstadtmatronen, die in Boots Leihbücherei vorbeischauten, um sich eine Agatha Christie zu holen. In einem Schaufenster betrachtete sie ihr Spiegelbild. Sie konnte es nicht fassen. Der Brassey-Boy war ein Zauberkünstler. Denn wenn man dem ähnelt, was man zu sein anstrebt, dachte sie, warum sollte man nicht dafür gehalten werden und letztlich eine Engländerin sein, mit kultivierter Sprechstimme, einem Fahrrad, einem Weidenkorb voller Hackfleisch und Bovril Fleischextrakt, braunen Schnürstiefeln am Tag und mitternachtsblauen in Wildleder am Abend? Die Perlen, immer

Perlen, und Kamee-Broschen. Nicht länger danach streben, die Crème de la Crème der Juden zu sein, sondern von den echten Engländern akzeptiert werden.

Als sie nach Hause kam, kreischten ihre Kinder. Was hatte man ihrer Mutter angetan? Die Jungen riefen: «Ein Mann, ein Mann, wie ein Mann!» Die Tochter, die kleine Bernice, weinte. Jossel war entsetzt, Louis beruhigte ihn. «Das ist die Zukunft, Joe, wir müssen uns alle anpassen.» Jossel fürchtete sich vor den Forderungen, die seine Frau als Nächstes stellen würde. Sie hatte so einen Blick in den Augen, diesen Ausdruck, der ihm nicht aufgefallen war, als sie auf dem Schiffsdeck Beute erspähte und auf ihn zuging. Die Dauerwelle stand ihr nicht. Sie hatte ein Doppelkinn, und der geschorene Nacken betonte ihren dicken Hals. Er fand sie unattraktiv.

Lia war die Gehwege der Allerton Road entlanggehuscht, um auszuspionieren, was sich hinter den Fenstern der neuen Häuser verbarg. Hinter einer Ligusterhecke hatte sie mit gerecktem Hals durch die Scheibe ein Regal erspäht, auf dem eine Reihe hässlicher kleiner Männer in altmodischer Kleidung stand, mit Griffen, wo Arme sein sollten, und einer Delle in den Hüten. Sie hatte einen Chinesen aus Elfenbein mit einer Angelrute entdeckt und eine Ballerina aus Porzellan. Sie hatte große Teppiche mit wirbelnden Blumenmotiven gesehen, die von einer Seite des Raums bis zur anderen reichten und alle Dielen bedeckten. Den Kopf voller dekorativer Wunder, sagte sie zu ihrem Mann: «Das hier war der Brassey-Boy, aber das ist noch längst nicht alles. Warte, bis ich dir erzähle, was ich gesehen habe.»

Mina setzte den Wasserkessel auf. Alle saßen am Tisch und tranken Tee in Gläsern, mit Zuckerwürfeln und Zitronenscheiben. Ein neuer Umbruch lag in der Luft. Sie konnte es förmlich spüren. Sie hatte von der Allerton Road und dem Brassey-Boy gehört und gedacht, das habe nichts mit ihr zu tun. Wer hatte schon Zeit, auf einem Stuhl zu sitzen und sich die Kopfhaut von Chemikalien verätzen zu lassen? Ihr Haar war noch lang, mit Nadeln und Klammern hochgesteckt. Stellenweise zeigten sich erste weiße Strähnen. Ihr äußeres Erscheinungsbild war ihr peinlich, sie war nicht mehr das drahtige Mädchen von früher. Zum ersten Mal beneidete sie ihre Schwägerin. Was war ein um den Hals geschlungener roter Schal gegen die neueste Dauerwelle? Ein scharlachroter Lappen, ein Stück Stoff, das man an- und ablegte; eine neue Frisur war der Wechsel in eine andere Liga. Aber war sie eine Tür zur Freiheit – *fraj, fraj!* – oder zu etwas anderem?

«Tja», sagte Jossel, «ich schätze, wir sollten mal dort rausfahren und uns umsehen.»

An einem Samstagnachmittag fuhren die beiden Familien in die neue Vorstadt. Sie sahen alles, die Gärten, Vogelbäder, Zwerge, Miniaturteiche. Als Mina sich in den belebten sonnigen Straßen umsah – die Ladentüren waren offen, um frische Luft einzulassen –, hatte sie den Eindruck, dass die Leute auf den Bürgersteigen beschwingter gingen, ja, sie hüpften fast. Ihre Körper waren schmaler, die Füße länger, die Frauen trugen ihre Hüte verwegener. Was könnte ihnen jemals Sorgen bereiten? Was sollte ihnen schon passieren bei all den Schaufenstern voller versilberter Feuerzeuge, kristallener Fruchtschalen und anderer bürgerlicher Kinkerlitzchen?

«Eine andere Welt», sagte sie zu Louis. «Und ich hatte keine Ahnung.»

Und da war auch der Brassey-Boy, in einer kurzen weißen Jacke stand er im Eingang seines Salons, der Schnurrbart versteckte die Narbe seiner Hasenscharte, und hinter ihm Reihen von Frauen, die Köpfe geneigt unter Metallhelmen wie verwundete Soldaten. Der Salon stank nach stechenden Chemikalien, das Dröhnen der heißen Haartrockner verhieß Schmerz, die Metallwickler bohrten sich in die Kopfhaut. Es war pures Leid, aber zu der Tortur gab es einen Tee und Kekse und ein bisschen Klatsch, ohne den das Leben keinen Sinn hatte.

Die Mendels und Polacks schlenderten staunend gen Süden und nahmen alles in sich auf, bis sie eine breite Allee erreichten. An den ersten hundert Metern wurden bereits Häuser errichtet. Die idyllische Leere dahinter wirkte irgendwie provisorisch. Die Natur wurde auf die altbekannte Weise zurückgedrängt.

Ein Lieferwagen hielt am Bürgersteig, Arbeiter luden zwei Bäumchen mit bronzefarbenen Bändern um den Stamm aus.

«Ziemlich klein», sagte Louis. «Würde mich interessieren, welche das wohl sind.»

«Das sind Zierkirschen», sagte ein Arbeiter. «Im Frühling blühen sie rosa oder weiß. Wie bei einer Hochzeit.»

«Was machen Sie damit?»

«Das ist eine Allee, müssen Sie wissen. Mather soll sie heißen, und Alleen sind mit Bäumen gesäumt. Hier entlang sind dann nur Kirschen, im Frühling eine Augenweide, warten Sie ab. Kommen Sie im Mai wieder, dann werden Sie sehen.»

Mai schien nicht allzu weit weg. Louis wollte unbedingt die Kirschbäume der Mather Avenue in voller Blüte sehen.

«Ich glaube nicht, dass es solche in der Bronx gibt», sagte Lia. «Nein, da sind nur Straßen, keine Bäume.»

Und so wurde Amerika zerknüllt wie ein Stück Papier und schließlich für immer weggeworfen.

Lia legte ein Album mit ausgeschnittenen Fotos aus Zeitschriften für moderne Einrichtung an – Sessel, Sofas, spitzenbesetzte Schonbezüge, Fußschemel, Zierstücke, Couchtische, Bilder von schottischen Sonnenuntergängen, ein Kasten mit versilbertem Besteck und der neue Traum ihres Lebens: ein Sideboard aus Walnussholz, ein Möbel, in dem man Familienerbstücke aufbewahrte (sie besaßen zwar keine, aber sie konnte ja den Anfang machen).

Mina war von zu Hause weggegangen, um sich wie eine Heldin im Märchen auf eine Reise zu begeben. Die Reise hatte nicht zu dem geplanten Ziel geführt. Sollte sie zufrieden sein? Zweimal im Monat brachte sie ihre Näh- und Änderungsarbeiten zu Ettie Beilinson, in deren Wohnzimmer jeder über die neuen Vororte sprach, doch nicht alle wollten dorthin flüchten. Sie konnten es sich nicht leisten, oder ihnen fehlte der Pioniergeist. Die Mendels und die Polacks waren die Vorhut, die Expeditionstruppe. Einige Frauen mochten nicht einmal in die Straßenbahn steigen und rausfahren, um sich das Ganze anzusehen, obwohl der Salon des Brassey-Boys schon da war, eine Flagge im Boden der Neuen Welt. Anderen gefiel es einfach da, wo sie waren, sie wollten keine Veränderung. Sie hatten Läden und Geschäfte, die auf die örtlichen Gepflogenheiten setzten. Wer wollte schon draußen in der Penny Lane einen Hering, eine Essiggurke oder einen Bagel kaufen? Für die Sämischleder-Leute ging das in Ordnung, es war eine neutrale Handelsware, sie spielten in einer anderen Liga.

Als bekannt wurde, dass die Fremden einzogen, riefen die Nachbarn eine Petition ins Leben. Mr Godfrey Hughes, ein Zahnarzt, der in einem Haus namens «Hatherley» mit grünem Dach wohnte, ging von Tür zu Tür und warb um Unterschriften. Man kauft sich ohne Hintergedanken ein Haus in einem hübschen Viertel, argumentierte er versöhnlich und überzeugend, wo man erwarten kann, dass Akademiker leben, die man am Samstagnachmittag auf dem Golfplatz trifft und am Sonntagmorgen in der Kirche, wo die Gattin Chutney und Marmelade und einen Victoria Sponge für den Wohltätigkeitsbasar des Women's Institute macht, und bevor man Jack Robinson sagen kann, kommen die *Ausländer* mit ihren *Akzenten* und der raffgierigen Absicht, unter allen Umständen Profit zu machen, damit sie ihr Geld für vulgäre Einrichtung verplempern können. Nicht dass er Vorurteile habe, sagte er, ganz und gar nicht, ein Jude mag durchaus so gut wie jeder andere sein, aber man musste eine Grenze ziehen; ja, die Grenze musste gezogen werden, und sie wurde an dem Punkt festgelegt, wo die Menlove Avenue in die Allerton Road mündete.

Aber Kapitalismus ist Kapitalismus. Die Fremden kamen mit Geld, und die Bauunternehmer nahmen es ihnen ab. Die Nachbarn sahen zu, wie die erste Invasion, die Vorhut der großen Horden, in die Vorstadt einfiel. Mithilfe von Spendengeldern wurde draußen in Childwall eine Synagoge gebaut, wo sie sich am Samstagmorgen alle hineinzwängen konnten und sich vermutlich gegen Jesus verschworen.

| 12

Mina bekam einen Brief, den sie zunächst für eine Antwort auf ihren früheren hielt, in dem sie ihre Hochzeit angekündigt hatte. Doch es stellte sich heraus, dass dieser nie angekommen war. Der Brief kam von Rivka, die davon ausging, dass sie entweder noch an der letzten ihr bekannten Adresse wohnten oder, wahrscheinlicher, inzwischen in Amerika lebten und der Vermieter den Brief vielleicht weiterschickte. Mina las den Brief und war fassungslos. Jossel war zerknirscht. Alle Zweifel, dass es richtig war, seine Schwester von diesem Ort wegzubringen, wurden eiskalt bestätigt, aber was, wenn er etwas geduldiger und einfallsreicher gewesen wäre und mit seinem Vater gestritten hätte, bis der alte Knabe nachgegeben hätte und die ganze Familie gemeinsam aufgebrochen wäre? Jahre waren vergangen, und während ihnen hier Unglaubliches widerfahren war, war auch dem Rest der Familie Unglaubliches widerfahren.

Rivka wusste nicht, wie sie die Ereignisse erklären sollte, die über sie hereingebrochen waren. Sie hatte alles unmittelbar erlebt: Die Soldaten kamen, trieben sie aus dem Haus und deportierten die lettischen Juden nach Russland. Was warf man ihnen vor, dass sie aus ihren Häusern und Geschäften gejagt wurden? «Jetzt heißt es, wir sind Spione», schrie ihr Vater, «Spione für Deutschland. Was hat Deutschland mit uns zu tun?» Ein Soldat hatte genug von dem Getöse und wollte ihn zum Schweigen bringen. Mowscha Mendel wurde in den Kopf geschossen, und aus seinem Bart tropfte Blut, als er mit dem Gesicht nach unten auf dem Bürgersteig lag.

Die Adresse, von der Rivka schrieb, war eine unbekannte Stadt in der Sowjetunion. Rivka, Solly und ihre Mutter Dora waren jetzt sowjetische Bürger. Sie gehörten zur UdSSR. Sie waren Bolschewiken geworden, ohne sich je in den Wald wagen zu müssen. Itziks Verbleib war weiterhin ein Rätsel, zuletzt hatte man Gerüchte gehört, er sei desertiert und lebe mit einer Bande von Geächteten im Wald, keine Revolutionäre – Plünderer und Kriminelle, schrieb Rivka.

«Hab ich's nicht immer gesagt, Mina?», sagte Jossel. «Er hatte schon immer eine Vorliebe für Blut.»

«Ein schrecklicher Mensch», sagte Lia, die ihm nie begegnet war, sich aber von jeder Verbindung distanzieren wollte.

«Eine Laus durch und durch.»

«Du hattest recht», sagte Mina. «Er hat ein böses Ende genommen.»

Rivka schrieb, dass ihre Mutter in einer Schattenwelt festhing, eine verwundete Witwe, die nicht richtig im Kopf war und dazu neigte, außerhalb des schützenden Familienkreises das Falsche zu sagen und die Aufmerksamkeit der Behörden auf sich zu lenken. Jossel wusste, dass es zum Alltag einer jeden Familie gehörte, den Behörden stets zu sagen, was sie hören wollten, denn die noble authentische Wahrheit war selten hilfreich, wenn jemand in Uniform die Richtigkeit deiner Papiere überprüfte. Man dachte sich schnell eine Geschichte aus, ein Narrativ, das zur gegebenen Situation passte. Die Obrigkeit und schlechte Zeiten waren wie Küchenschaben unumgänglich.

Solly, mittlerweile ein junger Mann, ging es gut. Er kümmerte sich liebevoll um ihre Mutter, hatte Arbeit in einer Bäckerei gefunden, war kräftig und breitschultrig, sah genauso aus wie ihr Vater. Sein Bart wurde zunehmend dichter. Rivka verdiente ihr Geld als Damenschneiderin. Die Sowjetunion war wunderbar. Das Volk kümmerte sich um alles, und die Leute, die das Kommando über das Volk hatten, sorgten dafür, dass es so blieb.

Mina und Jossel kamen zum Ende des Briefes ihrer Schwester. Zumindest hatten sie jetzt eine feste Adresse, sagte Jossel. Sie könnten ihnen wieder schreiben und all ihre Neuigkeiten berichten. Jossel erinnerte sich an das Schicksal von Rivkas Puppe, als sie die Treppe hinuntergefallen war; die Bolschewiken hatten in einem Anfall von Zerstörungswut alles niedergerissen.

Mina jedoch wollte daran glauben, dass ihr Andrievs, der junge Tänzer aus dem Wald, irgendwo in der Sowjetunion eine Autoritätsfunktion bekleidete und für das Wohl der einfachen Leute arbeitete. In Wirklichkeit lag er begraben in der gefrorenen Erde, von Weißrussen im Bürgerkrieg ermordet und dann weggeworfen wie ein abgenagter Hühnerknochen. Wölfe hatten ihn in Stücke gerissen.

Alles führte zum Tod, doch hier in Allerton lebten sie in der Nähe eines Parks, und der Park war schön. Es gab dort einen See, auf dem man Boot fahren konnte, mit Enten und sogar Schwänen, große weiße schnatternde Vögel mit gewaltigen Schwingen – wer hatte je so etwas gesehen? Nur in Bilderbüchern.

«Wusstet ihr schon», sagte Jossel zu seiner Familie, «dass die Schwäne dem König höchstpersönlich gehören? Ich habe darüber gelesen. Wer einen Schwan stiehlt oder tötet, wird in den Tower of London gesteckt. Was für eine Strafe, was für ein Zar, was für ein Land, in dem wir da leben!»

Sie lachten über die Harmlosigkeit ihrer Oberherren.

Es gab eine tausendjährige Eiche. Es gab Steinkreise, die auf die Druiden zurückgingen. Nichts an dieser Geschichte war für sie von Bedeutung, aber sie saugten sie trotzdem auf, es war ihr *Recht*, in dem Park spazieren zu gehen, niemand hielt sie auf. Es gab einen weißen herrschaftlichen Wohnsitz mit einer Freilichtbühne, und im Sommer sahen sie sich dort an, wie die Sänger und Tänzer ihr Bestes gaben, sich die Seele aus dem Leib sangen und die Beine in die Luft warfen, mit roter Theaterschminke auf den Wangen und in verrückten Kostümen unter dem blauen Himmel herumalberten und Witze rissen, die die Immigranten nicht verstanden, über die sie aber dennoch lachten. Sie hatten das *Recht* zu lachen.

Louis eröffnete für Mina ein Konto bei Bon Marché. Sie kaufte Seidenstrümpfe für freudige Anlässe und eine Schmetterlingsbrosche mit Glasaugen. Sie lernte Teppichboden kennen, Teppichkehrer, Tischdecken mit Madeirastickereien, Servierwagen, Kaffeekannen mit passenden Tassen, Siphonflaschen, Whisky-Karaffen, Elektrokamine mit Kohleeffekt. Lias Haus war ein großer Schlund, in den sie Gegenstände stopfte, die Mina weder brauchte noch wollte, aber ein Heim, erklärte Louis, müsse möbliert und hübsch hergerichtet sein, wenn man nach Hause kam, hübsch für Besucher und für die Stimmen, die aus dem Radio ins Wohnzimmer drangen – alle sollten sich in anständiger Gesellschaft befinden.

So ein Unsinn, dachte Mina.

So vieles im Leben war Unsinn. Aber man musste sich damit abfinden.

Sie vergaß, Staub zu wischen, sauber zu machen, war keine besonders gute Köchin, aber ihren drei Kindern eine wunderbare Mutter, sie ging für sie auf Hände und Knie und wurde zu einem Pferdchen, auf dem sie reiten konnten. Hier war ihr Herd, und sie stand im kalten Morgengrauen auf, fegte die Asche heraus und machte Feuer, ehe die Familie polternd herunterkam und irgendwann Louis erschien, sauber nach Seife und Zahnpasta riechend. Auf der Brust trug er stolz seine neue vergoldete Krawattennadel, die in der schwachen, durch die bleiverglasten Fensterscheiben gefilterten Sonne eines englischen Wintermorgens schimmerte.

Der Garten sah nicht so aus, wie er sollte. Die Nachbarn hatten sich beschwert. «Ich lass jemanden kommen», sagte Louis. «Es gibt Leute, die kümmern sich um solche Sachen. Was weiß ich schon von Blumen?»

Im Haus war er nicht in der Lage, auch nur einen Geschirrhaken anzubringen. «Mir fehlt das Werkzeug. Dafür braucht man die richtige Ausrüstung.»

Mina wartete lange und schlug die Haken schließlich mit dem Absatz ihres Schuhs in die Wand. War alles im Haus so leicht zu reparieren? Beim Eisenhändler erkundigte sie sich, wie viel ein Hammer, eine Säge und Tüten mit Nägeln kosteten. Louis erklärte, das sei nicht damenhaft, solche Ideen kämen aus der Fabrik während des Kriegs, ihre derbe Art sei ihm nicht ganz geheuer. «Willst du vielleicht eine lebende Puppe?», fragte sie. Und dann schämte er sich. Vielleicht könne er ihr ja helfen, sagte sie, er könnte sich auf den Boden knien und die Nähte ihrer Strümpfe glatt ziehen. «Hinknien?», rief er. «Und mir die Hose dreckig machen?»

Sie saß mit den Kindern im Garten und roch den Sommer. Was konnte wohl schöner sein? *«Was?»*, fragte sie die Vögel, die Bäume und die Rosen.

Am Mittwoch, wenn die Geschäfte halbtags geschlossen hatten, ging sie allein ins Kino genau wie die anderen Hausfrauen in Allerton, die zu viel Zeit hatten. Sie mochte die amerikanischen Slapstickkomödien und musste nicht jeden Witz der Marx Brothers verstehen, um zu begreifen, wer sie waren – ein Haufen Anarchisten! Verrückte, durchgeknallte Juden, die dem Schicksal der Geschichte entkommen waren und in der Gegenwart lebten. Bei einer anderen Gelegenheit machte sie einen Solo-Ausflug auf der Mersey Ferry und wieder zurück. Sie blickte in das tosende Wasser und verspürte den Impuls, von der Reling in den schmutzigen Fluss zu springen und sich ins Meer spülen zu lassen. Warum tu ich das?, fragte sie sich. Warum will ich drei Waisenkinder, einen trauernden Mann und einen Schandfleck auf der Familie zurücklassen?

Nur des flüchtigen Hochgefühls wegen, dann hätte man den Mund voller Schmutzwasser, die Lunge würde sich füllen, und man würde nach frischer Luft schreien und sterben, während der Körper in die Irische See gespült würde, aber vielleicht könnte sie so endlich die Küste Amerikas erreichen.

| 13

An einem Spätnachmittag mitten im tristen Winter ließ sich Mina im Hinterzimmer von Sammy Brasseys Frisiersalon den Nacken von ihm kraulen. Der Salon glich einem Privatklub, ein Ort der Geheimnisse, die außerhalb der vier verspiegelten Wände niemand kannte. Wer hatte mit einer lieben Freundin ein Taxi zur Rodney Street genommen und kehrte ganz leer und kreidebleich zurück, den Kopf an eine Pelzschulter gelehnt? Denn dieser Tage waren drei Kinder genug, wenn noch eins kam, konnte man gleich den Kopf in den Gasherd stecken, also kein Wort darüber, aber man hatte den Namen mit Adresse auf einem klein gefalteten Zettel in der Tasche. Der Brassey-Boy versorgte einen mit den Einzelheiten. Alles, was eine Frau wissen musste, um sich jenseits der Allerton Road zurechtzufinden, kam von ihm.

Manche Frauen mochten es im Nacken. Es hatte eine intensive Wirkung auf sie, Sammy staunte immer wieder, bei wem das so war. Einige waren an der Stelle gefühllos, andere hatten Nervenenden, die «schnurstracks nach unten» führten. Wenn man solche Frauen in die Finger bekam, wurden sie wie Knete, sie kriegten nicht genug, man hatte sie so lange, wie man wollte. Er wusste, zu welcher Sorte Millie Polack gehörte, wusste es schon lange, er hatte ihren gelangweilten Gesichtsausdruck bemerkt und die eingefallenen Augen, die manche Frauen nach zwanzig Jahren Ehe bekamen. Irgendetwas war schiefgelaufen und musste gerichtet werden, und der Ehemann hatte keinen Schimmer, wie er es anstellen sollte, schaute seine Frau ängstlich an, verstört, und sie konnte ihm nicht sagen, was nicht stimmte, weil sie es selbst nicht wusste. Bei den Frauen von Pastoren und Rabbis, deren Tage mit guten Werken ausgefüllt waren, und bei denen, die nichts zu tun hatten, die allein ins Kino gingen und nach etwas strebten, das es nicht gab, konnte er nur an der Oberfläche kratzen, konnte nur erahnen, was sie suchten; er wusste nicht, was sie zu wollen glaubten, er wusste nur, dass sie noch nicht wussten, was ihnen fehlte.

Millie Polack ihrerseits war angeblich Kommunistin oder Sozialistin, er kannte den Unterschied nicht, aber war das nicht auch nur ein Zeichen tiefer Unzufriedenheit? Sie kam mit ihrer roten Zeitung und breitete sie auf dem Schoß aus, während sie unter der Trockenhaube saß. «Wie steht es diese Woche mit der industriellen Produktion in der Sowjetunion?», fragte er. «Ist sie im Aufschwung?»

«In Russland ist alles gut.»

«Alles?»

«Besser, als Sie glauben.» (Oder besser, als sie selbst glaubte, denn waren diese Nachrichten nicht auch nur ein Haufen Unsinn?)

«Ich habe von ein paar üblen Dingen dort drüben gehört.»

«Propaganda.»

«Hören Sie, wenn wir fertig sind, muss ich Ihnen etwas zeigen.»

Sie war seine letzte Kundin an diesem Tag. «Einen anderen Termin kann ich Ihnen diese Woche nicht anbieten, passt das, Mrs Polack?», hatte er gesagt, als sie anrief. Oh, der dreckige Hund, dachte sie, ich weiß, was du vorhast, ich kenne die Gerüchte, denn angeblich gab es ein heimliches Buch mit den Namen all seiner Kundinnen, einige versehen mit einem speziellen Zeichen, wenn er sie zu einer nicht näher beschriebenen Zusatzbehandlung eingeladen hatte – eine Massage, eine neue Rezeptur, ein Blick auf die neuesten Farbtöne? «Von wegen», sagte Ettie Beilinson, die Damenschneiderin, «wir wissen alle, was da läuft.»

Er führte sie zum Hinterzimmer. «Es ist da drin.»

«Was denn?»

«Das.»

Seine Finger glitten an ihren Hals und wanderten vorne an ihrer für drei Guineen gekauften marineblauen gepunkteten Bluse mit Puffärmeln und Rüschenausschnitt nach unten. Ihr Hut lag auf dem Regal neben den Flaschen mit Broll-Haarfestiger. Die Finger zwängten sich in den seidenen Büstenhalter und kniffen ihre Warzen. Umgeben von Haarklammern und Haarnetzen, dachte sie: Tja, jetzt ist alles möglich. Ich hätte es wissen müssen, aber was will man machen?

Ihre Unterwäsche lag auf dem Boden, und er streichelte die Stelle, an der ihre straffen Strümpfe auf das weiche Fleisch des Oberschenkels trafen. Vorsichtig zupfte er am Strumpfhalter. «Ist alles in Ordnung, Darling? Sind Sie glücklich mit Ihrer …»

Seine Finger krabbelten herum. Er machte etwas mit ihr, ihr wurde schwarz vor Augen, und in der Schwärze schien alles noch dunkler zu werden.

Würde sie sterben? Würde er sie durch Sex umbringen, nur mit seiner Hand?

«Sie können so laut sein, wie Sie wollen, liebe Mrs Polack. Keine Angst, niemand wird Sie hören, hier sind Sie sicher.»

Seine nassen Finger lösten die Nylonstrümpfe aus ihren Klammern. Sie rutschten an ihren Beinen hinunter und lagen in einem Knäuel zu ihren Füßen.

«Jetzt kommen wir zum großen Finale, sind Sie bereit? Eine Überraschung.»

Sie war mehr als bereit, *bereit* war eine Linie in der Vergangenheit, ein Anfangspunkt, der schon lange hinter ihr lag.

«Lehnen Sie sich einfach an die Wand, wenn es Ihnen nichts ausmacht. Ich möchte nicht, dass Sie umfallen. Können Sie gut auf einem Bein stehen?»

Er hob einen Fuß hoch, sie spürte nur ein Kitzeln. Nach ein paar Minuten hob er den anderen Fuß hoch, sie war in einem Dämmerzustand.

«Jetzt sind wir fertig. Sie haben es hinter sich, gefällt Ihnen die Behandlung?»

Ihr Gesicht war fleckig, ein roter Ausschlag bedeckte ihre Wangen.

«Was zum Teufel haben Sie mit mir gemacht?»

«Ein besonderes Extra für eine meiner besonderen Damen, mehr nicht. Schauen Sie nach unten.»

Vorbei an ihren Knien, ihren Waden, ihren Knöcheln erstrahlten ihre breiten Füße in zinnoberrotem Nagellack.

«Der Farbton heißt Flamingo Nights. Sehr beliebt. Wir verbrauchen jede Woche mehrere Fläschchen. Ohne Aufpreis natürlich, geht auf mich.»

«Und was haben Sie davon, Sammy? Ich hab Sie ja nicht mal berührt.»

«Gute Frage. Das wollte noch niemand wissen. Alle meine Damen eilen ohne ein Wort nach Hause, nur Millie Polack hakt nach. Es ist ein Rätsel, belassen wir es dabei.»

Er zwinkerte. Er trug noch die gleiche weiße Jacke, roch nach Chemikalien und Zigarren. Er war kahler als bei ihrem ersten Besuch vor sieben Jahren, sein Schnurrbart wurde allmählich grau, und sein wölfisches, fahles Gesicht war eingefallen, hatte Hängebacken. Ein Frauenverschlinger, der nie genug bekam. Und hatte er nicht eine Frau, die Wendy hieß und irgendwo in einem Haus auf der anderen Seite des Mersey, während er in der Wohnung über dem Salon schlief?

Einige Frauen weinten danach, andere dankten ihm, manche verschwanden und kamen nie mehr zurück, eine ging nach Hause und steckte den Kopf in den Gasherd. Eine zog weg nach Wallasey, wo keine Juden lebten. Eine erzählte es ihrem Mann, und er warf sie raus. Keine wurde je ein zweites Mal ins Hinterzimmer eingeladen. Es gab immer deprimierte Frauen, mit denen er von vorne anfangen konnte. Er bekam nie genug von ihren Füßen; er stellte sich vor, wie sie in ihren Stöckelschuhen die Allee zu ihren Männern nach Hause klackerten, während ihre Zehen ein heimliches Signal aussendeten. Er hatte sie gezeichnet, bis sie den Entferner herausholten, aber die Erinnerung blieb.

«Millie, Millie! Ich bete Sie an, Sie sind eine attraktive Frau, ich wünschte, Sie würden das Beste aus sich machen. Sie sind ein molliges kleines Luder. Ich bin zu Ihnen durchgedrungen, was schadet das schon? Die Zitadelle ist unberührt, ich bin nicht eingedrungen, sie gehört nach wie vor Ihrem Ehemann. Stellen Sie sich das Ganze als schönen Traum vor, einen süßen Traum. Heute Abend werden Sie mit ihm ins Bett gehen, und morgen werden Sie aufwachen, und *puff*. Nichts passiert. Nur ein Traum, ein wahr gewordener Traum.»

Männer sind solche Schweine, dachte sie, als er ihr in den Bisammantel half.

In der Penny Lane war für den Abend alles geschlossen. Die Fassaden der Geschäfte waren dunkel, die Tassen, Untertassen und anderen hübschen kleinen Sachen in den unbeleuchteten Schaufenstern hatten sich zur Ruhe begeben. Wenn sie nie wieder in den Salon zurückkehrte, würde jede der Eingeweihten den Grund wissen. Das Schwein hatte sie in der Hand, sie konnte es keiner Menschenseele erzählen.

Sie ging an einem Mann im Regenmantel und mit Schultertasche vorbei. Er drehte sich nach ihr um, als sie weiterging, die Geschäfte hinter sich ließ und an dem endlosen Band von Häusern entlangschritt, die ihre Individualität in Form eines Erkerfensters oder einer olivgrünen Eingangstür mit Messingklopfer zur Schau stellten. Gärten mit schemenhaften Rosenbüschen und glitzernden alpinen Steingärten hatten das Ackerland geschluckt.

Im Weitergehen, nachdem sie den Mann und seine hinter ihm herziehenden Atemschwaden zurückgelassen hatte, kehrte sie in Gedanken in das dunkle Hinterzimmer zurück und erlebte abermals einen heftigen Anflug von Lust, den sie nicht unterdrücken konnte. Du bist vom Rand der Welt gefallen, dachte sie. Wie willst du jetzt zurückgehen, zurück in dein graues Leben?

Sie war zu nahe an ihrem Haus. In diesem Zustand konnte sie nicht die Tür öffnen. Louis würde da sein, die Jungen würden herumtoben, Paula würde ihre Sendung im Radio hören – sie war ein großer Fan von Konzerten, Hörspielen und anspruchsvollen Gesprächen, auch wenn Mina glaubte, dass sie kein Wort von dem verstand, was sie hörte, und alles nur in sich aufnahm, sie sog die Worte wie Muttermilch ein. Alle würden aufblicken und merken, dass etwas nicht stimmte, sie könnte sich übers Haar streichen und so tun, als hätte sie eine neue Frisur, sie musste nichts erklären, sie war die letzte Kundin des Tages. «Ich weiß, ich bin spät dran, aber es war der einzige Termin, an dem er mich unterbringen konnte.»

Schritte näherten sich, der Mann mit dem weißen Atem und der Ledertasche. «Guten Abend, ist alles in Ordnung mit Ihnen? Sie sehen fix und fertig aus. Brauchen Sie Hilfe?»

Ein großer knochiger Engländer. Ein langes Gesicht unter einem weichen Filzhut. Ein hellbrauner Mantel mit Gürtel, der ihm um die Knie flatterte.

«Ich bin ... ich bin ...»

«Hören Sie, ich bin Arzt, vielleicht kennen Sie meine Praxis in der Smithdown Road in der Nähe des Krankenhauses. Wenn ich irgendetwas tun kann, Sie wirken –»

«Ich bin überwältigt von Gefühlen, schrecklichen Gefühlen.»

«Ach herrje, welcher Art von Gefühlen? Schmerz?»

«Kein Schmerz.»

«Dann die Nerven?»

«Ja, vielleicht die Nerven.»

«Wohnen Sie weit weg? Ich kann Sie nach Hause begleiten, wenn Sie möchten.»

«Ich muss nur um die Ecke, ich brauche keine Hilfe.»

«Ich gehe in Ihre Richtung, wissen Sie. Ich muss ein paar Flugblätter abgeben. Ich klappere die Straßen auf meiner kleinen Route ab.» Er lächelte. «Sie wären schockiert, wenn Sie wüssten, was in meiner Tasche ist.»

«Mich schockiert heute Abend nichts mehr. Was haben Sie denn?»

Er zog ein Bündel heraus. «Sehen Sie? Sympathisieren Sie damit?»

Sie lachte. «Sie wissen gar nicht, was Sie mich da fragen. Schon komisch.»

«Sie finden die Partei lustig?»

«Nein, aber ich treffe zufällig ständig Leute wie Sie. Ich weiß nicht, ob das ein Segen oder ein Fluch ist.»

Sie hatte ihre Zeitung beim Friseur vergessen, zu aufgeregt, um sie beim Gehen mitzunehmen. Und hatte gedacht: Vielleicht liest sie jemand anderes. Und jetzt stand da ein Mann, ein gut aussehender Engländer, ein gebildeter Kerl, mit Flugblättern der Kommunistischen Partei auf einer Vorortstraße. Auf den Flugblättern ging es um den bevorstehenden Krieg. In dieser Schlacht musste die Sowjetunion alles in ihrer Macht Stehende tun, um sich selbst zu retten, der Preis, es nicht zu tun, war zu hoch, denn ihre Rettung würde die Welt retten. Man schloss Bündnisse, die nicht unbedingt schmackhaft waren, andererseits, der imperialistische Churchill ... und so fort. Russland sollte nicht in einen bürgerlichen Krieg verwickelt werden, es sollte die Kapitalisten gegen die Faschisten ausspielen und zuschauen, wie sie sich gegenseitig zerstörten. Stalin hatte immer recht.

«Vor langer Zeit», sagte sie lächelnd, denn sie fand es komisch, dass dieser lange zurückliegende Vorfall im Wald zu dieser Begegnung führte, auf einer Straße in Liverpool, mit einem achtbaren Engländer, der über dasselbe Thema palaverte wie ihre Jungs. Sie erzählte ihm die Geschichte vom Wald.

«Ist das ein Märchen, das Sie irgendwo gelesen haben?»

«Nein, das ist mir als junges Mädchen passiert, ich war fast noch ein Kind, aber nicht mehr ganz.»

Seine Miene war hart und verständnislos. «Damals», sagte er, «gab es Enthusiasten für die bevorstehende Revolution, die nicht richtig auf die gemeinsamen Ziele der Partei ausgerichtet waren. Einige waren nur Romantiker oder anarchistische Hitzköpfe. Wir mussten sie aus der Partei eliminieren, damit sie sich nicht weiter ausbreiten wie ein toxischer Fleck. Heute sind wir ...» Und so redete er weiter wie ein Damm, der ein Tal überschwemmt und mit ihm ein Dorf, bis ihre Erinnerungen fast gänzlich ertränkt waren.

Sie spürte die Farbe in ihr Gesicht zurückkehren. Er bemerkte es unter der Straßenlaterne und sagte: «Sie sehen etwas besser aus. Vielleicht geht es Ihnen gut genug, um zu einer Versammlung zu kommen? Nächste Woche haben wir einen großartigen Redner.»

Gab es irgendeine Gemeinsamkeit zwischen einer Versammlung und Sammy Brasseys Hinterzimmer? Schon seltsam, dass Sammy Brassey und Stalin den gleichen Schnurrbart trugen. Aber sie wusste nicht, ob sie zu einer Versammlung gehen wollte. Sie wusste auch nicht, wie sie ihrem Mann einen solchen Ausflug erklären sollte. Es wäre eine Form von Ungehorsam. Louis wählte konservativ. Er fand sich mit ihren *meschuggen* Ideen ab. Aber eine Versammlung? Nein, eher nicht.

Der Mann, der sich nun als Christopher Tinline vorstellte, schwankte offenbar zwischen seinen Rollen als Arzt und örtlichem Parteifunktionär. «Nun, rufen Sie mich morgen früh an, wenn Sie sich noch unwohl fühlen. Ich stehe im Telefonbuch.»

«Ich glaube, bis dahin sind die Gefühle weg.»

«Vielleicht, aber Sie wissen, wo Sie mich finden. Bitte zögern Sie nicht, mich ...»

Sie ließ ihn stehen und eilte nach Hause, wo Louis mit einem Glas Whisky in seinem Sessel saß.

«Du siehst hübsch aus», sagte er, weil er sich erinnerte, wo sie gewesen war. Denn die Männer von Allerton Road, die ihre Kleider nicht zu Ettie Beilinson zum Ändern brachten, hatten keine Ahnung, was vor sich ging.

Sie schloss sich im Bad ein und entfernte den Lack von ihren Zehennägeln.

Zur Hölle damit, sagte sie am nächsten Morgen, als sie

die Asche aus dem Rost leerte. Zur Hölle mit Männern und allem.

Ein paar Tage später unterzeichneten Molotow und von Ribbentrop den deutsch-sowjetischen Nichtangriffspakt. Zufällig geriet Sammy Brassey, womöglich betrunken, auf der Mather Avenue unter die Räder einer Straßenbahn und starb im Sefton General, ehe man ihm die Beine amputieren konnte. «Ohne seine Beine wäre er nichts», hieß es bei Ettie Beilinson. «Oder ohne seine Hände», fügten mehrere hinzu. Oder ohne seine Zunge, dachten zwei, die etwas Experimentelles erlebt hatten. Die Hinterzimmer-Frauen gingen nicht zur Beerdigung, und so wusste jeder, wer sie waren. Eine Woche später begann der Krieg, und das bisherige Leben rückte in weite Ferne.

Rivka, Solly und Dora versanken in einer Schlucht des Schweigens.

14

Minas und Louis' Söhne Benny und Harry waren rauflustig. Sie hatten ihre Ausbildung an der jüdischen Schule in Hope Place begonnen, im Schatten der nicht enden wollenden Bauarbeiten an der protestantischen Kathedrale, einem kolossalen blassrosa Sandsteinklotz, der über der Stadt aufragte. Als die beiden Familien in den Vorort zogen, besuchten die Jungen eine neue Schule, zusammen mit all den Robins, Peters, Jimmys, Brendans und Owens. Sie meldeten sich, um eine Frage zu beantworten. Aus ihren Mündern kamen jiddisch eingefärbte Laute. Auf dem Pausenhof trieben die anderen Kinder ihr übliches Spiel, sie schlugen, traten, bissen, demütigten. Vor allem die Katholiken schrien ihnen ständig nach «*Ihr habt unsern Herrn getötet!*». Als sie ihrem Vater zu Hause davon erzählten, dachte er ein oder zwei Tage darüber nach, dann versammelte er die Familie im Wohnzimmer und verkündete, er habe eine Retourkutsche.

«Sagt ihnen Folgendes: Sagt ihnen, wenn wir Jesus nicht getötet hätten, wäre er nicht für eure Sünden gestorben, wie er behauptet hat, und ihr würdet nicht erlöst werden und kämt in die Hölle. Findet ihr also nicht, dass ihr Christen uns ein bisschen Dank schuldig seid?»

Benny erwiderte, das könne er sich nicht alles merken.

Von den beiden Brüdern interessierte er sich am wenigsten für das Leben des Intellekts. Er ging lieber in Kampfstellung wie ein Preisboxer und nahm es mit allen auf, auch wenn er aufgrund seiner fehlenden Taktik oft selbst Prügel erntete. Harry hingegen nahm alles in sich auf. Am nächsten Tag ging er wieder in die Schule und probierte es an «Flinty» McPherson aus.

Flinty sagte: «Ihr gebt es also zu? Wir hatten also die ganze Zeit recht? Komm her und nimm, was du verdienst, Christusmörder. Knie dich hin, damit ich dir auf den Kopf spucken kann.»

«Aber», erwiderte Harry, «du hast das nicht verstanden.» Die Worte drangen noch durch seine Luftröhre, als Flinty ihn mit seinem Lederranzen niederschlug und auf sein Haar spuckte.

Einmal schwänzten sie Schule, um die Pferderennen in Aintree zu sehen. Benny klaute einen Feldstecher im Fotogeschäft in der Bold Street, den er am Ende des Tages wieder zurückbringen wollte. «Ich bin kein Dieb», schrie er, als man ihn am Kragen packte. «Es war nur eine ehrliche Leihgabe. Ich schwöre bei Gott. Ich schwöre beim Leben meiner Mutter, ich wollte ihn wirklich nicht behalten, wozu auch, wir wollten bloß das eine Mal die Pferde sehen!» Louis musste mit dem Feldstecher in der Hand Wiedergutmachung leisten und die Wogen glätten. «Sind halt lebhafte Jungs», sagte er, «sie wollten nichts Böses tun», und der Besitzer ließ sich darauf ein, kein Wort mehr darüber zu verlieren, weil die Leute vom Ledergeschäft einen guten Ruf in der Stadt genossen und ihre Geschäfte ehrlich handhabten. Das war die letzte kriminelle Handlung.

Harry wurde 1940 eingezogen und diente in der Panzerbrigade. Er zog in einer kratzigen Kakiuniform los und kehrte mit einer Sammlung derber Ausdrücke auf Urlaub zurück, die er an seinen Bruder weitergab. Wenn er den Mund aufmachte, zuckte Louis zusammen. Ein solcher Sohn war seinen bleichen Lenden entsprungen, ein Sohn, der in einem anderen Leben vielleicht ein *Mamser* wäre. Benny folgte seinem Bruder in die Armee, und als er 1945 aus dem Kriegsdienst entlassen wurde, lehnte er das Angebot ab, ins Familiengeschäft einzusteigen, der einzige Zweck, für den Söhne geboren wurden, und ließ sich hinter aller Rücken bei einem Herrenausstatter anstellen. Er trug Anzüge mit wattierten Schultern und schmal zulaufenden Hosen, dazu knallige Krawatten. Und er besaß einen Stift mit einem durchsichtigen Gehäuse, in dem, wenn man ihn umdrehte, eine leicht bekleidete Blondine erschien. Benny fuhr auf alles ab, was schwer in Mode war. Er hatte eine Art mentalen Radar, ein Alarmsystem dafür, was als Nächstes kam. Er hatte wachsame braune Augen, und seine stets gespitzten Ohren belauschten Gespräche auf der Straße und saugten nützliche Informationen auf.

In dieser Familie hatte das Wunderkind keinen Vertrauten.

«Das Dumme bei meiner Schwester ist», sagte Harry, «sie ist *kompliziert*.»

Die heranwachsende Paula fand, dass jeder schuld war, nur nicht sie, wenn sie kompliziert war. Sie hatte kaum Erinnerungen an das Leben vor der Reihenhaushälfte mit dem Garten, an die grinsenden Toby-Krüge ihrer Mutter, den gemusterten Teppich, das schnurrende Motorgeräusch des Wagens, wenn ihr Vater abends von der Arbeit nach Hause kam. Sie war eine plappernde umherlaufende Puppe, die man hübsch zurechtmachen konnte mit Kleidern, für die Mina selbst nicht die Figur hatte und die ihr nicht standen. Aber der schlanke Hals und die Fuchspelzstola waren nichts verglichen mit Paulas größtem Pluspunkt, der Stimme. Sie hatte sprechen gelernt, indem sie Radio hörte, und nun palaverte sie, als würde sie im Alexandra Palace der BBC direkt übertragen. «Meine Tochter könnte man überall hinschicken, jeder würde sie empfangen», sagte Mina. «Sie könnte vor dem Oberbürgermeister einen Knicks machen, und er käme nie darauf, dass sie im vorderen Schlafzimmer am Brownlow Hill geboren wurde wie Harry und Benny, und keiner würde die beiden mit gebürtigen Engländern verwechseln, auch wenn sie es sind.» Ihre Schwägerin war neidisch auf Paulas Talente, denn ihre Tochter Bernice konnte nicht mithalten mit ihrer jüngeren Cousine. «*Aber* – und darauf kommt es an», sagte Lia, «dafür sind Bernice und ich» – sie verschränkte zwei Finger miteinander – «so eng.» Konnten eine Mutter und ihre Tochter sich näher sein? Paula hingegen verfolgte ihre eigenen Pläne, von denen sie Mina nichts erzählte.

Mina bereitete Paula unwissentlich auf Flucht, auf Abnabelung und Entfremdung, auf das Streben nach Besserem vor. In Ettie Beilinsons Salon hievte Mina ihre kleine Tochter auf einen Schemel und bat sie, ein Gedicht aufzusagen. Wenn Paula schmollte, mürrisch guckte, den Kopf schüttelte oder die Schultern zuckte, redete ihr Mina gut zu: «Sag einfach was, Paula, irgendwas, erzähl uns, was du heute Mittag gegessen hast.» Und irgendwann zählte sie gehorsam mit ihrem gestochen scharfen BBC-Akzent die Bestandteile ihrer letzten Mahlzeit auf, wofür sie vonseiten der eingewanderten Damen mit ihren hochmodernen Brassey-Boy-Dauerwellen und polypengeplagten Eierstöcken schallendes Gelächter und Beifall erntete. Und so lernte Paula, ein Publikum zu schätzen, und merkte, dass es sich in Form von Schokolade, Keksen und Zitronenlimonade auszahlte.

Bei Hochzeiten und Bar-Mizwas eskalierte die Situation. Sie wurde aufgefordert, ihren Partytrick vorzuführen, sie sollte wie die Prinzessinnen Elizabeth und Margaret sprechen, wieder auf einem Stuhl stehend, diesmal jedoch am Haupttisch mit den Gastgebern und Ehrengästen. Ihr Publikum nahm stetig zu, nur weil sie den Mund aufmachte, und das war, bevor sie anfing zu singen. Es gab viele solcher Anlässe, ihre Familie väterlicherseits war riesig, ein immenser Verwandtenkreis von Leeds und Manchester bis nach London und Glasgow, denn Louis' Eltern waren mit fünf Brüdern und Schwestern aus Polen gekommen. Hochzeiten, Verlobungsfeiern und Bar-Mizwas waren große Ereignisse mit vielen Männern, die ihre Schuhe auszogen, Whisky tranken, Zigarren rauchten, und Frauen mit Federhüten, strassbesetzten Broschen und Nerzstolen.

Die Polacks waren wie die Sterne am Firmament, zu viele, um sie zu zählen. Einer war Kürschner, einer führte ein Kleidergeschäft, einer machte An- und Verkauf von Gold und Silber, einer war im Geschäft für Großbäckereien, einer war Rabbi (der ganze Stolz!) mit Vollbart und schwarzem Hut, einer war Lehrer, einer war im Druckereiwesen, einer Handschuhhersteller, einer war auf die schiefe Bahn geraten, über den sprach niemand. Und die Frauen: Eine führte ihr eigenes Kleidergeschäft, eine war Vertreterin für Spirella-Korsette, und eine spielte Klavier in einem Lyons Teehaus in Leeds. Und so ging es endlos weiter, es war zwecklos, sich alle merken zu wollen, dachte Paula. Sie präsentierte einfach ihre Lieder und Rezitationen in hochsprachlichem Englisch und ließ es über sich ergehen, dass man ihr die Locken zerzauste, sie in die Wangen kniff, ihre Grübchen drückte, sie an einem nach Lavendelwasser duftenden Busen oder, noch schlimmer, an einem nach Nikotin stinkenden muffigen Anzug fast erstickte.

Einmal tauchte ein Verwandter aus Amerika auf, einer

aus der Schattenfamilie, die es sicher auf die andere Seite geschafft hatte. Als er von Paulas Ruf hörte, brachte er ihr den Text von «Brother, Can You Spare a Dime» bei, einem Lied aus der Großen Depression, das vom Schicksal der GIs erzählte – *«Once in khaki suits, gee we looked swell ...»* Die Worte aus dem Mund einer Sechsjährigen mit einem geschliffenen Akzent brachten den Saal zum Toben, aber nichts löste mehr Gelächter aus als das eine Mal, als sie unschuldsvoll die Worte und die Melodie von «Away in a Manger» flötete. *«The little Lord Jesus lay down his sweet head.»*

«Wo zum Teufel hat sie das aufgeschnappt?», fragte Jossel.

«Aus dem Radio, da spielen sie alles Mögliche, was will man machen? So ist das Land, in dem wir leben.»

Mit siebzehn war sie eitel, oberflächlich, schlagfertig. Sie war eine aufreizende Schönheit, mit den Wangenknochen eines Filmstars, einem Schmollmund und dem rabenschwarzen Haar ihrer Mutter, als würde, so Mina: «Margaret Lockwood in der Penny Lane auf die Linie 86 warten.» Sie sparte ihre Gutscheine für ein Horrockses-Kleid auf. Sie mochte breite Lackledergürtel, die ihre Taille betonten, und experimentierte mit Lidschatten. Für ihre hart arbeitenden älteren Brüder war sie Papas Liebling, ein verzogenes Gör. Sie konnte sich alles erlauben, und jeder ließ es zu, denn sobald sie den Mund aufmachte, klang sie wie die Gojim, hochgestochen und arrogant. «Ach Mutter, warum musst du nur ...»

Benny und Harry spielten ihr Streiche. Harry kaufte in einem Scherzartikelladen einen Scheißhaufen und legte ihn in ihr Bett. Die Jungen waren unverbesserlich. Sie hatte das Gefühl, als sei sie auf sich allein gestellt, eine Orchidee, die aus einem Misthaufen wächst.

Aber sie war nicht auf sich allein gestellt, sie hatte tatsächlich einen Verbündeten. Ihren Vater. Er führte ein heimliches Leben, nicht was man denken könnte – keine Frauen, kein Glücksspiel oder kleine Jungs. Manchmal, wenn er eine halbe Stunde Zeit hatte, ging er in die Walker Art Gallery und ließ sich von den Bildern erfüllen. Er hatte ein ästhetisches Gespür, unterentwickelt, autodidaktisch und allen verborgen, sodass er niemandem gestehen konnte, wie sehr er den Geruch von Sämischleder hasste, dessen Existenz bedauerte; er wünschte, es wäre auf dem Rücken der Ziegen und Schafe geblieben, von denen es stammte. Ein Sämischleder polierte alles auf Hochglanz, man putzte damit Fenster und Autos, aber Louis schwärmte für durchscheinende Nymphen, demütige blau gewandete Jungfrauen und Damen der feinen Gesellschaft in Satin, Rüschen und Spitze. Am Anfang hatte er keine Ahnung von der symbolischen oder anderweitigen Bedeutung dieser Werke; er kannte weder «die Schule von» noch «nach», keine «Provenienz» oder «Pinselstriche». Er bezog nur eine tiefe sinnliche Befriedigung aus der Oberfläche der Leinwände, den vielfältigen Kostümen und fremdartigen Landschaften. Sein Herz war erfüllt. All das spielte sich im schlagenden Bereich seiner Brust ab, ein romantischer und emotionaler Impuls.

Gemälde rührten ihn fast zu Tränen, und da er den Grund dafür nicht benennen konnte, redete er mit niemandem darüber. Er wäre verrückt gewesen, es überhaupt zu versuchen. Er verschwieg seine heimliche Flucht zum windgepeitschten Plateau der St George's Hall, wo die Sandsteinsäulen der Kunstgalerie ihn für eine halbe Stunde mit den Präraffaeliten, ihren leuchtenden Farben, ihrer Üppigkeit, ihrer seltsamen Tödlichkeit einluden. Er wollte nur für ein paar Minuten allein vor einem Burne-Jones stehen, dann hinausgehen und sich als glücklicher

Mann fühlen, bis er zur Mount Pleasant zurückkam, wo ihm der Geruch der Fensterleder wieder in die Poren drang. Seine Tochter war die Einzige in der Familie, der er seine heimliche Vorliebe für Ästhetik gestehen konnte. Er wollte wissen, ob Paula vor einem Gemälde das Gleiche empfand wie er, er wünschte sich eine Lebensgefährtin, wie er sie in der Ehe nie zu finden erwartet hatte; ihm war nie in den Sinn gekommen, nach einer Frau zu suchen, mit der er etwas gemeinsam hatte.

An Samstagen ging er vormittags in Anzug und Krawatte in die *Schul*, kehrte nach Hause zurück und zog eine legere Hose und eine hellbraune Kaschmirweste mit Holzknöpfen über einem hellblauen Hemd an. Er hatte sich ein Paar Autohandschuhe aus Leder gekauft. Nach dem Mittagessen fuhren sie in die Stadt. Für Paula roch das Auto nach männlichen Düften, nach seinem Rasierwasser und Zigarren.

Im Handschuhfach bewahrte er sein Buch auf. Den *Beginner's Guide to Great Art*, gründlich von ihm studiert. In der Walker Art Gallery stand er mit seiner Tochter vor einem Bild und bemühte sich, kundig zu klingen: «Siehst du das, Paula? Was er da mit nur einem Farbklecks gemacht hat, verändert alles, ohne diesen kleinen Pinselstrich wäre das ganze Bild anders.» Inzwischen wusste er, was «Perspektive» und «Schule» bedeuteten und dass jede kreative Bewegung eine Gegenreaktion auf die vorangegangene war. Er war ein Autodidakt mit großen Wissenslücken, aber wenn er mit seiner Tochter Arm in Arm dahinschlenderte, wirkten sie auf andere, so hoffte er, weltgewandt und interessiert. Sie hatten das *Recht*, dort zu sein, um zu diskutieren, zu bewundern, in stiller Besinnlichkeit dazustehen, mit dem Finger zu zeigen, das Schild zu lesen und sich den Namen und die Daten des Künstlers einzuprägen.

Paula kehrte von diesen Ausflügen energiegeladen zurück. Sie sah junge Frauen ohne Hut und Handschuhe umherlaufen. Sie rauchten Zigaretten. Sie stützten sich mit den Ellbogen an eine Mauer und äußerten pointierte Meinungen, die oft nicht mit dem zaghaften Kunstverständnis ihres Vaters übereinstimmten. Was seine atmende Seele berührte, verwarfen sie als sentimental. Schönheit, so schien es, war nicht das Entscheidende. Sie strebte die lässige Unverfrorenheit dieser Mädchen an.

Nach dem Krieg, als das Licht ein weiteres Mal über der Welt aufgegangen war, fuhr Louis mit Mina nach Paris. Sie schlenderten Arm in Arm über die Champs-Élysées, und er sagte zu ihr: «Hier soll es ein fantastisches Museum geben, in dem die allerbesten Bilder hängen.» Sie erwiderte: «Was willst du mit Bildern? Die an der Wand zu Hause guckst du nie an. Das kleine Mädchen, das mit dem Kätzchen und dem Wollknäuel spielt. Das ist unglaublich süß.» Er unterdrückte den Wunsch zu sagen: «Das nennst du Kunst? Mir tut das in den Augen weh.»

15

Jossels Tochter Bernice, ein Jahr älter als ihre Cousine Paula, hatte ein heiteres Gesicht und dichtes welliges Haar. Seit ihrem fünfzehnten Lebensjahr ging sie mit Lionel Clumpus, einem sehr netten Jungen. Sein Vater Morrie Clumpus belieferte Restaurants und Hotels mit Handtüchern, und sie lebten am Queens Drive in einem Haus mit symmetrischer Fassade und zwei Erkerfenstern mit silbernen Brokatvorhängen, die Lia über alles bewunderte. Wie Paula waren die beiden im Frühjahr 1940 nach Nordwales evakuiert worden; die nassen Hügel, die aufgeweichten Felder und die massigen Körper der bedrohlichen Kühe in der Ferne lösten in ihnen nichts als Schrecken und Einsamkeit aus. Man konnte von einer Kuh platt gedrückt werden und qualvoll sterben, während ihr enormes Gewicht einem das Herz zerquetschte – angeblich war das einem Jungen aus der Devon Street passiert. Lionel, der auf einen Bauernhof mitten im Nirgendwo verbannt worden war, seine Eltern sehr vermisste und sein Bestes tat, um ein kleiner Mann zu sein, so wie er es auf dem Bahnsteig versprochen hatte, war von der Bäuerin die Hose heruntergezogen worden, um zu prüfen, ob er einen Schwanz hatte. Als der Blitz abflaute, kehrte er nach Hause zurück und beschloss, nie wieder einen Fuß nach Wales oder auf einen Bauernhof zu setzen oder irgendetwas mit Vieh zu tun zu haben, schon bei Haustieren wie Katzen oder Wellensittichen zog er die Grenze. «Keine Schildkröte», sagte er zu seinen Töchtern. «Haltet euch von Tieren fern, man weiß nie, was passieren kann.»

Lionel plagte das tiefe Schamgefühl, man könnte ihn für eine Bestie oder einen Abgesandten des Teufels halten. Bernice versuchte, ihn zu trösten. Nachdem er sich ihr anvertraut hatte, küsste sie ihn leicht, aber zärtlich auf die Wange (da es die ersten nicht elterlichen Lippen auf seiner Haut waren, ergriff ihn ein tiefer Schauder anlässlich der feuchten Überraschung) und versprach, es nie jemandem zu erzählen, ganz bestimmt nicht ihren Eltern, die hatten genug Sorgen. Die Bauern in Nordwales und ihre Frauen, alles andere als freundliche apfelwangige Bilderbuchtypen, waren nur primitive Landmenschen, die es nicht besser wussten, sagte sie, um ihn zu beruhigen. Ihre eigene Erfahrung war nicht nur weniger traumatisch gewesen, sondern sterbenslangweilig. Fernab vom Alarm des bombenzerrissenen Himmels konnte sie nur den Geräuschen sich paarender Tiere und ihren Gastgebern lauschen, die sich in einer Sprache mit zu vielen Vokalen zankten. Nun waren sie zweisprachig in Englisch und Jiddisch und verfügten über rudimentäre Kenntnisse in Walisisch.

In der Nachkriegswelt gab es jede Menge Vergnügungen. Bernice und Lionel spielten Tischtennis im Harold House, dem jüdischen Jugendzentrum, und schmetterten sich die Bälle mit ihren Tischtennisschlägern zu. Bernice flitzte in Sporthose und Rollkragenpulli um den Tisch. Lionel starrte sie bewundernd an – wie vollkommen sie war, wie hübsch, dieser Schwung. Sie machten lange Spaziergänge im Calderstones Park, tief ins Gespräch vertieft, ruhten im Schatten der tausendjährigen Eiche und küssten sich zum ersten Mal auf den Mund. Er stand rasch auf, schlug einen Bummel zum Herrenhaus vor, das von einem seichten Graben umgeben war, den er sachkundig Ha-Ha nannte. Sie sahen sich Amateur-Talentwettbewerbe auf der Freilichtbühne an. Der Gesang, der Tanz und die Sommerkleider hatten etwas angenehm Unbeschwertes, und Bernice' Hand auf seinem Arm fühlte sich leicht wie ein Schmetterling an. Sie duftete nach Lavendelwasser von Yardley. Offenbar war das seine Bestimmung, ein Mädchen wie sie. Was sonst?

Als er seiner Mutter erzählte, dass er mit Bernice Mendel ging, richtete sie sich auf und wurde hellhörig. «Hast du gewusst, dass ihre Mutter in der alten Heimat eine *Gouvernante* hatte? Jeder sieht, dass Lily Mendel eine Dame ist, und Jossel ist ein gebildeter Mann oder war es zumindest, bevor er seinen Lebensunterhalt verdienen musste. Bernice wird dir sehr guttun.»

Lionel war klein, füllig, kein Matinee-Idol. Der nette Junge konnte es nicht genau ausmachen, aber irgendwie hatte er das Gefühl, dass man ihn stark ermutigte, ja sogar *drängte*, Bernice einen Antrag zu machen. Sein künftiger Schwiegervater war ein gutmütiger, wenn auch weitschweifiger Mensch, der ihn ansah, als wäre er ein Steak auf dem Schlachterblock. Man hatte ihn für etwas ausersehen. Warum ich?, fragte er sich. Er wusste nicht, warum. Manchmal, wenn er im Familienbetrieb Handtücher zum Versand verpackte, hatte er das Gefühl, in eine *Richtung* getrieben zu werden, wie Vieh in einem Pferch. Eine Hand lag auf seinem Rücken und schob ihn weg von dem, was ihm Freude machte: die schummrigen kleinen Jazzclubs von Liverpool, in denen schwarze Matrosen aus Amerika Race Records für Bares verkauften und die Cunard Yanks in wunderlichen Anzügen und Hüten Geschichten aus Harlem und San Francisco mit nach Hause brachten. Doch alles tendierte stark wie die Schwerkraft in Richtung Handtücher, Sämischleder und Bernice, die, noch keine achtzehn, ihre linke Hand anblickte, als wäre sie überrascht, dass ihren Ringfinger noch kein Gold zierte.

Wie in einem Roman von Jane Austen waren die Zwillingsunternehmen Handtücher und Sämischleder Grundbesitz, der durch eine Zusammenlegung noch wachsen konnte. Sein Vater und ihr Vater hatten einen Plan geschmiedet, und sie waren die jungen Leute, die dafür sorgen mussten, dass das Geschäft lief. Zwischen Fensterledern und Frotteetüchern gab es gegenseitige Interessen. Lionel versuchte, ihr das vorsichtig zu erklären. Wollte sie wirklich Teil einer Fusion sein? Aber sie schaute ihn nur mit großen feuchten Augen an, das glänzende Haar modisch gewellt, die Wangen von Natur aus rosig. Eine jüdische Porzellanpuppe. «Wie meinst du das?», fragte sie ihn ängstlich. «Liebst du mich nicht?» Offenbar rechnete sie jeden Moment mit der entscheidenden Frage. Zu Hause vor ihrem Frisierspiegel probierte sie verschiedene Posen aus, die sie einnehmen könnte, wenn sie Ja sagte. Das anmutige Zurschaustellen ihrer künftigen Ergebenheit gefiel ihr am besten, sie würde es ganz bestimmt nicht machen wie Beverly Bloomberg, die mit ihrem Kreischen die Toten erweckte, als Cecil Carr um ihre Hand anhielt, und auch albernes jungfräuliches Erröten wie Sandra Copolov kam für sie nicht infrage. Sie erwartete, dass er sich auf ein Knie niederließ, denn im Kino hatte sie noch keinen Heiratsantrag ohne diese obligatorische halbe Hocke gesehen. Dann würde er ihre Hand nehmen und ihr mit der anderen den Ring zeigen. Sie würde sich bemühen, ihn nicht allzu genau abzuschätzen, und hoffte, nicht enttäuscht zu werden: nicht von ihm, sondern von Fassung und Größe der Steine.

Sein Ruf als netter Junge aus einer guten Familie, den

Gründern von Clumpus Towelling (Trade Only) Ltd., hing ihm wie eine leuchtende Girlande um den Hals. Da er rundlich und gutmütig war, konnte er kein Wüstling sein, man vertraute ihm auf den ersten Blick. Wenn er lächelte, hatte er ein Grübchen in der linken Wange. Er würde ihr ein wunderbarer Mann sein. Aufregend war er nicht, aber wer brauchte schon Aufregung? Sie wollte nur (irgendwann) ein großes Haus, in dem jedes ihrer drei Kinder ein eigenes Zimmer hatte, mit einer gepolsterten Truhe für Spielzeug und einem gemalten Fries mit Enten und Lämmern an den Wänden – ein Haus gleich um die Ecke von ihrer Mutter, bei der sie vormittags auf einen Kaffee vorbeischauen oder die Kinder zum Babysitten abliefern könnte, um unten beim Friseur in der Allerton Road zweimal in der Woche ihre Haare waschen und legen zu lassen. Konnte sich ein Mädchen ein besseres Leben erhoffen? Es war *goldrichtig*.

Lionel wartete mit dem Antrag bis zu ihrem Geburtstag. Er war neunzehneinhalb. Sein Vater hatte den Ring im Großhandel von Monty Karshinsky gekauft. Die Wahl der Steine war ihm abgenommen worden. Er betrachtete den Ring und fand ihn in Ordnung, aber was würde Bernice sagen?

Bernice schrie, fiel fast in Ohnmacht. Sie hätte wahrhaft nicht glücklicher sein können. Monty Karshinsky hatte einen Volltreffer gelandet: drei platingefasste Diamanten, die, als sie den Ring ansteckte, hübsch im Sonnenschein blitzten, der durch das Erkerfenster des Wohnzimmers fiel. «In Wales ginge das nicht, da scheint nie die Sonne», sagte sie lächelnd, als Lionel sich vom Teppich erhob. Sie küssten sich sanft auf die Lippen, er spürte die lauernde Nähe ihrer feuchten Zunge hinter ihren Zähnen und zuckte zurück.

Nun war er auf dem Weg ins Eheleben, er war zwanzig

und stürzte sich Hals über Kopf hinein. Sein Schwiegervater war jovial und rauchte ständig Zigarre, seine Schwiegermutter nahm seine Verlobte in Beschlag und verkroch sich mit ihr im Schlafzimmer, um Hochzeitspläne zu schmieden. Nur das Beste war gut genug. Liverpool sollte sich bis ans Ende seiner Tage an diese Hochzeit erinnern, selbst die Gojim würden sie zur Kenntnis nehmen. Zuerst der Gottesdienst in der *Schul* in der Princess Street, mit dem seufzend Gebete rezitierenden Chor und der anschwellenden Orgel. Dann der Empfang im Adelphi Hotel, es gab nichts Luxuriöseres und Opulenteres. Lionels Mutter Ida Clumpus begrüßte die Hochzeit so begeistert, als würden Prinzessin Elizabeth und Prinz Philip höchstpersönlich dem Eheleben entgegenschreiten.

Ihre Flitterwochen würden sie nicht im Ausland verbringen. «Wozu auch?», sagte Morrie Clumpus. «Ausland? Dort wird man geboren oder hingeschickt, um erschossen zu werden.»

Sie verbrachten eine Woche in einem koscheren Hotel im Süden in Bournemouth mit herrlichen Stränden und, wie man hörte, hervorragenden Tischtennisanlagen. Lia hatte ihrer Tochter einen in schlichtem braunem Papier eingepackten Ratgeber fürs Eheleben besorgt. In ihrer Kindheit hatte ihr Vater erzählt, sie sei in die Familie gekommen, nachdem man sie in einem Laden gekauft hatte, in dem schreiende Babys auf einem Regal in ihren Körbchen lagen und darauf warteten, dass man sie auswählte. «Und *dich* haben wir uns ausgesucht. Wir haben jede Menge andere Babys gesehen, aber du hast uns am besten gefallen.» Seitdem hatte Bernice kaum über Fortpflanzung nachgedacht. Lionel gegenüber erwähnte sie das Buch nicht. Sie ging davon aus, dass ihm sein Vater etwas Ähnliches zugesteckt hatte. Nach ein paar Seiten gab sie die Lektüre auf; er würde bestimmt wissen, was zu tun war, und die Sache in die Hand nehmen. So schlimm konnte es ja wohl nicht sein. Ein netter Junge würde nur Dinge tun, die einem Mädchen gefallen.

Lionel hatte das Gefühl, dass etwas kommen und den unerbittlichen Lauf der Ereignisse aufhalten musste, gleich würde man von der Kommandobrücke des Schiffs einen Eisberg sichten, der die ganze Angelegenheit zerschmettern und versenken würde. Etwas derart Prunkvolles konnte nicht vonstattengehen, ohne dass irgendein großer Fehler passierte. Aber da war er, stand in Frack und Zylinder vor der *Bima* in der Synagoge und wartete darauf, dass Bernice, vom unaufhaltsamen Schritt ihres Vaters angetrieben, den Gang entlangkam. Die Atmosphäre war aufgeladen, eine solche *Simcha* hatte es seit der Vorkriegszeit nicht gegeben, etwas so Umfassendes, die Vereinigung zweier Geschäftsinteressen und zweier ehrbarer Familien.

Die Luftschutzsirene wird losgehen, dachte Lionel. Bitte. Dann laufen wir in die Schutzräume und überlegen später, was zu tun ist. Bei ihrer Rückkehr aus Wales hatten sie beide einen Großteil von Liverpool zerstört vorgefunden. Die große Kirche am Ende der Leece Street war eine leere Hülle, ein dachloses Außenskelett, in dem kleine Bäume wuchsen. Die Straße bei den Docks war eine Katastrophe. Wenn ein Bombenangriff diese Hochzeit nicht stoppen konnte, was dann? Dass Bernice es sich anders überlegte? Dass sie unterwegs im Auto krank wurde? Dass jemand aufsprang und Einspruch erhob? Doch die Sirene ertönte jetzt nur probehalber, die Brautjungfern waren bereits draußen, und sein Trauzeuge Colin Grabman lächelte ihm rätselhaft zu und tastete in seiner Brusttasche nach dem Ring. Die Frauen oben auf der Empore wurden immer aufgeregter in Erwartung des ersten Blicks auf DAS KLEID, dieses Wunder in Großbuchstaben. Die Familie Clumpus war in voller Stärke vertreten, die Familie von Bernice' Onkel war aus Leeds angereist, die Polack-Jungs besetzten eine ganze Reihe von Plätzen, um die Zahl auf der Mendel-Seite auszugleichen. Das Licht der Buntglasfenster schien ihm in die Augen, die Lampen rückten ihm zu Leibe, die Orgelmusik schwoll an, und da war sie, oder irgendwer, hinter dem Schleier, und Jossel kam mit seiner Tochter am Arm auf ihn zu wie ein Lotsenboot auf dem Fluss, das ein Frachtschiff in den sicheren Hafen führt.

Ein paar Stunden später saß Lionel am Haupttisch und betrachtete die vertraute und zugleich gespensterhafte Szene. Da war sein Vater, er hatte den Arm um Jossel gelegt und erzählte einen leicht schlüpfrigen Witz. Da war Jossels Schwager, Louis, ein gut gekleideter Mann, dessen Anzug perfekt an den Schultern saß und dessen Krawatte noch nicht mit Fettflecken verunziert war, was vermutlich auch so bleiben würde. Seine Frau, Bernice' Tante Millie, eine mütterlich aussehende Frau, die jedoch Bernice zufolge eine wilde Seite hatte. Man hatte ihm die Geschichte erzählt, wie ihre Ehe mit Louis zustande kam, als er bei seinem ersten Besuch beklommen im Wohnzimmer auf einem der mit hellblauem Samt bezogenen, nachgemachten französischen Stühle saß. Neben Tante Millie ihre Tochter, Bernice' mürrisch dreinblickende Cousine Paula, die älteste der vier Brautjungfern. Sie hatte sich wegen des Kleides, der Schuhe und der Art, wie sie ihr Haar tragen sollte, mit Bernice angelegt. «Jedes Mädchen», hatte Bernice gesagt, «würde sich alle Finger danach lecken, Brautjungfer zu sein, aber sie beschwert sich nur. Kapiert sie es denn nicht? Das ist *mein* Tag, den ich bestimme. Sie soll sich zurückhalten, tut ihr ganz gut, zur Abwechslung mal nicht im Mittelpunkt zu stehen.»

Und seine Schwiegermutter, die vermutlich gerade sagte: «Sie müssen wissen, ich hatte eine Gouvernante.»

Hinter den direkten Verwandten saß die Welt der Geschäftspartner, die bevorzugten Kunden und Kontakte seines Vaters. Der Hoteldirektor war anwesend, den die Clumpusens mit Geschirrtüchern und Spüllappen für die Küchen belieferten und von dem sie sich den Großauftrag für Hand- und Badetücher sowie Waschlappen in den Gästezimmern und Suiten erhofften. Neben Lionel seine neue Frau, die, wie es so schön hieß, strahlend aussah und einen hektischen, fast tuberkulösen Glanz des Erfülltseins verströmte. Die Glaskronleuchter, die überwältigende Hitze und der Zigarettenrauch, die vielen Gratulanten, der erste Tanz, bei dem er mit seinem Lederschuh auf ihre Schleppe trat und sie leicht zerriss – und war er glücklich? Vermutlich schon. Er musste es sein, denn ging es nicht einzig und allein darum, lief nicht alles auf die Vermehrung der menschlichen Spezies, die Beherrschung der Natur hinaus? Die Band in weißen Smokings spielte die Melodien moderner Schnulzen. Alles kam ihm schmalzig, abgeschmackt, unecht vor. Doch genau das hatte Bernice gewollt, und Hochzeiten waren nun mal das Revier der Frauen. Der Bräutigam musste nur pünktlich erscheinen und alles nach Schema F durchziehen. Der wahre Test stand ihm am Abend im dritten Stock bevor, wo ihr Negligé bereitlag und daneben sein nagelneuer Pyjama, gekauft in Jack Ralphs Bekleidungsgeschäft (natürlich im Großhandel, welcher Idiot zahlte schon Einzelhandelspreise?).

Was sollte er von diesen alten Leuten halten, die aus fremden Ländern kamen, mit jüdischen Stimmen sprachen und das Leben von Brownlow Hill verklärten? Sollte er die enorme Lebenskraft dieser Immigranten bewundern, ihren fantastischen Sprung in eine neue Welt? Oder sie verachten, weil sie die transatlantische Etappe nicht geschafft hatten? Aber so denkt ein netter Junge nicht. Ein netter Junge ist eine künftige Säule der Gemeinschaft. Ein netter Junge ist nicht so modern und verleugnet, wo er herkommt – von genau diesen Leuten.

Ich bin Lionel Clumpus, dachte er, und das ist meine Frau Bernice Clumpus, die sagt, sie will nicht Bernie genannt werden, auch nicht liebevoll, heute Abend werde ich sie vorsichtig und zärtlich nehmen, nach Ratschlägen, die mein Vater mir gegeben hat einschließlich einiger Überraschungen, an die ich nie gedacht hätte, die meiner Frau aber garantiert ein Vergnügen bereiten, wie sie es sich nie erträumt hätte. Man nannte es Vorspiel.

«Aber was wird sie erwarten?», hatte er seinen Vater gefragt.

«Sie hat bestimmt ein Buch, das alles erklärt.»

Ihm wurde übel.

Das war's also, dachte Paula. So sieht das Ende aus, das kommt auf einen zu wie die Ziellinie bei einem Rennen, man kann nichts anderes tun als ausscheren, um dem zu entkommen. Man muss ausscheren, sonst endet man so – mit einem «netten Jungen», der aussieht wie eine Puppe, und wenn man ihm die Hose runterzieht, ist da nichts. Allerdings wusste sie kaum, was da eigentlich sein *sollte*, denn sie war ein Jahr jünger als ihre Cousine, und ihre Mutter hatte ihr nichts erklärt. Wozu, hatte Mina ihren Mann gefragt, muss sie es denn überhaupt wissen? «Ich wusste gar nichts, und bei uns ist alles gut gelaufen, oder?»

Paula beobachtete das Ganze mit kritischer Aufmerksamkeit in ihrem schrecklichen Kleid, babyrosa, ein Stück Stoff mit Rüschen, Krausen und riesigen Puffärmeln, dazu Satinschuhe mit hohen Absätzen, im Haar ein künstlicher Blumenkranz. Einer der Polack-Cousins hatte sie zum Foxtrott aufgefordert, und sie hatte ihm gesagt, er solle abhauen, worauf er zurückgewichen war wie erschossen. Irgendwann ließ sie sich dazu überreden, mit Sidney Schwartz zu tanzen, Lionels Cousin, mit breiter Brust im Smoking und Frisiercreme im Haar. Nach dem Krieg war er mit dem Alliierten Kontrollrat in Berlin gewesen und hatte bei der «Entnazifizierung» mitgearbeitet. Im Zuge dessen hatte er Deutsche verhört, die ins öffentliche Leben zurückkehren wollten – Lehrer, Richter, Polizisten, Zeitungsherausgeber –, und festgestellt, dass sie alle zum Widerstand gehört hatten.

«Eine riesige Organisation, die die Nazi-Partei weit in den Schatten stellte. Jeder war dabei. Mir ist schleierhaft, woher Hitler die Männer für seinen Krieg nahm. Ein Rätsel.» Seitdem sah er die menschliche Natur mit spöttischer Ungläubigkeit.

Alle nannten ihn Ringo, weil er eine große Klappe hatte. «Mein Sidney kann jeden in die Tasche stecken, sogar die Nazis», sagte sein Vater Mottie stolzerfüllt, «und er hat studiert, verstehst du? Einen Titel hat er zwar nicht vor seinem Namen, weil der Krieg dazwischenkam und ihn zu Höherem berufen hat, aber fähig dazu wäre er gewesen. Dass mein Junge keinen Abschluss hat, ist auch so eine Sache, die ich den Krauts nie vergessen werde.»

In späteren Jahren sah Sidney sich gezwungen zu sagen: «Ich war der erste Ringo. Ich war schon Ringo, als der kleine Ritchie Starkey noch kurze Hosen trug. Damit will ich nicht sagen, dass er den Namen von mir hat, aber es spricht sich herum, so was spricht sich herum.»

Über ihre Schulter sah Paula den armen Lionel Clumpus, der aussah wie eine gefangene Taube, die mit schweren Flügeln heftig gegen die Stäbe eines Käfigs schlägt.

«Das kann nicht gut enden», sagte sie altklug zu Ringo.

«In einem schönen blauen Anzug und einem modernen Hut wäre man genauso verheiratet. Dann wäre man richtig ...» Sie suchte nach dem passenden Wort. «Tschick.»

Ringo war beeindruckt. Das Mädchen hatte Klasse und Pep. Ein bisschen zu jung, aber ihm gefiel, was er sah. Er musste der Sache auf den Grund gehen. Er fragte, ob sie Lust hätte, auf eine Zigarette mit nach draußen zu gehen. In seiner Tasche steckte eine Packung Gauloises.

«Vorsicht, das sind französische», sagte er, «sind ziemlich stark. Die könnten dir gleich in den Kopf steigen.»

Von der prachtvollen Treppe blickten sie hinaus in die Nachkriegswelt.

«Du hast recht mit der Kleidung», sagte er und fing an, sachkundig über Schößchen und Rocklängen zu sprechen.

«Was machst du beruflich?»

«Was glaubst du wohl? Ich bin aus Deutschland zurückgekommen und sofort in unser Klamottengeschäft eingestiegen.»

Paula versuchte, ihn abzuschätzen. Er war eine Erscheinung, fand sie, er sah gut aus, konnte es locker mit Clark Gable aufnehmen, was den Schnurrbart anging, allerdings sprach er mit einem Akzent, einem Liverpool-Akzent. Wozu hatte sie gelernt, wie eine Prinzessin zu sprechen, wozu hatte sie mit ihrem Vater in der Walker Art Gallery Kunst studiert? Er war herumgekommen, aber wer war das nicht? Selbst ihre Brüder waren durch Europa gezogen, hatten zerstörte Städte gesehen und Bauernhöfe befreit. Dann waren sie zurückgekommen und hatten sich festgelegt. Sie wollte sich nicht festlegen.

«Ach, Ringo», sagte sie. Doch was immer sie ihm sagen wollte, wurde durch eine aufsteigende Welle von Nikotinübelkeit erstickt. Sie rannte ins Hotel zurück, aber zu spät, sie übergab sich und beschmutzte ihr Kleid.

16

Paula behauptete, schon immer gewusst zu haben, dass etwas nicht stimmte, man musste sich nur ansehen, wie der arme Lionel dastand und in seinem Zylinder *ertrank*. Sie hätte den beiden raten können, das Ganze abzublasen, aber wer hätte schon auf sie gehört? Sie war nur die jüngere Cousine, die gepeinigte Brautjungfer; man hätte ihr Eifersucht unterstellt. Nachdem sie sich übergeben hatte und auf dem Hotelboden lag, war sie überzeugt, dass an der ganzen Sache etwas faul war. Sie wusste nicht genau, was, trotzdem war sie sicher, dass die Ehe zum Scheitern verurteilt war. Es lag an ihrem Onkel, der in seinem Smoking, mit seiner Fliege und dem pomadierten Haar lächelte wie ein Mann, der gerade den großen Gewinn beim Fußballtoto gelandet hat und im Geiste schon sein Geld zählt. Da steckte mehr dahinter als die bloße Zufriedenheit eines stolzen Papas. Und Lionel draußen in der Lobby mit seinem Trauzeugen, der ihm den Arm um die Schulter legte und leicht drückte, als wollte er ihn für das, was ihn später am Abend erwartete, ein wenig ermuntern. Doch am nächsten Tag vergaß Paula das Ganze. Sie kehrte in ihre Sekretärinnenschule zurück und stenografierte Zeile um Zeile in Vorbereitung auf ihr künftiges Leben als Gehilfin der Geschäftsführung.

Die glücklich Verheirateten, und Paula nahm an, dass sie wenigstens ein paar Tage glücklich waren, kehrten nach einer Woche Tischtennis und Minigolf spielen unschuldig wie Babys aus Bournemouth zurück und fanden die Familie zu Hause in Aufruhr vor. Jossel war verschwunden, und Lia schrie, wenn sie nicht gerade an Riechsalzen schnüffelte. So jedenfalls erzählte man es Paula; sie überzeugte sich nicht persönlich davon, denn das Haus war absolut tabu. Sie musste lauschen, um herauszufinden, was passiert war und warum Mina ständig am Telefon hing und Louis so zerstreut war, dass er eines Morgens ohne Hut und Krawattennadel aus dem Haus ging.

Die Jungs, Bernice' Brüder, einer im Sämischledergeschäft, einer bereits Zahnarzt in einer Praxis bei Fiveways, wo er täglich Füllungen einsetzte, der dritte im Geschäft seines Schwiegervaters, errichteten eine Mauer der Solidarität und Empörung um ihre Mutter, die verständlicherweise noch zwei Wochen nach dem Vorfall hysterisch war und die Ereignisse alles andere als ruhig und gelassen hinnahm. «Was hat er mir bloß angetan!», rief sie. Und später, ermüdender und in ständiger Wiederholung: «Ich bin die Einzige ...» Paula nahm an, damit meinte sie, dass man sie alleingelassen hatte, aber das war es nicht, sie war starr vor Angst. Sie hatte nun einen Status, den sie zum damaligen Zeitpunkt mit niemandem teilte: die sitzen gelassene Frau und, in Zukunft, die Geschiedene.

Jossel hatte sie verlassen, und zwar nicht für eine andere Frau der Gemeinde, sondern für eine *Schickse*, für die Person, die in der Familie stets «das Mädchen» genannt wurde. Margaret McGlone, die Büroleiterin. Sie war hübsch, lebhaft, willig, um nicht zu sagen, mehr als willig, denn die Affäre zwischen ihr und Jossel lief schon seit 1934, und er hatte ihr versprochen, er werde Lia verlassen, sobald er seine Tochter unter die Haube gebracht hatte. Männer sagen solche Dinge, sagen es ständig, aber Jossel hielt sein Wort. Er drängte Bernice in die Ehe, sobald sie achtzehn Jahre alt war, damit er sagen konnte, er habe sich ihr gegenüber anständig verhalten und ihr eine Hochzeit bereitet, über die ganz Liverpool reden würde, was in mehrfacher Hinsicht zutraf – selbst die Katholiken in der Scotland Road wussten über das Nachspiel Bescheid. Seit der Abdankung von Edward VIII. hatte es keinen solchen Skandal gegeben, und auch Jossel sagte «die Frau, die ich liebe», als verzichtete er für sie auf den Thron, was irgendwie auch zutraf, wenn man den Rauswurf aus dem Geschäft zählte. Aber er wollte glücklich sein. «Was will man machen?», sagte Mina. «Wenn man mich fragt, wusste er schon, dass es ein Fehler war, Lia zu heiraten, als wir in Liverpool ankamen. Ohne sie wären wir im Zwischendeck nach Amerika gefahren und würden jetzt ein anderes Leben führen.» Ihr Bruder wäre nicht eingezogen worden, er wäre Louis nicht auf dem Schlachtfeld begegnet, und wer weiß, wen sie dann geheiratet hätte?

Und während die Auswirkungen Jossel für den Rest seines Lebens begleiteten, waren sich alle einig, wenn auch zähneknirschend, dass Margaret ihm eine wunderbare Ehefrau war. Die beiden machten einen Tanzkurs, sie hatten *Spaß*, etwas, das mit Lia unmöglich war, die Dinge nie aus reinem Vergnügen tat, sondern nur, wenn sie mit einem sozialen Vorteil verbunden waren. Doch da Louis glaubte, er müsse Jossel vollständig aus dem Geschäft entfernen, musste der wieder das tun, womit er angefangen hatte, als sie aus Riga kamen, nämlich als Buchhalter durch die Gegend ziehen. Niemand wollte mit ihnen reden. Ihm blieb nur Margarets Familie, die schockiert zur Kenntnis nahm, was ihr in den Schoß gefallen war. Er kam mit Schwarzmarktzigaretten vorbei, und sie unterhielten sich über den Krieg. Er war in der Home Guard zum Schutz der Hafenanlagen eingeteilt gewesen und zeigte deshalb großes Mitgefühl für das, was sie in der Scotland Road hatten durchmachen müssen, wo der Blitz sie schlimmer getroffen hatte als alle anderen. Er erinnerte sich daran, wie er ein Kind ausgegraben hatte, ein kleines Mädchen, von dem nur noch der Kopf übrig war, der Rumpf lag meterweit entfernt, zerfetzt von der Explosion. Bei der Erinnerung kamen ihm die Tränen. Am Ende verziehen sie ihm, dass er ein Christusmörder war und alt genug, um Margarets Vater zu sein.

Die Fusion der beiden Firmen kam nie zustande. Die Clumpusens wollten die Verbindung auch nach der Vertreibung des Parias nicht. Mina war die Einzige, die zu Jossel hielt. Sie traf ihn vormittags zum Kaffee in der Stadt im Lyceum in der Bold Street und lud ihn und Margaret manchmal nachmittags zum Tee ein, holte die Tischdecke mit der Madeira-Stickerei und das beste Porzellan aus dem Schrank und legte Wert darauf, dass sie sich willkommen fühlten. Louis achtete stets darauf, dass er aus dem Haus war. Es war eine Sache, und im Übrigen auch eine tolle Geschichte, dass sein Leben auf dem Schlachtfeld gerettet wurde, aber die gesamte Lederbranche in Liverpool und Leeds war sich darin einig, dass Jossel nur eine Bürde darstellte.

Mina schärfte Paula vor den Besuchen ein, sich von ihrer besten Seite zu zeigen und dafür zu sorgen, dass die beiden sich wohlfühlten, besonders Margaret, weil sie es nicht leicht hatte, und da konnte etwas Freundlichkeit ja nicht schaden. Denn als Margaret ihren Mann endlich bekam, hatte sie vermutlich erwartet, dass sie die neuesten Modelle von Cripps, George Henry Lee und Henderson's tragen würde, doch am Anfang, als Jossel seinen Lebensunterhalt mit kleinen Aufträgen bestreiten musste, waren sie knapp bei Kasse. Der Großteil seines Einkommens kam überraschenderweise von den kleinen schmuddeligen Läden, Pubs und Fish-and-Chips-Buden in der Scotland Road, weil man glaubte, ein jüdischer Buchhalter habe alle möglichen Tricks auf Lager und man müsse dem Finanzamt nur ein paar Pennys bezahlen.

Die Türklingel läutete, und da waren sie, standen nicht einmal auf der Verandatreppe, sondern auf dem Weg neben dem Steingarten, als könnte man sie verscheuchen wie Bettler. Jossel mit seinem Hut in den Händen, ein Bittsteller, der schwermütig lächelte, aber seine Hosenaufschläge waren gestopft. Margaret trug einen mit Glaskirschen geschmückten Hut, der, wie Paula sofort registrierte, ziemlich aus der Mode war. Dann traten sie ein, er leicht schlurfend und bei ihr untergehakt. In dem Moment wusste Paula, dass, egal was ihr einmal im Leben widerfuhr, es nicht *so* aussehen würde, diese ungute Ahnung, dass man nicht willkommen war, abgewiesen und weggeschickt werden könnte. Die Gemeinde hatte dieses Paar zerstört, es gedemütigt und verlieh ihnen das Gefühl, unerwünscht zu sein, und Paula fand das ungerecht, die beiden verdienten das nicht. Mit ihrer Kaffeetasse und einer Stoffserviette auf den Knien saß sie da und verspürte zum ersten Mal das schmerzhafte Verlangen, Reißaus zu nehmen. Der ganze Ort, die jüdische Gemeinde am Brownlow Hill, die sich ins vorstädtische Allerton und Childwall ausbreitete, war klaustrophobisch und erdrückend. Er würde sie umbringen, wenn sie das zuließ.

Und dennoch war es ganz offensichtlich eine sehr glückliche Ehe. Sie liebten einander tief und innig. Margaret war wie ein frischer Wind, und sie blieb immer schlank. Auch wenn sie billige Kleider trug, sahen sie gut an ihr aus, was bei Mina oder Lia nicht der Fall gewesen wäre. Sie bemühte sich sogar, einen koscheren Haushalt zu führen, nicht ganz einfach angesichts der Tatsache, dass man sie in den jüdischen Geschäften nicht bedienen wollte; meist wartete sie aus Respekt und ging erst kurz vor Ladenschluss, wenn das Beste bereits verkauft war.

Mina sagte: «Ich kann ihn doch nicht aufgeben. Blutsbande sind stark, stärker als alles andere. Er hat Lia etwas Schreckliches angetan, keine Frage, aber ich werde ihn trotzdem einladen wie früher, und das Mädchen ebenfalls.»

Und so kamen sie zu Besuch, und Margaret bemühte sich, bewunderte die aufgereihten Toby-Krüge im Flur, fragte Mina, woher sie die hätte, und sagte, wie schön ihr Haus sei, sie habe immer hier draußen im Süden der Stadt leben wollen, wo es im Gegensatz zur Innenstadt mit Bäumen gesäumte Straßen gab.

Jossel sagte: «Na ja, bald werden alle hier draußen leben, die Stadt baut neue Siedlungen und Fabriken, damit niemand mehr an den Docks und dem öligen braunen Fluss arbeiten muss.»

«Wo?», fragte Margaret.

«In Halewood. Da entsteht etwas ganz Besonderes.»

Margaret sagte, sie wolle sich kurz die Nase pudern, um Bruder und Schwester ein paar Minuten für sich zu geben, und sofort fing Mina an, auf Jiddisch auf ihn einzureden, während Jossel nur dasaß und es hinnahm wie eine Gewehrsalve, ergeben nickend und ständig wiederholend: «Ich weiß, ich weiß.»

Und dann sagte sie plötzlich auf Englisch: «Lia war immer unausstehlich», und an ihre Tochter gewandt: «Paula, du hast nichts gehört.»

17

Ein Brief flatterte ins Haus. Mina hoffte damals sehr auf Briefe. Es bestand immer die Möglichkeit, dass etwas vom Roten Kreuz kam, eine Nachricht über die Familie, die weit weg auf der anderen Seite lebte. Seit der Zeit vor dem Krieg hatte sie nichts mehr von Rivka und Solly gehört. Louis sagte, sie könnten überall sein, immer noch in der Sowjetunion oder in einem Displaced-Persons-Lager in Europa, wo sie vielleicht auf die Weiterreise nach Amerika oder Palästina warteten. Sie solle die Hoffnung nicht aufgeben, irgendwann etwas zu hören.

Der Umschlag mit der Briefmarke war also ein Grund zur Aufregung, als er mit der Nachmittagspost auf dem Sisalfußabstreifer landete und verkehrt herum zu Füßen der Toby-Krüge lag; Mina hob ihn auf und lehnte ihn im kleinen Wohnzimmer an die Kaminuhr.

Er war an Louis adressiert. Als er nach Hause kam, öffnete er ihn mit seinem versilberten Brieföffner, ein Geburtstagsgeschenk von den Jungs.

«Irgendwas Erfreuliches?», fragte Mina.

«Lies selbst.»

Polack

Aus Ihrem Namen lässt sich schließen, dass Sie ein Jude sind. Wir wollen nicht noch mehr Parasiten in diesem Land. Verschwinden Sie!
Andernfalls wird Ihre Adresse auf unsere Liste zur Zerstörung gesetzt.
Wir, die Antijüdische Organisation, führen eine Liste von zu zerstörendem jüdischem Besitz, die wir ständig erweitern.
Seien Sie gewarnt!!!
Unterzeichnet «Anti-Jude»

«Tja, die Handschrift ist hübsch», sagte Mina. «Sehr fein, wie nennt man das noch mal? Schönschrift. Muss jemand sein, der im Büro arbeitet.»

Louis blieb stehen und achtete darauf, sich nicht mit dem Ellbogen am Kaminsims abzustützen. Den Inhalt eines solchen Briefes sitzend zu verdauen, gehörte sich nicht für einen Mann. Ein Soldat bleibt aufrecht, wenn er dem Feind gegenübersteht, er zieht seine Waffe. Der Inhalt überraschte ihn nicht, aber die Frage war: Wer steckte dahinter? Ein einzelner kleiner Pisser, oder gab es tatsächlich eine Organisation? Schwer zu sagen.

«Für diese Leute habe ich im Krieg gekämpft», sagte er. «Auf dem Schlachtfeld bin ich fast gestorben, und das ist der Dank dafür. Erbärmlich.»

Keinem der beiden kam in den Sinn, zur Polizei zu gehen. Die Polizei war genauso schlimm, wenn nicht noch schlimmer. Die hatten Schlagstöcke anstelle von Füllern. Beiden war der Appetit vergangen, aber Mina deckte trotzdem den Tisch und servierte eine Schüssel Tscholent, die angenehme Botschaften an Louis' Gehirn schickte.

Er hatte über zig Möglichkeiten nachgedacht, um sich zu revanchieren, aber der anonyme Absender des Briefes schloss sie alle aus. Er hatte überlegt, selbst einen Brief an das *Liverpool Echo* zu schreiben, in dem er die Frage stellte, ob anständige Menschen wüssten, womit ihre Nachbarn sich herumschlagen mussten. Doch dann müsste er ihn unterschreiben, und das zöge nur noch mehr Ärger nach sich. Er kaute gerade auf einem Stück Strudel, als ihm die Erleuchtung kam.

«Sie wollen uns hier nicht, sie wollen nicht, dass wir Engländer sind. Zur Hölle mit ihnen, dann sind wir eben doppelt so englisch. Und sei es nur Paula zuliebe. Warum sollte sie mit einem Namen herumlaufen, der ihr wie ein Klotz am Bein hängt?»

«Sie wird heiraten, sie ändert ihren Namen ohnehin bald.»

«Nein, tu ich nicht», sagte Paula, die gerade aus ihrem Zimmer die Treppe herunterkam, wo sie das Auftragen von Kajal geübt hatte. «Ich heirate nie, oder jedenfalls noch lange nicht, vielleicht erst mit dreißig.»

«Es wird sicher schon vorher jemand kommen», sagte Louis, «aber in der Zwischenzeit sind wir fertig mit Polack. Denken wir uns was Neues aus. Welcher Name ist schön und bringt uns keinen Ärger ein? Smith? Jones?»

«Churchill», sagte Mina sarkastisch. «Damit kann man nicht viel falsch machen.»

«Nicht Attlee», sagte Louis, der den kahlen Burschen mit seinen Regeln und Vorschriften nicht ausstehen konnte.

«Phillips», sagte Paula, «wie der Prinz.»

«Perfekt!», riefen Mina und Louis gleichzeitig.

Louis wusste, dass jeder ihn und seine Frau als Juden erkannte, dasselbe galt für die Jungs, aber ihre Tochter war etwas anderes. Sie konnte als Engländerin durchgehen.

Er wollte, dass sie als Engländerin durchging. Sie war ein Experiment: Wie weit konnte ein am Brownlow Hill geborenes jüdisches Mädchen gehen, wenn Kleidung, Frisur, Akzent und Name stimmten? Mit dem Radio hatte sie sprechen gelernt, und BBC hören kam dieser Tage einem Sprachkurs von Anfang bis Ende gleich. Sie konnte alles tun, überall hingehen. Und genau das wünschte er sich für sie. Wenn es nach ihm ging, konnte sie auch einen Ritter Seiner Majestät heiraten, er *musste* gar kein Jude sein – für ihn eine große Hürde, die er aber in Gedanken schon genommen hatte, denn Paula war sein Kleinod, seine Prinzessin. Sie wurde Paula Phillips, die ganze Familie wurde zu Phillips, aber niemand benutzte diesen Namen in Liverpool, er diente nur für Formulare und zu Paulas Sicherheit, wenn sie nach London ging.

TEIL II

18

London. Eine Bettwäschefirma mit Hauptsitz am Kingsway, nicht ganz in Bloomsbury und nicht ganz in Fitzrovia. Eine nichtssagende Durchgangsstraße, die runter zur Aldwych, zur Strand und schließlich zu der großen, dreckigen, nutzlosen Themse führte. Nichts fand Paula dort schön. Sie hatte eine Arbeitsstelle und Selbstvertrauen, war die persönliche Assistentin des geschäftsführenden Direktors Arthur Topping. Aber es ging nur um Laken, Kissenbezüge, Nackenpolster; ein Berg von einschläfernd-langweiliger Baumwolle. Am ersten Tag hatte Mr Topping sie zum Mittagessen eingeladen und ihr zu dem ausgezeichneten Zeugnis aus der Sekretärinnenfachschule gratuliert, die «uns im Laufe der Jahre viele wunderbare Mädchen geschickt hat. Aber eine freundliche Warnung, wenn ich das mal so sagen darf, bitte verbünden Sie sich nicht mit dem Schreibbüro. Die sind alle furchtbar neidisch und hoffen auf eine Beförderung. Dumme Gänse. Aus dem Pulk befördere ich nie eine, denen fehlt der Schliff. *Sie* haben ihn. Obwohl Sie, haha, eine Liverpfuhlerin sind. Pfuhl wie Pfütze, verstehen Sie?»

Allein und unnahbar aß sie ihr Sandwich am Schreibtisch. Die Kolleginnen in den Büroetagen bildeten verschiedene Gruppen. Am ehesten gehörte sie wohl zur

Buchhaltung, aber dort fand man sie zu jung, zu frisch von der Schule. Einsamkeit ist nie interessant, sie bedeutet Mangel und Versagen. Ein Krebs, der die anderen Zellen befällt. Wenn man lange genug allein ist, vergisst man, sich zu kämmen oder sogar, die tägliche Kriegsbemalung aufzulegen. Selbst ein Bad zu nehmen, wird unerheblich. Nach ein paar Wochen befürchtete Paula, wenn sie nicht bald jemanden kennenlernte, würde sie anfangen, Selbstgespräche zu führen.

Wenn sie sich in ein Café setzte, käme sie vielleicht mit jemand Nettem ins Gespräch, aber die Menschen an den anderen Tischen waren in soziale Interaktionen unterschiedlichster Art verwickelt, hatten Dinge zu besprechen. Alte Freunde trafen sich, Paare hatten einen Streit, Geschäftspartner redeten über den Handel. Dort war das Leben. Aber nie war ein netter Mensch allein da, nur Sexbestien, und heute, am Nebentisch, eine muffige Frau mittleren Alters, die den Geruch von Mottenkugeln verströmte. Auch sie wünschte sich einen Freund zum Plaudern, aber ihre Freunde waren ihr auf verschiedene Weise verloren gegangen: ins Ausland gezogen, im Krieg gefallen, verheiratet oder dauerhaft in Provinzstädte geflüchtet und nicht mehr zurückgekehrt – warum auch, wenn London so trostlos war, außerdem war es kalt und Kohle knapp, und die Feuchtigkeit der Stadt machte einen wahnsinnig. Das Mädchen am Nebentisch trank einen Kaffee. Sie rauchte eine Zigarette und sah sich um, zweifelsohne in der Hoffnung, einen jungen Mann zum Plaudern zu finden. Doch da waren keine jungen Männer. Dem Mädchen war nicht klar, dass hier der falsche Ort war, das falsche Viertel für die Typen, nach denen sie Ausschau hielt. Armes naives junges Ding. Wahrscheinlich aus der Provinz. Ein Netz der Isolation lag über der Stadt, und beide waren sie darin gefangen. Man durfte die eigene Wohnung erst verlassen, wenn die Meute aus den Büros zu Mittag gegessen und sich verzogen hatte. Man wollte doch bloß eine Tasse Kaffee und ein wenig Gesellschaft. Beim Mittagessen waren alle zu beschäftigt, über Koteletts und Frikadellen konnte man kein Gespräch beginnen.

Sie neigte sich über ihre Handtasche. «Ist London nicht *schrecklich*? Man könnte den Mut verlieren, wenn man sieht, wie abgenutzt alles ist, wie erschöpft alle sind. Ich bin vom Land zurück in die Stadt gezogen – meine Familie hat ein Haus in Devon –, und es war ein richtiger Schock. Nichts ist mehr wie früher.»

«Ich erinnere mich nicht an früher. Wir waren einmal vor dem Krieg hier, ich war noch ein Kind, und wir haben im Regent's Palace Hotel gewohnt, wo ich einen Eisbecher gegessen habe. Das Eis kam in einer Glasschale, und ich musste mich auf den Stuhl knien, um mit dem Löffel ranzukommen. Das ist meine Erinnerung an London. Ich fand es ziemlich glamourös.»

«Heute können Sie von Glück reden, wenn Sie irgendwo einen Eisbecher kriegen. Wie alt sind Sie, Schätzchen?»

«Ich bin zwanzig.»

«Herrlich. Ich wünschte, ich wäre noch mal zwanzig. Ein sorgenfreies Alter. Wahrscheinlich sind Sie jeden Abend auf einer Party wie ich damals.» Das Mädchen sollte nämlich nicht denken, dass sie schon immer so gewesen war, allein mit einem Kaffee und einem Rosinenbrötchen, in einem Pelzmantel, der den Blitz überlebt hatte, verloren und vergessen in einem Londoner Kleiderschrank, eine Wolke geflügelter Insekten stob auf, als sie ihn vom Bügel schüttelte.

Aber sie bezweifelte, dass Paula zu Partys ging, sonst wäre sie wohl nicht an einem Samstagnachmittag allein in einem Café in der Southampton Row, ein wenig zu sorgfältig gekleidet, als hätte sie ganz bewusst und mit Kunstsinn ihre Garderobe zusammengestellt, um Aufmerksamkeit zu erregen, von jemandem bemerkt zu werden. Aus ihrem Gesicht sprach nicht der Hunger nach Mohnkuchen oder Koteletts, sondern nach Gesellschaft. Dafür könnte man töten, das wusste sie selbst.

Verlorenes Mädchen. Sie würde sie zu sich nach Hause einladen und ihre Freundin werden, vielleicht könnten sie zusammen in Kaufhäusern bummeln oder ein Konzert in der Wigmore Hall besuchen. Oder sich in kleinen weiblichen Fragen beraten. Sie würde sie ihren jungen Neffen in Torbay vorstellen. Ein junger Schützling wirkte womöglich wie ein belebendes Elixier.

Sie plapperte weiter. War die Kleiderrationierung nicht *gemein*, und Gott sei Dank hatte sie noch schöne Jacken und Stolen und Abendroben und Freizeitkleider aus der Vorkriegszeit, nur allerbeste Materialien, keine Viskose, echte Seide: «In St John's Wood gab es früher nämlich eine wunderbare kleine Frau, die einen Laden führte, mit einem starken Akzent von irgendwo. Österreich vielleicht? Nun ja, ich hab nie gefragt. Eine sehr aufgeweckte Frau, wie aus dem Ei gepellt, stand den ganzen Tag auf hohen Absätzen, rannte im Laden herum und wählte einem Sachen aus, außerdem war sie geistesgegenwärtig, und sie war nicht ganz billig, hatte aber ein wunderbares Auge dafür, was ihren Kundinnen stand und wie man ein Outfit zusammenstellte, mit Handschuhen, Hut, Schuhen, alles aufeinander abgestimmt, sehr klug und pfiffig, man musste einfach zugreifen, wenn man vor dem Spiegel stand und alles perfekt war. ‹Also, wenn Ihnen das gefällt›, sagte sie, und man wurde schwach und konnte nicht anders, und schon packte sie alles ein, und ich ging wieder und hatte etwas Schönes zum Anziehen. Sie müssen wissen, bevor es mich in das verdammte Devon verschlug, war ich ständig auf Partys. Haben Sie Lust, mit zu mir nach Hause zu kommen und einen Blick auf meine Schätze zu werfen? Ist nicht weit weg, keine zehn Minuten zu Fuß.»

Paula hatte nichts anderes vor. Sie gingen nach Fitzrovia. Das Treppenhaus mutete nach achtzehntem Jahrhundert an, nach Dienstmädchen, die mit Teetabletts auf und ab huschten und sich zum Schlafen auf den Dachboden zurückzogen. Die Wohnung der Frau war etwas zwischen Wohnung und Einzimmerapartment: ein Wohnzimmer, ein Schlafzimmer, ein Bad auf dem Flur und eine Kochplatte neben dem Schminktisch. Die Vorhänge waren aus einem ehemals guten bordeauxroten Brokat, die Troddeln zu seidigen Fäden zerfasert. Die Luft war abgestanden, die Aschenbecher voll. Das ganze Ambiente wirkte schimmelig. Paula hatte gehofft, in den gesellschaftlichen Kreis der Frau einzutreten, zu Partys eingeladen zu werden von den Leuten, die früher welche gegeben hatten und es vermutlich wieder taten, doch als sie sich umsah, fand sie es unwahrscheinlich, dass an diese schäbige Adresse Einladungen verschickt wurden. Auf dem Kaminsims waren jedenfalls keine, und dort wurden, das hatte sie in der Sekretärinnenschule gelernt, formelle Einladungen – sogenannte «stiffies» – platziert. Hier war keine Spur davon. Nur schlaffe Leblosigkeit, Staub, Fusseln und Krümel von Talkumpuder, die sich vor langer Zeit abgesetzt hatten, Zigarettenasche und ein schludrig gemachtes Bett mit seitlich heraushängender Daunendecke. Es war ihre erste Begegnung mit Versagen und dem mittleren Alter. Sie fand es schrecklich. So werde ich nie, dachte sie, selbst wenn ich zurück nach Liverpool muss und dann wie meine Cousine Bernice bei meiner Mutter um die Ecke wohne. Denn sie war jung und schön, und sie war überzeugt, es würde immer so bleiben.

Die Frau zog einen Koffer unter dem Bett hervor und holte nacheinander ihre kostbaren Kinder heraus, mit Kommentaren zu ihrer Herkunft, wann sie sie getragen, mit wem sie getanzt hatte und wer damals meinte: «Oh, wie reizend, wo ist denn nun die geheimnisvolle kleine Frau, die du in der Hinterhand hast? Sag es endlich.» So viele Maudes und Hugos und Daphnes. Unter den Armen waren die Kleider fleckig, und sie stanken nach längst ranzig gewordenem schwerem Pariser Parfüm.

«Wollen Sie nicht etwas anprobieren? Sie haben die perfekte Figur, alles, was nicht ganz passt, kann geändert werden. Sagen Sie mir, was sie Ihrer Meinung nach wert sind, wir einigen uns bestimmt auf einen guten Preis. Dann sind Sie für all Ihre Partys gerüstet. Sie werden sich köstlich amüsieren, ich bin ganz neidisch.» Sie stand viel zu nah bei Paula mit ihren matten Augen, deren Farbe völlig verwaschen war, die pergamentartige Haut in Falten und Runzeln, auf jeder Wange ein schlecht platzierter Tupfer Rouge. «Ach, Sie ahnen nicht, wie unglücklich ich in Devon war. Ich bin geflüchtet, obwohl mich hier nichts erwartet hat, verstehen Sie? Man hat mir das Leben dort zur Hölle gemacht, aber so ist das wohl, wenn man nur die Cousine und nicht die Tochter des Hauses ist. Aber wir machen unermüdlich weiter, nicht wahr? Wir guten kleinen Soldatinnen.»

Paula gab ihr zwei Guineen für ein paar strassbesetzte Anstecknadeln und rannte die Treppe hinunter, als ihr die Frau den Rücken zukehrte. Jetzt gab es ein Café, in das sie nie wieder gehen durfte.

In der folgenden Woche ging sie mit ihrem Onkel väterlicherseits zum Freitagsdinner in Finsbury Park. Er war nicht im Ledergeschäft, sondern hatte etwas mit Broschüren und Prospekten zu tun, druckte Eintrittskarten. «Die Konkurrenz ist mörderisch», sagte er und strich sich über den wabbeligen Hals. Er war ganz anders als ihr Vater, hatte eine gewisse Grobheit, die Louis abging.

Seine Frau Ida hatte Freunde zum Suppeschlürfen und Rinderbrust- und Kuchenessen eingeladen und damit sie ihre Nichte hören konnten, «die spricht, als wäre sie im Radio». Einer der Gäste, ein Taxifahrer, sagte: «Ich hatte Ivor Novello bei mir im Taxi. Er spricht genauso wie Sie, aber er ist eine Schwuchtel.»

Diese Juden, dachte Paula. Warum sollte ich mit ihnen verkehren? Was haben sie mir zu bieten? Warum sollte ich, die wie Prinzessin Elizabeth spricht, so tun, als würden mir ihre Witze gefallen oder als hätte ich Verständnis für ihre Nöte?

Nachkriegslondon. Riesig, schmutzig, ausgelaugt, anonym, gleichgültig. Sie hatte einen Fehler gemacht, und die einzige Rettung war, sich geschlagen zu geben.

| 19

Eine Woche später, eine andere Begegnung. Paula stand in einer Warteschlange vor der Conway Hall, um einen Vortrag über Vladimir Propps *Morphologie des Märchens* zu besuchen. Ein kleiner farbloser Mann starrte sie an, als stünde sie in der falschen Schlange (ein nachvollziehbarer Irrtum), am Revers ihres Mantels die strassbesetzten Anstecknadeln: schick, frivol, nicht interessiert an sowjetischen Studien oder den Grundlagen des Formalismus. Jetzt kam er auf sie zu, stellte sich mit ausgestreckter Hand und kurzem anzüglichem Lächeln vor, und sie hob unwillkürlich die Hand an ihr Gesicht, überrascht, schockiert, überrumpelt, berührte ihren Mund und reichte ihm dann vorsichtig die Hand, als befürchtete sie, sie womöglich nicht mehr zurückzukriegen. Sie traten ein paar Schritte beiseite und verließen die Schlange ganz, gingen an den Rand des Platzes und fingen an, sich zu unterhalten.

«Ja, es ist viele Jahre her, aber ich erinnere mich an deinen Onkel, als wäre es gestern», sagte er, «die Sorte Jude mit dem Herbst im Herzen und einer Brille auf der Nase. Deine Mutter war ganz anders, sie war – wie nennt man das in diesem Zeitalter der Elektrizität? – ein wandelndes Energiebündel.»

«Mit dem Herbst im ...?»

«Ein Ausdruck. Nicht von mir. Von einem vergessenen sowjetischen Schriftsteller.»

«Warum vergessen?»

«Darüber reden wir nicht.»

«Ich kann mir meinen Onkel ehrlich gesagt nicht als Melancholiker vorstellen, im Ernst, er ... na ja, zum Beispiel machen er und seine neue Frau einen Tangokurs, sie hält ihn auf Trab.» Paula lachte.

Itzik hingegen, der lange verschollene Mendel-Bruder, das Teufelskind aus dem alten Riga, war immun gegen Überraschungen, denn ihn wunderte nichts mehr. Jossel hatte also eine andere Frau geheiratet, und sie gingen tanzen, dem würde er gleich auf den Grund gehen, aber sie fragte: «Hast du mir die Einladung geschickt? Zu diesem langweilig klingenden Vortrag?»

«Ja, das war ich.»

«Und was interessiert dich daran? Hast du etwas mit der Universität zu tun?»

Sie hatte eine spitzbübische und herausfordernde Art, die er zu fünfundsiebzig Prozent aufgesetzt fand. Mit einer solchen Stimme sollte sie im Buckingham Palace leben, Mina Mendels Mädchen, das wie die Leute sprach, die er für Parasiten hielt. Ihn wunderte wirklich nichts mehr.

Er konnte ihre Frage nicht genau beantworten. Nicht jetzt, noch nicht. Sie sollte glauben, er sei in einer höheren Position, als er sie tatsächlich innehatte. Zu seiner Arbeit in der Botschaft gehörte es, regelmäßig solchen Vorträgen beizuwohnen, wobei es nicht seine Aufgabe war, den Redner vorzustellen, die Diskussion zu führen, die Gäste zu begrüßen oder die spärlichen Erfrischungen herumzureichen, bei denen es sich, so hofften sie, um Wodka und Kaviar handelte, die letztlich aber nur aus milchlosem Tee und Betonkeksen bestanden. Er förderte die kulturellen anglosowjetischen Beziehungen nicht durch wissenschaftliche Untersuchungen russischer Folklore, die schlichten bäuerlichen Erzählungen voller Aberglaube und magischen Elementen, denen jegliche didaktische Lektionen im Dienste des Volkes fehlten. Sein Auftrag war, die Zuhörer im Auge zu behalten, auf die von ihnen gestellten Fragen zu achten, die Namen der Anwesenden auf Parteizugehörigkeit zu prüfen und jedwede bürgerlichen Abweichungen zu notieren.

Itzik Mendel war ein offizieller Spitzel.

In dieser Rolle, die ihm den Zugang zu einem Netz von Spionen und Verbindungen ermöglichte, hatte er über eine Parteizelle in Liverpool herausgefunden, dass es eine Familie Mendel aus Riga gab, einen Bruder und eine Schwester, die 1914 zusammen angekommen waren, und dass Mina drei Kinder hatte und die Tochter vor Kurzem nach London gezogen war, um eine Sekretärinnenstelle bei einer Bettwarenfirma anzutreten. Er wollte nicht unangekündigt an ihrer Tür erscheinen, sondern erst die Lage sondieren und sie in der Menge beobachten. Natürlich hätte er sich einen glamouröseren Anlass gewünscht, um ihr eine Einladung zu schicken, aber die Botschaft war nicht glamourös, und wenn doch, hatte er keinen Einfluss auf die Gästeliste. Daher also Propps *Morphologie des Märchens*, ein Vortrag, den ein Genosse der Universität Hull hielt.

Er fand sie spannend. Es gab keinen besonderen Grund dafür, aber der böse kleine Bruder Itzik, der hinter dem Geländer im Haus in Riga das Gespräch belauscht hatte und alles über die Bolschewiken-Jungs im Wald wusste – er war Mina gefolgt, hatte den verlassenen Pilzkorb gefunden –, wollte wissen, wie die Geschichte sich entwickelt hatte und ob er irgendeinen Vorteil herausschlagen konnte. Die Einladung hatte er nur verschickt, um Paula in Augenschein zu nehmen, und er war überrascht von dem stinkvornehm aussehenden Mädchen, das herausstach wie eine Giraffe unter lauter Ferkeln bei einer polizeilichen Gegenüberstellung. Wahrscheinlich ahnte sie, dass sie mit ihrem Parfüm und ihren Stöckelschuhen nicht hierhergehörte und wie ein modernes Stilmöbel wirkte, das ein Tischler im East End zusammengezimmert hatte.

Sie traten in den Saal, als der Vortrag gerade begann. Mit einem kleinen Notizbuch und seinem hervorragenden Gedächtnis für Gesichter bezog er seinen Posten. Sie saß da und hörte zu, ohne viel zu verstehen, und ihre Gedanken schweiften ab zu diesem neuen Onkel, von dem sie gerade erfahren hatte.

Ein junges Mädchen begibt sich auf eine Reise, die Geschichte beginnt. Die Abenteurerin wird sich vielen Nöten und Schwierigkeiten stellen. Sie wird ihr verlorenes Erbe zurückfordern, ihr Schloss zurückerobern. Doch das stimmt nicht. In Märchen begeben sich nie junge Mädchen auf eine Reise oder eine Suche, sie sind passiv, sie warten, und viel später gab Paula zu, dass auch sie gewartet hatte und so ihre Geschichte begann.

| 20

Im Inneren der Conway Hall leuchteten jetzt die schäbigen, verhärmten Gesichter der Männer und Frauen in den Reihen auf, als erblickten sie die aufgehende Sonne in Form des Redners, der Grüße vom Genossen Propp höchstpersönlich überbrachte, mit dem er sich regelmäßig austauschte. Bei diesen Worten strahlten die Satellitenplaneten noch heller im reflektierten Licht. Unglaublich, dachte Itzik, was ein Vortrag in diesen uninteressanten Menschen auslöste, die sich voller Eifer in die langen Schlangen eingereiht hatten, um hereinzukommen. Ein Mann mit einem in Zeitungspapier eingewickelten Stück Schinken in der Tasche, eine Frau, die mit einem Lippenstiftstummel frische Farbe auf ihre rissigen, schuppigen Lippen auftrug, denn es war ein feuchter Abend, das Laub unter den Füßen matschig. Und dort, träge auf hohen Absätzen und mit Glitzer am Kragen, die elegante Gestalt seiner Nichte Paula, die er aus ihrer Wohnung gelockt hatte.

Bislang hatte Vladimir Propp mit seinem formalistischen Beharren auf Struktur den nicht enden wollenden Schicksalswandel der sowjetischen Intellektuellen überlebt. Das Märchen, das in den mündlichen Erzählungen der Bauernschaft verwurzelt war, enthielt magische Elemente und sprechende Tiere, außerdem war es kindlich und primitiv, doch der Grund, warum jeder diese Geschichten kannte: Man hatte sie auf den Knien der Mutter gehört, sodass selbst der rigideste Doktrinär in Entzücken geriet oder rührselig wurde und in infantile Erinnerungen verfiel. Ja, jeder mochte Volksmärchen, wie sie hier in England genannt wurden, und erkannte unverzüglich die strukturellen Elemente, die sie verknüpften. Propp war leicht zu verstehen und bereitete weitaus weniger Kopfschmerzen als Hegel oder Marx' *Theorien über den Mehrwert*, die Itzik persönlich langweilten, weil er jemand war, der jede politische Philosophie durch die Brille des eigenen Vorteils sah.

Jedes Märchen war eine einzige große bürgerliche Abweichung, ein Plan für persönliches Vorankommen und Überleben und nicht für das kollektive Streben der Massen. Am Anfang bricht der Held zielstrebig von zu Hause auf. Nun haben wir ein Abenteuer. Dann erscheint der magische Helfer in Form eines sprechenden Vogels oder etwas Ähnlichem, der testet und Fragen stellt. Der Held erhält ein magisches Requisit: eine Bohne, aus der ein Stängel bis in den Himmel wächst, oder eine Henne, die goldene Eier legt. Als Nächstes wird der Held zu einem Ort geführt, der alles verändern wird ... Und so geht es weiter, der Schurke wird bestraft, der Held heiratet die Prinzessin und besteigt einen Thron. Ende.

Das Ende ist immer gut, der Held wird niemals aufgehalten, auch wenn er vielleicht entmutigt ist. Die Aufgabe wird gelöst.

Hinten im Saal stand Itzik in seinem zweireihigen Anzug mit jenem komplizenhaften Lächeln, das den Leuten vorgaukelte, sie teilten ein köstliches Geheimnis, während er den Raum mit Blicken harkte und durchwühlte wie einen Acker.

Als der Vortrag zu Ende war, kam er und nahm ihren

Arm. «Man wird uns nicht vermissen, wenn wir jetzt gehen», sagte er. «Oder möchtest du zum Empfang bleiben, auch wenn ich davon abraten würde? Es gibt nur Tee. Oder hattest du dir einen gesellschaftlichen Anlass erhofft?»

Das hatte sie. Sie hatte gehofft, junge Leute zu treffen, aber die, mit denen sie in der Schlange gestanden hatte, waren unordentlich gekleidet, die gebündelten Broschüren beulten ihre Jackentaschen aus. In der Familie Polack gab es keine Intellektuellen, außer man zählte den Rabbi dazu, ansonsten gehörten sie alle der aufstrebenden Bourgeoisie an, Immigranten, keine Exilanten oder Emigranten. Onkel und Nichte schlenderten über den Platz.

«Das war …»

«Ja? Hat es dir gefallen?»

«Bis zu einem gewissen Punkt, schon. Er hat ewig geredet, zwei geschlagene Stunden, und die vielen Fragen. Ich habe wirklich keine Ahnung, was sie damit gemeint haben, offenbar wollten sie, ach, ich weiß nicht, etwas beweisen. Ja, das war's. Sie hatten alle irgendwelche Tricks auf Lager, als wollten sie auffallen, klüger sein als der Redner. Aber mir gefiel der Mann mit der Schachfrage, warum die Sowjetunion so scharf auf das Spiel ist, mit seinen Königen und Damen und Springern und Läufern und den Bauern, sozusagen das Fußvolk, das als Kanonenfutter eingesetzt wird. Und wenn die Leute in die Lager geschickt werden, müssen sie Schachfiguren schnitzen. Ich fand das eine gute Frage.»

«Ich kenne den Mann, ein Querulant.»

«Aber warum denn?» Sie lachte. «Ihr seid solche Pedanten, wollt immer das Richtige sagen. Und wahrscheinlich auch denken. Wollt ihr *ihn* in ein Lager stecken?»

«Von Lagern brauchen wir nicht zu reden, sie sind weitgehend ein Mythos.»

Sein Englisch war ziemlich gut; vor seiner Ankunft hatte

man ihn zu einem Sprachkurs geschickt. Aber sein Akzent war der von Mina und Jossel, sie hörte die Familie in ihm, und plötzlich überkam sie Heimweh, sie klammerte sich an seinen Arm; sie war ein Stück größer als er. Schon seltsam, mit diesem komischen kleinen Mann verwandt zu sein, und all die Fragen, die sie ihm irgendwann würde stellen müssen, über die unbekannte Familie, deren Briefe an ihre Eltern kurz vor dem Krieg versiegt waren. Nach dem Krieg waren die Verhältnisse chaotisch gewesen, die Leute waren planlos durch die Gegend gezogen, wollten wieder nach Hause, dabei gab es manchmal gar kein Zuhause mehr, in das man zurückkehren konnte, und vielleicht war das Rivka und Solly widerfahren; sie versuchten, nach Riga zurückzukommen, und waren noch unterwegs. Früher oder später würden sie von ihnen hören. Die Kerzenflammen brannten in einem Glas auf dem Kaminsims, «zur Erinnerung an meine Mutter und meinen Vater, *olew ha-Scholem* – Friede sei mit ihnen», sagte Mina, «obwohl ich nie erfahren habe, wann genau sie uns genommen wurden, wo sie begraben sind, ob sie überhaupt ein richtiges jüdisches Begräbnis hatten oder –» Und dann brach sie in Tränen aus, weil sie sich davongemacht und ihre Eltern zurückgelassen hatte, ohne auch nur daran zu denken, dass sie sich vielleicht nie wiedersehen würden, sie waren damals alles, was sie je gekannt hatte. «Dieses nichtsnutzige Schiff.» Aber keine *Jahrzeitkerzen* für Rivka und Solly, sie waren jung und stark, es gab keinen Grund, warum sie nicht mehr leben sollten.

Sie erreichten die Tür eines Pubs. «Die kennen mich hier, man wird uns freundlich aufnehmen.» Der Barmann nickte, als sie eintraten, kaum eine Begrüßung, fand Paula. Armer Onkel Itzik, der sich einbildete, die Leute würden ihn mögen. Die Bar verströmte eine Atmosphäre des Wartens auf interessantere Gäste, solche, die mehr Geld ausgaben und dem Ort ein Flair verliehen, dass man sich dort gern amüsierte. Für Paula war es das erste solche Lokal, das sie betrat, und wie überall, wo sie in London gewesen war, erfüllte es nicht ihre Erwartungen. Sie war in ihrer Bürokleidung direkt von der Arbeit zu dem Vortrag gegangen und hatte nur die Strassnadeln befestigt, als sie im Fahrstuhl nach unten fuhr.

Er bestellte sich einen Whisky, sie bat um einen Gin mit Wermut.

Das war es also, wozu all die Jahre des Wartens geführt hatten, das Erlernen von Schreibmaschineschreiben und Stenografie an der Sekretärinnenschule, die Empfehlung für eine Stelle in London, direkt vom Inhaber der Schule ausgestellt, der seine «Beziehungen» hatte. Ein lähmender Abend, gefolgt von einer Art Cocktail in einer schäbigen Kneipe in Gesellschaft eines zwergenhaften Mannes, der behauptete, ein Verwandter aus ihrer alten Heimat zu sein. Was vermutlich zutraf, sofern es sich nicht um eine Verwechslung handelte. *Dafür* hatte sie die Flucht aus der Vorstadt ergriffen? Ich bin naiv, dachte sie, ich weiß, eigentlich bin ich nirgends gewesen und habe fast nichts gesehen, aber jetzt mal ehrlich. Konnte ein Abend öder sein?

Der Vortrag hatte um sieben begonnen, inzwischen war es Viertel nach neun. Ich gebe ihm eine halbe Stunde, dachte sie. Dann würde sie in ihre Wohnung mit dem Radio zurückkehren, zu ihrem ausgeliehenen Buch, einer Wärmflasche und der Lampe, deren Seidenschirm einen gelben Schimmer auf die Seiten warf. Und warten, dass sich irgendwann etwas Besseres ergab. Sie sah ihn an, dachte aber an einen Hut, den sie in einem Schaufenster gesehen hatte, mit einer flaschengrünen Feder, aufrecht wie ein kleiner Fahnenmast.

«Ich erinnere mich sehr gut an deine Mutter und den

Tag, als sie sich in den Wald zu ihrem Freund davonmachte oder ihren Freunden, sollte ich wohl sagen. Wer weiß, mit wie vielen sie zusammen war?»

«Wie bitte?», sagte sie und bremste sich gerade noch, mit dem gewöhnlichen *Was?* herauszuplatzen. Sie durfte nicht als gewöhnlich erscheinen, so wie ihre Brüder Harry und Benny. Sie konnte es sich nicht leisten, unter ihrem Niveau eingeschätzt zu werden.

«Die Jungs, die Bolschewiken-Jungs, hat sie es dir nie erzählt? Sie war eine große Aktivistin, bis mein lieber Bruder sie von der Gefahr weggezerrt hat.»

«Ich glaube, in der Hinsicht liegst du ziemlich falsch. *Ziemlich* falsch.» Mit den letzten beiden Worten imitierte sie die herablassende Art, die nur die englische Oberklasse zuwege brachte. Und zwar, fand sie, gar nicht schlecht.

«Aber soviel ich weiß, ist sie eine richtige Sozialistin. Dieser Ruf eilt ihr voraus.»

Die Sache mit dem Wald kannte sie schon seit ewigen Zeiten. Für sie war es nur eine Geschichte, ein Märchen zum Einschlafen, ein dünner Faden, der die Vergangenheit in der Heimat mit den merkwürdigen politischen Tendenzen ihrer Mutter verband. Immer auf der Seite der Benachteiligten, voller Mitleid für die Leiden anderer, fiebernd vor Ungeduld, wenn andere sich gegen ihre Fesseln auflehnten. Als Hitler in die Sowjetunion einfiel, sagte sie: «Jetzt kriegt er, was er verdient. Der sowjetische Soldat ist unbesiegbar. Ich kannte die Bolschewiken, ich meine, die echten, ganz am Anfang, als wir noch den Zaren hatten. Feine junge Kerle waren das. Ich will nicht sagen, dass sie in allem recht hatten, aber tief in ihrem Herzen waren sie gut. Jeder nach seinen Fähigkeiten, jedem nach seinen Bedürfnissen. So lautet die goldene Regel. Klingt das etwa schlecht? Was gibt es daran auszusetzen? Aber das Leben hat mich in die Ecke gedrängt und mich zu dem gemacht, was ich von Anfang an war, eine Bourgeoise. Was will man machen?»

Paula war genervt. Ihre nächsten Worte waren von einer Endgültigkeit, als hätte sie den Streit gewonnen, wie bei dem Mann mit der Schachfrage.

«Ja, klar, eine Sozialistin, die *Toby-Krüge* sammelt.»

«Und was bitte sind Toby-Krüge?»

«Lustige kleine Männchen mit Hohlräumen, wo der Kopf sein sollte und ... Ach, warum reden wir über Toby-Krüge, die sind hässlich, außerdem hat sie Teller mit blauen, chinesischen Mustern, scheußliche Dinger.»

«Eltern erzählen ihrem Kind nicht unbedingt alles. Eltern tragen die Verantwortung, das Kind vor der harten Wirklichkeit zu beschützen. Vielleicht gehört deine Mutter die ganze Zeit zu einer geheimen Schläferzelle für unser Land.»

«Was um Himmels willen ist eine Schläferzelle? Muss wohl sehr geheim sein, denn ich hab noch nie davon gehört.»

Es machte ihm Spaß, mit ihr zu sprechen. Er hatte keine Ahnung gehabt, welche Geschichte er ihr bei diesem ersten Treffen auftischen würde. Ihr Leugnen zeichnete allmählich ein grobes Porträt seiner Schwester, die, so schien es, dem gewöhnlichsten aller Schicksale anheimgefallen war, und das weder in der Sowjetunion noch in Amerika, sondern in diesem Porridge-Reich, diesem beigebraunen Land in der Mitte, das sich damit brüstete, den Krieg gewonnen zu haben. Ihn ärgerten diese selbstherrlichen Mythen. Die Leute erzählten ihm, sie hätten gelitten. Dabei hatten sie keine Ahnung, was das Wort bedeutete. Er hasste sie alle. Sie waren keine richtigen Menschen. Nur wer die Belagerung durchgemacht hatte, war wirklich ein Mensch, jemand, der alles gesehen hatte. Er bewegte sich unter ihnen, als wären sie Nebel. Unwirklich, schemenhaft. Trotzdem war er hier, man hatte ihn ausgewählt.

Aber Paula fuhr fort, über ihre Mutter zu sprechen, ohne seinen Hass zu bemerken. «Ich habe keine Ahnung, wie sie und mein Vater zusammen auskommen, denn sie haben nicht das Geringste gemeinsam, und wie sie sich kennengelernt haben, ist eine ziemlich abgedroschene Geschichte, du hast sie vermutlich schon gehört, oder? Nein? Also gut ...» Und sie rasselte den Bericht vom Schlachtfeld herunter, vom Beinahe-Tod ihres Vaters und wie er später mit der Nelke am Revers vor der Tür stand und Mina umwarb.

«Schöne Geschichte», sagte Itzik, der sich einen Moment in eine lange verschollene Realität zurückversetzt fühlte. «Am meisten überrascht mich die Rolle meines Bruders. Er war immer so ein Träumer.»

«Ja, alle sagen das, aber der Krieg hat ihm das vermutlich ausgetrieben. Es war vor meiner Geburt, ich kenne ihn nicht anders.»

Sie erzählte die nächste Geschichte von der Hochzeit und ihren Folgen für die Betroffenen. Itzik hörte aufmerksam zu.

«Was für ein *Mamser*!», sagte er. «Seine Frau muss untröstlich sein, und was das arme Mädchen durchmachen musste. Und jetzt ist er ein Ausgestoßener. Hatte ich nicht gewusst.»

Er wusste es sehr wohl, denn Wissen war sein Geschäft, die Liverpooler Genossen hatten ihn über alles ins Bild gesetzt. Aber sie erzählte die Geschichte ganz anders, diese elegante junge Frau in ihrer, wie er weitgehend erkannte, modernen Kleidung, die ihre Zigarette rauchte wie eine Anfängerin ohne braunen Ring um den Zeigefinger wie bei seinem, der bis zum zweiten Knöchel verfärbt war, ihre

Haltung, als hätte sie alles gesehen, dabei hatte sie fast nichts gesehen. Wie war sie einzuordnen? Er hatte keine Ahnung, noch nicht.

«Aber du», sagte sie schließlich, «wie ist deine Stellung?»

«In Bezug auf …?»

«Deine Stellung in der Botschaft? Bist *du* ein Spion?»

«Nein, ich bin kein Spion. Unser Auftrag ist ziemlich offen. Wir möchten England unter unsere Einflusssphäre bringen, aber es muss auf die englische Art vonstattengehen. Das heißt, die Einführung eines sowjetischen Systems ist vielleicht gar nicht notwendig. Eine zwischengeschaltete Form des Sozialismus könnte ausreichend sein.»

«So wie die jetzige Regierung? Wie praktisch.»

«Interessierst du dich für Politik?»

«Nicht im Geringsten.»

«Was hältst du von eurem König?»

«Was soll ich von ihm halten? Er ist eben da, wie eine Tapete.»

«Findest du es nicht ungerecht, dass er in seinem Palast sitzt, mit goldenen Trinkpokalen und goldenen Gabeln und unbezahlbaren Gemälden an den Wänden, während das Volk hungert?»

«Wer hungert denn? Ich nicht.»

Inzwischen trafen die ersten Besucher der Conway Hall im Pub ein. Sie sprachen noch immer über den Vortrag, über Abwesenheit, Verbot, Aufbruch, erste Funktion des magischen Helfers. Sie standen an der Bar und stürzten ihre Pints runter, offenbar wenig erfrischt vom Botschaftstee und den trockenen, staubigen Keksen.

«Also», sagte sie, «niemand kann behaupten, dass dein Abend kein Erfolg war.»

«Wie meinst du das?»

«Sieh dir alle an, sie diskutieren immer noch. Vermutlich

hätte er den ganzen Abend weiterreden können, und einige wären noch da und würden an seinen Lippen hängen. Wenn ich meinen Eltern erzähle, wo ich war und wen ich getroffen habe, werden sie's nicht glauben.»

«Und wann willst du es ihnen erzählen?»

«Ich denke, morgen Abend rufe ich sie an. Sie werden überrascht sein, normalerweise melde ich mich jeden Donnerstag bei ihnen.»

«Aber wieso anrufen? Wieso sparst du nicht dein Geld und schreibst einen Brief?»

«Na ja, Daddy macht sich Sorgen, er muss meine Stimme hören, damit er weiß, dass ich noch lebe. Unten im Haus ist eine Telefonkabine, sie wissen also, es macht keine Umstände.»

«Ja, aber du hast ihnen viel zu erzählen! Dir wird das Kleingeld ausgehen. Nein, ein Brief ist besser. Und wenn du eine Antwort erhältst, treffen wir uns auf einen Kaffee, und du zeigst ihn mir. Ich bin sehr gespannt, wie mein Bruder und meine Schwester die Nachricht aufnehmen.»

«Ja», sagte sie, «kann ich mir vorstellen.»

Aber ich frage mich, dachte sie, wieso du ihnen nicht selbst geschrieben hast, deinen lange verschollen geglaubten ... Doch in dem Moment trat ein junger Mann an den Tisch.

| 21

Wen haben wir denn da, Genosse Mendel?»

«Man nennt es eine Nichte, Mr Quinn, das Kind meiner Schwester, die ich seit Jahren nicht gesehen habe. Fleisch von meinem Fleisch, Blut von meinem Blut. Kaum zu glauben, nicht wahr? Ich hoffe, Sie haben sie nicht für eine *Freundin* gehalten, haha.»

«Wäre mir nie in den Sinn gekommen.»

«Sie glauben, sie hat einen besseren Geschmack? Glaub ich auch. Wie hat Ihnen der Vortrag gefallen? Und übrigens, danke fürs Kommen. Ich hatte gehofft, Sie zu sehen.»

«Ein bisschen trocken und formalistisch. Die Franzosen sehen das Ganze heutzutage etwas anders. Mir schien der Vortrag ziemlich veraltet. Und Sie, Miss ...?»

«Phillips. Und ich ...?»

«Was halten Sie von der Welt nach Genosse Propp?»

«Sie haben es gesagt, trocken. Die Fragen waren ziemlich ... aber die mit den Schachfiguren fand ich gut.»

«Nun, das war *ich*, die Frage kam von mir. Ich konnte mir nie so recht erklären, warum in der schönen neuen Welt nach wie vor kleine feudale Gesellschaften auf karierten Brettern herumhüpfen. Und warum immer nur die Eroberung der Dame Triumph verspricht, warum die Bauern verzichtbar sind, warum die degenerierte aristokratische

Klasse sich auf so kuriose Weise bewegt, vor und zurück und zur Seite. Man sollte doch meinen, sie hätten die Figuren inzwischen ersetzt, alle Macht den viel zahlreicheren Angehörigen des Proletariats gegeben und die ganze Sache von Grund auf umgedacht.»

«So hatte ich das noch nicht betrachtet.»

«Im Ernst, werden sie sich langfristig für dieses große Experiment engagieren?»

«Dann sind Sie also kein ...»

«Mitglied der Partei? Nein. Nicht mal ein Mitstreiter. Ich bin der nervige Typ, der an neuen Ideen interessiert ist, nicht dass Propp neu wäre, aber er ist es für mich. Ich bin das, was man einen Dilettanten nennt. Ich flattere umher wie ein Schmetterling. Aber Sie, nehme ich an, sind Studentin an irgendeiner Fakultät.»

Ohne eingeladen zu werden, hatte er sich auf den Stuhl neben ihr gesetzt.

«Ich bin nur Sekretärin, die persönliche Assistentin des Geschäftsführers.»

«Und was für Geschäfte führt er genau?»

«Bettwäsche.» Sie verzog Nase und Mund zu einer, so stellte sie es sich gern vor, französischen *moue*, doch um das hinzukriegen, braucht man eine Stupsnase, eine Nase wie ein kleiner Pilz, und ihre war nichts dergleichen. Quinns Nase war – sie suchte nach dem Wort – aquilin, was immer das hieß.

«Wie praktisch. Man kann nie zu viele Laken haben.»

«Ach wirklich? Ich finde, zwei Garnituren reichen völlig aus, eine in Benutzung und eine in der Wäsche.»

«Sie haben eine Verräterseele. Wenn Ihr Geschäftsführer Sie jetzt hören könnte! Zum Glück bin ich kein Spion, im Gegensatz zu einigen Leuten, die ich nennen könnte. Dann wären Sie jetzt in Schwierigkeiten.» Er lachte und spürte ein ungutes Gefühl, das ihn durchzuckte; seine Rippen schmerzten.

«Wer ist ein Spion?»

Itzik hatte genug von dem Geplänkel. Roland, vor einigen Monaten in gutem Glauben aufgenommen, hatte sich als Totalausfall erwiesen, da er weder rekrutierbar war noch als Informationsquelle diente. Er war ein verspielter Narr. Und jetzt störte er und funkte dazwischen. Itzik hatte Genugtuung gewollt. Die Genugtuung, dass Mina und Jossel erfahren würden, dass er nicht nur noch am Leben, sondern tatsächlich eine große Nummer, ein echtes Mitglied der Sowjetdelegation war, dass er nicht gestorben war oder es zu nichts gebracht hatte. Er hätte es ihnen persönlich mitteilen können, aber aus dem Mund der nächsten Generation war es doppelt befriedigend, denn sie konnten ihm nicht alles Mögliche ins Gesicht schleudern, wie sie es tun würden, wenn er vor ihrer Tür stünde. Er wollte die Reaktion durch das Medium dieses schönen jungen Mädchens hören, einer *Tochter, die Mina nicht zustand, nicht im Geringsten.* All das gärte dunkel in seinem Kopf. Er spürte, wie sich dort etwas Böses zusammenbraute, so wie früher, als ihm das Sammeln von Geheimnissen und Quälen von Tieren Spaß gemacht hatte. Diese Gelüste waren abgeflaut und durch das Verlangen nach Liebe ersetzt worden, doch die Liebe war gekommen und gegangen, nun würde ihn niemand mehr lieben. Das alles war vorbei. Er wollte Mina und Jossel nicht sehen, um mit ihnen Tee zu trinken, über die alten Zeiten zu plaudern und zu erfahren, wessen Schicksal besser oder schlechter war. Sie sollten einfach nur *Bescheid wissen.* Und sie sollten Bescheid wissen, dass er Bescheid wusste und dass ihr Mädchen jetzt in seinem Wirkungskreis war.

Mittlerweile herrschte eine drängelnde Enge, der Pub

hatte sich in ein externes Treffen der sowjetischen Studiengesellschaft verwandelt. Die Stammgäste waren an den Rand gedrängt und verärgert. So war es immer, wenn in der Conway Hall ein Vortrag stattfand, wie sollte man bei dem lauten Gequassel in Ruhe sein Bier trinken?

«Mr Quinn, mein Lieber, seien Sie so nett und verziehen Sie sich, solange ich mit meiner Nichte ein privates Gespräch führe.»

«Ach, seien Sie nicht so ein Neidhammel.»

«Was ist das für ein Ausdruck?»

«Sie weiß, was ich meine, nicht wahr, Miss Phillips?»

Sie wusste es. Aber sie hob schweigend und arrogant ihr Kinn, wollte nicht zu willig und verfügbar wirken.

«Nun, dann schlage ich Bettwaren im Telefonbuch nach und überrasche Sie irgendwann in Ihrer Mittagspause. Sie werden sehen. Verlassen Sie sich drauf.»

«Ich esse meine Sandwiches am Schreibtisch.»

«Wie trostlos und langweilig. Im Ernst, Sandwiches, da wird mir ganz schwer ums Herz.»

Und irgendwie, bevor er sich vom Tisch entfernte, Hut und Handschuhe nahm und die Kneipe verließ, hatte sie ihm die Nummer der Telefonkabine bei ihr im Flur zugesteckt.

«Was für ein Typ», sagte Itzik. «Einer von diesen Ästheten, wie man sagt. Gute Beziehungen, verkehrt mit radikalen Elementen, Künstlern, Freidenkern. Aber wie gesagt ein Querulant. Ich verdächtige ihn des Anarchismus.»

«Was ist das?»

«Keine Regeln. Totales Chaos.»

«Klingt doch gut.»

«Unsinn. So erreicht man keine Gerechtigkeit.»

Doch Paula war sehr jung und egoistisch, Gerechtigkeit interessierte sie nicht.

«Um noch mal auf unser Gespräch zurückzukommen, du richtest deiner Mutter und deinem Onkel die besten Grüße von mir aus, ja?»

«Natürlich.»

«Sag ihnen, ich hoffe, dass sie mir nichts nachtragen. Und wenn sie dich mal in London besuchen, können wir uns vielleicht alle einmal treffen.»

«Vielleicht. Na, dann danke für den schönen Abend.»

Zwar war es bestimmt kein schöner Abend gewesen, aber doch ein besserer, als sie erwartet hatte, wenn man bedachte, dass sie nun die Aussicht auf etwas hatte, das in amerikanischen Filmen «ein Date» mit einem jungen Mann genannt wurde. Und mit was für einem jungen Mann, dachte sie. Einem Ästheten, ein Wort, das ihr wie scharlachroter Satin auf der Zunge zerging.

22

«Durch Weidengrau und Espenflimmer / Klaget leiser Luft Gewimmer ...», rezitierte Paula, als die Dame von Shalott auf der Galeriewand erschien, schwebend, die Augen geschlossen, das rostrote Haar über den Rücken wallend, fluchbeladen, tödlich. «Einfach *hinreißend.*»

«Mein Gott, gefällt Ihnen etwa dieser Schund? Ich sage, ins Feuer damit. Diese verrottete, abgetakelte viktorianische Seele, mit der wir uns immer noch herumschlagen, ein halbes Jahrhundert nach dem Ableben der alten Oma.»

«Aber die Farben!», rief Paula. «Diese kleine grüne Stelle, die ...»

«O mein Gott, Sie haben ein *Buch* gelesen, Kunstbetrachtung nach Zahlen.» Er lachte. «Und wie naiv Sie sind, meine Liebe. Wie provinziell und unerfahren.»

Roland nahm ihren Arm und führte sie aus dem Raum in eine andere Galerie, wo die Turners hingen.

Als hätte jemand mit einem Messer die Leinwand der *Dame von Shalott* zerrissen, so hatte Roland die Erinnerung an die Samstagnachmittage mit ihrem Vater in der Walker Art Gallery zerstört, als sie einträchtig seufzend vor der Schönheit der Präraffaeliten gestanden hatten. Und sie hatte nicht gewusst, dass seine Liebe zu ihnen albern, geschmacklos, vulgär war.

Roland hatte sich mit ihr auf den Stufen der Tate verabredet. Es war eine Vereinbarung, die sie beruhigen sollte, denn das Betrachten fader britischer Kunst war etwas Manierliches, das Mädchen mochten. Er kam zu spät. Sie stand da und blickte über den Fluss auf das südliche Ufer. *Terra incognita* nannte er es, als er schließlich aufkreuzte, bleich und mit dunklen Augenringen, aber lächelnd und erfreut, sie zu sehen, denn sie war zehnmal sexyer als jede, die ihm an diesem Vormittag begegnet war. Sie verstand es, mit Lippenstift und Parfüm umzugehen. Und selbst in einem zugeknöpften Mantel gab sie eine vielversprechende Figur ab.

Er hatte sie nicht demütigen wollen. Ihre Naivität war irgendwie liebenswert. Sie hatte etwas Weiches, das er mit Sicherheit nach seinen Wünschen formen konnte. Und obendrein mit dem alten Itzik verwandt! Was für ein Zufall! Vor den Turners nahm er ihre Hand, hob sie an die Lippen, küsste sie. Eine altmodische Geste, auf die Mädchen hereinfielen, und eine, die völlig irreführend war. Aber billiger als ein Blumenstrauß.

Er führte sie zum Mittagessen in «einen kleinen italienischen Laden, den ich kenne, ein paar Stufen runter, aber das Essen ist anständig», wo sie ein Glas Chianti trank, den sie stark fand, und lernte, wie man schnürsenkellange Spaghetti auf der Gabel aufspießte, an den Zinken aufzwirbelte und unordentlich in den Mund schob, sodass ihr Kinn mit Tomatensoße bespritzt war und sie sich unelegant und schmutzig fühlte, während er sie über den Tisch hinweg auslachte und sagte: «Wenn Sie wollen, lecke ich das ab; würde keinem auffallen, hier drin ist es ziemlich dunkel.»

Und wollte sie von dem Nasenjungen, so nannte sie ihn insgeheim, abgeleckt werden, dem gojischen Nasenjungen, der ihr im Tweedsakko und gestreifter Krawatte mit irgendeinem kleinen Wappen darauf gegenübersaß, völlig im Einklang mit sich selbst, mit ihr, mit dem Lokal, mit der Situation? Innerlich verwandelte sie sich in ein Mädchen, das sich gestattete, an einem Restauranttisch *abgeleckt* zu werden. Um von den empörten Kellnern mit Sicherheit wegen unmöglichen Benehmens auf der Stelle hinausgeworfen zu werden. Sie fand es lustig. Aber er hatte seine Zunge zurückgezogen und lächelte selbstzufrieden.

Sie spürte den Sog ihres Sexappeals. Wenn sie wollte, konnte sie ihn sich über den Tisch hinweg angeln. Männer waren so dumm, ein kleines Dekolleté, und sie wurden zu Babys, die nach der Brust schrien. Man schlug die Beine übereinander, und die Geste wirkte wie eine Verheißung.

Als seine Hand unter dem Tisch verschwand und ihr Bein streifte, schauderte sie vor Vergnügen, während sie von Bettwäsche und Nackenpolstern plapperte, davon, wie schrecklich öde alles war und ihre Kolleginnen sie mieden, dass ihr Chef der langweiligste Mann in England sei. Irgendwie lief es ständig auf Bettwäsche hinaus, kein Wunder also, dass er inzwischen die Knöpfe ihres Strumpfgürtels erreicht hatte und sie sanft in ihr Fleisch drückte. Wie konnte sie das zulassen? Warum klopfte sie ihm nicht wütend auf die Finger, wie man es ihr in der Sekretärinnenschule beigebracht hatte, denn dort wusste man Bescheid über wandernde Hände und wie man Männer erkannte, mit denen man im Taxi nicht sicher war, oder solche, die sich nicht trauten? Aber sie tat es nicht, weil sie von einem Glas Chianti betrunken war, weil Roland zu Kerzenlicht beim Mittagessen passte, weil er jünger und glamouröser wirkte. Im Profil glich er einem Besteckkasten, kantig, Nase und Kinn schälten sich gestochen scharf aus dem feuchtkalten Wintertag. Er hatte wenig Fleisch auf den Knochen, eine Vogelscheuche, aber wie er ihr hier im Schein einer schwachen Kerze am Tisch gegenübersaß, wirkte er weicher, wie verwischt, als könnte er sich in der Wärme des Weins verflüchtigen. O ja, er war, was ihr Vater einen Mistkerl nennen würde, natürlich.

Auf der Straße verabschiedeten sie sich. «Ich muss dann mal los», sagte er. «Die Arbeit ruft. Bis bald.» Dann rannte er durch den Verkehr und sprang in einen Bus zum Oxford Circus. Sie hatte vergessen, ihn zu fragen, womit er eigentlich sein Geld verdiente, und jetzt wusste sie nicht, warum er mitten am Nachmittag an einem Wochenende zur Arbeit ging. Sie nahm an, dass sie ihm wegen der Blamage bezüglich der *Dame von Shalott* nicht gefallen hatte und er schnell entkommen wollte.

Mina antwortete nicht auf den Brief ihrer Tochter, in dem sie den merkwürdigen Abend mit Itzik schilderte, den Paula leicht verunsichert wiedergegeben hatte, weil sie nicht wusste, ob sie taktvoll und ausweichend sein oder alles so beschreiben sollte, wie es sich zugetragen hatte, amüsant einschließlich der Ankunft von Roland am Tisch. Dann nämlich hätte sie erklären müssen, warum sie in einem Pub gewesen war, und soweit sie wusste, hatte noch nie jemand aus ihrer Familie einen Fuß in ein solches Etablissement gesetzt. Am Ende beließ sie es bei der Geschichte über die Freunde im Wald, weil sie dachte, ein Insiderwitz zwischen den Geschwistern könnte ihre Mutter amüsieren und alte Erinnerungen wecken.

Mina hielt nichts davon, Worte auf Papier zu bannen. Sie schämte sich für ihre Handschrift, und das Alphabet bestand aus einem Dickicht von Verboten, Buchstaben konnten in zwei Richtungen geschrieben werden, nach einer Reihe von Regeln, die sie nicht verstand und sich nicht merken konnte. Ps und ds waren ein Problem für sich, knollenförmige Gesichter, die nach rechts oder links zeigten.

Mina rief die Nummer in Paulas Haus an, wo ihre Tochter drei Treppen nach unten rannte, nachdem die Vermieterin sie über das Geländer hinweg gerufen hatte, und dachte, es sei Roland, denn es war nicht die übliche Zeit, zu der ihre Mutter vom Telefonhocker in der Flurnische unter den Reihen von Zierfiguren anrief.

Was hat er gesagt, wie sah er aus, was hat er über mich und Jossel erzählt, was will er von uns, was soll das mit den Freunden im Wald, in meinem Leben hatte ich keinen Freund, bis dein Vater an die Tür klopfte, welches Gift pflanzt er dir ins Hirn, denn es ist Gift, glaub mir. Frag deinen Onkel Jossel, der kennt ihn besser als ich, die zwei mussten sich jahrelang ein Bett teilen, und er erzählt mir schreckliche Dinge. Und ist er verheiratet, hat er Kinder, und wenn nicht, warum, wieso ist er allein, was hat er angestellt, um so ein Schicksal zu verdienen? Und nachdem der aufgeregte Wortschwall Paulas Ohr umspült hatte, kam auch sie endlich zu Wort und sagte: «Irgendeine Nachricht?»

Mina zögerte. Eine Nachricht konnte missverstanden werden. Die Worte konnten nach hinten losgehen und sie wie ein nasser zappelnder Fisch im Gesicht treffen.

«Für ihn? Für diesen *Mamser*? Nichts!»

Nachdem Mina den Hörer aufgelegt hatte, der elfenbeinerne Chinese auf dem Regal zitterte vom Sturzbach der Worte, kochte sie sich einen Tee und versuchte, sich an ihren Bruder zu erinnern. Vielleicht hatte sie ihn zu schnell abgeschrieben. Immerhin war er jetzt ein hohes Tier, fast schon eine Größe, hatte eine Stellung, auch wenn der Glanz der Sowjetunion für sie etwas nachgelassen hatte und das

Foto von Joseph Stalin in einem Koffer verschlossen im Gästezimmer lag, zusammen mit anderem Krimskrams, der irgendwie nicht zum Nachkriegsleben passte. Ihr Abo für die kommunistische Zeitung hatte sie gekündigt. Bei den heimlichen Treffen, die Louis am Mittwochabend im Wohnzimmer abhielt, um Waffen für die Juden in Palästina zu sammeln, reichte Kuchen und mit Eiern und Mayonnaise gefüllte Brötchen auf Tabletts herum und schenkte Tee und Whisky ein.

Sie rief Jossel an.

«Du errätst nie, wer nach all den Jahren aufgetaucht ist. Wir dachten, er wäre tot, aber nein, wie sich herausstellt, ist er ein wichtiger Mann.»

Sie erzählte eine leicht angepasste Version des seltsamen Treffens, von dem Paula ihr berichtet hatte.

«Er hat gesagt, die Jungs im Wald waren meine Freunde.»

«Der gleiche alte Itzik, immer nur Unruhe stiften.»

«Du hattest recht, was ihn angeht.»

«Natürlich hatte ich recht.»

«Trotzdem, was weiß er?»

«Worüber?»

«Über unsere Familie, wo sie sind, was mit ihnen passiert ist. Er ist alles, was uns von der alten Heimat, dem alten Leben geblieben ist, schulden wir ihm nicht ...»

Doch Jossel wurde zu Stein, wenn er an seinen Bruder dachte, der ihm einmal, auf der Straße ... Aber wieso musste er sich überhaupt an all das Böse erinnern, das Itzik ihm angetan hatte?

Vor seiner zweiten Frau nannte Jossel Itzik nur «den Dreckskerl», doch dann sagte Louis, nachdem er die schockierte Mina beruhigt hatte, am Telefon zu ihm: «Glaubst du nicht, dass viele Dreckskerle in den Lagern waren und nicht mehr rausgekommen sind, und zählen wir sie nicht zu unseren Verlorenen? Schreckliche Menschen sind dort gelandet und in den Schornsteinen verraucht, genau wie die schönen Kinder und fleißigen Hausfrauen, Ärzte und Geiger. Wir sind nur noch so wenige, deshalb müssen wir jedes Leben wertschätzen. Hättest du mich nicht auch auf dem Schlachtfeld gerettet, wenn ich ein Betrüger gewesen wäre?»

«Was willst du damit sagen? Dass es in Ordnung ist, wenn Paula ihn trifft, dass wir ihn zum Nachmittagstee einladen sollen und Mina ihn bewirten soll?»

«Wenn sie will, will sie eben.»

Jossel fand, dass sein Schwager ein Naivling, ein gebürtiger Engländer ohne Erinnerungen an die alten Zeiten war. Ein guter Mann, freundlich, tat immer das Richtige. Eine Stütze der Gemeinde. Da man Jossel verziehen hatte, ließ Louis durchblicken, konnte man auch Itzik wieder im Schoß der Familie aufnehmen.

Trotzdem, fand Jossel, hatte nicht der falsche Mendel überlebt? Warum nicht seine Mutter, eine stille, geduldige Frau, die zwischen ihm und seinem Vater gestanden hatte? Und wenn die Alten nicht verschont werden sollten, was war dann mit dem unbekannten Schicksal seiner kleinen Schwester Rivka, ihrem Mann und den drei Kindern, von denen man nichts hörte? 1933 hatte sie ein Foto von sich als junger Mutter und einem unscharfen Mann neben ihr geschickt, das Gesicht verdeckt von der Hutkrempe, einen Kinderwagen schiebend, ein schlafendes Baby unter der Decke, im Hintergrund eine Straße, Autos, Fußgänger. Was war mit dem ebenfalls verheirateten Solly, an den er sich nur noch vage erinnerte? Vielleicht waren sie noch am Leben, es gab keine Gräber, aber wer hatte schon ein Grab? Nun war ein Bruder, der nicht so nett war, aus der großen Wunde des Jahrhunderts wieder aufgetaucht und wollte

Kontakt aufnehmen. Mit welchem Recht, fragte er Mina, *mit welchem Recht*?

Mina sagte zu Louis: «Mein Leben lang hat Jossel auf mich aufgepasst, als ich keine Eltern mehr hatte, die sagten, was klug war und was ich tun sollte. Warum sollte ich jetzt nicht auf ihn hören?»

«Wenn du das willst, meine Liebe, dann haben wir nichts mit Itzik zu tun.»

23

In Paulas Haus in der Montagu Street gab es einen Aufenthaltsraum für die Mieter. Dort standen Zimmerpalmen mit hängenden Blättern, und es gab eine kleine Bibliothek mit beliebten Romanen, den Morgenausgaben der *Times* und des *Daily Express*, eine Musiktruhe mit einem Walnussgehäuse und eine halbprivate Telefonkabine unter einer Metallhaube mit einem Hocker und einer Ablage für die zwei Bände des Londoner Telefonbuchs.

Manchmal ging sie nach unten, lieh sich ein Buch aus und traf einen Mitbewohner, der Zeitung las, BBC hörte und den Finger auf den Mund legte, um ihr zu bedeuten, sie solle schweigen. Ihr Vater, der sie in seinem Humber nach London gebracht und ihr beim Einrichten des neuen Zimmers geholfen hatte, hatte sich umgesehen und gesagt, hier fänden bestimmt Kartenspiele und Gespräche mit den anderen Mietern statt, aber die Hausbewohner waren ein Haufen mittelalter Leute, und ein Sozialleben in Gang zu bringen, hatte sich als hoffnungslos erwiesen.

Sie hatte das Gefühl, zwischen zwei Leben zu pendeln. Wenn nicht bald etwas geschah (und von Roland hatte sie nichts mehr gehört, der Patzer mit den Präraffaeliten hatte ihr offenbar den Garaus gemacht), musste sie vermutlich nach Hause zurückkehren. Sie könnte hocherhobenen

Hauptes sagen, sie habe London überstanden, könne aber jetzt nichts mehr mit der Stadt anfangen, abgehakt. Dann konnte sie die geeigneten jungen jüdischen Männer von Liverpool genauer unter die Lupe nehmen; vielleicht gab es ja einen, den sie übersehen hatte. Einige waren noch nicht aus der Armee entlassen und dienten im Ausland in glamourösen Stellungen, einer war Armeearzt. Dann gab es noch «Ringo», mit dem sie auf Bernice' Hochzeit getanzt hatte. Laut ihrem Bruder Benny verließ er das familieneigene Bekleidungsgeschäft, um in der Bold Street einen Laden für erstklassige Abendkleider zu eröffnen. Aber von der Begegnung mit ihm erinnerte sie sich nur noch an die französische Zigarette, von der ihr schlecht geworden war.

Stimmen drangen durch das Gitternetz des Radios, brachen sich am Walnussschrank, nahmen eine beherrschende Präsenz unter den Nippsachen im Raum an und dämpften das Ticken der Kaminuhr. Der Klang des Radios erinnerte Paula an ihre Kindheit, an seine frühe Präsenz in ihrem Leben, an Worte, die auf eine Weise gesprochen wurden, wie man sie im wirklichen Leben nie zu hören bekam, sodass ihr die Menschen dort drinnen wie magische Wesen erschienen, unsichtbare Gestalten, deren Reichweite sich weit über den geheimen Ort erstreckte, den sie bewohnten. Sie hatte den stotternden König und den klangvollen Premierminister gehört, sie hatte Nachrichten von Schlachten, Rückzügen und Siegen empfangen, aber auch fröhliche Tanzorchester und ernste, anspruchsvolle Hörspiele, die sie nicht verstand. Als sie ihren Vater gebeten hatte, ihr das Wort «trefflich» zu erklären, ging er mit ihr in die Stadt und kaufte ihr ein in Leinen gebundenes Wörterbuch.

«Da stehen alle Wörter drin, die du brauchst», sagte der Buchhändler, «und noch einige mehr.»

Aber welches Recht hatte sie auf diese Wörter, auf diese

großartige Sprache, von welcher der Buchhändler gesagt hatte, sie sei «nicht rein wie das Lateinische, sondern eine Mischsprache, in der man Französisch, Latein und Angelsächsisch findet. Hast du dich schon mal gefragt, warum es zwei Wörter für das gleiche Tier gibt? *Cow*, wenn es auf dem Feld ist, *beef*, wenn es auf dem Teller liegt? Das eine spiegelt die Sprache der Leibeigenen wider, die das Vieh versorgten, *cu*, aus dem Altenglischen, und das andere die der normannischen Landbesitzer, die es aßen. *Beef* kommt vom französischen *bœuf*, verstehst du?» Sie hatte ihr Wörterbuch nach Hause getragen, es studiert und die wahre Bedeutung der Wörter gelernt, die sie auf BBC hörte. *Defätistisch. Degoutant. Olfaktorisch.* Doch bei welchen Gelegenheiten sollte sie solche Wörter benutzen? Bislang hatten sich keine ergeben.

Es gab eine Gruppe von Menschen – Roland gehörte dazu –, die mussten dieses Wissen nicht erwerben, weil sie damit aufwuchsen. Sie konnte so tun, als ob sie zu dieser Gruppe gehörte, wusste aber, dass es nicht stimmte; das plötzliche Auftauchen eines Onkels namens Itzik war der Beweis. Sie hatte sich immer als Schauspielerin gefühlt, und, attraktiv, wie sie war, hätte sie auch eine werden können – in den Schulaufführungen legte sie eine ruhige Ausdruckslosigkeit an den Tag, nicht lebhaft, mit einem Anflug von Überheblichkeit, ideal für Rollen, die für reifere Frauen geschrieben wurden. Genau so eine Rolle schien sie hier in London darzustellen. Ihr Vater war überzeugt, dass die Leute einen für das hielten, wofür man sich ausgab, sie beurteilten einen nach dem äußeren Eindruck, und deshalb musste man auf sein Erscheinungsbild achten. Offenbar sah sie genauso aus wie die Sekretärin des geschäftsführenden Direktors einer Firma für Bettwäsche. Aber dann tauchte Itzik auf. Alles war so verwirrend. Ich bin erst zwanzig, woher soll ich wissen, wie die Welt funktioniert?, fragte sie ihr Spiegelbild.

Als sie eines Abends in den Aufenthaltsraum kam, um ein halb gelesenes Buch zurückzustellen, hörte sie Roland mit jemandem sprechen, ein Monolog ohne Unterbrechung, oder die andere Person sprach so leise, dass man sie nicht hörte. Was hat er hier zu suchen?, dachte sie. Er kann wirklich die Aufmerksamkeit fesseln, diesen Jungen muss man hin und wieder unterbrechen. Er sprach über Vorträge, eine Vortragsreihe über den modernen Roman, selbstsicher, perfekt artikuliert, mit einer bewussten Präzision, ganz anders, als er sonst sprach.

«Oh, das Radio», sagte sie in den leeren Raum. «Er ist *im* Radio.»

Manchmal hatte sie versucht, sich die Menschen, die zu den Radiostimmen gehörenden Gesichter vorzustellen und dann meist einen Mann mit hellem Haar und blauen Augen vor sich gesehen, so wie die Väter einiger ihrer Schulfreundinnen, deren Namen Titel wie *Captain* oder *Major* und, ein- oder zweimal, *Flight Lieutenant* vorausgingen. Es waren die einzigen Leute in ihrem Dunstkreis, die keine dicken Lippen und großen Nasen hatten, die nicht ziemlich klein waren und in der Lebensmitte zur Körperfülle neigten, mit Goldrandbrille und Essensflecken auf der Krawatte. Sie hatte sich die BBC-Stimmen wie eine Reihe Zinnsoldaten vorgestellt, eine Kolonne solcher Männer, alle identisch. Der König in unterschiedlicher Gestalt, nur ohne das Stottern.

Er hatte ihr seine Telefonnummer nicht gegeben, und sie hätte ihn auch nicht angerufen, wenn sie sie gehabt hätte. Eine junge Frau wartet, man bringt ihr bei zu warten, sie ergreift nicht die Initiative, sie tritt nicht in Aktion, sie verharrt in der Hoffnung, dass man sie zum Leben erweckt. In den folgenden Tagen hörte Paula den ganzen Abend Radio. Manchmal war er da, manchmal ein anderer. Sie fing an, sich ein Bild von ihm zu machen, das nicht mit dem halbseidenen Regelbrecher übereinstimmte, dem Anarchisten, den sie nur zweimal getroffen hatte. Vielleicht war er ja doch ganz nett. Er kündigte Hörspiele an, Vorträge, Konzerte, Lesungen, Fortsetzungsreihen. Würde man ihn mit der Weitergabe solch wichtiger Informationen betrauen, wenn er unseriös oder staatsfeindlich wäre? Immerhin stand die BBC mehr oder minder für die Regierung.

Nach einer Woche langweilte sie der Gedanke an ihn; Langeweile war ohnehin ihr Grundzustand, warum sollte nicht auch er dieses Gefühl auslösen? Er hatte kurzfristig für eine unerwartete Aufregung in ihrem Londoner Leben gesorgt, das inzwischen die gleiche Routine angenommen hatte wie die Familienessen freitagabends in Finsbury Park und das Distanzhalten zu ihrem Onkel, um das Mina sie gebeten hatte; ihre Mutter hatte höchst merkwürdig auf ihn reagiert genau wie ihr Onkel Jossel. Als sie der Sache auf den Grund gehen wollte, wurden ihre Fragen abgewiegelt. Sie hörte noch immer die Stimme ihrer Mutter, als es um die Freunde im Wald ging. Paula fand das alles ziemlich amüsant und genoss die kaum glaubhafte Vorstellung, dass ausgerechnet ihre Mutter eine wilde Vergangenheit haben sollte. Aber wieso nicht? Sie durfte ja auch ihren Spaß haben, zumindest bis zu einem gewissen Punkt.

Eines Abends kam Itzik mit einer Einladung zu einem weiteren Vortrag vorbei. Die Vermieterin kam in ihr Zimmer, um sie zu holen. Ein Herr sei zu Besuch, «kein junger Mann, fürchte ich, ein fremder Herr». Als sie nach unten kam, hatte er schon das Radio eingeschaltet. Rolands Stimme zog sich durch den Raum wie eine Satinschleife.

«Na, da ist ja unser Freund Roland», sagte Itzik. «Klingt er nicht fast allwissend?»

«Irgendwie schon, aber er liest bestimmt alles nur vom Blatt ab, das denkt er sich nicht selbst aus.»

«Er gehorcht nur Befehlen. Ich glaube, du warst mit ihm zum Essen aus, lief es gut?»

«Ziemlich gut, danke.»

«Ich will nicht neugierig sein. Dem Mann eilt ein Ruf voraus, aber ich bin sicher, du kannst selbst auf dich aufpassen. Minas vorbildliche Tochter wird sich nie im Wald verirren.»

«Hier gibt es keine Wälder. Na ja, den New Forest, aber da sind nur Ponys.»

«Ponys?»

«Angeblich ja, ich habe Bilder gesehen.»

Er hielt einen Stapel Broschüren in der Hand. «Unser aktuelles Projekt», sagte er, «nach dem Erfolg des Genossen Propp. Vielleicht darf ich ein paar auf den Tisch legen.»

«So macht ihr Werbung?»

«Ja, wir legen sie aus, wo wir können. Wir haben sogar Leute, die sie in der BBC verteilen. Wir halten Vorträge, die Leute hören davon und kommen. Manchmal lernen wir die Besucher kennen, es ist unsere Aufgabe, sie kennenzulernen. Die BBC ist ein äußerst interessanter Ort, voller kluger Köpfe. Einige davon sind sehr aufgeschlossen.»

«Verstehe. Wie lange bist du eigentlich schon hier? In England, meine ich.»

«Ach, erst ein paar Monate. Nicht der Rede wert.»

«Und wie findest du es?»

«Voller bürgerlicher Dekadenz, oder was willst du hören?»

«Keine Ahnung. Ich finde es überhaupt nicht dekadent. Nach allem, was ich hier und im Büro erlebe, ist es furchtbar anständig. Aber bürgerlich stimmt vielleicht. Wie ist es in der Sowjetunion? Ganz anders, nehme ich an.»

In Liverpool waren oft Seemänner der Handelsmarine mit roten Emaillesternen an den Mützen und Matrosenjacken durch die Straßen geschlendert. Mina hatte einige angesprochen und gefragt: «Wo sind meine Mutter, mein Bruder und meine Schwester? Kennen Sie sie, was ist mit ihnen passiert, leben sie noch?» Louis hatte sie weiterzerren müssen. Die Matrosen wirkten verwirrt, lächelten, hielten zwei Finger an den Mund und taten, als rauchten sie. «Die wollen etwas», sagte er, «die geben dir keine ehrlichen Informationen. Los, komm, schnell, sie könnten uns folgen.»

Nun hob Itzik zu einer auswendig gelernten Rede über die Überlegenheit des sowjetischen Systems an, über Fabrikproduktion und Ernten. Paula schloss die Augen und dachte an einen Jungen in Liverpool, Marvin Goldberg, und die neuesten Nachrichten über sein Werben um die schöne, reiche Gloria Brassey (Sammys Nichte) vom Queen's Drive und ob Bernie Abelson, der sich letzten Gerüchten zufolge dazwischendrängte, sie ihm vor der Nase wegschnappen würde. Alle waren sich einig, dass Gloria absolut jeden in Liverpool heiraten könnte, selbst den Sohn des Oberbürgermeisters, wenn sie wollte.

Das Telefon klingelte, und da niemand da war, der abhob, tat sie es, in der Hoffnung, es wäre für jemanden im obersten Stock, damit sie die Treppe hocheilen und denjenigen holen könnte, und bei ihrer Rückkehr wäre ihr Onkel verschwunden.

Sie hatte Rolands Stimme so oft im Radio gehört, dass sie erschrak, als sie plötzlich durch den Hörer in ihr Trommelfell drang, als wäre er aus dem Holzkasten in ihren Kopf gehüpft.

«Hallo, Miss Phillips, tut mir leid, dass ich mich nicht

gemeldet habe, Sie wissen ja, wie das ist, aber ich fand unseren gemeinsamen Vormittag schön, ich würde Sie gern wiedersehen. Haben Sie morgen Abend etwas vor?»

«Sind Sie nicht bei der Arbeit? Sie haben mir nicht erzählt, dass Sie beim Radio sind, eben habe ich Sie gehört.»

«Hab ich nicht? Ich vergesse es selber oft, und wahrscheinlich gehe ich davon aus, dass es sowieso jeder weiß. Ich komme gerade von der Schicht.»

«Wie komisch, dass Sie damit Ihren Lebensunterhalt verdienen. Vermutlich bin ich mit Ihrer Stimme aufgewachsen.»

«Wohl eher nicht, bin erst seit letztem Jahr dabei.»

«Und wie kommt man an so einen Job? Wo fängt man an?»

«Es geht eher um Mundpropaganda, mein Lehrer hat mich empfohlen.»

«Verstehe. Bei mir war es ähnlich, der Direktor meiner Schule hat mir die Stelle besorgt.»

«Ja, klar. Beziehungen sind eben alles.»

«Allerdings gibt es sehr unterschiedliche. Beziehungen, meine ich.»

«Mich wird niemand als Sekretärin empfehlen.» Er lachte und nahm einen hohen, affektierten Tonfall an. «*Oh, Mr Quinn, soll ich einen Brief aufnehmen?* Aber kommen Sie morgen mit?»

«Ich denke, eine Stunde könnte ich erübrigen.»

«So lange Sie möchten.»

Als sie den Hörer auflegte, war ihr Onkel noch da.

«Du siehst ihn also wieder? Ein netter Junge, glaubst du?»

«Als *nett* würde ich ihn nicht bezeichnen, wahrscheinlich ist er sehr unzuverlässig.»

«Du triffst ihn, weil deine Mutter es nicht billigen würde.

Natürlich nicht. Und sie wird es mir vorwerfen, wenn das Ganze böse endet. Wie kannst du das deinem lieben alten Onkel Itzik antun?»

«Das überlass mal mir.»

«Richte meine besten Grüße an die Familie aus, besonders an die zweite Mrs Mendel. Über sie würde ich gern mehr erfahren.»

Was für eine Figur er abgab in seiner zu langen Hose, den ausgefransten Aufschlägen, mit diesem Koboldgesicht, dachte sie. Und doch war er hinter den hohen weißen, unerbittlichen Mauern der Botschaft zu Hause. Er war wichtig. Er war ein enger Verwandter wie ihr Onkel Jossel.

| 24

Roland fand seine persönliche Geschichte ganz normal, aber für Paula klang sie exotisch. Er war in Herne Hill aufgewachsen. Sein Vater war ein hoher Verwaltungsbeamter im Finanzministerium. Er legte großen Wert auf Regeln und Vorschriften und ging in Nadelstreifenhose und Melone zur Arbeit. Fuhr jeden Tag mit der Bahn nach Whitehall. Er saß auf dem Geld und ließ hin und wieder ein kleines Häufchen in die Staatskassen plumpsen.

Als Roland Itzik traf und erfuhr, wie er in der sowjetischen Botschaft gelandet war, stieß er einen anerkennenden Pfiff aus. Das alles war verdammt weit weg von der Bank of England, Zinsraten, Kapitalzuschüssen, staatlichen Sozialversicherungsbeiträgen, der Verteilung von Bezugsscheinheften und den vielen Menschen, die jeden Morgen den Fluss überquerten. Und mit einem Mann wie Itzik als Onkel schien es ihm unvermeidlich, dass Paula zu gegebener Zeit – ein Ausdruck seines Vaters, bei dem er für gewöhnlich die Finger kirchturmartig aneinanderpresste – die Hüllen fallen lassen würde. «Ich bin überzeugt, dass die Regierungspolitik zu gegebener Zeit ...»

In Rolands Denkweise hieß das: «Früher oder später werde ich sie vögeln, vermutlich eher früher. Ich muss ihr nur diese lästige spießige Moral abgewöhnen.»

Er würde mit ihr ins York Minster in der Dean Street gehen. Dann könnte sie wenigstens Soho kennenlernen, dort streiften die Leute gern ihre Fesseln ab: Sie kamen, sie sahen, und wenn man Glück hatte, ließen sie ihre Unterwäsche fallen.

Er holte sie von ihrer Wohnung ab und ging mit ihr die Charing Cross Road entlang. Es war ein reger Donnerstagabend. Alles war in vollem Gange, der hinter ihnen liegende Krieg kam Roland wie eine Halluzination vor. Sie kamen an einem Laternenpfahl vorbei, um den ein Damenstrumpf gebunden war, ein paar Schritte weiter hing ein rosa Seidenhöschen an den Gitterstäben eines Gullys.

«Wirkt ziemlich unkonventionell hier», sagte sie, als sie den Pub erreichten. «Sind das alles Künstler?»

An der Tür übergab sich eine Frau in ihre Handtasche, es war erst halb acht. Sie stolperte auf den Gehsteig hinaus und setzte sich auf die Steinplatten.

«Achte nicht auf sie», sagte Roland. «Ich fürchte, sie ist hier Dauergast.»

«Wie traurig.» Sie hatte noch nie eine betrunkene Frau gesehen. «Wieso um Himmels willen hast du den Laden ausgesucht? Er ist furchtbar.»

«Die Pubs in der Gegend, wo ich arbeite, sind voll mit Langweilern. Den ganzen Tag bin ich von ihnen umgeben, wenn ich Feierabend habe, brauche ich eine Pause.»

Er suchte ihnen einen Tisch. An der Bar standen dicht gedrängt Männer, keine Frauen. Sie stützten sich mit den Ellbogen ab und blafften einander an. Der Wirt mit seinem extravaganten Schnurrbart war offenbar Franzose. Ein freundliches Gesicht, dachte sie, wieso gibt er sich bloß mit diesem Gesindel ab? Aber sie war hier in London und trank ein kleines Glas Dubonnet in der Gesellschaft von verwegenen Typen, während ihre Cousine Bernice zu Hause in Liverpool mit Lionel neben dem Radio saß und über Nichtigkeiten redete. Sie hingegen verbrachte einen Abend in Soho mit einem Mann, der tatsächlich live im Radio sprach.

Roland versuchte, sie über Itzik auszuhorchen, aber sie konnte ihm nicht viel sagen.

«Laut meiner Mutter war er schon als Kind hinterlistig und lauschte hinterm Treppengeländer. Angeblich hat er es mitbekommen, als sie meinem Onkel von den Bolschewiken im Wald erzählte.»

«Bolschewiken? Im Wald? Welcher Wald?»

«Ach, keine Ahnung, nur eine alte Familiengeschichte. Meine Leute erzählen ständig welche, sie mögen nichts lieber als tratschen. Aber sie sagen mir nicht alles, und offen gestanden weiß man nie, was man glauben soll.»

«Ist ja wunderbar. Sie sind wirklich ein bemerkenswertes Mädchen, wissen Sie. Jemand wie Sie ist mir noch nie begegnet.»

Es gab ein Wort, das sie in seinem Beisein nicht benutzen würde, auch wenn es in ihrem Vokabular gespeichert war und sich stur weigerte, zu verschwinden und von etwas aus dem Oxford English Dictionary ersetzt zu werden. *Schmuser,* so einer war er. Sie musste vorsichtig sein, damit es ihr nicht rausrutschte. Und die Sache mit den Bolschewiken hatte sie noch nie jemandem erzählt; sie hätte es auch Roland nicht erzählt, wenn er ihren verkommenen (gutes Wort!) Onkel nicht schon gekannt hätte.

Sie lächelte und sagte nichts. Ein rätselhaftes Lächeln – das hatte sie aus Kinofilmen gelernt – war eine zuverlässige Waffe im Arsenal eines Mädchens. Sie wünschte, sie wäre an einem Ort mit einem weißen Tischtuch, glänzendem Besteck und einem Kellner mit Fliege, der ihr schwungvoll die Speisekarte reichte. Nicht in dieser schäbigen Spelunke. Man bekam nie ganz, was man wollte.

Ein Betrunkener taumelte an den Tisch.

«Kennen wir uns nicht?», sagte er zu Paula. Ein Amerikaner. «Ich bin sicher, wir haben uns bei den Harris' auf der Party gesehen. Haben wir nicht in der Küche geplaudert?»

«Ich nicht.»

«Doch, natürlich wir haben ...»

«Sie sollten lieber nach Hause zu Ihrer Frau gehen und bei der Gelegenheit ein schönes Bad nehmen. Sie stinken nach Alkohol und Tabak.»

«Hat eine Zunge, so spitz wie der Schwanz eines Gürteltiers, die Kleine. Ich beneide Sie nicht.» Er taumelte in Richtung Toilette davon.

«Gut gemacht, wirklich sehr gut. Ich mag Mädchen, die sich behaupten.»

«Ach ja? Viele Männer hassen das. Wenn ich es nicht vergesse, versuche ich, mich ein bisschen zu zügeln. Im Büro bin ich wie ein Vulkan kurz vor dem Explodieren.»

«Oh ja, das Büro, wie läuft es da?»

«Ich hasse es. Ich glaube nicht, dass ich bis zum Ende der Probezeit durchhalte. Drei Monate Langeweile. Wenn ich nicht schlafen müsste, würde ich Bettwäsche völlig aus meinem Leben verbannen. Der Stückpreis von hundert Kissenbezügen ist eine Summe, die ich mein Leben lang nicht vergessen werde. Sie haben keine Vorstellung, wie schrecklich das ist.»

«Dann besorgen Sie sich einen anderen Job, kann das so schwer sein? Den haben Sie doch auch mühelos bekommen.»

«Ich wurde empfohlen. Es lag nicht in meiner Hand.»

«Wie langweilig. Aber ich bin sicher, ich könnte etwas anderes für Sie finden.»

Er hatte keine Ahnung, wie er einer Sekretärin eine Stelle besorgen sollte. Man sagte so was leicht dahin, und dann hatte es manchmal Folgen. Aber ihm würde bestimmt etwas einfallen. Er wollte an sie ran. An den Frauencolleges in Oxford gab es zu seiner Zeit eine Handvoll jüdischer Mädchen, einige waren Flüchtlinge, aber sie trugen Brillen mit Goldrand und hatten eine Vorliebe für komplizierte Fächer wie Mathematik und Physik. Nicht sein Typ. Er mochte gerade Strumpfnähte auf wohlgeformten Waden, und warum nicht? Aber worüber sollte man mit solchen Frauen reden? Die hirnlosen hübschen Dummerchen konnten sich nicht unterhalten.

Es wurde Zeit, sie mit einem Essen zu locken.

In der Bar wurde es noch lauter. Sie beugte sich über den Tisch, um ihn zu hören.

«Was haben Sie gesagt?»

«Haben Sie Lust, etwas zu essen?», fragte er.

«Oh, ja, gern.»

Die betrunkene Frau saß noch draußen auf dem Gehsteig. «Armes Ding», sagte Paula, als sie an ihr vorbeieilten. «Hat sie denn keine Freunde? Jemand sollte sie wenigstens nach Hause bringen.»

«Und sie mit einer Wärmflasche ins Bett stecken? Solche Freunde hat sie nicht. Vergessen Sie die Frau, sie ist Abschaum.»

Er führte sie in ein anderes italienisches Restaurant. In der Sekretärinnenschule hatte sie gelernt, dass es für eine junge Dame keine wirklich elegante Art gab, in Anwesenheit eines jungen Mannes zu essen. Sie kannte die Regeln für Spargel, Erdbeeren und alles, was dazwischen kam, wusste, wie man Erbsen und grüne Bohnen aß, aber es gab keine Anleitung für den ordentlichen Verzehr von Spaghetti. Es war schwer, sich nicht mit Soße zu bekleckern.

Sie sagte so wenig wie möglich, während sie mit den Fäden kämpfte, ließ ihn über die Nachrichten reden, die er las, die Programme dazwischen, Schauspieler, die im Haus ein und aus gingen. Einige Namen kannte sie. Ihr Vater hatte sie mal zu einer Inszenierung von *Ein Inspektor kommt* im Playhouse mitgenommen und sie mit einer Schachtel Pralinen überrascht. Doch als sie es Roland erzählte, lachte er schallend. «Ist das ehrlich Ihr Geschmack?»

«Ich weiß wirklich nicht, was daran falsch ist. Was ist so lustig?»

«Haben Sie noch nie von Christopher Fry gehört?»

«Nein.»

«Er ist der letzte Schrei.» *The Lady's Not for Burning*? Großartig.»

«Worum geht es da? Wer spielt mit?»

«Es ist eine romantische Komödie, die im Mittelalter spielt, mit einem kriegsmüden Soldaten, der sterben will, und einer angeklagten Hexe, die leben will. John Gielgud, schon von ihm gehört?»

«Aber er ist kein Filmstar, oder?»

«Es ist ja auch kein *Film*.»

«Ich weiß, das haben Sie schon gesagt, aber es klingt ziemlich merkwürdig.»

«Wie jung und unbeholfen Sie sind. Grün hinter den Ohren. So grün. Direkt aus der Provinz.»

«Das weiß ich selbst, aber ehrlich ... Sie sind irgendwie ...»

Doch ihr fehlten die Worte. Sie könnte einfach gehen, vom Tisch aufstehen, er würde sich schon um die Rechnung kümmern, und mit dem Bus nach Hause fahren. Nicht mehr ans Telefon gehen, wenn er anrief, auch wenn sie bezweifelte, dass er nach einer solchen Zurückweisung noch mal anrufen würde. Sie war der Sache nicht gewachsen. Im selben Moment – sie wirkte zerstreut – ergriff Roland die Gelegenheit und legte die Hand auf ihr Bein, arbeitete sich nach oben vor und spielte an den Knöpfen ihres Strumpfhalters.

«Ihr Gesicht», sagte Roland, «wenn Sie sich sehen könnten. Hat Sie noch nie jemand unter dem Tisch berührt? Was für ein behütetes Leben. Ich seh schon, ich muss mich Ihrer annehmen. Ich glaube, es wird Ihnen gefallen.»

Er lächelte und rief den Kellner. «Sie wissen, was wir jetzt gern hätten, oder?»

«Hat die junge Frau …?»

«Nein, es ist ihr *erstes Mal.*»

Der Kellner sagte etwas auf Italienisch. Roland lachte.

«Es wird etwas dauern, wir müssen warten. Aber mir scheint, wir haben alle Zeit der Welt, ich könnte Sie ganz vernaschen.»

Nach einer Weile brachte der Kellner zwei Schalen, ein Nachtisch mit einem schwierigen Namen, Zabaglione, sagte er. Sie steckte den Löffel hinein und führte ihn an den Mund.

«Wie schmeckt es?», fragte Roland.

In späteren Jahren fiel Zabaglione auf den Speisekarten der Restaurants in Ungnade, sie fragte manchmal danach, und der Kellner empfahl dann Orangen in Karamell oder den neuesten Schrei, Tiramisu. Zabaglione bestand aus nur drei Zutaten – Eiern, Zucker, Marsala – und wurde auf dem Herd in einem Wasserbad zubereitet, ganz einfach.

«Sie glauben, Sie können mit mir machen, was Sie wollen. Sie denken, ich bin …»

«Nun, ich kann Sie doch nicht zwischen den Kopfkissen allein lassen, oder? Dann hätte ich ja ein Herz aus Stein.»

«Aber was haben Sie mit mir vor?»

«Ich hab eine Idee. Wenn ich Ihnen einen anderen Job besorge, schlafen Sie dann mit mir?»

«Du liebe Güte, was für ein Handel.»

«Ich würde sagen, ein angemessener Tausch. Ich nehme an, dass Sie noch Jungfrau sind. Es wäre mir ein großes Vergnügen, Ihr Kellerfenster einzutreten, wenn ich das mal so sagen darf.»

«Klingt ja *großartig*.»

«Sind Sie etwa sarkastisch? Ich glaube es fast.»

«Was meinen Sie, woher haben die wohl die vielen köstlichen Eier?»

| 25

Jeden Tag hörte sie seine Stimme im Radio. Seine Sprechweise hatte etwas Förmliches, abgehackt und präzise, ihre Brüder hätten gesagt, er klinge, als hätte er den Mund voller Pflaumen. Er hatte ihr erzählt, dass man, wenn man einmal auf Sendung war, nach dem Mikrofon süchtig wurde und man lieber im Studio war als in der Redaktion, allerdings fragte sie sich mittlerweile, ob er sich ausgebremst fühlte, da er im Grunde nur ein Diener derer war, von denen die Stücke, Konzerte und Vorträge stammten. Irgendwie seltsam. Er war berühmt, oder besser, *jeder* kannte vermutlich seine Stimme, aber kein Mensch kannte seinen Namen. Er war anonym, korrekt, informativ. «Und als Nächstes hören Sie ...»

Als er sie einige Tage später anrief, teilte er ihr mit, es gäbe eine Stelle, die ihr gefallen könnte, allerdings sofort, ob sie interessiert sei? Während sie ihm zuhörte, überkam sie ein merkwürdiges Gefühl von Verdoppelung, seine Stimme erklang in ihrem Ohr, wo sie eigentlich durch den Raum hallen sollte. (Sie empfand es fast als Anweisung. Ich muss vorsichtig sein, dachte sie. Sonst werde ich verrückt.)

«Bei der BBC?»

«Ach was, viel glamouröser. Ein Kumpel arbeitet für eine neue Filmproduktionsfirma, sie heißt Harlequin Pictures.

Gedreht wird draußen in Shepperton, aber das Hauptbüro ist in der Regent Street, und sie suchen ein Mädchen für alles. Ich habe Sie vorgeschlagen. Sie sollen anrufen und ein Bewerbungsgespräch vereinbaren.»

«Hören Sie, ist das einwandfrei?»

«Natürlich. Würde ich Sie irgendwo hinschicken, wo es nicht absolut seriös ist? Keine Angst. Angeblich machen sie als Nächstes einen Dickens, für meinen Geschmack ein ziemlich alter Hut. Kennen Sie Eisensteins kleines Buch über Dickens?»

«Nein. Wird das dort von mir erwartet?»

«Natürlich nicht. Nur eine kleine Abschweifung.»

«Manchmal verstehe ich Sie nicht.»

«Aber von Dickens haben Sie schon gehört, oder?»

«Ich bin ja nicht völlig unbedarft. Schließlich bin ich zur Schule gegangen.»

Aber was hatte sie dort gelernt? Offensichtlich nicht das Gleiche wie Roland. Sie wusste nicht, wer Eisenstein war. Sie kam sich ungebildet vor, ärgerte sich über ihren beschränkten Horizont. Man kam mit gewissen Erwartungen nach London, und dann wurde man wieder ins Klassenzimmer geschickt. Bislang war sie sich ihrer Grenzen nicht bewusst gewesen. Zu Hause genoss sie den Ruf einer eigensinnigen Lokalschönheit, *das Polack-Mädchen* mit seiner piekfeinen Stimme, das alle verfügbaren Verehrer zurückwies. Außerdem hatte sie einen beschämenden Onkel, der mit seiner Sekretärin, einer Schickse, durchgebrannt war. Man flüchtete aus dem Vorstadtleben in die Metropole und dachte, man würde gut dorthin passen, aber in London musste man Theaterstücke, Schauspieler, Konzerte und Gemälde kennen und wissen, wie man fremde Speisen isst. Sie fühlte sich hohl wie eine Matrioschka, immer kam eine noch kleinere Version ihrer selbst zum Vorschein.

«Und wenn es mit der Stelle klappt», fuhr er fort, und es klang, als würde er dabei grinsen, «nun, wir haben einen Pakt, nicht wahr? Ich nehme Sie definitiv beim Wort.»

«Ach, seien Sie nicht albern, glauben Sie allen Ernstes …?»

«Wir werden sehen. Lassen Sie mich wissen, wie es gelaufen ist.»

Robin Rose sagte: «Ach ja, Rolands Mädchen, können Sie heute vorbeikommen? Ist vier Uhr in Ordnung? Ich hoffe, Sie schaffen es.» Sie antwortete, das ginge nicht, sie könne erst nach der Arbeit, Viertel nach fünf. Darauf er: «Nun, dann müssen wir uns wohl bis dahin arrangieren, aber ganz ehrlich, Sie haben keine Ahnung, was hier los ist, und eigentlich bin ich nicht hier, um das blöde Telefon zu bedienen …»

Im Bus zur Regent Street, der vor lauter Ampeln kaum vorankam, dachte sie, wie leicht man sich doch in London verirrte, dass man das Haus nie ohne das A-Z-Straßenverzeichnis in der Handtasche oder in der Jacke verlassen konnte, denn selbst der Weg zum Eckladen konnte plötzlich eine Biegung machen, und man wusste nicht mehr, wo man war, man erkannte die Gebäude und Geschäfte nicht und befürchtete, dass man nie wieder nach Hause zurückfand, und geriet in Panik. Wenn sie den kleinen zentralen Kern des West End verließ, fuhr sie lieber mit der U-Bahn, die Namen der Stationen teilten einem wenigstens mit, wo man aussteigen musste. Sie kannte sich nicht gut aus. Für sie bestand London aus ein paar beliebigen vertrauten Punkten; sie hatte keine Ahnung, wie diese Abschnitte zusammenpassten. London raste auf sie zu, ein wildes Durcheinander von Straßen und Gassen und wichtigen Orientierungspunkten.

Das Büro wirkte unscheinbar, eine Seitentür, eine Klingel, ein handgeschriebenes Schild verkündeten, dass es sich im dritten Stock befand, über einem Geschäft für Reisegepäck. Kein erstklassiges Luxusgeschäft, eher ein Laden, wo man gute Qualität zu vernünftigen Preisen zu finden hoffte. Sie konnte sich nicht vorstellen, wie es sich halten konnte, denn wer hatte dieser Tage das Geld zu reisen? Trotzdem kaufte ein Paar gerade ein Kofferset, der Reiz des Auslands war also noch vorhanden. Sie hörte die beiden aufgeregt über ihre Zugreise sprechen, die sie über die Alpen südwärts in die Hitze, das Licht und die sinnlichen Farben Italiens führte. «Das Obst, das Gemüse!», riefen sie, und Paula fand es unbegreiflich, wie jemand von landwirtschaftlichen Produkten wie verschrumpelten Äpfeln und welken Möhren schwärmen konnte.

Die Tür wurde von einem rosafarbenen jungen Mann geöffnet, der seinem Nachnamen alle Ehre machte und immerzu errötete, er errötete bei ihrem Anblick, beim Klackern ihrer Schuhe hinter ihm auf der Treppe. Und er errötete, als sie ihr Haar glatt strich und sich die geschminkten Lippen leckte.

«Sie müssten bald da sein, sie sind auf dem Rückweg in die Stadt. Ich führe das Bewerbungsgespräch nicht selbst, ich soll Sie nur ins Büro bringen und Sie hier warten lassen. Ich bin sicher, sie sind unterwegs. Das will ich schwer hoffen. Ich kann nicht ewig hier rumhängen.»

«Auf wen genau warte ich eigentlich? Man hat mir nur Ihren Namen gegeben.»

«Hat er Ihnen das nicht gesagt? Mr Agnew und Mr Fulton. Die schmeißen den Laden.»

Paula wartete eine Stunde. Sie frischte ihr Make-up in ihrem Taschenspiegel auf. Sie las die gestrige Zeitung, die auf dem Boden lag. Sie hörte, wie Robin nebenan mit zwei unsicheren Zeigefingern verdrießlich auf einer Schreibmaschine herumhackte. An der Wand hing nicht ein einziges Bild, das man hätte betrachten können, nur Stapel von Papieren, die halb vom Schreibtisch fielen. Das Sofa, auf dem sie saß, war aus der Haut von längst toten Kühen, ausgestopft mit den Haaren längst toter Pferde. Alles stank nach Tabak und sehr starkem Kaffee. Und war da nicht ein schwacher Hauch von Parfüm, das nicht ihres war, oder bildete sie es sich nur ein? War da nicht ein bisschen Lippenstift auf dem Spiegel, als hätte jemand sein eigenes Abbild geküsst? An den Fußbodenleisten waren Schrammen von hohen Absätzen. Der ganze Laden wirkte furchtbar schäbig und stimmte nicht im Geringsten mit ihrer Vorstellung des glamourösen Filmgeschäfts überein. Aus solchem Schmutz ließen sich keine Träume spinnen. Sie hörte Schritte, das mussten sie sein, dann wurde eine Spülung gezogen, und Wasser rauschte. Unfassbar, dass aus dieser beengten, chaotischen Umgebung Kinofilme entstehen sollten.

Schließlich tauchten sie auf, stürmten herein, als gehörte ihnen der Laden, bis ihr einfiel, dass er ihnen ja tatsächlich gehörte und sie sich von ihrer Anwesenheit und der Art, wie sie ihre Hüte aufs Sofa pfefferten und die Mäntel abwarfen, nur gestört fühlte, weil sie so lange gewartet hatte. «Robin hatte also recht», sagte einer, «sie ist tatsächlich da, hurra!»

Agnew war Anfang dreißig: klein, in Tweed gekleidet, mit ausgehendem Haar, ein leichtes Stottern bei bestimmten Konsonanten, flatterte in einem alten Burberry-Regenmantel herein und streifte lederne Fahrhandschuhe ab, als wäre er ein Chauffeur. Fulton war ein völlig anderer Typ. In seinem changierenden silbergrauen Anzug und der mit winzigen Silbermonden gemusterten bordeauxroten Krawatte haftete ihm ein Hauch von hastig zusammengewürfelter Opulenz an, als wäre er dazu bestimmt, vor der Kamera zu stehen und nicht dahinter. Beim Betreten des Raums zündete er sich eine Zigarre an. Im Gegensatz zu Agnew sprach er mit Akzent.

Die beiden Männer setzten sich auf die hölzernen Drehstühle hinter den nebeneinanderstehenden Schreibtischen. Die Aschenbecher schien seit Tagen niemand geleert zu haben. Redselig, wie sie waren, wirkten sie wie ein Komikerduo, das unverständliche Insiderwitze riss. Abgesehen von ihrer eklatant unterschiedlichen Erscheinung fiel es Paula schwer zu unterscheiden, wo der eine endete und der andere anfing.

«Für welche Rolle sprechen Sie vor?»

«Wie bitte? Ich bin nicht hier, um ...»

«Aufreizende Sekretärin oder geknechtetes Büromädchen für alles?»

«Ich bin hier, um ...»

«Ja, ja, wissen wir, aber geben Sie uns wenigstens eine *Ahnung*, wie Sie die Rolle spielen werden.» Der mit dem Akzent zwinkerte. Der Stotterer nahm einen halb gerauchten Stumpen aus dem Aschenbecher und zündete ihn an.

«Kkkkann ich Ihnen etwas ...?»

Sie ignorierte ihn.

«Zurzeit arbeite ich als Sekretärin für den geschäftsführenden Direktor einer Bettwäschefirma.»

«*Bett*wäsche! Meine Güte.»

«Meine Steno- und Schreibmaschinefähigkeiten sind ...»

«Ja, ja, natürlich haben Sie Zeugnisse, aber die wollen wir gar nicht sehen. Wir brauchen nur jemanden, der hinter uns herrennt. Verträge ausstellt, dafür sorgt, dass sie unterschrieben werden, und so weiter. Im Augenblick tauchen sie mit Kaffeeflecken hinterm Sofa auf, das ist nicht gut. Wir selbst räumen hinter großen Egos und launischen Persönlichkeiten auf. Darum müssen Sie sich nicht kümmern. Sie haben nicht vor, in den nächsten Monaten zu heiraten, oder?»

«Nein.»

«Sehr gut, einen Kinderwagen kriegen wir hier im Büro nämlich nicht unter.»

«Unser junger Robin könnte Gefallen an ihr finden.»

«Tja, dann muss er seine klebrigen Pfoten zurückhalten. Keine Verbrüderung zwischen dem Personal, kommt nicht infrage.»

«Hin und wieder müssen Sie vielleicht ein Ferngespräch mit Los Angeles führen.»

«Das dürfte kein Problem sein.»

«Und um auch das gleich zu klären, wollen Sie vor der Kamera stehen?»

«Ich bin keine Schauspielerin.»

«An sich wäre das kein Hindernis, aber eine so realistische Selbsteinschätzung ist erfrischend. Dann ist alles perfekt, wir brauchen nämlich eine Sekretärin und kein Starlet. Und können Sie, sagen wir, morgen anfangen?»

«Sprechen Sie nicht noch mit anderen Bewerberinnen?»

«Keine Zeit, keine Zeit, morgen früh müssen wir wieder auf dem Set sein. Ich könnte eine Stunde abknapsen, um Sie mit allen Fallstricken vertraut zu machen.»

«Er meint, er wäre schon in der Galgenszene im nächsten Film. *Eine Geschichte aus zwei Städten*. Für die Rolle des Sydney Carton haben wir einen fantastischen jungen Mann. Eine echte Sensation.»

«Nein, den nehmen wir nicht.»

«Wenn du das sagst.»

«Henderson ist nur ein hübsches Gesicht.»

«Darüber sprechen wir später. Können Sie um neun hier sein?»

«Nein, ich muss erst kündigen.»

«Ach, vergessen Sie das, rufen Sie an und sagen Sie, Sie haben Polio oder irgendwas. Kommen Sie gleich morgen vorbei. Bringen Sie Ihre Bleistifte und was weiß ich alles mit. Die Schreibmaschine ist nagelneu. Robin ist ein hoffnungsloser Fall. Er zerschleißt die Bänder wie nichts Gutes und legt das Durchschlagpapier falsch ein, aber er war eben in Oxford, man kann keine praktischen Fähigkeiten von ihm erwarten.»

Dann standen die beiden Männer unversehens auf, und jeder hielt ihr die Hand hin. Sie wurde aus dem Büro nach unten auf die Straße verfrachtet, ohne die Stelle endgültig zugesagt zu haben.

Im Bus versuchte sie, die beiden Männer zu entwirren. Wer hatte was gesagt? Warum erschienen sie ihr wie Tweedledum und Tweedledee?

Mr Topping erklärte sie, ihre Mutter sei krank geworden und sie müsse unverzüglich nach Hause, um sich um sie zu kümmern.

«Ja, natürlich, Sie müssen die Stellung halten», sagte er und klang, als hätte er schon einen Ersatz für sie im Sinn. Sie fragte, ob ihre Arbeit nicht zufriedenstellend gewesen sei. «Doch, erstklassig, bestens. Es ist nur ...» Dann wechselte er unvermittelt das Thema. In seiner Stimme schwang ein Hauch von Erleichterung mit. Sie konnte es nicht genau ausmachen. Später fragte sie sich, ob er nicht etwas enttäuscht gewesen war, als sie mit ihrer hervorragenden College-Empfehlung angekommen war, etwas, das nicht ganz passte. Als verberge sich hinter ihrem Namen, Miss Phillips, etwas, womit er nicht gerechnet hatte. Oder sie bildete es sich ein, und er gehörte zu den altmodischen Männern, die in Frauen nur eine Gehilfin für andere sahen und glaubten, die Pflege eines Kranken sei die höchste Berufung.

| 26

Bevor sie Roland traf, hatte sie noch nie von Psychoanalyse gehört, ein fünfsilbiges Wort, in dem man sich völlig verlieren, über die Konsonanten stolpern und sie in die falsche Reihenfolge bringen konnte, jedenfalls sagte Roland, er ginge zweimal in der Woche zur Psychoanalyse (ohne Überraschung oder Missbilligung zu erwarten). Um was zu tun? In einem Raum in Swiss Cottage zu sitzen und nur über sich zu reden. Als sie Näheres darüber wissen wollte, sprach er über Trauma, Verlust, Hemmung und Übertragung, und sie tappte noch mehr im Dunkeln. «Aber was um Himmels willen sollte dich belasten?», fragte sie ihn, denn sie selbst regte sich meist nur über banale Kränkungen, Verletzungen und Enttäuschungen auf.

«Das sagst du, die du Hüten und frechen Antworten viel zu große Beachtung beimisst», sagte er, ausnahmsweise lächelnd, und sah sie fast zärtlich an, als beneide er sie um ihre Oberflächlichkeit. «Übrigens ist das ein Zitat aus einem Gedicht, das mir ziemlich gut gefällt, und ich wollte immer ein Mädchen, das dem gerecht wird, und nun habe ich wohl eins gefunden. Aber bei einem Vater wie meinem wirst du mit Problemen geboren. Am Anfang hatte ich schlechte Träume, inzwischen sind es regelrechte Albträume, aber das ist offenbar eine positive Entwicklung.

Ich nehme sie beim Wort. Ich habe keine große Wahl, denn ich glaube an den Prozess, weißt du. Ich glaube, mit der Zeit wird sie allem auf den Grund gehen, man muss nur geduldig sein.»

«Sie? Eine Frau? Eine Ärztin?»

«Nicht unbedingt eine Ärztin, es sei denn, man zählt Seelenärzte dazu. Gibt es den Ausdruck überhaupt? Ach, woher sollst du das wissen? Keine Sorge, sie ist nur eine graue Gestalt in einem Sessel. Graues Haar, graues Kleid, graue Schuhe. Vermutlich alles, um zu beruhigen. Sie versetzt mich in einen Zustand der Entspannung, damit mich mein Unterbewusstsein schlagartig wieder zurückholt. Dein Onkel hält Psychoanalyse übrigens für eine bürgerliche Verirrung, auch wenn er nicht wirklich was davon versteht, er ordnet sich nur der Parteilinie unter.»

Der Vater klang furchterregend. Sie ging davon aus, dass Roland als Kind geschlagen wurde, davon hatte sie schon gehört, eine grausame, sadistische Tat wie das Festbinden von Blechdosen an Katzenschwänzen. Bei ihr zu Hause benutzte niemand die Fäuste; das war gojisch, vulgär, abscheulich. Doch als sie Roland fragte, ob er geschlagen worden sei, sagte er: «Ach, weißt du, wenn es nur so einfach gewesen wäre. Nein, er hat mir nie ein Haar gekrümmt. Es war eher das, was man psychologische Kriegsführung nennt. Nur war ich nicht die gegnerische Armee, sondern das Schlachtfeld. Lieben dich deine Eltern?»

«Ja. Natürlich. Ich bin ihre Prinzessin.»

«Tja, schön für dich. Gratuliere.» Sein Mund sah gemein aus, breit, schmal, leer wie der Schlitz eines Briefkastens.

Ihr Gesicht schien zu signalisieren, dass sie gleich in Tränen ausbrechen würde, denn er entspannte sich und streckte die Hand aus. «Nein, es muss dir nicht leidtun, wirklich nicht. Ich bin nur neidisch auf dich, komm her.»

Zu ihrer Verteidigung, dachte sie später, schaudernd ob ihrer Ahnungslosigkeit, ließ sich nur anführen, dass damals alles neu für sie war. Sie besaß weder Urteilsvermögen noch Vergleichsmöglichkeiten. Dieser Wortwechsel fand in einem Café an der Frith Street statt, wo Roland ihr eine Art italienischen Kaffee mit einem luftigen Schaumhäubchen und einer Prise Zimt obendrauf bestellt hatte, angeblich gut für die Verdauung. Als er fragte, ob ihr der Cappuccino schmecke, bejahte sie, aber eigentlich hatte sie über nichts eine fundierte Meinung, ja, sie kannte nicht einmal das Ausmaß ihres Unwissens. Der Kaffee war köstlich, stark, fremd, mehr konnte sie dazu nicht sagen. Das Ungewöhnliche im Leben stürmte zu schnell auf sie ein, um alles in sich aufzunehmen. Man konnte nicht alles verstehen. Also wurde der italienische Kaffee verdaut, und Rolands Ausflüge nach Swiss Cottage blieben unergründet

Ihre Erziehung war offenbar von großer Unwissenheit geprägt. Und zwar nicht nur in intellektueller Hinsicht – Theaterstücke, Filme, Romane. Im Alltag konnte man so viel richtig oder falsch machen, ganz zu schweigen von Politik, ein Thema, das Roland zufolge *Terra incognita* für sie war, zwei Worte, die sie nicht einmal im Wörterbuch fand. Sie wusste weder, welche Stationen auf welcher U-Bahn-Linie lagen, noch konnte sie die Vorzüge verschiedener Weihnachtsbaumdekorationen benennen, weil sie nie einen gehabt hatte. Die Lichter in der Oxford Street, die Weihnachtsmanngrotte bei Selfridges, die Märchenvorstellung im Palladium – jeder hatte dazu eine Meinung. «Angeblich war *Aladdin* in diesem Jahr nicht so gut, aber eigentlich mag ich den *Gestiefelten Kater* sowieso lieber. Sie nicht auch?» Die Liste der Dinge, von denen sie keine Ahnung hatte, war unerschöpflich.

Was machte Roland mit ihr? Das heißt, er machte nicht

unbedingt etwas mit ihr, aber er rief sie an, führte sie in Pubs und Restaurants, suchte ihr eine neue Stelle.

Ich glaube, redete sie sich ein, er will nur ein unschuldiges Mädchen entjungfern. Vielleicht waren die hier in London rar gesät, zumindest in seinem Alter. Alle Mädchen waren schon auf Abwege geraten oder verheiratet. Das musste es sein.

Er wohnte in Primrose Hill. Zur Arbeit konnte er zu Fuß durch den Regent's Park gehen. An diesem Nachmittag versank die Sonne im Dezemberhimmel, als würde sie von Winden, Seilen und Kabeln bis tief in die Erde hinabgezogen werden und dort gefangen gehalten. Ein grüner Hügel erhob sich im trüben grauen Sonnenuntergang. Mit einem behandschuhten Finger strich sie über die Fensterscheibe. «Du solltest einen Fensterputzer kommen lassen», sagte sie. «Die sind total dreckig, man sieht kaum noch was.»

«Was gibt es schon zu sehen? Nur andere Leute. Eine Straße, einen Laternenpfahl, eine Bank, ein Auto, ein Motorrad, eine Baumreihe. Ich hab genug gesehen.»

«Also, mich könnte der Blick aus einem Londoner Fenster nie langweilen, auch wenn ich bei mir nur Dächer und Schlote sehe.»

«Das kommt schon noch, versprochen. Im Frühjahr hast du die Nase voll. Ich muss einfach raus aus dieser beschissenen Stadt, allerdings hab ich keine Ahnung, wohin. Meinst du, New York würde zu mir passen?»

«Ich glaube, New York passt zu jedem. Der Schwiegervater meines Onkels lebt in der Bronx oder hat da gelebt: Ich habe ihn nie kennengelernt, aber irgendwie ist er präsent. Er steht für alles, was hätte sein können. Ursprünglich wollten wir nämlich nach Amerika. Meine Mutter sagt, wir sind hängen geblieben. Deine Einrichtung ist ziemlich seltsam.»

«Ein ziemlicher Paralogismus.»

«Jetzt geht das wieder los, noch so ein blödes Wort, das ich nicht kenne.»

«Du springst von einem Thema zum anderen. Liegt vermutlich an der fehlenden Bildung.»

«Und sind der fehlende Staubwedel und Besen für *das hier* verantwortlich?»

Normalerweise störten sie Chaos und Unordnung nicht. Ihr Zuhause in Liverpool war vollgestopft mit Polstermöbeln von Waring & Gillow, Schonbezügen, Zierstücken, hübschen Gardinenleisten, Tafelservice für Milch- und Fleischgerichte, silbernen Kerzenleuchtern, Aschenbechern aus Wedgwood-Porzellan, Serviertellern mit Willow-Muster, Stahlbesteck aus Sheffield: Alles, was für Mina und Louis in einem Vorstadthaushalt vorhanden sein musste, um einer Inspektion durch die Behörden standzuhalten; der einzige verräterische Hinweis waren die Mesusa am Türpfosten und die Menora im Schrank. Roland lebte völlig anders. Er nannte es zwar Wohnung, aber in ihren Augen war es nicht viel mehr als ein Schlafzimmer, denn beim Betreten sprang einem als Erstes das Bett ins Auge, zumindest war es das Erste, was Paula auffiel; sie konnte sich seiner aufmerksamkeitsheischenden Präsenz nicht entziehen. Es war ein seltsames Arrangement ohne Decken oder Federbett, nur eine große, mit Daunen gefüllte Steppdecke, die er in einem skandinavischen Geschäft in South Kensington gekauft hatte. «Das wird dir gefallen», sagte er und zeigte mit einem schmalen Finger darauf, «wiegt fast nichts, als würdest du unter einer warmen Schneewehe liegen.»

«Was um Himmels willen ist das?»

«Ein Quilt.»

«Ein Quilt.» Sie fühlte sich wie ein Kind, das neue Wörter nachspricht.

Er hielt ein Streichholz an ein dünnes braunes Stäbchen, das gelb aufflammte und dann schwelend einen merkwürdigen starken Duft verströmte wie eine Gewürzkiste. In Rolands Wohnung gab es viele Dinge, die Paula zum ersten Mal begegneten, Jahre bevor Leute aus ihrem Umfeld davon gehört hatten. In den Sechzigerjahren sagte sie zu ihrer Tochter: «Ach, ein Räucherstäbchen, so was habe ich seit 1949 nicht mehr gesehen.»

Sie überlegte, ob es irgendwelche vorbereitenden Maßnahmen gab oder ob sie gleich zur Sache kamen.

«Willst du mir nicht einen Tee anbieten?»

«Oder etwas Stärkeres? Ich hab ein paar Flaschen da.»

Sie überdachte die Möglichkeiten. Alkohol würde ihre Hemmungen lösen. Sie musste sich davon befreien, sonst würde sie es nicht tun können. Aber musste sie das eigentlich? Nein, musste sie nicht. Sie konnte ihre Jungfräulichkeit behalten. Aber wofür genau? Wofür und für wen? Für deine Hochzeitsnacht, würde ihr Vater sagen, so wie Bernice sich für Lionel aufgespart hatte und ihn bis zu diesem Zimmer im Adelphi hatte warten lassen, wo sie beide halb tot waren vor Stress und vom vielen Champagner und wo das Mieder ihr vermutlich den Bauch eindrückte und Lionels Erektion nur noch auf halbmast stand.

«Tee oder Whisky?», fragte er. «Ach du liebe Güte, du sitzt da wie eine Alabasterstatue, die über ihrem Schicksal brütet, dabei geht es nur um Sex, mehr nicht. Mach es einfach oder lass es, aber erspare mir deine provinziellen Ausreden. Oder bist du ein Flittchen, das einen Mann scharfmacht und dann abblitzen lässt?»

Wenn ich weine, dachte sie, ist es vorbei, dann schmeißt er mich wahrscheinlich raus und schickt mich zum Teufel. Sie würde ihn nie wiedersehen; es war ein Test, den sie nicht bestanden hätte, auf den sie nicht vorbereitet war, bei dem sie die Fragen nicht verstand. Aber sie wollte nicht weinen oder versagen, dazu war sie zu stolz.

«Tut mir leid», sagte er, «ich wollte dich nicht verletzen, war nicht so gemeint. Du bist ein großartiges Mädchen, aber du darfst nicht immer so verdammt unsicher sein.»

«Du weißt nicht, wie es ist, ich zu sein.»

«Nein, natürlich nicht, wie denn auch? Ich meine, du bist exotisch, wie ein Gepard im Zoo.»

«Ein *Gepard?*»

«Oder so was Ähnliches. Jedenfalls finde ich dich ziemlich ungewöhnlich.»

Sie dachte: Ich muss es ihm sagen. Er muss es wissen. Ich kann diese Fassade nicht länger aufrechterhalten. *Vielleicht* versteht er es.

«Roland, hör zu. Ich bin nicht die, für die du mich hältst. Ich bin keins von deinen netten gutbürgerlichen Mädchen, mit denen du früher Tennis gespielt hast. Ich war in meinem Leben noch nie beim Tennis; die privaten Plätze, die Klubs nehmen uns nicht auf, wir müssten unsere eigenen gründen. In meiner Familie spricht niemand so wie ich, schon gar nicht meine Brüder, du würdest sie für vulgär und laut halten, ungeschliffen. Mein Vater hat versucht, sie zu Gentlemen zu machen, aber es hat nicht funktioniert, sie strotzen vor Energie, die sich aber auf eine ziemlich harsche Art entlädt. Sie sind starrsinnig und roh, und mein Vater wollte nicht, dass ich auch so werde, weil man als Mädchen sonst keinen guten Mann findet. Meine Mutter konnte mir nicht helfen, sie ist Immigrantin, also habe ich gelernt, so zu sprechen wie im Radio, wie man sich anzieht, wie man stenografiert. Ich dachte, ich komme nach London und durch meinen Schliff, so nennt es mein Vater, passe ich hierher, aber das tu ich nicht, weil ich nicht mal weiß, was ein Quilt ist, obwohl ich bis vor Kurzem in der

Bettwäschebranche gearbeitet habe. Wenn du mich also als Gepard bezeichnest, wenn du sagst, ich sei ungewöhnlich … dann stimmt das, aber nicht *so*, wie du denkst.»

«Du kommst aus der Arbeiterklasse? Ist ja aufregend.»

«Wie kannst du es wagen? Wir sind nicht aus der Arbeiterklasse, wir sind Juden.»

«Wie lustig. Ich verstehe gar nichts, aber egal. Du bist *sui generis*, einzigartig, kommt es nicht darauf an? Und ich muss zugeben, was du eben gesagt hast, finde ich ziemlich spannend, du schaffst es, dich als jemand anderes auszugeben, uns auszuspionieren, unseren Geheimnissen auf die Spur zu kommen, eigentlich bist du eine Geheimagentin, oder? Klar, du *wirkst* nicht besonders jüdisch – das ist übrigens ein Kompliment –, und ich hätte es nicht gewusst, wenn uns dein Onkel nicht vorgestellt hätte. Verstehst du? Du kannst sein, wer du willst. Die meisten von uns haben keine Wahl, unser Schicksal sind zweitrangige Privatschulen und grauenhafte Nannys. Im Grunde beneide ich dich. Du kannst dich glücklich schätzen. Jetzt hör zu, das Bett ist sauber, heute Morgen frisch bezogen. Mir ist klar, dass du pingelig bist, was Bettwäsche angeht.»

«Eigentlich nicht. Es war nur ein Job.»

Aber sie musste noch seine Bemerkung verdauen, dass sie eine Spionin sei. Zum ersten Mal zog sie diese ungewöhnliche Position in Erwägung, die sie, bei genauerem Nachdenken, tatsächlich hatte, und der Gedanke überwältigte sie wie eine neue Fähigkeit, zum Beispiel im Dunkeln sehen oder sich unsichtbar machen oder über hohe Mauern hüpfen wie Spring-Heeled Jack.

Roland hatte offenbar das Interesse an ihrer Persönlichkeit verloren und sich der Verführung zugewandt. «Komm mal her.» Er bedeutete ihr, zum Ledersessel zu kommen und sich auf seinen Schoß zu setzen. Das war's, dachte sie.

Jetzt ist es so weit. «Und da du schon mal hier bist, ganz nah bei mir, würde ich dich gern ausziehen, wenn ich darf. Ganz langsam.»

«Wie beim Striptease?» Ihre Stimme zitterte leicht.

«So in etwa. Wie geht dieses verdammte Kleid auf?»

Sie drehte ihm den Rücken zu. Er schob die Knöpfe durch die Ösen.

Bei seiner Berührung zuckte sie erst zusammen und entspannte sich dann. Jetzt öffnete er ihren Büstenhalter.

«Hübsche Strümpfe und hübsches Höschen. Du bist wirklich eine Lady, wie? Manche Mädchen machen auf Künstlerin und scheren sich keinen Deut um Dessous. Jedenfalls tragen sie nichts Schönes. Und jetzt kommen wir zum Hauptgang, wie das gemeine Volk so schön sagt.»

Ein paar Minuten später, im Bett, stieß sie kleine explosive Laute aus, die an Wucht und Lautstärke zunahmen. Ihr Körper schien sich aufzubäumen und dann die Kontrolle zu verlieren wie ein Niesen. Alles war sehr überraschend, auch wenn sie schon manchmal geübt hatte mit dem Griff einer Haarbürste, den sie danach gründlich einseifte und abspülte. Aber der schwere Körper eines Mannes auf ihr, der sie küsste, sie leckte, in ihr Ohrläppchen biss, die kratzigen Bartstoppeln auf ihren Wangen und seine Hände, die jetzt ihren Hintern umfassten, ihre Brust in seinem Mund – all diese Empfindungen erregten sie auf unterschiedliche Weise.

Und das Einzige, was sie störte, war das glitschige Gummiding, das schlaff, nass, voll und sicher auf dem Nachttisch lag.

«Ich merke schon», sagte er, «das ist genau nach deinem Geschmack. Das am Anfang tut mir leid, du hast ein bisschen geblutet, ich war mir nicht sicher, ob ich damit rechnen soll oder nicht. Ich konnte nicht ganz glauben, dass es wirklich dein erstes Mal ist, verstehst du. Ich hätte fragen sollen, um mich zu vergewissern, aber da du so begeistert dabei warst, bin ich nicht davon ausgegangen. Deine Gesichtshaut ist leicht gereizt, das ist immer ein gutes Zeichen.»

Sie erwartete nicht, dass er ihr seine Liebe gestand, aber an einem Punkt hatte er «*Darling!*» gerufen. Und schließlich hatte er sie geküsst und ihr seine Zunge in den Mund geschoben, die nach Zigaretten schmeckte. *Darling*, wagte sie zu erwidern, und er lächelte sie an. «Ach, jetzt bin ich dein Darling, ja? Wurde aber auch Zeit. Ich dachte schon, du bist gefühlskalt, so würde die Frau in Swiss Cottage es ausdrücken. Sie findet es ziemlich erstaunlich, dass ich es nicht bin. Und jetzt ist es Zeit, was zu rauchen, *Darling*.»

Was diesmal sarkastisch klang. Es würde sie nicht überraschen, wenn er es nie wieder sagen würde, denn sie hatten eine unsichtbare Linie überschritten, und nun befand sie sich an einem Ort, der noch unbekannter war als der letzte.

«Pass auf.»

Er nahm eine Zigarette aus einer Schachtel, ohne ihr eine anzubieten oder sie sich zwischen die Lippen zu stecken, sondern fing an, mit seinem langen Daumennagel das dünne Papier der Länge nach aufzuritzen und zu entfernen.

«Was machst du da?»

Mit ein paar Papierchen aus einer Packung und einem dunkelbraunen übel riechenden harzigen Klumpen aus einer Swan-Vesta-Streichholzschachtel baute er langsam etwas Ähnliches zusammen.

«Bitte sehr», sagte er. «Wir teilen, die Hälfte ist genug. Aber du musst inhalieren, nicht nur paffen, und tief in die Lunge atmen, damit du was davon hast. Dir werden sich neue Welten öffnen.»

«Was *ist* das?»

«Du wirst schon sehen.»

Zehn Minuten später sagte sie: «Ich spüre nichts.»

«Doch, du starrst Dinge an. Du starrst schon ewig auf dieselbe Stelle an der Wand.»

«Oh.»

«Darling.»

27

Paula fuhr an Weihnachten nicht zu ihren Eltern nach Liverpool. Dort gab es nichts zu feiern. Für Louis war es nach wie vor ein normaler Arbeitstag im Büro, er gab der Belegschaft frei, war jedoch selbst anwesend, weil er an den hohen Feiertagen in die *Schul* ging und seine Angestellten sich selbst überließ; außerdem wollte er nicht für einen Heuchler gehalten werden, der an Feiertagen freimachte, die ihm nichts bedeuteten.

Dieses Jahr allerdings fuhren er und Mina nach London. Es war nicht ihr erster Besuch, aber der erste seit dem Krieg, von dem das Geschäft gut profitiert hatte – sie hatten Regierungsverträge zur Lieferung von Sämischleder an Luftwaffenstützpunkte. Sie buchten drei Nächte in einem wärmstens empfohlenen Hotel in der Nähe des Marble Arch. Laut Louis hatte es «ziemlich gute Kritiken, erste Klasse, besser geht es nicht, acht Stockwerke, mit Zimmern und Suiten auf jeder Etage», und eingeschlossen im Tarif ein Festessen am Mittag des ersten Weihnachtstags, das auch Nichtbewohnern des Hotels offenstand, die von den Straßen und Plätzen hinter Selfridges und aus Mayfair kamen.

Sie reservierten einen Tisch für drei und sahen dem Ganzen aufgeregt und nervös entgegen. Keiner von ihnen hatte je ein Knallbonbon aufgezogen, und sie fanden das laute Geräusch, die Papierhüte, Sinnsprüche und rätselhaften Geschenke im Inneren faszinierend. Das Menü war ihnen vorab geschickt worden, sie überflogen es besorgt, hielten nach möglichen Tücken Ausschau. Was waren Würstchen im Schlafrock? Der Name gab den Hinweis, eine Falle, die leicht zu umgehen war, aber was war mit Brotsoße, welche verbotene Zutat mochte sich darin verbergen? Was den Weihnachtspudding betraf, so stellten sie beruhigt fest, dass er nicht aus Hackfleisch bestand, sondern aus getrockneten klein gehackten Früchten, aber welches Fett zum Binden benutzt wurde, war wiederum ungewiss. Schweineschmalz konnte sich in alles hineinmogeln. Am unteren Rand der Speisekarte wurde auf eine Alternative zum Weihnachtspudding hingewiesen, Eiscreme in wahlweise drei Geschmacksrichtungen oder Obstsalat, serviert mit frischer oder künstlicher Sahne. Also hofften sie auf das Beste und fanden sich mit einigen zufälligen Ausrutschern ab, weil die ganze Angelegenheit so fremd und aufregend war und ihnen das Gefühl gab, in ein Land zu stolpern, in dem sie für einen Nachmittag so tun konnten, als wären sie echte Engländer, die solche Traditionen für selbstverständlich hielten.

Es könnten Weihnachtslieder gesungen werden, warnte Paula ihre Eltern, und vermutlich kam ein Weihnachtsmann zu Besuch, eine für sie etwas einschüchternde Figur, deren Herkunft und Bedeutung sie nicht genau nachvollziehen konnten. Zu Hause bewahrten sie Weihnachtskarten (die sie nur von Geschäftspartnern erhielten) zugeklappt hinter der Uhr auf dem Kaminsims auf, als könnte schon eine Schneeszene mit einem Rotkehlchen auf einem Ast oder einem dünnen Stechpalmenzweig einen Zugang öffnen, durch den die Christenheit Kreuz schwingend in den Raum drängte und gegen ein gewisses Volk wetterte, das Unseren Herrn ermordet hatte.

Die ganze Expedition war riskant, regelwidrig und aufregend. Sie hofften auf ein gutes Ende und ein nicht allzu hartes Urteil an Jom Kippur, wenn sie dem gleichgültigen Blick des Richters ausgesetzt waren, auch wenn Mina insgeheim dachte: Am Ende ist alles nur Unsinn. Man wird geboren, man stirbt, und damit hat sich's. Schon in der Kantine der Munitionsfabrik hatte sie verbotene Früchte gekostet und dafür keine göttlichen Folgen gespürt, allerdings wusste ihr Mann nichts davon.

Roland ging zu seinen Eltern in Herne Hill. «Du siehst aus, als müsstest du zu einem Todesmarsch aufbrechen», sagte Paula. «So schlimm wird es doch nicht sein, oder?»

«Meine Schwester ist auch da. Sie macht alles immer viel, viel schlimmer.»

«Ich wusste gar nicht, dass du eine Schwester hast. Du hast sie nie erwähnt.»

«Pamela. Sie hat so eine altbackene Art, unter ihrem Blick wird die Milch sauer, lebt bei ihrer Freundin Elspeth Midgely, blondes Engelchen, Herzmündchen, affektiertes Lächeln.»

«Ist sie auch dabei?»

«Wer?»

«Elspeth?»

«O nein, Dad würde sie nicht ins Haus lassen. Allein wie sie spricht. Außerdem ist sie dick. Er hasst dicke Frauen, sieht darin eine Schwäche. Vor dem Krieg waren wir mal in Bournemouth im Urlaub, wir hatten goldene Strände und erstklassige Hotels erwartet, aber nach ein paar Tagen mussten wir wieder nach Hause zurück, weil auf den Liegestühlen zu viele beleibte Juden lagen.» Er lachte.

«Offenbar hat er viele Vorurteile.»

«Könnte man sagen. Alles Mögliche kann seine Ablehnung auf sich ziehen – eine Warze auf der Nase, ein Doppelkinn, die falsche Aussprache, der falsche Job. Er ist ein brodelnder Vulkan, der seine Abneigungen heiligt.»

«Verstehe. Und was würde er von mir halten?»

«Meine Eltern werden nie von dir erfahren. Ich habe noch nie eine Freundin mit nach Hause gebracht, und daran wird sich auch nichts ändern. Falls ich je heirate, dann mit zwei Trauzeugen von der Straße und ohne Ankündigung, bis die Tat vollbracht ist.»

Paula fiel niemand ein, der Roland heiraten wollte, es wäre ein katastrophaler Fehler. Er war ein Mann, an den man seine goldene Jugend verschwendet, ohne eine dauerhafte Bindung einzugehen. Sie stellte sich vor, er wäre bei dem Weihnachtsessen im Hotel dabei, mit ihren Eltern, die stolz herausgeputzt in ihren Papierhüten lautstark die unbekannten gebratenen Pastinaken bestaunten und mit kribbelnder Angst dem Allmächtigen trotzten und das Eis wählten, obwohl der Obstsalat die sichere Option wäre. Sie und Roland passten überhaupt nicht zusammen, aber er hatte sie in die Kunst des Sex eingeführt, und das würde sie nicht vergessen. Er ist verrückt, dachte sie, aber er ist alles, was ich habe. Und weil er mein Erster war, werde ich mich immer an ihn erinnern.

Sie liebte ihn nicht, was immer das hieß. Sie hatte keine Ahnung, wie Liebe sich anfühlte, und von ihm würde sie es bestimmt nicht lernen. Aber sie hatte auch keine Spuren von anderen Mädchen in der Wohnung gefunden, keinen Ohrring, kein Taschentuch, keinen lippenstiftroten Zigarettenstummel. Das Mädchen in dem Gedicht ging ihm oft durch den Kopf, «*... Hüte und freche Antworten*». Im Büro fragte Paula Robin, ob er es kenne. «Natürlich», sagte er, «das ist von MacNeice, *Autumn Journal*. Er arbeitet bei der BBC, deshalb kennt Roland ihn wahrscheinlich. Führt Gesprächsrunden, solche Sachen.»

Deine Worte schmerzten, weil sie so ehrlich waren ... So leicht zu verletzen, so schnell empfänglich.

Genau das will er, keine Zurückhaltung, ich soll mich nicht verstellen wie englische Mädchen. Aber deswegen musste er noch lange nicht Mina und Louis kennenlernen, und sie schlug auch kein Treffen am zweiten Weihnachtstag zum Nachmittagstee im Maison Lyons vor, wo Louis ebenfalls reserviert hatte, bevor sie ein Taxi zum Bahnhof Euston nahmen, um nach Liverpool zurückzukehren. Sie liebte ihre Eltern, besonders ihren Vater, dessen einzige Prinzessin sie war, und sie wären mit Sicherheit beeindruckt, die vertraute Radiostimme persönlich zu sehen, aber Paula wusste genau, dass ihnen ein anderer Mann für ihre Tochter vorschwebte und sie auf ihre Rückkehr nach Hause drängen würden. Und auch wenn Roland ihren Eltern nicht das gleiche Interesse entgegenbrächte wie Onkel Itzik, so wären sie doch Exoten für ihn – fremdartig, übertrieben angezogen, etwas übergewichtig, leicht von Luxus beeindruckbar und zu einer rührseligen Sentimentalität neigend, die bei Liedern wie «The White Cliffs of Dover» und (allein der Gedanke ließ sie schaudern) «Daddy Wouldn't Buy Me a Bow-Wow» aufwallte.

Die Knallbonbons waren ein Erfolg. Mina setzte sofort ihren Papierhut auf, eine Silberkrone. «Seht mich an», rief sie. Dann wurde diskutiert, ob etwas dagegenspräche, Knallbonbons auch zu Hause in Liverpool einzuführen, da sie ja anscheinend keinem religiösen Zweck dienten, sondern eher Kinderspielzeug waren. Beim Freilegen des Inhalts gab es keine versteckten Jesuskindüberraschungen. Louis' enthielt ein winziges Taschenmesser, Paulas einen Schildpattkamm, Minas ein kleines Bügeleisen, einen Anhänger für ein Armband.

Die Band, in senfgelben Jacketts mit schwarzen Satinaufschlägen, spielte ein Weihnachtsmedley. Mehrere Tische stimmten laut ein, während Mina und Louis bei den unbekannten Liedtexten in ihre Teller lächelten. Niemand sollte bemerken, dass sie nicht mitsangen. Die Kellner trugen Truthahnplatten und Gemüseschüsseln auf. Der Ballsaal war gefüllt mit Hunderten von Gästen, die Männer in Straßenanzügen, die Frauen trugen neueste Mode aus Paris: eingeschnürte Taillen in unbequemen Miedern, Schößchen, volle Röcke. Die Kronleuchter bestrahlten alle mit goldenem Glanz. Ein mit Lichterketten und Kugeln geschmückter Weihnachtsbaum reichte bis zur Decke. Der ganzen Veranstaltung fehlte die Strenge ihrer eigenen Religion mit ihrem starken Zwang, stets das Richtige zu tun in dieser Welt, ohne jegliche Hoffnung auf ewiges Leben in der nächsten, da es vom Himmel nur vage Vorstellungen gab. Dieses säkulare Weihnachtsfest erwies sich als haargenau das, was sich Louis und Mina erhofft hatten. Besser hätte es nicht laufen können. Zum ersten Mal fühlten sie sich *einbezogen* und bei einem Fest willkommen.

Einige Tische waren mit acht Personen besetzt. An anderen saßen grimmig schweigende Paare und nippten an Gläsern, eingeschenkt aus halben Weinflaschen. An einer Handvoll Tischen saß jemand allein und versuchte, ein Lächeln mit seinem Nachbarn auszutauschen oder scheiterte dabei, ein Gespräch zu entfachen wie ein feuchtes Streichholz an einer feuchten Schachtel, was Paula schaudernd an ihr Leben in London vor Roland erinnerte, es gab wirklich kein Zurück mehr.

Ein vorbeieilender Kellner verlor seinen Halt und kippte eine Terrine mit Bratkartoffeln in den Schoß einer Frau, die nunmehr ein mit Fettflecken bespritztes graues Seidenkleid trug. Sie hatte es gerade geschafft, die Aufmerksamkeit eines farblosen älteren Ehepaars zu erregen, das sich offenbar seit vielen Jahren überdrüssig war. Die Frau verließ den Tisch und kam nicht mehr zurück.

«Wie schade, ihr Tag ist verdorben», sagte Louis.

«Und was für ein Leben», sagte Mina, «niemanden auf der Welt zu haben, *Nebech.*»

«Und sie versteckt sich nicht in der Wohnung», sagte Paula, «sie geht aus und sitzt stoisch allein da. Ich könnte das nicht aushalten.»

«Wahrscheinlich hast du viele Freunde, mit denen du abends und an den Wochenenden ausgehst, auch wenn wir ihre Namen nicht kennen. Willst du uns nicht ein bisschen von ihnen erzählen?»

«O ja, jede Menge Freunde. Louisa und Harriet und Mary und Rosamund, außerdem Ralph und Roland.»

«Wie schön. Sind sie nett?»

«Sehr nett.»

Die erfundenen Namen waren ihr eingefallen wie Sternexplosionen.

«Itzik schreibt uns manchmal. Ich weiß nicht, wie er an unsere Adresse gekommen ist, er scheint alles zu wissen. Diesen Roland hat er auch erwähnt.»

«Ach ja?»

«Er sagt, er arbeitet bei der BBC, wir waren beeindruckt», sagte ihr Vater.

«Er wollte uns sehen, sich mit uns treffen.»

«Roland?»

«Itzik natürlich, aber deine Mutter wollte nicht. Ich war neugierig, immerhin scheint er ein mächtiger Mann zu sein. Hätte nicht schaden können.»

«Es hätte *sehr wohl* schaden können», sagte Mina. «Er

bringt nur Ärger. Schon immer, sagt Jossel. Die Kuh lässt das Grasen nicht.»

«Die Katze, Mami, die Katze lässt das Mausen nicht.»

«Ist doch dasselbe. Außerdem, was weiß ich von Kühen und Katzen.»

In dem Moment trat ein anderer mächtiger Mann an ihren Tisch und stellte sich vor, Eric Fulton. Tony Agnews Filmproduzentenpartner, der mit dem Akzent.

Große Freude seitens ihrer Eltern – ein echter Vertreter des Filmgeschäfts war viel besser als ein schäbiger Mann aus der sowjetischen Botschaft, jemand, der mit Filmstars auf Du und Du war, reich, glamourös, der Arbeitgeber ihrer Tochter, und er ließ sich herab, seinen Tisch zu verlassen, wo er mit seiner Frau speiste, um an ihren zu kommen.

«Wie schön, Sie hier zu sehen, Miss Phillips, was für eine unerwartete Überraschung. Ihre Tochter hat uns Ordnung beigebracht, wir sind sehr dankbar, was für ein Fund. Seit sie bei uns ist, geht es voran.»

«Aber Sie wohnen sicher nicht hier im Hotel?», sagte Louis.

«Aber nein, wir leben keinen Steinwurf entfernt, auch wenn ich nicht empfehlen würde, Steine zu werfen wie in der Bibel, das ist barbarisch und endet meist schlimm. Wer von euch ohne Sünde ist ..., wie der Gentleman sagen würde, dessen Geburt wir heute feiern. Wir wohnen am Manchester Square und kommen jedes Jahr zum Weihnachtsessen hierher. Es ist praktisch, wir geben der Köchin den Tag frei, damit sie bei ihrer Familie sein kann, und ich möchte das traditionelle Weihnachtsfest auch nicht missen, es ist so exotisch, primitiv und doch so überaus heimelig.»

«Geht uns genauso. Es ist unser erstes Mal», sagte Mina, «ich hoffe, Sie verstehen.» Sie hatte treffsicher erkannt, dass dieser «Eric Fulton» nicht das war, was sein Name implizierte, und ihn mühelos als einen der ihren identifiziert.

«Mrs Phillips, ich verstehe *alles*. Hätten Sie Lust, uns später zum Kaffee im Salon Gesellschaft zu leisten? Man wird uns die Petits Fours auch dort servieren.»

«Was für ein charmanter Mann», sagte Mina, nachdem sie der Verabredung zugestimmt hatten. «Sehr nett. Und wie hieß er früher?»

«Keine Ahnung. Ich glaube nicht, dass er früher anders hieß.»

«O doch. Keine Sorge, wir gehen der Sache noch auf den Grund. Und erzähl es bloß keinem zu Hause, aber ich nehme das Eis. Wenn der Herr mich straft, erfahren sie es ohnehin, wenn nicht, bleibt es unser Geheimnis.»

Paula fand ihre Mutter ausgelassen, ja fast mädchenhaft. Sie hatte eindeutig ihren Spaß, der Tag würde als großer Erfolg verbucht werden. Seit jenem Nachkriegsurlaub in Paris waren ihre Eltern wie ausgetauscht, schwungvoll. Offenbar spürten sie, dass sie überlebt hatten, und in Paula weckte das die Hoffnung, sie würden endlich aufhören, Pläne für sie zu schmieden, und sich stattdessen auf ihr eigenes Leben konzentrieren. Sie würde nicht nach Liverpool zurückkehren. Als Mina nach dem unkoscheren Truthahn ein Erdbeereis aß, ohne dass die Hand Gottes sie traf, auch wenn der Jüngste Tag eine andere Sache sein mochte, gingen sie hintereinander durch die Flügeltür in den Salon, wo die Kellner Weihnachtsgeschenke verteilten.

«Das ist jeden Penny wert», sagte Louis und betrachtete die gläsernen Tische mit den Vasen voller Seidenblumen und die Kronleuchter, die den Raum in glitzerndes Licht tauchten. «Wir sollten das jedes Jahr machen, hier kriegt man wirklich was für sein Geld.»

«Jetzt seht euch das an, was für eine Dame», flüsterte

Mina, als sie auf den Tisch zugingen, an dem das Paar sie bereits erwartete. Fultons Frau war eine beeindruckende Blondine. (Nicht platinblond, dachte Paula, auch nicht rötlich blond, sondern hell wie Stroh – das kann nicht natürlich sein, oder? Aber vielleicht doch? Manche Leute haben wirklich Glück.) Um den Hals trug sie eine dreireihige Perlenkette mit Diamantverschluss, und ihr nilgrünes Seidenkleid, sagte Paula später, konnte nur aus Paris sein. Eine schwierige Farbe, die nur jemandem mit bläulichen Venen unter der hellen Haut stand. Aber Mrs Fulton, auf den ersten Blick einschüchternd, war entzückend, freundlich und quietschvergnügt, als sie alle am Kaffeetisch saßen und ihre Geschenke öffneten.

«Wie schön, bestickte Taschentücher, die geben sich hier wirklich Mühe.»

Als der Kaffee mit den Petits Fours kam, sagte Mina zu Eric Fulton: «Darf ich fragen, woher Sie kommen? Sie sind sicher nicht hier geboren, hab ich recht?»

«Aber ja, natürlich, stimmt. Eigentlich bin ich Elias Flüsser.»

«Ich sage immer Eli zu ihm, unser kleiner Scherz», sagte seine Frau.

«Ich komme aus einer schrecklichen Stadt am Ende der Welt, Sie haben bestimmt noch nie davon gehört. Von dort stammen nur Rabbis und Diebe. Und Karpfen aus dem Fluss.»

«Und *Sie*.»

«Tja, ich auch! Sie sehen also, Ihre Tochter ist quasi unter Freunden. Ich werde gut auf sie aufpassen, sie ist eine von uns. Entschuldigen Sie meine Frau, die sich *entschieden* hat, eine von uns zu sein, trotz aller Unannehmlichkeiten.»

Mina fand das sehr schön. Sie fragte, wie er ins Filmgeschäft gekommen sei. Von Fischen und Rabbis war es schließlich ein langer Weg dorthin.

«Nun, gute Frage. Man könnte wohl sagen, ich war eine rastlose Seele. Ich bin in Berlin gelandet, wie so viele damals, fing zunächst im Theater bei Max Reinhardt an, und dann führt eins zum andern.» Er zwinkerte. Sein Publikum nickte mit wissendem Blick. «Abgehauen 1934. Ein pessimistisches Naturell, das sich als lebensrettend erwies. Aber Sie haben sicher eine ähnliche Geschichte, sonst würden wir an diesem herrlichen Nachmittag nicht alle hier bei christlichen Köstlichkeiten zusammensitzen. Meine erste Anlaufstation war Paris, dann habe ich Anfang 1940 ‹gerade so die Kurve gekriegt›, wie Tony so schön sagt, Sie verstehen, was ich meine? Ich hatte ein paar Beziehungen in London, traf glücklicherweise Tony und stellte fest, dass wir ähnliche Ziele hatten. Er stellte mir Diane vor. Und einer gebürtigen Engländerin wollte ich keinen Namen wie Flüsser zumuten.»

«Wie glamourös. Und Mrs ...» Aber Mina wusste nicht so recht, wie sie seine Frau ansprechen sollte.

«Sagen Sie doch einfach Diane.»

«Ich bin Mina oder Millie, was immer Ihnen gefällt.»

«Mir gefällt Mina, so nenne ich Sie.»

«Sind Sie auch beim Film?»

«Sie war es. Sie ...»

«Hören Sie nicht auf ihn, er übertreibt nur, ich *war* mal Schauspielerin, aber ich habe die Nerven verloren, Lampenfieber, konnte mich nicht an meinen Text erinnern. Auf Tournee in Wolverhampton habe ich als Ophelia total versagt, die Souffleuse hatte Grippe, und man hatte vergessen, für Ersatz zu sorgen, schiere Fahrlässigkeit, aber als ich mich auf der Bühne nach Hilfe umsah, merkte ich, dass da keine Hilfe zu erwarten war. Ich war völlig auf mich allein gestellt und fing an, irgendwelchen Text zu erfinden, können Sie sich das vorstellen? Als die ersten Buhrufe von der Galerie kamen, rannte ich am Ende meiner Szene weinend von der Bühne. Und das war's. Ende meiner Karriere. Ich bekam einen Job als Skriptgirl beim Film, das mache ich immer noch, aber natürlich nur für meinen Mann. Und jetzt sitzen wir hier, ist das nicht schön?»

Und Mina und Louis fanden tatsächlich alles sehr schön. Wie es aussah, war Paula auf die Butterseite gefallen, man musste sich keine Sorgen um sie machen, nachdem sie ihnen vor einem Monat ohne Vorwarnung mitgeteilt hatte, dass sie den Bettwaren den Rücken kehrte, um für zwei Männer aus der Filmbranche zu arbeiten. Ob sie dieses Treffen geplant hatte? War das Ganze wirklich so zufällig? Doch Paula, die mehr oder minder schweigend dasaß, war eindeutig beeindruckt von ihrem Arbeitgeber, den sie noch immer förmlich ansprach und der ihr übermorgen Anweisungen erteilen würde.

Elias Flüsser bestellte einen Brandy und lud Louis ein, sich ihm anzuschließen.

Diane sagte, sie werde einen Snowball nehmen. Mina fragte zögerlich: «Was ist das? Klingt wirklich hübsch.»

«Eierlikör mit Limonade, haben Sie noch nie einen probiert? Müssen Sie unbedingt, Sie beide. Und wenn Sie ihn nicht mögen, können Sie wenigstens die Maraschinokirsche essen.»

«Cocktails», sagte Mina, «was kommt wohl als Nächstes? Ich muss sagen, ich amüsiere mich königlich. Nächstes Jahr machen wir das wieder, nachdem wir jetzt wissen, wie es läuft. Zum Teufel mit den Kosten, Erinnerungen sind unbezahlbar.»

Es gab also eine dritte Möglichkeit zwischen den zugezogenen Vorhängen der Vorstadt (Louis wollte sie im Winter immer viel zu früh zuziehen, auch wenn noch Licht am Himmel schimmerte – «Lass die Kälte nicht rein, Liebes») und dem Draußensein wie jener Arzt vor dem Krieg, der mit seinen Flugblättern durch die Straßen zog. Und Paula schien hierherzugehören in ihrem neuen, schicken Kleid mit den strassbesetzten Anstecknadeln. Sie wirkte Jahre älter, als sie war, holte jetzt eine Zigarette hervor und neigte sich dem klickenden silbernen Feuerzeug ihres neuen Freundes entgegen. Das Mädchen ist eine Flamme!, dachte sie. Und ich habe sie mit meinem Körper geschaffen.

Als eine kurze Pause in der lebhaften Unterhaltung entstand, sagte sie: «Nun, ich habe auch einiges erlebt.» Und dann erzählte sie die Geschichte vom Wald, während sich ihr Mann zurücklehnte und an die Gemälde dachte, die er sich am nächsten Tag in der berühmten Tate Gallery ansehen wollte. Eric Fulton beugte sich mit glitzernden Augen vor und sagte: «*Wie* alt, sagten Sie noch mal, waren Sie damals?»

Paula konnte nicht fassen, dass alles so gut gelaufen war, und freute sich auf die Arbeit mit Eric Fulton. Ob ihr Verhältnis nach dieser zufälligen Begegnung anders wäre, bliebe es gleich oder bereute er womöglich diese informelle Begegnung? Schwer zu sagen. Wie es aussah, war sie mit einem Chef per Du und mit dem anderen nicht. Im Leben ihrer Eltern und vermutlich auch in ihrem war eine Grenze übertreten worden. Es war merkwürdig und machte sie nervös, alles musste irgendwie völlig neu angepasst werden. Sie hatte keine Ahnung, wie sie Roland den Vorfall mit all seinen Folgen erklären würde, und vielleicht sollte sie es gar nicht tun, um auf der sicheren Seite zu sein, denn er würde sich weiß Gott darüber aufregen und alle möglichen kniffligen Fragen stellen, auf die sie keine gute Antwort wusste. Er würde sie bestimmt aufs Glatteis führen.

Schließlich entschuldigten sich Mina und Louis leicht betrunken, gingen zu einer kleinen Ruhepause in ihr Hotelzimmer, und Paula kehrte in ihre Wohnung zurück. Sie zog sich gerade um, als sie zum Telefon gerufen wurde.

Roland sagte: «Wo warst du denn? Ich hatte eine schreckliche Zeit. Und du hast dich vermutlich wie ein normaler Mensch amüsiert.»

«Ich finde deine Aufregung darüber etwas übertrieben. Wir können nicht alle leiden, weil du mal einen schlechten Tag hast.»

«Wie kannst du nur so egoistisch sein? Meine Mutter ist über die Katze gestolpert – betrunken natürlich. Sie hat sich ihren blöden Knöchel gebrochen, wir mussten sie ins Krankenhaus bringen. Als ich nach Hause kam, war ich hungrig, aber es gab nur Toast. Von wegen Weihnachtsessen. Soweit ich weiß, steht es noch im Herd, sie hat vergessen, ihn einzuschalten. Eiskalt. Kannst du nicht kommen und mir vielleicht was kochen?»

«Lieber nicht, meine Eltern rufen später an.»

«Sag einfach, du bist bei einem Freund. Schließlich bin ich ein Freund. Darling, bitte.»

«Ich muss morgen früh im Hotel sein, wir schauen uns Sehenswürdigkeiten an, sie rechnen mit mir.»

«Aber ich dachte, wir verbringen den Tag zusammen, gehen spazieren oder machen eine Bootsfahrt auf dem Serpentine.»

«Tja, ich kann nicht. Wie wär's mit morgen Abend?»

«Geht nicht, ich bin auf Sendung.»

«Tut mir leid, Darling.»

«*Darling*. Kann ja jeder sagen. Du Miststück, ich sollte dir eine Tracht Prügel verpassen.»

Sie lachte.

Er legte auf.

28

Nachdem Paula bei Harlequin Pictures angefangen hatte, machte sie sich mit dem Repertoire vertraut. Die Firma fing gerade an und hatte erst ein paar Filme veröffentlicht, von denen sie keinen gesehen hatte. Roland kannte sie natürlich. Der erste Film, sagte er, ein Biopic über Nell Gwynne, sei typisch für die pompösen, romantischen Melodramen, die heutzutage alle produzierten, und er sei nicht sicher, wie ernst man «diesen Quatsch» nehmen sollte. Der zweite hingegen, *Ad Astra, My Darling* sei «interessant».

Dies war eins von Rolands Worten, das echte Neugierde bedeuten oder als Wegbereiter für eine Standpauke dienen konnte.

«*Ad Astra* ist gewiss glatter, und die Faszination für Scharlatane und Jahrmarktshöker geht über in, ich weiß nicht ... Das Ganze ist sehr *überhöht*, gelackt, wenn du so willst. Sollen wir glauben, dass dieser Ort am Fluss tatsächlich existiert oder überhaupt existieren *könnte*? Andererseits ist die Einstellung von dem Mädchen, das in Nahaufnahme Lippenstift aufträgt, weitgehend von den Surrealisten beeinflusst. Man muss sich entscheiden, was man will, aber in dem Film ist alles Kraut und Rüben. Warum sind manche Szenen in Schwarz-Weiß und andere in Farbe? Das lenkt ab, schafft Unruhe. Aber ein gewisses Talent ist auf jeden Fall vorhanden, ein totaler Reinfall ist es nicht.»

«Am liebsten würden sie nur in Technicolor drehen, aber das Material ist schwer erhältlich, und selbst wenn, ist es oft zu teuer für das Budget, also müssen sie sich behelfen.» Da Paula viele Briefe an Filmmaterialhersteller getippt und abgelegt hatte, war ihr dieser Aspekt der bevorstehenden Produktion vertraut.

«Sie sollten bei Schwarz-Weiß bleiben, das hat Reinheit. Farbe gleicht einem schrecklichen Traum.»

«Komisch, fast das Gleiche hat Mr Fulton letzte Woche gesagt. Dass das Kino – hoffentlich gebe ich das jetzt richtig wieder – eine äußerst strukturierte Halluzination ist, die das wirkliche Leben nachahmt, allerdings ein wirkliches Leben voller Visionen und Geister.»

«Ach, hat er das, ja? Und was hast du erwidert? Oder hast du in respektvollem Schweigen auf deiner Schreibmaschine weitergeklappert? Frauen haben keine Meinung, auf die man hören sollte. *Wofür* seid ihr eigentlich gut? Mir ist das ein Rätsel.»

«Das weißt du ganz genau. Oder was glaubst du, wofür wir gut sind, du kleiner Schmutzfink.»

«Ach, das.» Er strich über ihren Schenkel. Paula hätte seine Hand gern weggeschlagen, aber sie tat es nie. Es war einfach zu erregend. Er küsste sie. Sie legte sich in die Kissen auf seinem alten Ledersofa zurück und wartete, schaute auf die Deckenrose, einen Wirbel aus Stuckefeublättern. Sie könnten aufstehen und ins Bett umziehen oder es hier machen, zwischen den ausgefransten Kissen. Ihr war das Bett lieber, er mochte es, wenn die Gefahr bestand, auf den Boden zu fallen und sie mit sich zu ziehen. Sex war damals herrlich leicht. Sex war ständig im Raum und wartete auf eine Gelegenheit. Pedantisch war Roland nur, was seine Gummis in der Nachttischschublade betraf. «Nichts dem Zufall überlassen, falls du darauf hoffst und dann auf einen Verlobungsring. Aus *meinen* Lenden marschieren keine kleinen Quinns mehr.»

Aber jetzt entzog er sich und sagte: «Also, raus damit. Wie hast du reagiert?»

«Ich weiß nicht, warum du so auf mich losgehst. Wenn du so unzufrieden mit mir bist, lass mich doch einfach in Ruhe.»

«Nicht mit *dir*, ich spreche von allen Frauen. Ihr seid keine richtigen Menschen, verstehst du? Vor allem du nicht, du hast keine nennenswerte Bildung.»

«Dann such dir jemanden mit Bildung.»

«Ich will keine von diesen Vogelscheuchen. Bei denen sitzen die Strumpfnähte nie gerade. Du bist wie ein Mannequin, wunderschön. Normalerweise wärst du eine Nummer zu groß für mich. Du bist so unglaublich gut zu vögeln. Aber jetzt will ich mehr von der Unterhaltung mit Fulton hören. Erzähl weiter.»

Sie fühlte sich geschmeichelt, sie war eitel, sie freute sich, eine Nummer zu groß für ihn und gleichzeitig sexy zu sein. Draußen auf dem Primrose Hill lag Schnee, rosa gefärbt vom Sonnenuntergang wie auf einer Weihnachtskarte. «Die Natur kann äußerst vulgär und klischeebehaftet sein», sagte Roland. Dunkelheit drang ins Zimmer, Paula stand auf und zog die Vorhänge zu. Sie bückte sich, um die Lampen einzuschalten.

«Du scheinst dich hier zu Hause zu fühlen», sagte Roland. «Hast du vor einzuziehen?»

«Natürlich nicht, sei nicht albern, das wäre ...»

«Wäre was?»

Der Ausdruck «in Sünde leben» fiel ihr ein, aber sie sagte

es nicht, weil sie es leid war, ständig als provinzielle Spießerin bezeichnet zu werden.

«Ich hätte gern eine eigene Wohnung. In ein paar Monaten kann ich mir vielleicht eine leisten.»

«Eigentlich fände ich es gut, wenn du hier einziehen würdest.»

«Damit ich für dich kochen und putzen kann? Nein danke.»

«Wo willst du hinziehen?»

«Ach, keine Ahnung, Chelsea?»

Es war das erste Viertel, das ihr in den Sinn kam.

«Dann musst du um eine Gehaltserhöhung bitten, sonst kannst du dir das nicht leisten.»

«Vielleicht krieg ich ja eine. Mr Fulton hat einiges mit mir vor.»

«Was um alles in der Welt ...?»

«Mr Fulton ist an der Geschichte meiner Mutter interessiert. In der geht es darum, dass sie als junges Mädchen in Lettland zum Pilzesuchen in den Wald ging und eine Gruppe Bolschewiken traf.» Paula kicherte.

«Und was interessiert Fulton daran?»

«Er glaubt, so verstehe ich es jedenfalls, es könnte sein nächster Film sein.»

«Merkwürdig. Ein Märchen natürlich.»

«Glaub schon. Mich würde interessieren, wie er sich den Schluss vorstellt, aber er musste weg, bevor ich ihn fragen konnte. Schon komisch, das Leben meiner Mutter in einem Film porträtiert.»

«*Eine äußerst strukturierte Halluzination*. Vielleicht ist diese Geschichte nie etwas anderes gewesen.»

«Meinst du wirklich? Warum sollte sie sich so etwas ausdenken?»

«Vielleicht hat ihr Unterbewusstes eine bestimmte Absicht verfolgt, keine Ahnung. Du gehst in den Wald, und wer bist du, wenn du wieder herauskommst? Genau das versucht die Frau in Swiss Cottage herauszufinden.»

«So viel Fantasie traue ich meiner Mutter nicht zu.»

«Die brauchst du gar nicht, Darling, das Ganze spielt sich auf einer anderen Ebene ab. Vermutlich hat sie damit nur den Wunsch ausgedrückt, gevögelt zu werden.»

«Du gehst zu weit, so was darfst du nicht über meine Mutter sagen! Sie war damals erst vierzehn, verdammt noch mal!»

«Kannst du deine provinzielle, bürgerliche Phase nie hinter dir lassen?»

«Hör auf damit!»

«Ich erzähl dir was aus der Provinz. Meine Schwester wurde in einem Eisenbahnwagen zwischen Bournemouth und Weymouth gefickt. Von einem Geistlichen. Sie war siebzehn. Sagt sie jedenfalls. Was meinst du? Ist so eine Geschichte nur eine Maske für ihre jugendlichen sexuellen Fantasien?»

«Wie schrecklich, ist sie zur Polizei gegangen und hat ihn angezeigt?»

«Natürlich nicht, und deshalb ist es wahrscheinlich nie passiert. Aber deine Mutter und diese Roten, sie erfindet einen Haufen verbotener junger Männer, die ihre Fantasien bevölkern.»

«Hör auf damit, bitte.»

«Jetzt bist du ganz aufgewühlt und verstört, wie? Entsetzt, weil Mami ein kleines Flittchen sein könnte?»

Sie konnte jetzt gehen, oder sie würden Sex haben, und in den folgenden Jahren erinnerte sie sich beschämt, dass sie geblieben und an jenem Winternachmittag mit Roland ins Bett umgezogen war. Danach sagte er: «Du bist gekommen wie eine Dampflok. Was hat dich bloß so aufgeheizt?»

| 29

Die Geschichte vom Wald war der vierte Film von Harlequin Pictures und nach einem holprigen Anfang der internationale Durchbruch für die Firma. Als der Film anlief, bezeichnete ihn die britische Presse als einen «Witz, der den Machern nicht so recht gelingt», «eine romantische Fantasie, die ins Obskure abdriftet», «schwach, manieriert». Als er jedoch nach Amerika kam, wo der Jiddisch sprechende Schriftsteller Isaac Bashevis Singer bereits seine Romane veröffentlichte, fand er ein Publikum von jungen jüdischen Intellektuellen, die nach Geschichten aus der Alten Welt, ihrem Aberglauben und Symbolismus hungerten. Nach einer überwiegend positiven Kritik im *New Yorker*, die auf Cocteaus *Die Schöne und das Biest* anspielte, wurde der Film in Großbritannien rasch wiederaufgenommen.

In den Monaten zwischen dem ersten und zweiten Kinostart war die junge Hauptdarstellerin Jennifer Patterson, der man für die Rolle der vierzehnjährigen «Hannah» die Brüste mit Bandagen abgebunden und die Hüften in ein brutales Korsett geschnürt hatte, einundzwanzig geworden. Mittlerweile besuchte sie Nachtklubs in Mayfair, wo man sie in einem austerngrauen Kleid fotografierte, aus dessen Mieder ihre üppigen Formen quollen. Ursprünglich war sie als junges Mädchen an der Schwelle zwischen Unschuld und Vamp gecastet worden. Alles hing davon ab, sagte Tony Agnew, wie man sie betrachtete. Eine unschuldige Seele sah eine Unschuldige. Doch es gab auch andere Sichtweisen. Wenn sie also mit ihrem Korb in den Wald ging, konnte man sie für die Unschuld aus einem Märchen halten oder für ein Mädchen, das auf Ärger aus war. Der Filmprüfstelle fiel es schwer zu begründen, was daran fragwürdig war, da es, so Eric Fulton, «mit den Jungs auf der Leinwand keine Schweinereien gab», und so wurde der Film als für alle Altersstufen geeignet eingestuft.

Während der Dreharbeiten des Films redete Paula sich ein, dass alles in Ordnung sei und ihre Mutter mit Sicherheit akzeptieren würde, dass man ihre Geschichte in ein unschuldiges Märchen verwandelt hatte (eine Metapher für die Intellektuelleren): Eine erste vorübergehende Metamorphose in eine Schneeammer, ihre Abenteuer am Himmel, dann die Rückkehr auf den Waldboden und eine zweite Verwandlung in ein wolfartiges Wesen, bevor sie schließlich wieder in menschlicher Form per Schiff in die Neue Welt aufbricht, als wäre alles nur ein Traum gewesen.

Mina hatte Eric Fulton ihre Geschichte so erzählt wie allen anderen. Sie rechnete damit, dass er ihre Version der Ereignisse anzweifeln, weitere Einzelheiten verlangen und die Widersprüche wie ein Polizeiinspektor hinterfragen würde: «Wie konnte das sein? Soll ich das wirklich schlucken? Nein, damit kann ich nichts anfangen.» Aber er schien die Geschichte aufzunehmen, als hätte er sie selbst erlebt. Schon bald erzählte er ihr seine Version. «So war das aber nicht!», sagte sie. «Nein, vielleicht nicht, aber so ist es besser.» – «Wie besser?» – «Als Geschichte.» Die Erzählung, dieses Stück einst gelebter Erfahrung aus erster Hand, gehörte jetzt ihm; ihr blieben nur noch Bruchstücke und Reste der ursprünglichen Erinnerung. Sie wusste nicht mehr, was sie glauben sollte, und redete sich ein, wenn Eric Fulton dachte, sie hätte sich in eine Schneeammer und dann in eine Wölfin verwandelt, dann waren ihr vielleicht wirklich Federn und ein Fell gewachsen. Wer konnte ihm widersprechen? Schließlich hatte er ihr einen Scheck über 500 Pfund ausgestellt, er besaß jetzt die Weltrechte an der Geschichte vom Wald. Wenn sie eine Wölfin war, dann war sie in Gottes Namen halt eine Wölfin, und fertig, sie wollte sich nicht mit ihm streiten. Fulton war ein Gentleman. Er war ein *scheiner Jid*, ein ehrsamer Mensch. Und seine Gattin war eine Traumfrau, eine reizende Lady mit herrlicher Haut und himmlischen Manieren.

Mina wusste nicht, was sie mit dem Geld anfangen sollte. Sie wollte es unter den drei Kindern aufteilen, auch wenn Paula vielleicht mehr abkriegen sollte, schließlich hatte sie den Kontakt hergestellt.

Louis sagte: «Den Kindern geht es gut. Warum machen wir nach all den Jahren nicht mal Urlaub, haben wir das nicht verdient? Wir sollten nach Südfrankreich fahren, in einem erstklassigen Hotel absteigen.»

Und genau das taten sie, auch wenn Mina behauptete, sie habe nichts anzuziehen. Sie kaufte sich ihren ersten Badeanzug und in der Drogerie eine Flasche Sonnenöl. Niemals, sagte sie, hätte sie damit gerechnet, dass ihr Ausflug in den Wald zum Pilzesammeln so enden würde, mit einer Korbtasche in Form einer Sonnenblume.

Sie verbrachten zwei Wochen in Cannes, wo sie keine Bolschewiken trafen, sondern belgische und französische Juden, die mit argwöhnischem Blick zum Essen erschienen und bei der Begrüßung durch den Oberkellner leicht zurückschreckten. Sie kaufte sich einen Lippenstift mit Goldkappe von Helena Rubinstein sowie eine Perlenkette, und Louis gönnte sich eine Omega-Uhr mit hellbraunem

Lederarmband. Bei einem Spaziergang auf der Croisette sagte Louis: «Es ist erst ein paar Jahre her, seit die Nazi-Bestien hier waren, und schau, alles weggespült, als hätte es sie nie gegeben, die Sonne scheint jetzt für uns.»

«Tut sie das?», sagte Mina. «Glaubst du wirklich?»

Fünf Monate nach dem Essen am ersten Weihnachtstag hatte Paula ihre eigene Wohnung in Chelsea.

Eric Fultons Frau war schwanger geworden, nachdem sie Jahre zuvor eine Tot- und dann eine Fehlgeburt gehabt hatte. Auf den Rat ihres Arztes hin hatte sie sich die Eileiter abklemmen lassen, aber ein kleiner Wicht hatte sich irgendwie durchgeschmuggelt. «Ich weiß nicht», sagte Diane, «wenn der Kleine es trotz der Enge so weit geschafft hat und die Wahrscheinlichkeiten viele Millionen zu eins standen, sollte ich ihm wenigstens eine Chance geben, auch wenn ich dann monatelang wie eine Kranke auf dem Sofa liegen muss. Wie langweilig.»

Und so wurde ein neues Skriptgirl gebraucht, die Sammelstelle für all die lästigen Details des Films, eine aufmerksame Speicherbank mit einem scharfen Blick für Hüte, Schuhe, Bäume, Tassen, Untertassen und der Fähigkeit, alles festzuhalten und penibel Buch zu führen.

«Sie würden uns jede Menge Ärger ersparen, wenn Sie einspringen würden», sagte Tony Agnew. «Eine neue Sekretärin findet sich schnell. Diane arbeitet Sie ein, Sie werden es schnell raushaben.»

Er schätze Kontinuität bei seinen Skriptgirls, sagte Bobby Orr, seines Zeichens Key Grip. Die Show ging nahtlos weiter.

Die Wohnung in Chelsea hatte Paula angemietet, ohne den langen Weg die King's Road runter zur U-Bahn-Station Sloan Square zu bedenken. Die Shepperton Studios waren noch weiter draußen, gar nicht in London. Jeden Tag fuhr der Zug eine Stunde durch Clapham, Wimbledon, Kingston, Hampton Wick, Teddington. Manchmal holte Eric Fulton sie ab und fuhr sie in seinem Auto hinaus, aber an den meisten Tagen war sie allein und sah aus dem Fenster auf die ungewohnte Szenerie der Home Counties, ländlich, still, Bilderbuchansichten, die sie nur aus Filmen kannte. Die Strecke zwischen London und dem Studio war eine grün-goldene Kulisse hinter Glas, unterbrochen von alten Dörfern. Sie konnte sich das Leben dort nicht annähernd vorstellen. Was machten die Leute bloß den ganzen Tag, wenn es kaum Geschäfte, Kinos und Restaurants gab? Nur Bauernhöfe, strohgedeckte Landhäuser, Gasthöfe und dazwischen dicke Kühe, die mit gesenkten Köpfen fraßen und muhten. Sie kam an einem Feld vorbei, auf dem blassrosa Schweine sich im Klee austobten.

Das Studio war eineinhalb Kilometer vom Bahnhof entfernt. Manchmal ging sie zu Fuß, manchmal holte sie ein Studiowagen ab. Der Tag zog sich dahin, die Filmkulissen waren nicht glamourös. Die meiste Zeit wurde gewartet, auf das richtige Licht, die Reparatur der Regenmaschine, den Aufbau der Kulisse, Kostümwechsel, die Maske, darauf, dass die Schauspieler sich von ihrem Kater oder ihren Wutanfällen erholten, alle spielten Karten, rissen Witze. Wo war der Wald? «Ach, den malen wir später rein», sagte Agnew, als ein Baum aus Pappmaschee an seinen Platz gerollt wurde. Die Wölfe wurden von Hunden in Kostümen gespielt, die Vögel kamen in Käfigen mit einem ausgebildeten Trainer. Jennifer Patterson hatte eine Affäre mit Tony Agnew. Es wirkte obszön, wenn sie in ihrem kindlichen Waldkostüm hinter ihm auftauchte und sein Ohr liebkoste, es zwischen die Zähne nahm und daran knabberte wie an einem Keks. Er schauderte. «Noch mal! Fester.» Von Nahem, durch das

Make-up, sah man, dass sie nicht die Haut eines Kindes hatte. Unter ihrem Haaransatz sprossen Pickel. Sie war reizbar, unfreundlich, zickig und verströmte einen teuren Duft.

Hinter einem Baum aus Pappe, der aufgrund des schlechten Klebers Papierblätter verlor, packte Eric Fulton Paula am Handgelenk. «Moment, ich muss dir was sagen.»

«Ich höre.»

Auf ihrer Stirn stand ein Schweißfilm, sie roch reif, wie eine Birne in der Fruchtschale. Für ihn roch sie wie eine Frau, die kurz zuvor Sex gehabt und sich nicht gewaschen hatte. Schweißperlen glänzten auf ihrer Oberlippe. Tony hatte sich bereits Jennifer geschnappt, er hatte Anspruch auf etwas Eigenes.

Er küsste sie.

«Das wollte ich sagen. Wie ist deine Antwort?»

«Ich bin nicht sicher, wie die Frage lautet.»

«Das weißt du genau.»

«Aber was ist mit deiner Frau?»

«Im Augenblick braucht sie nicht meine Aufmerksamkeit, sondern Ruhe. Es wäre gemein, sie zu belästigen, und außerdem riskant, zu viel Aufregung im Mutterleib. Rein gesundheitliche Erwägungen, die Gesundheit meiner Frau geht mir über alles.»

Sie fand es seltsam, dass seine Zunge, die eben noch in ihrem Mund gewesen war, solche Worte aussprach. Männer waren eben verrückt. Egoistische Scheusale, unmöglich zu verstehen, und trotzdem *wollte* man sie. Er roch nach Zigarren und einer männlichen Hautcreme, holzig, markant, erregend. Am kleinen Finger trug er einen Siegelring, der ihr Gesicht gestreift hatte. Er war doppelt so alt wie sie.

«Welche Vereinbarung schwebt dir vor?»

«Du willst einen Vertrag? Soll ich es dir schriftlich geben?»

«Nein.»

«Nun, sagen wir einfach, für die Dauer des Films haben wir ein bisschen Spaß. Einverstanden?»

«Ich habe einen Freund.»

«Dann hast du jetzt einen Freund und einen Liebhaber. Ich verlange ja nicht, dass du meine Mätresse bist. Das wäre etwas völlig anderes, so eine Absprache würde meine Frau nie billigen.»

Eric Fulton roch verführerisch nach Reichtum, was an den gestärkten Kragen seiner Hemden und den gepflegten, sorgfältig nach hinten gekämmten Haaren lag. Aber vor allem hatte er etwas äußerst Amüsantes an sich, eine Leichtigkeit, die Roland weiß Gott fehlte. Der Sex wäre natürlich nicht so aufgeladen und intensiv, aber vielleicht konnte man im Bett mit ihm lachen. Er käme zu ihr nach Chelsea, sie würde ihm köstliche kleine Mahlzeiten auftischen – ein Omelett kriegte sie allemal hin. Dazu ein Glas Wein. Harmlos, wie er sagte, und vorübergehend. Warum also nicht? Sie erwiderte seinen Kuss.

«Großartig. Aber kein Wort zu deinen wunderbaren Eltern.»

«Als ob ich ihnen das erzählen würde.»

30

Alle Fäden liefen bei Itzik zusammen. Hätte Itzik Paula nicht zum Vortrag in der Conway Hall eingeladen, dann hätte sie Roland nicht kennengelernt, ohne Roland wäre sie nicht an den Job bei Harlequin Pictures gekommen, hätte nicht am ersten Weihnachtstag in der Hotel-Lounge Kaffee getrunken, Agnew und Fulton hätten nicht die *Geschichte vom Wald* verfilmt, und Paula hätte keine Affäre mit Eric begonnen. Diese zarten Fäden des Zufalls wurden von einem Mann mit einer eigenen Geschichte gesponnen.

Einer Geschichte, die mit seiner fiesen, hinterhältigen Art beginnt, als er hinterm Treppengeländer des Hauses in Riga lauschte und seiner Schwester in den Wald folgte. Wie er in der Botschaft der Sowjetunion in Kensington landete, war eine sowohl melodramatische wie romantische Geschichte. Die Ereignisse hatten sich überschlagen, und 1917, noch ein Teenager, war er von der Armee desertiert und hatte sich mit «unerwünschten Elementen, auch wenn sie ihr Herz auf dem rechten Fleck hatten, da sie aus dem Volk kamen», zusammengetan. Er wurde beim Ausrauben eines Ladens angeschossen, war verwundet, halluzinierte, starb um ein Haar, verlor fast sein Bein, lag im Schlummer zwischen Leben und Tod, überlebte wie Louis auf dem

Schlachtfeld, kam als Bürger der Sowjetunion weit weg von Riga zu sich, und er hatte nicht die Absicht, das Rätsel zu lüften, wie er dorthin kam. Die skrupellosesten Mitglieder seiner Bande gingen im neuen System auf, während die echten Schläger es vorzogen, im Kugelhagel unterzugehen. Was zählte, war, dass Itzik, gleich einem Fisch, der nicht merkt, dass er im Meer schwimmt, oder gleich einem Landwesen, das den Sauerstoff nicht wahrnimmt, sehr schnell vergaß, dass der Kommunismus nicht die natürliche Ordnung der Dinge war, aber die Kommunisten hatten jetzt nun mal das Sagen, was gab es da zu diskutieren? Itzik war vom Volk und für das Volk, denn das Volk war die Mehrheit und somit der Weg zur Macht. Und sein äußeres Auftreten, seine wenig beeindruckende Körpergröße verliehen ihm die Aura eines Mannes, den man brauchen konnte, der nicht mit Befehlen haderte oder seufzte, sondern nickte und später sagte: «Alles erledigt, Chef.»

Dieser Bericht beruhte nicht auf den tatsächlichen Ereignissen in Itziks Leben, sondern rührte von seiner Vorliebe fürs Lesen, die er in seinen Zwanzigern erwarb, als ihm einige Geschichten von Isaak Babel unterkamen. Die Erzählungen handelten von dem fiktionalen Benya Krik, dem Gangsterkönig von Odessa. Der Fluch eines Juden bestand darin, dass die Leute ihn für einen Schwächling hielten, und Babel sprach möglicherweise (oder besser: ziemlich wahrscheinlich) von sich selbst, als er den Typen mit der Brille auf der Nase und dem Herbst im Herzen beschrieb. Doch in jeder jüdischen Gemeinde existierte ein *Schtarker*, ein Schlägertyp, der die Faust stellvertretend für alle einsetzte. Niemand wünschte sich so einen Kerl als Sohn, aber der Sohn eines anderen durfte gern einer sein.

«Tartakovsky», schrieb Babel, «hat die Seele eines Mörders, aber er ist einer von uns. Er stammt von uns ab. Er ist unser Blut. Er ist unser Fleisch, als hätte uns eine Mutter geboren.»

Isaak Babel hatte einen Fuß in beiden Lagern. Seinen Militärdienst hatte er in der Kavallerie absolviert. Ein Jude auf einem Pferd, der mit einem Gewehr schießt. Auf die Idee wäre Mowscha Mendel nie gekommen.

Riga war eine Hafenstadt, und Hafenstädte sind anders als Städte im Inland, sie riechen anders, andere Menschentypen leben dort, doch Riga, an einer nördlichen Wasserstraße mit Blick auf Skandinavien und die Arktis gelegen, war ein armer Verwandter von Odessa, das am Rand des Schwarzen Meers lag und damals eine der berühmtesten jüdischen Städte der Welt war. Im gesetzlosen, anarchischen Odessa bekam man in den Jahren vor der Revolution alles, was man wollte, und die odessitischen Juden waren bekannt für ihre Vorliebe für Wein und Luxusgüter – jamaikanischer Rum, Orangen aus Jerusalem, Zigarren aus Kuba, Seide aus Japan. *Macher*, deren Autorität sich nach der Absetzung des Zaren kurzfristig festigte, führten dort das Regime.

Denn wie der Gangster Benya Krik bemerkte: «Wo es einen Kaiser gibt, darf kein König sein.»

Was hätte Itzik nicht alles getan, um in Odessa geboren zu sein und später als *Macher* mit einem schmissigen Spitznamen aufzutreten: Mishka der Japse, Sonya die goldene Hand. Freudig erregt las er ihre Geschichten. Die glamouröse Welt ließ jene jungen Juden lebendig werden, die in schokoladenbraunen Jacken und himbeerroten Stulpenstiefeln wild Maschinengewehre schwangen. «Und Benya Krik setzte sich durch, weil er Leidenschaft hatte, und Leidenschaft regiert die Welt.» Itzik wünschte, er hätte diese natürliche, unbefangene Art. Er sehnte sich danach, sein hinterhältiges Wesen abzustreifen und ein freier, furchtloser Gangster zu sein, der weiß, was er will, und es sich mit Vergnügen nimmt, ohne undurchsichtige Machenschaften. Warum konnte er nicht offen und stark sein? Nun, seine Größe sprach gegen ihn: Er war nur einen Meter sechzig groß, hatte eine breite Stirn und einen breiten Mund mit geschwungenen Lippen. Seine ganze Statur war unproportional, der Kopf zu groß, und die für seinen Rumpf zu kurzen Beine sahen aus, als könnten sie ihn kaum tragen, Hände und Unterarme wiederum waren kräftig. Er war kein Schwächling, sah aber so aus, ein Goliath, gefangen im Körper eines Affen.

Die Wahrheit über Itziks Jahre zwischen den Ereignissen, die den Rest der Familie Mendel während des Kriegs ereilten, und seinem Wiederauftauchen als eine Art *Macher* in einer sowjetischen Lebensmittelbeschaffungseinheit war nur ihm bekannt, und er hielt sie unter Verschluss. Die Zeiten waren chaotisch, Aufzeichnungen gab es kaum. Vielleicht hatte er sich tatsächlich mit den Geächteten im Wald versteckt, aber seine Kameraden waren alle tot und standen nicht als Zeugen zur Verfügung. 1925 fand Itzik seine Lage wenig überraschend und nicht sehr reizvoll. Der Sohn eines Rigaer Mehlhändlers arbeitete als Mehlhändler der sowjetischen Regierung in der Provinz. Gab es da einen Unterschied? In seinen bittersten Momenten fragte er sich, ob er den weißen Mehlstaub, der an ihm haftete, je loswerden würde. Aufgrund der abendlichen Gespräche seines Vaters, die Itzik oft belauscht hatte in der Hoffnung, er könne das Gehörte zu seinem Vorteil nutzen, war dieses Wissen über Mehl auf ihn übergegangen; letztlich eignete er sich dadurch ein Verständnis für die Beziehungen zwischen Müllern und Brotbäckern an. Und diese Position, als Verbindungsmann zwischen zwei handelnden Sphären, lag ihm. Ihm kam vieles zu Ohren, er schnappte einiges auf, gab es an die Behörden weiter. Er bekam einen Spitznamen: Itzik der Wurm, weil er sich in zunehmend höhere Verantwortungsbereiche hineinschlängelte.

Er hatte immer geahnt, dass er aufgrund seines Äußeren von Natur aus kein liebenswerter Typ war; Jossel hatte helleres Haar und verträumte Augen, sagten jedenfalls die Mädchen. Itzik beglückwünschte sich selbst zu seiner Abschottung vom menschlichen Herzen, das bei Kränkungen so leicht zu Verrat und Ablehnung neigte. Mit einer intimen Beziehung im Leningrad der Dreißigerjahre, wo er in einem bestimmten Job unter der Leitung einer bestimmten Person gelandet war, riskierte man die Enthüllung persönlicher Geheimnisse; man konnte verraten werden, weil man ein Pamphlet zu früh gelesen hatte, bevor es in die offizielle Parteipolitik übernommen wurde, oder zu spät, nachdem es verworfen worden war – es gab so viele Verbrechen, deren man bezichtigt werden konnte, auch solche, die man erst in Zukunft erfinden würde und die dann rückwirkend galten. Doch abends im Bett fühlte Itzik sich leer. Er würde nie ein Gangster in himbeerroten Stiefeln sein, diese Zeit war vorbei, nichts konnte das schmerzhafte Loch in seiner Brust füllen, er kam sich vor, als bestünde er aus nichts als verbrauchter Luft. In dieser Phase seines Lebens wartete er so wie Paula viel später, er wartete auf das Ende des Tages, damit er ins Bett gehen und sich in Träume flüchten konnte, in denen alles real schien und einem niemand etwas anhaben konnte. Träume waren Botschaften der Hoffnung und des Glücks. Im Schlaf war er unbesiegbar.

Er träumte vom Haus seiner Kindheit, von dem Gewusel in den Räumen, den ein und aus gehenden Stimmen und Schritten, seiner Mutter in der Küche, die wenig sagte und alles verstand, den Dienstmädchen vom Land, die das Bettzeug ausschüttelten, dem Bollerofen, den aufgereihten Puppen im Zimmer seiner kleinen Schwester. Von Mina und Jossel, die sich auf der Treppe über den Wald unterhielten, ihrer darauffolgenden Flucht in die Neue Welt, dem Gesicht ihres Vaters in den Wochen danach, finster wie vom Feuer geschwärzt. Seiner Mutter, die nie zeigte, dass sie ihn liebte, als wünschte sie, er wäre eine Totgeburt gewesen, so deutete er ihr Schweigen. Lag er richtig, oder war sie nur von Natur aus schweigsam? Er erwachte aus einem Traum, in dem sie ihm ein Schlaflied sang («*Schlof, mein Jingele, schlof*»), und zweifelte zum ersten Mal an seinen verletzten Gefühlen. Seine Eltern waren tot, so viel hatte er herausfinden können. Sein Vater auf der Straße erschossen, seine Mutter erlag rasch einem Krebs in der Brust. Er hätte sie gern gefragt: «Hast du mich geliebt, nur ein bisschen geliebt, ein Fingerhut voll Liebe, der meinen neugeborenen Kopf benetzt hat?»

Doch diese Welt war zu Staub zerfallen und für immer verloren. Das Haus in Riga stand vielleicht noch, aber wenn er je dorthin zurückkehren würde, fände er es von Fremden bewohnt vor, und keine freundlichen Gesichter würden ihn begrüßen. Die Vergangenheit war ein toter, kalter Planet.

Und dies führte ihn zu zwei Folgerungen über sein Leben. Entweder verharrte er für den Rest seiner Tage in dieser Isolation und wartete, bis sich der Sargdeckel über seinem Gesicht schloss, oder er ging das Risiko ein und gründete eine neue Familie: Itziks eigene Familie, mit Frau und Kindern, Schwiegereltern und Verwandten. Sein Gefühl sprach für die erste passive Variante, dafür, sich nicht auf die Verheißungen und Risiken der Liebe einzulassen. Besser im Dunkeln liegen und sich auf die ewige Finsternis vorbereiten. Doch das Herz will, was es will, es verfolgt seine eigenen Absichten, er konnte nichts dagegen tun. Wer hielt diese Einsamkeit aus? Wer ertrug es, so lange zu leben, ohne berührt zu werden? Einige legen sich Hunde oder Katzen zu, sie streicheln ihr Fell, aber streichelt das Tier je zurück? Sein Herz sehnte sich danach aufzutauen. Selbst im kältesten russischen Winter kam irgendwann der Frühling, die Vögel sangen ihre hohen Balzrufe, die Pflanzen trieben Blüten in der wärmeren Luft. Alles fing von vorne an, aus dem Tod heraus, und wenn es möglich war, dass selbst in Sibirien Schnee und Eis schmolzen, dann ließ sich auch das Herz von Itzik Mendel berühren. Entgegen seiner Natur sah er sich nach einer Frau um.

Die Zeit der *Schadchen* war vorbei. Trotzdem galten noch die allgemeinen Regeln, wenn man eine mögliche Ehe anstrebte: Ein Mädchen aus einer guten Familie mochte keine Mitgift bringen, aber vielleicht Chancen für einen ehrgeizigen Mann in der Blüte seines Lebens. Und so erschien Beyla auf der Bühne, vierundzwanzig und klein, fast zwergwüchsig, mit ihren rötlichen Locken und ihrem fröhlichen Lächeln erinnerte sie ihn an eine Porzellanpuppe. Zum ersten Mal sah er sie im Park bei einem Spaziergang mit ihren Freundinnen. Er hechelte hinter ihnen her wie ein kleiner liebenswerter Hund, und am nächsten Wochenende war er wieder dort, holte sie ein und trennte Beyla von ihrer Gruppe. Sie faszinierte ihn, wie leicht war es doch für ihn als Mann, sich von ihren glänzenden Apfelbäckchen bezaubern zu lassen. Ihre Stupsnase und ihre schwarzen Nasenlöcher, und wenn sie lachte, prustete sie wie ein Ferkel. Er stellte sich vor, man könnte sie vom Regal holen und wieder zurückstellen, dann würde sie warten, bis er das nächste Mal für sie bereit war.

Beyla ließ den schäbigen jungen Mann um sich werben und fasste den pragmatischen Entschluss, ihn zu nehmen.

Seit jeher hatte sie gewusst, dass sie für einen kleinen Mann bestimmt war, und mit fünfzehn kapiert, dass Kleine zu Minderwertigkeitskomplexen neigten, einige von ihnen überambitioniert waren und zu hoch hinauswollten. Itzik war so ein Mann; Napoleon, hatte sie gehört, ebenfalls. Außerdem arbeitete sie als Ärztin in einem medizinischen Labor und roch nach Chemikalien, wenn sie nach Hause kam. Manche Männer fanden das abstoßend, aber Itzik hatte einen schlechten Geruchssinn. Sowohl Rosen als auch Misthaufen waren für ihn ein Buch mit sieben Siegeln. Ihr Vater sagte: «Wenn du den heiratest, wird er es weit bringen. Ich weiß nicht, ob er dich liebt oder nicht, du musst wissen, ob dir solche Dinge wichtig sind.» Beyla erwiderte: «Irgendwann wird er mich lieben, warum denn nicht? Bin ich nicht liebenswert, sagen das nicht alle? Er ist es nicht, wenn ich ihm also ein wenig Zuneigung schenke, bindet ihn das an mich. Ich habe keine Angst, mit ihm zu leben. Außerdem hat er keine Verwandten, da ist keine Schwiegermutter, die ungeputzte Ecken aufspürt. Er ist ganz allein, unsere Familie wird ihn aufnehmen.»

Itzik war überzeugt, dass er Beyla gewählt hatte – genauso war es Jossel seinerzeit mit Lia auf dem Schiff ergangen –, doch tatsächlich traf Beyla die Entscheidung, und ihr Verstand war nicht von Sehnsüchten, Schmerz, Einsamkeit und Träumen beeinträchtigt.

Itzik war wie neugeboren, ein anderer Mann, ein Familienvater mit zwei niedlichen Töchtern, zwei Winzlingen voller Energie, die das herzliche Lachen ihrer Mutter geerbt hatten. Ein auf der Straße pickender Vogel genügte, und schon jagten sie wild gestikulierend hinter ihm her. Der Anblick, wie sie auf ihren kleinen Beinen den Vogel zu fangen versuchten, der sich hektisch flatternd auf einen rettenden Baum flüchtete, versetzte Itzik einen glücklichen Stich, wenn er sich daran erinnerte. Aber würden sie auch als Erwachsene heiter und liebenswert sein, oder würde das Leben es ihnen austreiben? Würden sie sich in finstere, mürrische Frauen mit schlechten Ehemännern und zweifelhaften Gedanken verwandeln? Er wünschte sich, dass er nicht lange genug lebte, um das mitansehen zu müssen, aber wenn doch, könnte er sich zumindest an früher erinnern.

Seine Erinnerung war jedoch der einzige Ort, an dem sie noch lebten. Sie wurden Opfer ihrer Zeit, die Geschichte meuchelte ihre kurzen Leben. Die Mädchen wurden nicht älter als neun und sieben, weil sie die Kinderkrankheiten unter den harten Kriegsbedingungen nicht überlebten. Beyla war während der Leningrader Blockade an Hunger gestorben. Er hatte mitangesehen, wie ihre Haut sich gelb färbte, während sie verhungerte. Er hingegen hatte alles heil überstanden; der kleinste und kümmerlichste Mendel, der wenig brauchte, war unerklärlicherweise noch am Leben und wandelte auf der Erde.

Er kannte das Schicksal von Rivka, ihrem Mann und den Kindern, die noch bis 1943 lebten. Er kannte den Namen des Lagers, in das man sie gebracht hatte. Niemand kam von dort zurück. Inzwischen war es nur eine Lichtung im Wald. Man hatte Rivka und ihre Familie hineingetrieben, ermordet und die Beweise zerstört. Die stillen Blätter waren die einzigen Zeugen. Solly, dem Kleinen, dem Baby, war es besser ergangen; wie er es geschafft hatte, wusste Itzik nicht. Aber mit einem Gewehr am Kopf und dem Rücken zur Wand verhält man sich wahrscheinlich wie Benya Krik und wird ein *Schtarker*, kein Märtyrer. Nachforschungen in seinem Dunstkreis förderten einen schlechten Geruch zutage, Solly verkehrte mit üblen Elementen und verhielt sich angeblich dem Volk gegenüber illoyal; Itzik konnte es sich nicht erlauben, mit ihm in Verbindung gebracht zu werden.

In einem Bus in Moskau war Itzik plötzlich in Tränen ausgebrochen und rief: «Meine Familie! Ich habe niemanden!» Ein mitfühlender Genosse gab ihm seinen Jackenärmel zum Tränenabwischen. Itzik spürte, dass etwas in ihm zerbrochen war, er war ein undichter Krug, taugte zu nichts mehr. Das machte die Liebe mit einem. Er wünschte, er wäre Beyla nie begegnet und hätte die Freuden eines einsamen Bettes für den Rest seines Lebens in Frieden genossen.

Ein weiterer Toter war Isaak Babel, der imaginäre Benya Krik konnte ihn nicht retten. Er wurde verhaftet, in das Moskauer Lubjanka-Gefängnis gesteckt und 1940 hingerichtet. Asche und Eis in den Mündern seiner Bewunderer. Itzik hatte Männer gesehen, die eben noch tot waren, Geister, und im nächsten Moment während einer vorübergehenden Rehabilitationsphase ins Leben zurückkehrten, nicht länger Schatten und Nebel, sondern greifbar in der Welt. Doch im Falle Babels war das nicht möglich, da man ihn verbrannt und seine Asche in einem namenlosen Massengrab im Donskoi-Friedhof vergraben hatte. Lange Zeit belogen die Behörden seine Familie in Paris und erzählten, er lebe noch, irgendwo in einem Gulag. Französische Intellektuelle wie Sartre und de Beauvoir, die Roland verehrte, waren der Sowjetunion gegenüber freundlich gesinnt und hätten nicht gern gehört, dass sie einen ihrer größten Schriftsteller ermordet hatte. Itzik wusste es, aber er blieb *schtum*. Was sollte er sonst tun? Die Wahrheit war eine wertlose Währung, eine falsche Münze. Der Mensch hatte keinen Anspruch auf ein Innenleben, es gehörte dem Staat, die Wahrheit gehörte dem Staat, sie war, was immer gerade behauptet wurde. Und letztendlich, dachte Itzik, wie unterscheidet man zwischen den eigenen Gefühlen und denen, die der Staat für einen geschaffen hat? Er sollte froh sein, dass seine kleine Familie der Nazi-Bestie die Stirn geboten und die Integrität des Volkes und der Sowjetunion bewahrt hatte; er sollte stolz sein auf ihr Märtyrertum. Manchmal fühlte er tatsächlich so, und dann wieder dachte er: *Zur Hölle damit.*

Er hatte geglaubt, er habe niemanden, keine Menschenseele auf der Welt; von Mina und Jossel hatte er als Letztes gehört, dass sie auf das Ende der Kämpfe in Frankreich warteten, damit sie von Liverpool nach Amerika fahren konnten, ein Land, für das er keinen Auftrag, zu dem er keine Verbindungen hatte. Aber sie waren hier, immer noch hier. Eine Schwester und ein Bruder, Nichten und Neffen, die ganze Mischpoke von Verwandten, die sich an sichere Ufer geflüchtet hatte, weg von der harten Realität der Geschichte. Und vor allem war da Paula, die plötzlich auftauchte und wie ein Mannequin aussah, mit Schmuck und rot geschminkten Lippen.

Am Ende hatte Mina ihm doch einen Brief geschickt und sich Jossel widersetzt. War sie nicht diejenige, die Mitleid mit den Ausgestoßenen hatte? Warum sollte sie ihm nicht ein paar Zeilen schreiben, nett sein, was kostete sie das schon? Schließlich waren es nur Worte, Worte, die sie mit Harrys Hilfe schrieb.

Sie trug Harry auf zu schreiben, sie freue sich, dass ihr Bruder noch lebe, und wie seltsam sich am Ende alles gefügt habe, dabei hatte sie doch die jungen Bolschewiken getroffen, und sollten nicht alle stolz sein, Stalin hatte die Stellung gehalten, die Russen hatten den Krieg trotz vieler Opfer gewonnen, aber wo waren alle, wohin waren sie verschwunden, wusste er es vielleicht? Hatte er irgendwelche Informationen? Vielleicht würden sie sich ja eines Tages treffen, zusammen Tee trinken und sich in Erinnerungen an die alten Zeiten ergehen, an ihre Eltern und die glückliche Zeit in dem Haus am Hafen, auch wenn ihr Vater ein stolzer unnachgiebiger Mann war, aber was hatte es ihm am Ende genutzt?

Das alles schrieb Harry in kurzen, abgehackten Sätzen, angefangen mit «Ich bin im Besitz gewisser Informationen – Personen, die dir bekannt sind – Zweckdienlichkeiten in Kriegszeiten ...» und zum Schluss «Hochachtungsvoll», die angemessene Art, sich zu verabschieden. Seine Mutter klang wie eine Bankmanagerin, denn anders konnte er einen Brief nicht schreiben, so hatte man es ihm in der Schule beigebracht, und man ging kein Risiko ein.

Mina sagte: «Kann ich sehen, was du geschrieben hast?» Er reichte ihr den Brief.

«Ist das so richtig?»

«Ja, so macht man das, Ma. Geschäftsmäßig.»

«Ich bin mir nicht sicher, ob das gut ist. Schließlich ist er mein Bruder.»

«Ich weiß, das weiß ich doch, aber du darfst nicht vergessen, der Brief geht an eine offizielle Adresse. Man muss vorsichtig sein. Wir wollen doch keinen Ärger.»

«Von wem?»

«Man weiß nie, wer den Brief liest, bevor er ihn erreicht.»

«Stimmt. Aber einige Sachen, die ich dir gesagt habe, über die Jungs, hast du gar nicht erwähnt.»

«Lieber nicht. Ich treffe nur Vorsichtsmaßnahmen, Ma.»

«Wenn du meinst, mein Sohn, du weißt es am besten.»

«Ich kann die Sekretärin bitten, ihn abzutippen.»

Der Brief wurde auf Schreibmaschine getippt, in einen Umschlag gesteckt, eine Briefmarke angeleckt und draufgeklebt, der Kopf des Königs, zur Seite blickend wie auf den Geldscheinen, verlieh dem Ganzen die nötige Autorität; das Schreiben wurde schließlich an die Botschaft geschickt, wo viele Leute es lasen und kopierten und abhefteten, bis es irgendwann Itzik erreichte, den die ungute Vorahnung überkam, *dabei kann nichts Gutes herauskommen.* Die Formulierungen ergaben keinen Sinn, das war kein Brief von seiner Schwester. Wer hatte ihn diktiert und auf wessen Anweisung? Und warum kein Wort über diese Sache im Wald? Dort hatte alles angefangen. Was wollte sie verbergen? Und vor wem? Aus seiner Paranoia erwuchs das Verlangen nach Rache.

| 31

Als Paula Roland zum letzten Mal sah, nahmen sie zusammen ein Bad. Es war seine Idee («Darling, hast du Lust, mit mir in die Wanne zu hüpfen, ich möchte dich mal richtig schrubben?»), und im ersten Moment fand sie den Vorschlag spannend und sinnlich. Ihm die spärlich behaarte Brust zu waschen, ihn einzuseifen mit der Limonenseife von Floris, die sie ihm zu Weihnachten geschenkt hatte, bis er ganz glitschig und parfümiert war. Das Badezimmer zu Hause war die Lufttrockenkammer, in die ihr Vater sich einschloss und wo er mit seiner Verdauung kämpfte, der Geruch von ihm und ihren Brüdern hing in der Luft, die Klobrille war hochgeklappt. Ein Bereich der Privatsphäre, der gegen Eindringlinge verteidigt werden musste. Die Idee, sich eine Badewanne mit einem anderen Menschen zu teilen, war einer von Rolands neumodischen Einfällen. Man brauchte dazu genug heißes Wasser, und der Raum durfte nicht zu kühl sein.

«Da ist ein Heizgerät, Darling», sagte er, «ist dir das nie aufgefallen? An der Wand. Ich kann es einschalten, wenn du willst.»

«Du willst das wirklich machen, oder?»

«Klar, wieso nicht? Zieh dich einfach aus, wenn du Lust hast, sonst müssen wir uns etwas anderes ausdenken.»

Sie erinnerte sich, wie selten Roland normalerweise badete – einmal pro Woche, wenn überhaupt – und dass die Floris-Seife noch in Seidenpapier verpackt war, und jetzt, wo sie länger darüber nachdachte, stellte sie es sich irgendwie unerotisch vor, mit ihm im dreckigen Wasser zu liegen. Sie hätte zurückrudern können, dachte aber: Na, egal, wenn er ausnahmsweise mal was Schönes machen will ... In letzter Zeit war er unmöglich gewesen, unberechenbar, er fing ohne Grund Streit an, kratzte ständig am Schorf der Eifersucht. Ihr war klar, dass er über Eric Bescheid wusste. Er sprach seinen Namen hasserfüllt aus. Vermutlich hatte Robin Rose es ihm erzählt. Aber sie täuschte sich. Itzik hatte es ihm gesteckt: «Mein lieber alter Freund, wir sind doch jetzt Freunde, nicht wahr? Deshalb müssen wir auf die junge Dame aufpassen und dürfen nicht zulassen, dass sie von einem älteren, mächtigen Mann ausgenutzt wird, der sich ihr gegenüber in einer Autoritätsposition befindet. Wir müssen unsere kleine Paula beschützen.»

Roland hatte plötzlich ein Schwindelgefühl verspürt, als beugte er sich in einem Fahrstuhl zu weit nach vorne und blickte in den Schacht. Im Augenblick kam ihm alles so zähflüssig und verworren vor. Paula kreuzte bei ihm auf, wann es ihr passte, mit ihrer Dummheit, ihrem Mangel an natürlicher Anmut, ihrem gelackten künstlichen Äußeren und faselte von Drehbüchern, Nahaufnahmen und Kamerafahrten. Er hatte sich nicht auf sie eingelassen, weil er sie als Gesprächspartnerin wollte. Eigentlich sollte *er ihr* etwas beibringen, seinem kleinen Pygmalion. Außerdem hatte er ihr Sex beigebracht, sie entjungfert. Und kaum dass er es getan hatte, vergaß sie es, und plötzlich konnte sie jeder haben. Er stellte sich Reihen von Männern vor, die unten auf der Straße Schlange standen wie Hausfrauen beim Fleischer und darauf warteten, dass sie drankamen. Es machte ihn wahnsinnig. Er musste sie für ihre Promiskuität bestrafen. Das Recht war auf der Seite der Besitzenden, aber wie lange würde er sie noch halten können? Und wer oder was wäre er ohne sie? Er mochte gar nicht daran denken, was vermutlich hieß, dass er verliebt in sie war. Und Verliebtsein verband er mit Blumen, Pralinenschachteln und Verlobungsringen, so weit durfte es keinesfalls kommen, das passte überhaupt nicht. Er glaubte nicht daran, es war nur eine vorübergehende Halluzination.

In der Badewanne nannte er Paula seinen Engel. Sie lächelte. Fühlte sich offenbar geschmeichelt, bespritzte seine Brust, warf ihm eine Kusshand zu. Sie konnte stolz sein, hochnäsig, im Augenblick war sie es nicht. Er hatte sie fest im Griff.

«Bin ich das?»

«Natürlich, aber ich meine keinen Renaissance-Engel, in der National Gallery wärst du völlig fehl am Platz.»

«Und wieso?»

«Du bist gewöhnlich, dein Gesicht ist zu modern.»

«Wie kann ein Gesicht modern sein? Ich versteh dich nicht.»

«Deine Augenbrauen sind zu dünnen Bögen gezupft, wie es zurzeit Mode ist, völlig unnatürlich, und dein Mund hat einen aufgeschminkten Cupidobogen, außerdem malst du dir diesen Schönheitsfleck neben die Lippe. Wieso machen Frauen das? Deine koketten Tricks treiben mich in den Wahnsinn. Früher schlich ich in das Zimmer meiner Schwester und roch an den Körbchen ihrer Büstenhalter, die mit parfümiertem Talkum eingepudert waren. Wozu braucht ihr überhaupt Büstenhalter? Auch nur ein Trick, um euren Busen hochzuschieben und einem Mann vor die Nase zu halten.»

«Du bist so ekelhaft.» Sie spritzte ihm Wasser ins Gesicht. Er zog eine Grimasse und wischte sich die Tropfen ab, es fühlte sich so an, als wären es Tränen.

«Ich? Ekelhaft? Das ist lächerlich, wir wissen beide, was du mit deinem Mund anstellen kannst, ich habe es dir beigebracht. Und du hast dich dabei wohlgefühlt wie ein Fisch im Wasser.»

Sie schauderte, ihre Brust wurde rot. Ihre Arme und Beine gaben Wärme an das abkühlende Wasser ab.

«Ich hab das nur einmal gemacht.»

«Aber diese Pariser Hurennummer hat dir gut gefallen.» Er machte eine gierige Schluckgeste. «Du hast es einmal gemacht, also mach es noch mal, los, runter mit dem Kopf.» Er griff mit der Hand nach ihrem Hinterkopf.

Sie gab ihm eine leichte Ohrfeige. Überrascht zog er die Hand zurück. Auf seiner Wange war ein Abdruck.

«Du willst also Gewalt? Gut, kannst du haben. Wenn du dich nicht besserst, Fräulein, dann peitsche ich dich aus.»

Sie lachte. Wie sollte man ihn ernst nehmen bei allem, was er von sich gab? «Woher willst du eine Peitsche kriegen? Hast du ein Pferd, von dem ich nichts weiß?»

«Es gibt Sattlereigeschäfte, die führen solche Sachen.»

«Ja, auf dem Land vielleicht, aber in London? Wohl eher nicht.»

«Der König hat Pferde, irgendwoher müssen die Gardisten ihre Ausrüstung kriegen. Sättel, Zaumzeug, Gebisse und dergleichen. Und wenn ich's mir recht überlege, in der Strand gibt es eine Sattlerei.»

«Ist mir nie aufgefallen.»

«Wann achtest du schon auf Geschäfte, die nichts mit Hüten, Handschuhen, Kleidern und Schmuck zu tun haben? Nein, halt, die Armee und die Marine verkaufen so was wahrscheinlich, natürlich, ist eigentlich logisch.» Er lachte selbstgefällig. «Mach dich auf eine ordentliche Tracht Prügel gefasst, junge Dame.»

«Du bist so armselig.»

Das gemeinsame Bad hatte nicht romantisch geendet. Das Wasser war abgekühlt, der Boiler war leer. Die Floris-Seife war auf den Grund gesunken und wässrig geworden, verloren. Zeit, den Stöpsel zu ziehen, dachte sie. Und riss an der Kette.

«Was machst du da?»

«Es ist vorbei.» Eigentlich wollte sie das nicht sagen, aber als es erst mal draußen war, wusste sie, es stimmte.

«Was ist vorbei? Wie meinst du das?»

«Mir ist kalt.»

«Ist mir nicht neu, du warst schon immer kalt. Du magst mich überhaupt nicht.»

«Ach, Roland.»

Er stand nackt auf der Badematte, auf halbmast. Er wirkte so schwächlich. Er ist mal Soldat gewesen, dachte sie, das vergesse ich immer. Dabei sieht er aus, als könnte er keiner Fliege was zuleide tun, und doch musste er irgendwo gekämpft haben, mit einem Rang, einer Kriegsakte, schlechten Erinnerungen, war mutig oder ängstlich gewesen. Offenbar war er nicht verletzt worden, sie sah keine Wundnarben.

«Sag mal, was hast du eigentlich im Krieg gemacht? Ich hab dich das nie gefragt.» Plötzlich schien es ihr wichtig, das Bild zu vervollständigen, damit die Geschichte enden konnte.

«Und warum fragst du das jetzt?»

«Ich kann mir dich einfach nicht in Uniform vorstellen, wie du in die Schlacht ziehst.»

«Ich hatte sehr wohl eine Uniform. Zufällig hängt sie

noch im Schrank. Ich bin überrascht, dass sie dir nie aufgefallen ist.»

«Ich seh sie mir gleich an.»

«Tu dir keinen Zwang an.»

Sie fand die Uniform, marineblaue Jacke, goldene Knöpfe, Streifen.

«Du warst also zur See. Daran hatte ich nicht gedacht. Du in einem Schiff, das U-Booten und Torpedos ausweicht. War es aufregend oder langweilig? Und hast du Medaillen?»

«Ja, hab ich. Nur die üblichen, nichts für Tapferkeit, falls du einen Helden suchst.»

«Zeig sie mir.»

«Die sind bei meiner Mutter. Ich bewahre sie nicht hier auf.»

«Aber deine Jacke ist hier.»

«Sie ist warm.»

«Zieh sie an. Ich will dich darin sehen.»

«Nein, *du* ziehst sie an.»

«Ich?»

«Ja, aber lass sie offen, deine Titten sollen raushängen.»

«Okay.» Sie schnupperte am Stoff, um festzustellen, ob er salzig roch. «Sie ist ziemlich schwer.» Die Schultern drückten sie.

«Ich wünschte, ich hätte eine Kamera. Dann könnte ich die Bilder an ein schmutziges Magazin verkaufen. Du wärst berühmt in Soho. Ich sollte mir wirklich eine zulegen. Ich würde dich jeden Tag fotografieren, du wärst in jedem Sexshop. Und ich könnte dich sehen, wann ich will, was im Augenblick nicht der Fall ist.»

«Du hältst mich für eine Schlampe? Im Ernst?»

«Ja. Du *bist* eine Schlampe.»

«Weil mein Gesicht modern ist? Deswegen bin ich eine Schlampe?»

«Wenn du mit der Erklärung zufrieden bist. Mir fallen bestimmt noch andere Gründe ein.» Er strich sich kichernd über den Hinterkopf. In dem Bewusstsein, dass er zu weit gegangen war, suchte er nach Möglichkeiten, noch weiter zu gehen.

Paula musste an die Frau denken, die sich vor dem York Minster in ihre Handtasche übergeben hatte. Vielleicht hatte sie vor langer Zeit ein modernes Gesicht gehabt, und alles hatte dorthin geführt, auf den Bürgersteig, zum Abschaum.

Er sagte: «Und da du noch hier bist, wer hat dich eigentlich geschickt?»

«Mich wohin geschickt?»

«Hierher, zu mir.»

«Wie einen Brief, ein Paket?»

«Hör mit der Wortspielerei auf. Bespitzelst du mich?»

Sie dachte: Ich sollte wirklich verschwinden, bevor er komplett durchdreht.

«Ich zieh mich jetzt an. Kommst du mit nach draußen und holst mir ein Taxi?»

«Wohin willst du?»

«Nach Hause natürlich.»

«Wieso ausgerechnet nach Hause? Du triffst einen anderen, stimmt's, einen *dritten* Typen. Ich seh's dir an, als wüsste ich es nicht längst.»

«Du bist verrückt.»

«Wer ist es? Nicht Robin Rose, der ist offensichtlich eine Schwuchtel, aber du hast einen Direktor gevögelt, und jetzt machst du dich an den andern ran – stimmt doch, oder?»

Er marschierte zum Ledersofa und streckte sich dort aus, die Arme an den Seiten. «Wenn du gehen willst, dann geh, ich seh nicht ein, wieso du meine Hilfe brauchst, schließlich ist kein Blackout. Du findest schon ein Taxi, die freuen sich über eine Fahrt bis nach Chelsea. Hast du genug Geld? Wenn nicht, bezahle ich dich für einen Fick. Meine kleine Schlampe, du gehst nicht wirklich, oder? Man könnte mich vor ein Kriegsgericht stellen, weil ich dir erlaubt habe, meine Uniform anzuziehen. Hast du irgendwas in den Taschen gefunden? War noch was drin, vielleicht von der Schlacht von ... Nein, ich darf es nicht sagen, dafür würden sie mich ins Gefängnis werfen. Oder ins Wasser.»

«Steh auf. Du frierst dich noch zu Tode.»

«Wohin gehst du?»

«Ich hab's dir gesagt, nach Hause. Roland, ich glaube nicht, dass wir uns noch mal sehen.»

«Du wirst den Teufel tun. Du gehörst mir.» Aber er machte keine Anstalten, aufzustehen und sie am Gehen zu hindern, er setzte sich nicht einmal auf; er lag da und wirkte halb tot. Ein Lappen von einem Mann. Ein Filet von einem menschlichen Wesen, ohne Knochen, am Ende. Welche Gefühle hatte er in ihr ausgelöst, die sie plötzlich nicht mehr spürte?

Draußen war Primrose Hill ein dunkler Hügel in der Ferne. Es war fast elf. Nicht zu spät, um nach Hause zu finden. Noch fuhren Busse, und auf der Regent's Park Road huschten die Lichter mehrerer Taxis vorbei auf der Suche nach einer letzten Tour ins West End. Das war einfach, dachte sie, als sie ein Taxi fand und es sich auf dem Sitz bequem machte. Einfacher als erwartet. Man musste nur seine Rechte geltend machen, eine Tür öffnen und schließen. Nach einer Weile bog das Taxi in die King's Road ein.

«Ist es noch weit?», fragte der Fahrer. «Diese Straße ist immer länger, als man denkt, sie geht ewig weiter.»

| 32

Wie Gott, der im Alten Testament über dem Abgrund brütet, überdachte Itzik die Lage und schmiedete einen Racheplan, der alle einschloss, die ihn gekränkt hatten. Roland war nicht wichtig, aber die Arroganz des Mannes ging ihm auf den Geist (ein neuer Ausdruck, den er vor Kurzem gelernt hatte: ein Reizstoff für den Verstand, genauso war Roland).

Als Erstes schaute er eines Morgens in der Wohnung am Primrose Hill vorbei. Die Bude war unordentlich, roch nach versifften Laken, Zigarettenasche und saurer verschütteter Milch. Anscheinend war Paula länger nicht hier gewesen, um das Chaos mit ein paar kleinen weiblichen Handgriffen zu beseitigen. Roland entschuldigte sich nicht einmal, offenbar war er immun gegen das Durcheinander aus schmutzigen Tellern und Gläsern in der Spüle. Itzik fragte sich, wie er noch in der BBC zurechtkam, aber vielleicht waren sie hinter dem Lautsprecher alle so, mit gelblichen Augen und nach Zigaretten stinkend.

«Gehst du noch mit meiner Nichte aus?», fragte er, ein weiterer neuer englischer Ausdruck, der das Gegenteil dessen implizierte, was er bedeutete. Roland und Paula, so seine Vermutung, verbrachten den Großteil ihrer Zeit zu Hause im Bett.

Roland zuckte die Achseln, als wollte er eine lästige Freundin von seinen dünnen Schultern schütteln. Seit fast vierzehn Tagen hatte er nichts mehr von ihr gehört. Er war zu stolz, um ihr zuzusetzen und sie zurückzuholen. Nachts dachte er an sie, nackt in seiner Jacke. Wahrscheinlich würde er sie nie versohlen können und sehen, wie ihre Haut dabei vor Erregung rot wurde. In Gedanken hatte er Fesselspiele exerziert, und nun würde nichts davon real werden. Es sei denn, er brächte die Sache zwischen ihnen wieder ins Lot, doch ihm fehlte die Kraft, er war unglaublich müde, befürchtete sogar, er könnte an Anämie leiden, bräuchte einen Teller Spinat mit gebackener Leber zur Stärkung. Zwei Termine bei der Frau in Swiss Cottage hatte er schon verpasst. Ihm war nicht nach Reden zumute.

«Wie gut», sagte Itzik, «dass ihr Intellektuellen in eurem Privatleben nichts von bürgerlicher Moral haltet, jedem gewöhnlichen Mann wäre es peinlich, wenn seine Frau es mit einem anderen treibt.»

Ein bitteres Gefühl von Besitzanspruch stieg in Rolands Kehle auf wie Sodbrennen. Er hatte einen Schmetterling in ihr gesehen, aufgespießt auf seiner Nadel, der zu seiner alleinigen Betrachtung, Bewunderung und Erbauung diente. Zum Teufel mit ihr, verflixte Schlampe.

«Ach, das ist doch alles ein alter Hut.» Er hob die offene Hand an den Mund und fächelte die Luft, ein vornehm-gelangweiltes Gähnen.

«Es macht dir also nichts aus?»

«Überhaupt nichts, sie kann tun und lassen, was ihr gefällt und mit wem es ihr gefällt. Ich will nicht, dass sie sich in eine Langweilerin verwandelt. Gott behüte!»

«Hat sie dir gesagt, wer es ist?»

«Möglich, dass sie es erwähnt hat, wahrscheinlich war

ich mit den Gedanken woanders. Solche Gespräche führen wir nicht. Offen gestanden höre ich ihr die meiste Zeit nicht zu, sie hat nichts Interessantes zu sagen.»

«Tja, wenigstens ist der alte Bursche verheiratet, die Sache dürfte also nicht lange dauern. Solche Männer kehren immer zu ihren Frauen zurück.»

Inzwischen glaubte Roland, er hätte darauf bestehen sollen, dass sie bei ihm einzog, sie hätte die Wohnung in Schuss halten und die Aschenbecher leeren können, und er hätte jede Nacht mit ihr geschlafen, dann hätte sich keinem anderen Mann die Gelegenheit geboten, ihre Haut zu berühren, die in seinen Augen so seidig war wie eine Bluse vom Schwarzmarkt. Aber er hatte sie nach Chelsea ziehen lassen, und jetzt bewegte sie sich außerhalb seines Radius, entfernte sich von ihm. Wie auch alles andere, wenn man es genau betrachtete. Und er war selbst schuld, er hatte ihr Robin Rose vorgestellt, statt sie in ihrer unterlegenen Sekretärinnenposition zu lassen, wo er sie im Griff gehabt hätte, ein unterwürfiges, dienendes Wesen. Dann hätte er sie versohlen können, sooft er wollte. Die verlorenen erotischen Möglichkeiten einer bei ihm lebenden Paula deprimierten ihn.

Sie unterhielten sich eine Weile über die Lage in der Sowjetunion. Itzik pries Stalin mit den üblichen Floskeln, Schlagwörter wie Blöcke aus Holz oder Beton, die keine Ausrutscher oder Missverständnisse zuließen. Sie zankten sich, und Itzik ging, schlenderte durch den Regent's Park, vorbei an den Kinderwagen schiebenden Nannys, auf der Suche nach den Geistern seiner Frau und seiner Töchter, die wild, ausgelassen und frei über das gemähte Gras rannten. Warum sie?, fragte er sich. Warum nicht diese Vertreter einer verkommenen Imperialmacht?

Als Nächstes schrieb er Mina einen zweiten Brief, diesmal unter dem Vorwand, er sei besorgt; er behauptete – und dabei musste er mit Fingerspitzengefühl vorgehen –, ihre Tochter sei mit einem Drogensüchtigen liiert, er teile Mina dies nur aus Sorge um den unbescholtenen Namen der Familie Mendel mit. Einen Namen, der mehrere Veränderungen erfahren hatte, um schließlich zu Phillips zu werden, was jedoch nichts an den Fakten ändere.

Minas Wissen über Rauschmittel und Stimulanzien hörte bei Alkohol auf: ein Champagnercocktail bei Bernice' Hochzeit, der Snowball an Weihnachten im Hotel. Von Marihuana, geschweige denn Heroin hatte sie noch nie gehört. Sie zog ihren jüngeren Sohn zurate, der einen Ruf als Mann von Welt genoss.

Benny hörte schockiert zu. Er machte gerade einem Mädchen namens Ruth Blackstone den Hof, deren Eltern nicht viel von ihm hielten, weil er angeblich in Kneipen ging und Bier trank wie das gemeine Volk. Eine Schwester, die mit einem Drogensüchtigen verkehrte, würde alles zerstören.

Benny sagte zu seiner Mutter: «Keine Sorge, Ma, Harry und ich regeln das schon.»

«Und wie wollt ihr das machen?»

«Ich sage nur, dass es da nichts zu verhandeln gibt.»

Am Samstagmorgen fuhren sie mit dem Humber ihres Vaters nach London. Die ganze Woche waren sie im Anzug, mit Krawatten samt Anstecknadeln und hübsch gefalteten Tüchern in den Brusttaschen zur Arbeit gegangen wie gute jüdische Söhne in Familienunternehmen, Jungen mit Kriegsakten und Orden, die beim Verband jüdischer Ex-Soldaten mitmarschierten. Im Auto ihres Vaters verwandelten sie sich in Randalierer, die scharf waren auf eine Schlägerei, mit den Fäusten schon mal Schattenboxen übten und sich mit üblen Ausdrücken ausmalten, wie sie diesen *Mamser* zurichten würden, der ihre Schwester geschändet und gedemütigt hatte.

Die englische Landschaft rollte unter den Reifen dahin. Lancashire rauschte vorbei und wich den Staffordshire Potteries. Sie fuhren vorbei an Bauernhöfen und Feldern, Kühen und Schafen, wechselten sich am Steuer ab, hielten an einem Parkplatz, um Wurstsandwiches zu verschlingen, drehten dem Verkehr den Rücken zu und bewässerten den Grünstreifen mit reichlich Pisse. Irgendwann ragte London vor ihnen auf, sie kannten es kaum. Es war nicht ihr Revier, doch nun mussten sie den Weg zu Rolands Adresse finden, einem Ort auf einem Hügel, benannt nach einer Blume. In Hendon verfuhren sie sich, fanden in Golders Green auf die Route zurück, umfuhren den Alexandra Palace und hielten an, um die BBC-Zentrale zu fotografieren, von der aus Roland gesendet wurde, verirrten sich wieder heillos in der Umgebung von Hampstead Heath, nachdem sie gedacht hatten, sie wären falsch abgebogen und hätten London ganz verlassen, dann erreichten sie schließlich Primrose Hill an den Nordausläufern des West End.

Sie lungerten herum und warteten auf Rolands Rückkehr. Von einer Anhöhe blickten sie auf St Paul's, laut Benny «die große *Schul* der Gojs». Und dann erspähten sie wie Fuchshunde ihre Beute. Die Haustür war gewöhnlich unverschlossen, damals gab es nicht viel zu stehlen, und die Wohnungstür war nur angelehnt, als würde Roland auf jemanden warten. Vielleicht auf ihre Schwester? Sie waren beide nicht groß und kräftig, keine muskulösen Kraftprotze wie seinerzeit Osher Blackstone in Brownlow Hill, aber sie waren zu zweit, hatten den Vorteil des Überraschungseffekts, und Roland befand sich in einem fortgeschrittenen Zustand dessen, was man damals einen Nervenzusammenbruch nannte. Sie schlugen ihm die Schneidezähne aus.

«Der lag nur noch wimmernd auf dem Boden», sagte Harry stolz, als sie spätnachts nach Hause kamen, steif von der langen Fahrt. «Wir haben ihn nicht umgebracht, nur dafür gesorgt, dass er sich *wünschte,* tot zu sein.»

«Und wir haben ihn daran erinnert, dass die Juden nicht mehr so schwach sind», fügte Benny zwinkernd hinzu.

Beim Anblick seines blutüberströmten Mundes, aus dem er Zahnbruchstücke auf den Teppich spuckte, hoben die Brüder die Hand an die Stirn und salutierten voreinander wie Kriegsgewinner. Dann fuhren sie zur Wohnung ihrer Schwester. Eric Fulton war kurz vorher gegangen, Paula fühlte sich wohl, weich, warm, an allen richtigen Stellen geküsst. Er hatte ihr gesagt, sie sei hinreißend und er werde sie so lange wie möglich glücklich machen. Sie dachte, er würde ihr sicher etwas schenken, zum Abschied.

Als sie das Klopfen an der Wohnungstür hörte, dachte sie, Eric hätte vielleicht etwas vergessen, seine Schlüssel oder sein Feuerzeug. In ihrem kleinen Wohnzimmer sah sie sich nach einem verlorenen Gegenstand um, den sie ihm zurückgeben könnte, und lächelte bei dem Gedanken, dass sie den Grund für seine Rückkehr geahnt hatte, wofür sie einen weiteren Kuss bekäme.

Harry stürmte herein und fing an, ihr Leben einzupacken. Zusammengeknüllt warf er ihre Sachen in einen Koffer, die Gesichtscremes neben die Kleider. Die strassbesetzten Anstecknadeln schlitterten über den Boden und fielen durch einen Spalt in der Fußbodenleiste. Benny, der pingelig war, sagte: «Pass auf, du wirfst ja alles durcheinander, die Sachen werden ganz fleckig.»

«Was zum Teufel geht hier vor?», wollte Paula wissen. «Was bildet ihr euch eigentlich ein?»

«Wir wissen über deinen Freund Bescheid. Hat er dich schon auf Opium gebracht?»

«Ach, der. Den hab ich seit Wochen nicht mehr gesehen. Mit dem bin ich fertig. Ihr könnt wieder nach Hause fahren und übermitteln, dass ich gesund und munter bin.»

«Übermitteln? Wieder so ein großes Wort.»

«Es hat nur elf Buchstaben, Benny.»

«Du weißt, was ich meine. Jedenfalls haben wir Ma versprochen, die Sache zu regeln, und genau das tun wir.»

«Sie war damit einverstanden?»

«So ist es, Paula.»

«Ihr solltet euch mal hören, ihr klingt absurd.» Sie kehrte ihnen den Rücken zu und griff nach einer Zigarette. Das kleine Drama dauerte sicherlich nicht allzu lange, gleich würden sie einen Bissen essen gehen, und dann würden die Jungs wieder nach Hause fahren. Sie verhielten sich wie in einem Film. Absolut lächerlich.

Ihr Absatz brach ab, als ihre Brüder sie die Treppe hinunterschleiften. Die Nachbarn kamen aus ihren Wohnungen und standen in den Türen, während Benny rief: «Sie ist unsere Schwester, es geht ihr nicht gut, wir bringen sie nach Hause.»

Und sie schrie zurück: «Ihr zwei verdammten Grobiane. Ich wünschte, ihr wärt nie geboren worden, ich wünschte, ich wäre ein Einzelkind.»

Dann saß sie im Auto, und zu dritt fuhren sie durch die Nacht, zurück in den Norden, in das Zimmer ihrer Kindheit, zu ihren Eltern, die in ihren Schlafanzügen im Wohnzimmer warteten, Brot und Butter und Käse unter einem feuchten Tuch, ein Teller mit Keksen, ein Krug Orangenlimonade. Paula aschfahl wie eine wandelnde Statue, fand ihre Mutter. Sie ging sofort zu Bett, aß nichts und wachte am nächsten Tag mittags auf. Mina saß am Bettende und beobachtete ihre Tochter, die aus einem schweren Schlaf auftauchte.

«Tut mir leid, dass wir dir das antun mussten, aber vergiss nicht, ich bin früher auch beinahe in Schwierigkeiten geraten, mein Bruder hat mich da rausgeholt, Harry und Benny haben das Gleiche getan. Ich weiß, du bist empört. Aber *Mamser* sind nun mal *Mamser*, überall auf der Welt.»

«Mami, du hättest dir keine Sorgen machen müssen, Mr Fulton hat sich um mich gekümmert.»

«Ach, hat er das? Wie nett von ihm. Was hält seine Frau von so viel Nettigkeit?»

«Wir haben einen *Film* gedreht, deinen Film, mehr nicht.»

«Und wenn er herauskommt, sehen wir ihn uns alle an. Ich bin schon gespannt, was er aus meinem Leben gemacht hat.»

«Es ist kein Biopic.»

«Ich weiß. Die Suppe steht auf dem Herd, komm zum Essen, wenn du fertig bist. Die Jungs kommen gleich vom Golf zurück. Wir essen alle zusammen wie früher.»

Am Tisch sagte Louis: «Wahrscheinlich habe ich sie auf dumme Gedanken gebracht. Ich hätte nie gedacht, dass es so weit kommen würde. London ist eine große Stadt, Millionen Menschen gehen dort anständig ihrer Arbeit nach, und ausgerechnet sie muss sich mit unliebsamen Leuten zusammentun.»

«Vielleicht hat sie das von mir und Jossel», sagte Mina. «Vielleicht haben wir die schlechte Veranlagung an sie weitergegeben.»

«Sei nicht albern. So was gibt es nicht. Tatsache ist, sie ist an die falsche Sorte Gojim geraten, leichtlebige Künstlernaturen. Sie führen ein ausschweifendes Leben. Ich war mit ihr in Ausstellungen und im Theater, sie liest Bücher. Sie wollte ein anderes Leben, und ich bin schuld.» Er mimte theatralisch, wie er den Kopf gegen den mit versilbertem Besteck gedeckten Tisch schlug.

«Ich weiß nicht mehr, was ich denken soll. Wir haben ihr alles gegeben, nur das Beste, dann hätte sie doch wirklich etwas ... Mir fällt nicht das richtige Wort ein.»

«Klarsichtiger?»

«Trifft es das? Meinetwegen. Was hat sie nur in diesem schrecklichen Mann gesehen, auf den sie sich eingelassen hat?»

«Was sehen Frauen überhaupt in Männern? Ich weiß es nicht, sag du's mir. Kennst du die Geschichte über den Brassey-Boy, der den Friseursalon in der Allerton Road hatte? Bei den Hausfrauen war er angeblich ziemlich beliebt.»

«Alles nur Klatsch, ich glaube kein Wort davon.»

«Du natürlich nicht, dich meinte ich nicht ...»

Mina hatte seit Jahren nicht mehr an Sammy Brassey gedacht. Männer sind nicht sehr kompliziert, dachte sie. Sie wollen, was sie wollen, und sagen es. Eine Frau muss vieles verbergen. Und dann kommt das große Chaos. Jetzt musste eine Geschichte her, ihre Tochter musste ihr Gesicht wahren. Etwas widerfährt einem, deine Brüder retten dich aus der Gefahr, und von da an führst du ein anderes Leben, als wäre es nie passiert, aber es *ist* passiert, du wirst dich immer daran erinnern, und wie du es erzählst, prägt das künftige Bild von dir. Sie würden sich eine neue Geschichte überlegen, so wie sie die Geschichte vom Wald und Jossels Flucht vor seiner Familie in die Arme der Schickse erzählt hatten. Es würde Widersprüche geben, falsche Hinweise, Harry und Benny würden eine heldenhafte Rolle spielen. Paula stünde unbescholten da. Aber insgeheim freute sich Mina, auch wenn sie es nicht sagte, dass ihre Tochter ihren schicksalhaften Moment im Wald erlebt hatte und dabei nicht zu Schaden gekommen war.

Als Paula später am Tag das Radio einschalten wollte, stand Louis auf und hielt ihre Hand fest, ehe sie den Knopf erreichte. «Hast du schon vom Fernsehen gehört?», sagte er. «Ich habe ein Gerät bestellt, am Mittwoch kommt es. Die Wattsons nebenan haben schon eins, die ganze Straße redet davon.»

Sie wusste, dass ihre Brüder Roland die Zähne ausgeschlagen hatten, auf der Rückfahrt hatten sie damit geprahlt. Während Paula auf der Rückbank die Straßenschilder Richtung Norden betrachtete, sagte einer: «Der Schmock wird uns nicht so schnell vergessen, der Lump.»

Sie mochte ihre Brüder und schämte sich. Harry wollte ein guter Junge sein, aber Benny hielt sich für besonders verwegen, für eine Art Dutch Schultz, einen Filmgangster. Sie hatte es für nichts weiter als eine Pose gehalten, eine Marotte, so wie man sich einen bestimmten Hut schief auf den Kopf setzt.

«Was habt ihr euch bloß dabei gedacht? Warum habt ihr euch eingemischt? Was geht euch mein Leben an?» Sie tastete nach der vertrauten Naht ihres Handschuhs, aber sie trug keinen.

«Du hattest einen schlechten Ruf, das durften wir nicht zulassen. Du bist unsere Schwester, wir müssen auf dich aufpassen.»

«Ich kann wunderbar ...»

«Ja, wir wissen alle, du bist ein Wunderkind.»

«Das hab ich nie gesagt.»

«Hör zu, Mami hat uns was zu essen eingepackt, wenn du Hunger hast, können wir anhalten. Die hartgekochten Eier haben wir alle gegessen, aber es sind noch Sandwiches mit Cheshire-Käse und ein paar *Kichel* übrig.»

«Wieso sagt ihr nicht Kekse dazu?»

Ihr war klar, dass sie zickig und verwöhnt klang. Sie erinnerte sich an Rolands Frage, ob ihre Eltern sie liebten, und ihre Antwort: «Natürlich! Ich bin ihre Prinzessin.» Paula hatte ihre Liebe für selbstverständlich gehalten und nicht gedacht, dass sie ihr Leben beeinträchtigen könnte. Doch wie sich zeigte, war starke Liebe zu allem fähig. Sie konnte einer Person Gewalt antun.

In den Wochen nach ihrer Rückkehr musste sich Roland vermutlich eine Zahnprothese anfertigen lassen, ehe er seine Arbeit bei der BBC wiederaufnehmen konnte, dachte Paula. Als der Fernseher ankam, rechnete sie ständig damit, ihn auf dem Bildschirm zu sehen, der wie ein Auge aus dem großen Holzschrank mit den Schubladen für die *Radio Times* hervorlugte. Roland im Smoking und mit Fliege, und während er die Nachrichten las, könnte sie seinen ganzen Missmut und seine Enttäuschung erkennen, das freche Mundwerk, den wahnsinnigen Blick. Aber er schien verschwunden zu sein. Ihre Brüder hatten ihn ruiniert, ehe er sich selbst völlig ruinierte.

An den Nachmittagen, nach einem Mittagessen, das ihre Mutter auf den Tisch stellte und, von ihr kaum angerührt, wieder abtrug, ging sie im Calderstones Park spazieren. Mit müden Beinen und leerem Kopf schleppte sie sich durchs Gras. Ihre Augen nahmen Vertrautes auf, eine alte Welt und eine alte Zeit. Ihre Kindheit. Ein Ort, gleich einer Schulter, auf der ein Pfeil ruhte, der in die Ferne zielte. Ein Pfeil, der zurückgeprallt war.

Aber ich finde meinen Weg zurück, dachte sie und kam sich sehr wie Scarlett O'Hara vor. Morgen ist auch noch ein Tag. Ich *muss* weg, hier kann ich nicht für den Rest meines Lebens bleiben, ich gehöre nicht mehr hierher. Ich bin nicht nur Paula Phillips aus der Allerton Road, beschränkt auf einen kleinen, gemeinen Personenkreis, kontrolliert von meinen Brüdern. Ich bin mehr.

Sie blieb in ihrem Zimmer, saß an ihrer Frisierkommode

und schrieb Briefe an Eric Fulton. Seine Antworten waren charmant, geistreich und liebenswürdig, er bedaure, versicherte er, sie auf so dramatische Weise verloren zu haben. Sie dachte, er würde vielleicht in seinem Auto vor ihrer Tür auftauchen, die Angelegenheit mit ihren Eltern klären, sie zurückbringen in ihre Wohnung in der King's Road und in das aufregende, trubelige, triviale Leben des Filmgeschäfts. Doch das war nur ein romantisches Hirngespinst, ein Märchen, denn er schrieb von dem neuen Skriptgirl, «kein Vergleich zu dir, meine Liebe, aber was soll man machen, wie die Engländer sagen», und nach ein paar Wochen blieben seine Antworten aus.

Einen Monat später kam ein Umschlag mit einem Schnappschuss von ihm, seiner Frau und einem Baby, das eingewickelt in ein Tuch auf seinem Arm schlief. «Am Ende ist alles gut gegangen», stand auf der Rückseite. «Mit besten Grüßen, Eric Fulton (dein lieber Flossie!)»

Das große gleichgültige London machte also ohne sie weiter. Einige Freundinnen hatten bereits Babys. Im Park ging sie an ihnen vorbei, sah, wie sie Kinderwagen schoben und miteinander über Babyzwieback und gestrickte Stiefelchen plauderten. Die besten Jungs waren vergeben, nicht dass sie einen von ihnen gewollt hätte, aber sie war daran gewöhnt, zur ersten Riege der jungen jüdischen Mädchen von Liverpool zu gehören. Sollte sie sich jetzt mit einem Zweitbesten abgeben, dem unter frühem Haarausfall leidenden Sohn eines Geschäftsmanns, den ihr Vater für sie aussuchte, eine nutzbringende Erweiterung für das Ledergeschäft, eine weitere Unternehmensfusion mit enttäuschten Hoffnungen wie bei Mendel-Clumpus? Doch selbst die, hatte sie gehört, sprachen von ihr als angeschmutzt, sie war ein Ausstellungsstück wie ein herabgesetzter Fernsehapparat. Genau das hatte Roland mit spießiger Moral gemeint, auch wenn es mehr als eine Braut gab, die in einem extra weit geschnittenen Empire-Hochzeitskleid zum Altar schritt, die kleinen Heuchlerinnen, sie könnte Namen nennen, wenn sie wollte.

Ich bin in der Hölle, dachte Paula Phillips, die Erfahrungen in London mussten für den Rest ihres Lebens ausreichen.

Dann, in den folgenden Monaten, war da Ringo, der Schwartz-Junge, der ein neues Kleidergeschäft in der Bold Street eröffnete, das sich an Frauen richtete, die Pariser Mode zu nordenglischen Preisen suchten. Von seiner Zeit im Nachkriegsdeutschland wusste er, wie einfach es war, sich in eine Überlebende zu verlieben und den Retter zu spielen, ein Mädchen mit einer Nummer auf dem Arm nach Liverpool mitzunehmen und zu versprechen, jetzt könne ihr nichts mehr geschehen, was sie erlebt habe, sei nur ein Albtraum gewesen. Einige seiner Armeekameraden hatten das getan und waren mit fragilen, schwierigen Frauen mit schrecklichen Erinnerungen verheiratet, Mädchen, die in der Nacht aufwachten und getröstet werden wollten. Eine war enorm dick geworden, sie futterte die ganze Welt auf, um ihren Hunger zu stillen, und zwang ihre Kinder zum Essen. Er kannte gebildete jüdische Frauen, die einst Berufe gehabt hatten, Autorinnen von wissenschaftlichen Arbeiten, ja sogar Büchern, die in Liverpool unter den vulgären Ostjuden gestrandet waren, zu Hause bei zugezogenen Vorhängen Cello spielten und es nicht wagten, beim Einkaufen die deutsche Sprache über ihre Lippen zu lassen. Ein ganzer Strauß von Problemen, auf den er gern verzichtete, Komplexe, Neurosen und Mangel an tröstlicher Jiddischkeit.

Er hielt an Paula Phillips fest, an die er sich als mürrischen, schönen Teenager erinnerte, mit dem er einst bei

Bernice' und Lionels Hochzeit getanzt und auf den Stufen des Adelphi französische Zigaretten geraucht hatte, bei jener Hochzeit, die den Niedergang des familiären Rufs eingeläutet hatte. Das mochte er an ihnen, er fand die ganze Konstellation interessant. (Und sie hatten keine Ahnung, worauf sie sich einließen, als sie seinen Cousin Lionel Clumpus in ihre Familie aufnahmen. Früher oder später würden sie es erfahren. Von wegen guter Junge. Arme Bernice, die nicht ahnte, was sie sich da aufgehalst hatte.) Inzwischen wirkte Paula noch hübscher, noch launenhafter – was auch immer in London passiert war, ihren Stolz hatte es nicht gebrochen, und das freute ihn. Wenn er sie mit ihrer Mutter die Treppe der *Schul* herunterkommen sah, hatte er den Eindruck, dass sie verletzt, aber ohne größere Narben davongekommen war. Sie ging wie eine Prinzessin und blickte erhobenen Kopfes über die Frauen in ihren Schabbeshüten hinweg. Er zwinkerte ihr zu. Sie tat so (nicht sehr überzeugend), als erkenne sie ihn nicht. Frauentricks, dachte er. Aber egal, er würde ihre Aufmerksamkeit wecken. Sie war schön und verdammt – unwiderstehlich!

«Keiner will einen Kuchen, bei dem schon ein Stück fehlt», sagte seine Mutter.

«Doch, durchaus, es zeugt von der Qualität des Kuchens, köstlich.» Er lachte. Was sollte er mit einer Jungfrau in der Hochzeitsnacht? Soweit er wusste – er hatte es von Lionel gehört, der es von seiner Frau hatte, die es von ihrer Mutter wusste –, hatte sie zwei Männer gehabt, einer davon älter, verheiratet, erfahren. Er musste also nicht so tun, als wollte er nicht, was er wollte.

«Wenn dir gefällt, was du siehst, könnten wir es einfach miteinander versuchen», sagte er zu ihr. «Ich werde dir alles geben, dir alles zeigen. Wir wären nicht nur hier, ich bin ein

Mann von Welt, genau wie du, eine Frau von Welt, meine ich. Ich bin sicher, wir könnten uns ein wunderbares Leben einrichten.»

Sie saßen in der Bar des Philharmonic Hotels. Paula war oft im Bus daran vorbeigefahren, aber nie drinnen gewesen. Überall Buntglas und edles Mahagoni. Er führte sie bereits auf neues Terrain, das sprach zu seinen Gunsten. Es war ihre erste Abendverabredung seit ihrer großen Rückkehr. Aber sie betrachtete alles, was sie verpasst hatte, und war nicht beeindruckt. Roland hätte sich zweifellos verächtlich über den Ort geäußert und eine seiner gemeinen Bemerkungen losgelassen.

«Aber wir werden immer nach Hause kommen, zu all dem hier.» Sie ließ den Blick über die spießigen Versicherungsmänner und anderen Lohnarbeiter in der Welt des Handels schweifen, über ihre Frauen und Freundinnen, die sich um Klasse bemühten, aber das Ziel verfehlten.

«Was ist daran so schlimm? Ich bin herumgekommen, ich weiß, wie die Leute leben. Jedenfalls bin ich in dich verliebt, und ich lasse mich ungern von etwas abbringen. Du liebst mich noch nicht, aber das kommt noch. Und eines verspreche ich dir: Deine Brüder werden sich in nichts einmischen. Die Sache wird sich nicht wiederholen.»

Sie betrachtete ihn über den Tisch hinweg, während er seinen Gin Tonic trank. Sie registrierte die dunklen Haare auf seinen Handrücken, die schwarzen Augenbrauen, seinen Goldzahn beim Lachen, die Krawatte, den Anzug, die Schuhe, eine entwaffnende Lässigkeit, die er geschickt einzusetzen wusste. Ein Mann, für den zögern ein Fremdwort war, der wusste, was er tat. Sie versuchte, sich vorzustellen, wie er im Bett war. Vermutlich energisch. Sie sah ihn auf sich, schwer, keuchend. Brummend wie ein Bär. Könnte

Spaß machen, es würde sich zeigen. Keine angedrohten Prügel, aber vielleicht andere Überraschungen.

«Ich weiß, du bist leicht angeschlagen», fuhr er fort, «aber du kommst darüber hinweg. Ich sorge dafür.»

«Du kannst gut reden, das muss ich dir lassen.» Und als wollte sie ein schlagendes Argument für oder gegen diesen geschäftsmäßigen Antrag vorbringen, sagte sie: «Fährst du mit mir nach New York?» Eine höhere Karte konnte sie nicht ausspielen. Amerika war nach wie vor das gelobte Land.

«Natürlich, was glaubst du wohl! Und zwar per Flugzeug, nicht wochenlang mit dem Schiff übers Meer. Wir werden schnell wie der Blitz dort sein.»

«Ich denke darüber nach.»

Ein paar Tage später sagte Mina: «Mir kommt viel über dich und den Schwartz-Jungen zu Ohren.»

«Ach ja?»

«Ich könnte etwas dazu sagen.»

«Will ich es hören?»

«Ich weiß nicht, ich konnte noch nie deine Gedanken lesen.»

«Da bin ich erleichtert.»

«Paula, besser triffst du es nicht, nicht in Liverpool, er ist für dich gemacht. Er wird dir die Erde zu Füßen legen. Nimm ihn, bevor er sich langweilt, Männer wie er verlieren schnell das Interesse.»

«Er wartet schon lange genug auf mich, seit Bernice' Hochzeit. Aber ich glaube nicht, dass ich verliebt bin.»

«Das kommt noch. Früher oder später wirst du ihn lieben, schieb es nicht zu lange hinaus.»

«Das sagt er auch.»

«Bei deinem Vater und mir war es auch so. Am Ende hat es funktioniert.»

«Mami, gab es irgendwann einen Punkt, an dem du dachtest, nur weil er den ganzen Weg aus Leeds gekommen ist, muss ich noch lange nicht Ja sagen?»

«Natürlich, ich habe nicht sofort eingewilligt. Aber ich wusste, er ist ein guter Mann.»

«Aber was, wenn …?»

«Du hast meine Meinung gehört.»

Paula wartete noch ein paar Wochen. Sie wartete darauf, Rolands Stimme im Radio zu hören, aber andere hatten ihn ersetzt. Sie wartete auf eine Antwort auf ihren Glückwunschbrief an Eric, aber er schwieg. Als der Film anlief, waren Ringo und sie verlobt. Sie hatte gedacht: Na gut, dann muss ich wohl.

Als sie das erste Mal miteinander schliefen, in seiner Wohnung über dem Geschäft in der Bold Street, wurde ihr klar, dass sie keinen Fehler gemacht hatte. Er saß in seinem Bademantel auf der Bettkante, ein behaartes Bein über das andere geschlagen, und sagte: «Wie viel schwebt dir als Taschengeld für Kleidung vor?»

«Brauch ich denn eins?»

«Ich mache dich zur am besten gekleideten Frau in Liverpool.»

«Und zur am besten gevögelten.»

«Ich wusste nicht, dass du das Wort kennst, du Flittchen.»

«Jemand hat mal gesagt, ich sei gut zu vögeln.»

«Tja, das stimmt.»

«Ich glaube, mit uns wird es gut laufen.»

«Sag ich doch.»

Die Familie fuhr zur Premiere nach London.

Mina sah sich den Film schweigend an; sie lachte nicht, sie lächelte nicht, sie weinte nicht. Beim Abspann sagte sie:

«Sehr schön, gut gemacht. Ich hoffe, er spielt eine Million Pfund ein.» Paula wusste nicht, ob sie sarkastisch war oder ob der Film bei ihr einen Nerv getroffen hatte. Vielleicht wollte sie sich jetzt in eine Schneeammer verwandeln und davonfliegen? Sie wurde nicht schlau aus ihr. Eric kam vorbei und beugte sich hinunter zu der kleinen rundlichen Frau in ihrem Satinkleid und ihrem um das Handgelenk geschlungenen silbernen Abendtäschchen. Die Hände in flehender Geste, sagte er: «Was sagen Sie?»

«Sehr gut, wirklich sehr gut. Sie machen mich stolz.»

«Gott sei Dank. Wissen Sie, was Orson Welles über Geschichten gesagt hat?»

Louis erwiderte: «Wir kennen Mr Welles nicht, aber wir haben von ihm gehört und einige Filme von ihm gesehen.»

«Er sagte, keine Geschichte hat ein Happy End, wenn man sie bis zum Schluss erzählt.»

Mina sah ihn an und verdrehte die Augen. «Und was kommt als Nächstes?», sagte sie.

TEIL III

33

Eben noch sitzt Louis im Wohnzimmer mit der Abendzeitung im Schoß, schaut *Coronation Street* und greift nach der Süßigkeitenschale auf dem Beistelltisch, und im nächsten Augenblick liegt er auf den Knien am Boden und ruft: *Hilfe, jemand muss mir helfen.* Das Herz ist blockiert, das Herz hat Probleme. Eine Fahrt im Krankenwagen zum Sefton General, ein eisernes Bettgestell mit festgezurrten Laken und Decken, Krankenhaushemd, eine Flasche Lucozade auf dem Nachttisch. Er sieht bleich und verstört aus, ihm gefällt das Ambiente nicht. Die Schwestern – kräftige, praktische Irinnen; die Ärzte mit sachlichen, unnahbaren Gesichtern. Wenn er doch nur seinen burgunderroten Morgenmantel mit den Troddeln am Gürtel hätte oder wenigstens einen sauberen Schlafanzug von Marks & Spencer. Dann könnte er sich in Würde auf der Nightingale Station erholen, die voller Huster, Röchler und Jammerer ist. Dann könnte er er selbst sein: Louis Phillips Esq. von Acme Chamois Leathers, der sich griechische Pomade in das nur noch spärlich vorhandene Haar kämmt; dessen Geschäft den wirtschaftlichen Abschwung überlebt hat, während andere untergingen, selbst sein sehr erfolgreicher Schwiegersohn hatte einige Monate große Angst und musste zwei Läden schließen.

Louis glaubte nicht, dass er im Sefton General sterben würde, ebenso wenig wie Mina, aber die Umgebung versetzte ihn in Panik; vielleicht wäre er in einer Privatklinik besser aufgehoben, sie könnten es sich leisten. Es wurde über eine Verlegung in ein Erholungsheim in Irland diskutiert, geführt von freundlichen, erfahrenen Nonnen. Ringo brachte eine Broschüre mit. «Erstklassig», sagte er. «Wunderschöne Gartenanlagen, gutes Essen, einige Zimmer mit Blick aufs Meer. Ein paar Wochen dort, und du bist wieder auf den Beinen.» Aber Louis gefiel das Heim nicht, er hielt nichts von den Nonnen in ihren langen schwarzen Gewändern und weißen Hauben oder den Zimmern, in denen über jedem Bett ein hölzerner Jesus hing, aus dem hölzernes Blut troff.

Nein, er wollte zu Hause genesen. «Meine Frau wird sich um mich kümmern», erklärte er dem Arzt. «Außerdem habe ich wunderbare Kinder und Enkel.» Aber der Arzt bestand darauf, dass er noch eine Weile im Krankenhaus blieb.

«Lass mich bitte wie *a Mentsch* aussehen, Mina», sagte er. «Du weißt, was ich brauche. Den seidenen Morgenmantel von Simpsons. Und wenn ich hier rauskomme, könnten wir Tanzunterricht nehmen.» Das nämlich hatte eine Schwester zu einem Mann drei Betten weiter gesagt. *Bald sind Sie wieder auf den Beinen und tanzen Foxtrott.* Warum sollten er und Mina sich nicht ein Hobby suchen, nachdem er nun halb im Ruhestand war und Harry den Laden fast allein schmiss? Bewegung sei wichtig, hatte man ihm gesagt. Er musste die Zigarren aufgeben, anfangen Golf zu spielen, sein eigener Caddie sein. Er war immer leichtfüßig gewesen, und so sieht er für Mina und sich eine Zukunft, in der sie Tanzkurse besuchen und bei Hochzeiten das Tanzbein schwingen. Ein bisschen angeben. Warum denn nicht?

«Und wie sieht's im Schlafzimmer aus?», fragte er den Oberarzt. «Muss ich mich in Zurückhaltung üben?» Er brachte ein Zwinkern zustande.

«Es gibt Bewegung, und es gibt Überanstrengung. Bei Ihrer Entlassung sprechen wir darüber von Mann zu Mann. Vorläufig belassen wir es dabei.» Und eilte aus der Station, weg von den Gerüchen und kranken Körpern und ungeleerten Bettpfannen.

Louis erinnerte sich an das jugendliche Mädchen, dem er in seinem besten Anzug, mit Melone und roter Nelke im Knopfloch den Hof gemacht hatte. Manchmal betrachtete er Mina, und da war sie, ein Gewirr aus dunklem Haar, schwarze Augen, verschmitzte Miene. Und manchmal war sie eine alte Frau mit dicken Knöcheln und von Arthritis verformten Händen. Ihr Hals war eingefallen, unter dem Kinn wabbelte die lose Haut wie bei einem Truthahn. Der Lauf der Zeit war ihm unbegreiflich, er wusste nicht, ob die beiden Minas noch dieselbe Person waren oder ob ein Hochstapler ihre Gestalt angenommen hatte. Wenn sie als Erste ging, wer blieb dann noch, wer würde sich an ihn als jungen Mann mit hellbraunem Haar erinnern? Denn wenn er sich in diesem Krankenhaus die alten Männer ansah, hatte er trotz allem das Gefühl, dass er keiner von ihnen war, dass er nicht hierhergehörte; dass er ewig leben würde.

Mina, die an seinem Bett saß, auf dem Schoß eine Papiertüte mit einem halben Pfund Trauben, sagte: «Du hast Glück gehabt. Aber wie Ringo immer sagt, was dich nicht umbringt, macht dich stärker.» Sie sah ihr gemeinsames hohes Alter mit großer Klarheit: Sie fühlten sich miteinander wohl, zankten sich, machten viel Wirbel um die Enkel, verwöhnten sie. «Und wir könnten noch mal nach Cannes fahren. Weißt du noch, damals im Martinez, als der arabische Scheich ankam und dieser Sklave oder wer auch immer das war, rückwärts vor ihm herkroch?»

«Als könnte ich das je vergessen. Was soll man von solchen Leuten halten? Aber ihnen gehört das Öl, und Öl bedeutet heutzutage Macht.»

«So ist es, zu unserer Zeit waren es Kohle, Fabriken und Elektrizität.»

Einige Tage lag Louis in all seinem Pomp im seidenen Morgenmantel mit seinen Reader's-Digest-Büchern, den Weintrauben, der Lucozade, den zaghaften Gesprächen mit den anderen Patienten, dem angenehmen Anblick der jungen Schwester, im letzten Monat frisch angekommen aus Cork, die ihn mit dem Schwamm wusch, während er versuchte, keine Erektion zu kriegen, als sie mit dem Seifenwasser unter seinen Achseln zugange war.

Wo war sie, als er mitten in der Nacht einen zweiten Herzinfarkt erlitt? In der Schwesternstation, über eine Zeitschrift gebeugt.

«Im *Krankenhaus*», sagte Harry, der kurz davor war, wegen medizinischer Fahrlässigkeit zu klagen. «Was haben sie alle gemacht, als mein Vater dalag und um sein Leben kämpfte?»

Die junge Schwester weinte, ging zum Beichten in die Kirche und erzählte dem Priester, sie hätte quasi einen Mann getötet, während sie einen Artikel über David Essex las.

Am Nachmittag gab die Oberschwester Mina den seidenen Morgenmantel und den Schlafanzug von Marks & Spencer in braunem Papier verpackt und mit einem Faden verschnürt zurück.

«Ich gab dieser Schwester einen Mann, sie gab mir ein Päckchen zurück», sagte sie zu Paula, denn unter Witwen galt es als ausgemachte Wahrheit, dass Krankenhäuser Männer aufnahmen und sie als etwas zurückgaben, das man mit der Post verschicken konnte.

Im Bus fuhr sie mit Louis in ihrer Einkaufstasche in ein leeres Haus zurück. Seinen Morgenmantel hängte sie wieder an die Badezimmertür. Wenn sie auf der Toilette saß, dachte sie, er könne sich jeden Moment umdrehen und sagen: «Mina, brauchst du noch lange? Ich muss dringend pinkeln.» Was für ein Romantiker, der Geist meines Mannes, dachte sie.

Nun war sie alleinige Besitzerin von drei Schlafzimmern, einem Wohnzimmer, einem Esszimmer, einem Frühstückszimmer, einer Küche, einer Badezimmer-Suite, einem Garten mit einem verschlossenen Schuppen – der Schlüssel war seit Langem verloren –, einem ausgedienten Kohlenkeller und einer Garage mit Louis' Auto, das sie nicht fahren konnte und Harry für seine jüngste Tochter schenkte, die gerade ihren Führerschein machte.

Sie hatte noch nie allein gelebt. Von ihrem Elternhaus mit Brüdern, Schwestern und Dienstboten war sie an den Brownlow Hill gezogen, wo zwei Familien unter einem Dach wohnten. Dann in die Allerton Road, zusammen mit drei Kindern, die chaotisch zusammen aufwuchsen. Wo sie und Louis am Abend fernsahen. Und nun Stille. Wenn sie vom Einkaufen zurückkam, lag der schmutzige Löffel immer noch auf der Arbeitsfläche, der ungewaschene Becher stand immer noch in der Spüle. Man konnte nicht ständig die Resopalflächen abwischen, das Besteck in den Schubladen ausrichten, die Zierstücke abstauben, den Herd reinigen, die Teppiche saugen, die silbernen Kerzenständer für den Freitagabend polieren, das Geschirr nach zusammenpassenden Mustern neu ordnen. Wenn *Coronation Street* zu Ende war, hatte sie bereits Nachthemd, Bademantel und Pantoffeln an. Sie betrachtete die Kaminuhr, bis der Zeiger auf neun stand und sie die Treppe hinauf in ein Bett gehen konnte, das eine Heizdecke eine halbe Stunde lang gewärmt hatte. Sie reinigte ihr Gesicht mit Feuchtigkeitscreme, putzte sich die Zähne, küsste die Schulter von Louis' Morgenmantel und fuhr mit den Fingern am Saum entlang. Dann kam der K.-o.-Schlag, der Schlaf.

Ihre Kinder luden sie abwechselnd zum Essen am Freitagabend ein. Ringo hatte einen Architekten engagiert, keinen nullachtfünfzehn Bauherrn, um seine Frau mit einer modernen Glasvilla hinter den neuen Wohngebieten von Allerton zu beglücken, ein Traumhaus. Sie hatte einen Ankleideraum mit begehbarem Kleiderschrank, er ein Zimmer für seine Zigarren. Unter seiner energischen Führung hatte er das Klamottengeschäft der Familie zu einer Boutiquenkette von Liverpool bis in die wohlhabenderen Vororte von Cheshire erweitert. Sie hatten eine Tochter, die sie Shelley nannten. Von den Sechzigerjahren bis in die späten Achtziger fuhren sie jedes Jahr in die Karibik. Ringo ließ sich die Haare über den Kragen wachsen, sie wurden kiffende Urlaubshippies in Sarongs, die tief gebräunt und entspannt nach Hause zurückkehrten, bereit, neue Bestellungen bei Mary Quant, Ossie Clarke, Foale and Ruffin aufzugeben. Sie aßen Steak Tartare und Salate. In ihrer Küche hatten sie das Konzept einer Avocado als Vorspeise eingeführt, die mit einem Teelöffel gegessen wurde und in deren Hohlraum eine Vinaigrette schwamm. Sie waren moderne Menschen, die Dinnerpartys gaben. Nun aber bereitete Paula gehackte Leber, Hühnersuppe, Brathähnchen und Apfelkompott zu, um den Appetit ihrer Mutter anzuregen.

Der Anblick ihrer vor dem Teller sitzenden Mutter, die ihr Essen (und es war wirklich nicht schlecht) kaum anrührte, löste bei Paula den unwillkürlichen Drang aus, in die Rolle einer Mutter für ihre Mutter zu schlüpfen. Was nur böse enden konnte, weil ihr das nicht besonders lag. Doch Paula blieb dabei: «Jemand musste etwas unternehmen, und wenn ich nicht eingegriffen hätte, wäre ich sowieso schuld gewesen.»

Sie sorgte sich tatsächlich um die Depression ihrer Mutter, von der sie anfangs dachte, sie würde sich legen. Jahre nach dem letzten Treffen mit Roland hatte sie ein Interesse für Psychologie entwickelt. Mina, rief sie Ringo in Erinnerung, hatte nie den Tod ihrer Eltern betrauern können. Es dauerte Jahre, bis sie vom Schicksal ihrer kleinen Schwester in diesem schrecklichen Lager erfuhr. Es gab keine bekannten Gräber, und Mina hatte die ganze Trauer in all der Zeit sublimiert. Sie brauchte einen Abschluss, den Stein, der die Gräber endlich versiegelte und einem verinnerlichten Trauma ein Denkmal setzte.

Doch bevor das stattfinden konnte, war Paula in Hargreaves einkaufen gewesen und hatte Hettie Chalkin, eine der Freundinnen ihrer Mutter, sagen hören: «Louis Polack ist jetzt seit sieben Monaten tot. Mina muss endlich einsehen, dass es inzwischen frischer verwitwete Frauen als sie gibt, sie muss darüber hinwegkommen.» Als sie Paula bemerkte, die sich nach Olivenöl erkundigte, sagte sie rasch: «Hast du was an den Ohren?»

Paula, die ihrer Mutter gerade eine Hähnchenkeule auf den Teller legte, sagte: «Mami, hast du schon mal an Valium gedacht?»

«Ja, die ganze Welt nimmt Valium!», sagte Ringo, der selbst noch keine der Glückspillen geschluckt hatte. «Wirkt wie Penicillin, nur für die Psyche. Eine Wunderdroge.»

«Drogen?», sagte Mina. «Damit kennst du dich ja aus, Paula.»

«Nicht solche Drogen. Du bekommst sie vom Arzt, auf Rezept.»

«Was wissen Ärzte denn schon? Ich habe ihnen einen Mann gegeben, sie gaben mir ein Päckchen zurück.»

«Ja, Mami, aber du darfst das nicht ständig sagen, langsam wird es langweilig. Natürlich nicht für uns, aber für andere Leute, deine Freundinnen. Du weißt, es gibt jede Menge Witwen, die sich in Aktivitäten stürzen, du könntest ...»

«Ich habe mein Leben lang keine Aktivität gemacht und fange jetzt nicht damit an. Ich war damit beschäftigt, drei Kinder großzuziehen. Für Aktivitäten war dein Vater zuständig, der hat sich seine Bilder angesehen und dich mitgenommen, und du siehst, wohin das geführt hat.»

«Okay, Mami, wenn ich mit dir zum Arzt gehe, probierst du es dann wenigstens mit Valium?»

Mina wollte Nein sagen, aber es war nicht leicht, sich gegen die geballte Macht ihrer Tochter und ihres Schwiegersohns zu behaupten, die ein schönes Leben führten und gerade planten, einen Swimmingpool unter dem Haus anzulegen. Ringo hatte ihre Tochter vor einem Fehlstart gerettet. Einen besseren Schwiegersohn hätte sie sich nicht wünschen können, einen Mann, den jeder mochte. Und der seiner Frau alles gab, was sie wollte. Eine Spülmaschine. Einen mit Smaragden besetzten Ewigkeitsring. Wie konnte sie ihm etwas abschlagen?

Mina war immer eine rastlose Frau gewesen, die schnell reagierte, unermüdlich auf den Füßen, ungeduldig beim Lesen eines Buchs oder beim Fernsehen. Sie stand plötzlich auf, zog ihren Mantel an, band sich ein Tuch ums Haar und eilte aus dem Haus, um einen Spaziergang im Naturschutzgebiet von Childwall zu machen. Auch ein Blitzer konnte sie nicht abhalten, er zeigte ihr lächelnd sein widerliches rosa Ding, worauf sie ihm zurief: «Glaub mir, ich hab im Wald schon Größeres und Schöneres gesehen.»

Jetzt saß sie da. Die Hände im Schoß, tote Fischaugen, den Kopf voller Watte. Und das soll Glück sein?, fragte sie sich. Was für ein Schwindel. Sie fühlte sich – und suchte nach einem Wort, das nicht zu ihrem alltäglichen Wortschatz gehörte – gelassen. Gleichgültig und gedämpft, wie sie war, hätte sie genauso gut tot sein können. Mehrmals am Tag, wenn sie die Energie aufbringen konnte, stand sie aus dem Sessel auf, ging ins Bad und schaute in den Spiegel, ob sie noch da war. Im unvorteilhaften Neonlicht sah sie die Truthahnwamme, die Hautlappen am Kinn. Wer würde mich jetzt noch ansehen?, dachte sie und erinnerte sich an die Zeit, als ihr künftiger Mann an ihrer Tür erschien. Eine Strafe ist das. Aber wofür? Dass ich meine Eltern, meinen kleinen Bruder und meine kleine Schwester verlassen habe? Gut möglich.

Jossel, fast achtzig, vollkommen kahl, schäbig gekleidet, zufrieden, noch immer in seine Frau verliebt, kam manchmal zu Besuch und versuchte, sie zum Lachen zu bringen. Kannte sie schon den vom ...

«Ich bin nicht in der Stimmung für Witze.»

«Na schön, reden wir über alte Zeiten. Erinnerst du dich ...»

«Ich bestehe nur noch aus Erinnerungen, und das soll ein Leben sein?»

«Das Leben ist, was du daraus machst, Mina.»

«So wie du? Soll ich jetzt mit einem jungen Gigolo durchbrennen?»

«Ich habe nie gesagt ...»

«Ist auch besser so, bevor du damit anfängst.»

«Womit anfangen?»

«Ich weiß nicht. Hör auf, mich zu belästigen, ich kann nicht mehr denken.»

«Wenn ich nicht willkommen bin, dann sag, ich soll gehen.»

«Es freut mich, dass du ein Zuhause hast, eine Frau, die dir einen Tee macht, wenn du zurückkommst. Was habe ich?»

«Mina, es liegt an den Tabletten. Ich habe großen Respekt vor deinem Schwiegersohn, der sie dir empfohlen hat, aber du nimmst Gift zu dir. Wenn du so weitermachst, bringst du dich noch um. Gib sie mir, ich werf sie in den Müll. Du wirst mir dankbar sein, wenn du wieder die Alte bist.»

«Vielleicht hast du recht. Aber ich weiß nicht.»

«Ich bin dein Bruder, ich will nur das Beste für dich. Wo sind sie? Im Bad?»

«Im Schränkchen.»

Im Bad klappte er die Klobrille hoch, pinkelte langsam und unter Schmerzen in die Schüssel. Dann kippte er den Flascheninhalt hinein und spülte. Die Tabletten strömten in Richtung Fluss, um die Fische zu beruhigen.

Dann kamen die kleinen Tierchen, mit Schnauzen und winzigen Augen drängelten sie aus der Tapete ins Schlafzimmer. Keine Art, die sie kannte, es waren keine Ratten, Mäuse oder Hamster, sondern ungewöhnliche Wesen, die in den Vororten hinter den Wänden der Doppelhaushälften depressiver Witwen lebten und auf ihre Chance warteten. Sie zog sich die Decke über den Kopf. «Louis, wo bist du? Warum lässt du zu, dass sie mir das antun?», rief sie der leeren Doppelbetthälfte zu.

Am Morgen rief sie den Arzt an. Der Paula anrief. «Ich glaube, Sie sollten Ihre Mutter zu sich holen, sie hat Entzugserscheinungen. Man muss die Tabletten langsam absetzen, ich hab es ihr gesagt, als ich sie ihr verschrieben habe, aber die alten Frauen vergessen es und fangen an zu halluzinieren.»

«Tut mir leid, Mami, ich übernehme die volle Verantwortung für alles, was mit dir passiert ist. Ich wusste nicht, dass Valium ...»

«Kleine Tiere», sagte Mina. «Was hatte ich je mit Tieren am Hut? Einmal wollte ich eine Katze haben, aber mein Louis wollte keine. Er meinte, man hält sich eine Katze, um Mäuse fernzuhalten, und ein Haus mit Mäusen muss unsauber sein. Dein Vater war sehr anspruchsvoll. Aber er war eine Naschkatze, hab ich dir erzählt, dass er gerade nach einem Pfefferminzbonbon griff, als er den Herzinfarkt hatte?»

«Mami, du redest Unsinn. Und warum hast du eigentlich Papas Morgenmantel an? Du siehst aus wie ...»

| 34

Es war Cousine Bernice, die Mina rettete – die arme Bernice Clumpus, von deren Ehe die frühreife Paula von Anfang an geahnt hatte, dass sie scheitern musste, und das nicht nur, weil ihre Rückkehr aus den Flitterwochen mit Jossels skandalösem Ausbruch zusammengefallen war.

Jahre später war Louis in der *Schul* während des Rosch-ha-Schana-Gottesdienstes zur Toilette gegangen, mit voller Blase vom Morgentee, und hatte aus einer der Kabinen gedämpfte Geräusche gehört. Er nahm an, jemand sei krank und er müsse ihm vielleicht ein Glas Wasser holen oder den Krankenwagen rufen. Er schaute durch den Spalt unter der Tür und sah zwei Paar Schuhe. Er erkannte die Slipper mit den Troddeln seines angeheirateten Neffen Lionel, drehte geräuschvoll den Wasserhahn am Becken auf, um seine Hände von der Berührung mit der Sünde reinzuwaschen und die Missetäter zu warnen, dass man sie entdeckt hatte, schlug die Tür zu und wartete im Vorraum, wo er die Ankündigungen für verschiedene Wohltätigkeitsveranstaltungen studierte – Kartenspielabende, Wanderungen, die ganzjährige Kampagne zum Kauf von Bäumen für Israel, die, so nahm er an, die Wüste zum Blühen bringen sollten. (Es zeigte sich, dass man die falsche

Baumart gepflanzt hatte, sie verursachte Bodenerosion. «Man kann nicht gewinnen», sagte Mina.) Nach einer kurzen Zeitspanne erschien Colin Grabman, der Trauzeuge der Hochzeit des Jahres, strich seinen Gebetsmantel glatt und kehrte in den Gottesdienst zurück. Als Lionel vorsichtig den Kopf herausstreckte, um festzustellen, ob die Luft rein war, packte Louis ihn am Kragen und sagte: «Ich wusste, dass Colin ein *Feigele* ist, das erkennt man sofort an den rosa Hemden und Siegelringen, aber um Gottes willen, du bist ein verheirateter Mann, Lionel! Was ist bloß in dich gefahren?»

Lionel versuchte, sich zu erklären. Warum sich nicht alles vom Herzen reden? Wenn nicht jetzt, wann dann? Bernice' Onkel war ein verständnisvoller, kultivierter Mensch, immer schön gekleidet, er hatte eine Seele, fühlte sich den Konventionen der Gemeinde verpflichtet, obwohl er in seinem tiefsten Inneren wusste, dass es mehr im Leben gab als Fensterleder.

«Ich liebe ihn! Ich glaube, schon seit wir in der Grundschule waren. Ich wusste es nur nicht, bis ...»

«Bis du Bernice geheiratet hast? Sie zum Narren gehalten hast?»

«Die Hochzeitsnacht war eine Katastrophe. Ich konnte sie nie glücklich machen. Ich wollte es ja, ich hab mich bemüht, aber es ging einfach nicht.»

«Was soll das heißen? Du hast *Kinder*. Wie erklärst du das? Andrea und Judy, der lebende Beweis, dass du nicht ...»

«Ich hab es hingekriegt, aber ich musste dabei an etwas anderes denken. Jemand anderen.»

Sie redeten von Mann zu Mann, wie es Lionel bisher nur mit Colin möglich war, die Bekenntnisse sprudelten aus ihm hervor, und nicht das saugfähigste Handtuch konnte sie aus der Welt wischen. Wieso erzähle ich Louis

Phillips das überhaupt?, fragte er sich. Woher nehme ich die Chuzpe? Aber ich muss, ich muss.

«Ich hoffe, es ging wenigstens schnell», sagte Louis, der an die arme Bernice dachte, all die Jahre mit diesem *Schlemihl* als Ehemann.

Lionel sah sich um. Der Vorraum war noch immer leer. Über den Stapeln von Gebetsbüchern schwebten die Geheimnisse herum.

«Onkel Louis, wirst du es ihr erzählen?»

«Ich? Wieso sollte ich mir das antun? Ich erzähle es keinem, auch nicht Mina. Sag Colin, er soll verschwinden, weg aus Liverpool, ihr müsst die Versuchung meiden. Sei endlich ein anständiger Ehemann. Heutzutage gibt es beim Zeitschriftenhändler Hefte mit schlüpfrigen Bildern. Kauf dir ein paar, man kann nie wissen, vielleicht erregen sie dich doch. Du bist ein netter Junge, Lionel, jeder weiß das. Ich will nicht, dass du deinen Ruf ruinierst.»

Doch der nette Junge in seinem marineblauen Anzug, mit der Kippa und dem Gebetsmantel um den Schultern, stand nur da und dachte: *Zur Hölle damit.* Denn im Eifer seiner Offenbarung, erzählte er Colin später, «begehrte etwas in mir auf. Ich dachte, es ist vorbei, erledigt. Ich lass es darauf ankommen».

Er ging zurück in die *Schul* und setzte sich neben Colin. Ihre dunkel besockten Knöchel berührten sich.

«Wo warst du so lange?», fragte Colin.

Es war Zeit, die Posaunen zu blasen.

«Erzähl ich dir nachher.»

Sechs Monate später lebten die beiden Männer zusammen in einer Wohnung am Sefton Park. «Wie Mann und Frau», sagte Mina, «allerdings ist mir nicht klar, wer die Hausarbeit macht, wahrscheinlich haben sie eine Putzhilfe. Man kann nicht von einem Mann erwarten, dass er staubsaugt.» Sie hatte Lionel immer gemocht, den armen Jungen, der, wie sie jetzt begriff, die Art von Zwangsehe hinter sich hatte, in die ihr Vater sie gedrängt hätte, wenn Jossel sie nicht auf das Schiff gebracht hätte.

Jossel, der als zunehmend fadenscheinige Gestalt mit seiner ramponierten Aktentasche die Scotland Road entlangmarschierte und die Bücher für Pommesbuden und Pfandleiher führte, war schockiert und beschämt. Er hatte Lionel für ein harmloses Opfer auf seiner eigenen Reise zum Glück mit seiner wahren Liebe gehalten. Er hatte den Jungen eingeschätzt, keine Fehler entdeckt; er war ein Leistungsträger in einem erfolgreichen Familienbetrieb, ein guter Junge, ein netter Kerl.

«Aber gerade du kennst dich doch mit Geheimnissen aus», sagte Mina. «Hast du nichts geahnt?»

«Warum sollte ich? Er hat nie versucht, mich zu küssen.»

«Tja, ein schönes Schlamassel. Mir fehlen die Worte.»

Anfang der Siebziger hatte Bernice irgendwie den Schrecken und die Scham ihrer Lage überwunden, die soziale Schmach, und sich auf eine Weise neu erfunden, die nicht vorhersehbar war. Auslöser war ihre Mutter. Lia machte sich die Demütigung ihrer Tochter mit einer Hartnäckigkeit zu eigen, die sie in ein weinendes Häufchen Elend verwandelte, bis sie Bernice irgendwann auf die Nerven ging. Wenn sie schon zwanzig Jahre an einen Mann verschwendet hatte, der in den Augen der Welt kein richtiger Mann war, lauwarm im Bett, außerdem hatten sie seit 1957 keinen Sex mehr gehabt, dann würde sie die nächsten zwanzig Jahre sinnvoll nutzen. Sie hatte das Vorbild ihrer Mutter mit ihrem ständigen Jammern *Ich bin die Einzige.* Scheidungen waren in Liverpool mittlerweile kein Einzelfall mehr, allerdings gab es nur eine Frau, die wegen eines anderen Mannes verlassen worden war, sie war tatsächlich die Einzige, aber sie dachte nicht daran, sich durch diese außergewöhnliche Situation ihr Leben ruinieren zu lassen.

Sie stürzte sich in Aktivitäten. Sie sammelte Geld für jüdische Wohltätigkeitszwecke, sie fing mit Aquarellmalerei an, trat einem Filmklub bei. Ringo bot ihr eine Stelle als Verkäuferin in einer seiner Boutiquen an – immerhin hatte sie ein charmantes Lächeln –, doch Bernice sagte, sie brauche das Geld nicht, er solle es einer Frau geben, die es benötigte. Lionel zahlte weiterhin die Hypothek auf das Haus und eine großzügige Summe zur Unterstützung seiner verlassenen Familie.

Es gab Kaffeekränzchen und Kartenspielabende für wohltätige Zwecke – die Hausfrauen im Süden Liverpools wussten sich zu beschäftigen, aber bloßes Beschäftigtsein genügte Bernice nicht. Wozu sollte das gut sein? Colin war der erste Homosexuelle, der sich in Liverpool öffentlich outete, nach der Änderung des Gesetzes interviewte ihn Radio Merseyside. Er gehörte zu den Anwälten, die die Aktionsgruppen berieten. Ja, Colin war mutig gewesen, er hatte es verdient, glücklich zu sein, fand Bernice. Ihr Mann hingegen weniger. In der *Daily Mail* las sie einen Artikel über Männer wie ihren, und das Wort für Frauen wie sie war *Alibi-Frauen*. Eigentlich müsste die Scham sie umbringen, dachte sie. Aber nur wenn sie es zuließ.

In der UdSSR wurde Raiza Palatnik, eine jüdische Bibliothekarin, wegen der Verbreitung eines antisowjetischen Samisdat verhaftet. Sie schrieb: «In meiner Verhandlung werde ich in dem Jiddisch, das meine Eltern mir beibrachten, gegen alle Antisemiten protestieren!» Sie wurde eingesperrt, ihre Ernährung bestand aus gammeligem Fisch und Kohlsuppe aus Wasser und Knochen. Die Nachricht sickerte durch. Eine Gruppe jüdischer Hausfrauen aus dem Norden Londons demonstrierte vor der sowjetischen Botschaft. Sie benutzten einen Lieferwagen als mobiles Protestfahrzeug, auf dem sich oben eine nachgebaute Zelle und ein Bild mit der inhaftierten Raiza hinter Gittern befand. Sie trugen Plakate mit der Aufschrift «BITTE HELFT DER BIBLIOTHEKARIN RAIZA PALATNIK. SIE IST UNSCHULDIG. SIE WILL NUR JÜDIN SEIN.» Raiza wurde schließlich entlassen, und die Aufmerksamkeit der Frauen richtete sich auf die anderen Millionen von Juden in der Sowjetunion, die ihre Religion oder ihre Kultur nicht ausüben konnten: Ärzte, Wissenschaftler und Musiker durften zwar die Ausreise beantragen, bekamen aber unweigerlich eine Absage, verloren ihre Jobs, und man wies ihnen niedrige Positionen als Hausmeister, Kohlenschaufler, Heizer oder Aufzugführer zu.

Bernice fand all das aufregend. Sie schloss sich der Protestgruppe Women in Black an und erzählte ihrer Tante alles darüber. Dies war ihre Bestimmung. Die Welt zu retten, einen sowjetischen Juden nach dem anderen.

Mina überdachte die Informationen, die sie von Bernice erhalten hatte. Sie hatte den lebhaften Optimismus der jungen Bolschewiken nie vergessen. Es war wie ein Hauch frischer Luft, mit ihnen zusammen zu sein, statt im Haus bei ihren dem Untergang geweihten Eltern zu sitzen. Die tapferen jungen Männer der Roten Armee hatten dazu beigetragen, den Krieg zu gewinnen; manche behaupteten, ohne sie wäre das nicht möglich gewesen, ein Schacht ins Dunkle hätte sich geöffnet, wäre Hitler über den Kanal gekommen – und wer unter ihren Nachbarn hätte zum Widerstand und wer zu den Kollaborateuren gehört? Erst wenn jemand getestet wurde, wusste man, wem zu trauen war.

Aber dann kam 1956 Ungarn und 1968 Prag. «Bei denen hieß es schon immer, Macht geht vor Recht», hatte Louis gesagt. Er mochte auch Mr Heath als Premierminister. «Ein harmloser Mensch, nicht einen sozialistischen Knochen im Körper.» Mina hatte zugeben müssen, dass die Sowjetunion ein wenig von ihrem Kurs abgekommen und verhärtet, unbeweglich geworden war und den Kontakt zu ihren Träumern verloren hatte. «Die Träumer sind längst tot», sagte Louis, «diese Typen haben dort keine fünf Minuten überlebt.»

Das Rote Kreuz hatte sie und Jossel schließlich über das Schicksal der kleinen Rivka und ihrer Familie in den Überresten des Massengrabs von Treblinka informiert. Erschossen, vergast, an Krankheit oder Hunger gestorben, es lief auf dasselbe hinaus. Sie war nun eine *Jahrzeitkerze* in einem Glas auf dem Kaminsims. Aber was war aus Itzik geworden, der schon so viel Ärger verursacht und Erfolg gehabt hatte, der zu den höheren Tieren gehörte, auch wenn man nichts mehr von ihm gehört hatte, seit seine Briefe aus London irgendwann versiegt waren. Natürlich interessierte sie sein Schicksal. Ob er wohl, inzwischen in seinen Siebzigern, ein bequemes Leben im Ruhestand in einer Datscha der Regierung führte? Oder war er noch im Dienst, Teil irgendeiner Sowjetdelegation in einem entlegenen Land – China, Indien? Sie konnte sich nicht vorstellen, dass er sich nicht wacker geschlagen hatte, es entsprach seinem Wesen, sich durch alle Lebenslagen zu winden. Seit ihrer Abreise in Riga hatte sie ihn zwar nicht mehr gesehen, aber Paula hatte ihn getroffen, seine umtriebige Wichtigtuerei bemerkt und von seinem Benehmen, seinem schäbigen Auftreten, seinem Zynismus und seinen Rachegelüsten erzählt.

Und Solly, das Baby? Die Sowjetunion war riesig, erstreckte sich von Europa bis nach Asien, und irgendwo dazwischen lebte er vielleicht noch und gedieh in dieser Strafkolonie von einem Land. Vielleicht zündete seine Frau jeden Freitag ängstlich Schabbeskerzen an, er warf einen zerfransten alten Gebetsmantel über, sie aßen Schweinefleisch, weil es nichts Koscheres gab, und sie unterhielten sich nur heimlich in ihrer Muttersprache. Solly, hatte sie gehört, hatte all die Eigenschaften besessen, die seinem Bruder Itzik fehlten, eine heitere, energische, männliche Persönlichkeit, die es verstand, Dinge in die Hand zu nehmen, zu bezaubern, zu schmeicheln und gemocht zu werden. Natürlich war es möglich, dass man seinen Tod nicht erfasst hatte: auf einem Todesmarsch umgekommen oder aus einem Zug geworfen und von Bauern in einem namenlosen Grab neben den Gleisen beerdigt – damals gab es so viele Möglichkeiten und Gelegenheiten zu sterben, aber was, wenn er überlebt hatte?

Mina hatte eine Bestimmung gefunden, eine Aktivität: Als fünfundsiebzigjährige Witwe fuhr sie mit einer Busreisegruppe nach London, um an einer Demonstration gegen den Auftritt des Bolschoi-Balletts in der Albert Hall zu demonstrieren, oder sie und die anderen Frauen verkleideten sich als Geister und erschreckten eine sowjetische Delegation bei ihrem Besuch am Grab von Marx im Highgate Cemetery – alles in allem wollten sie Unruhe stiften und ein Katalysator sein, die Abgeordneten zum Reden und zur Bildung eines Allparteienausschusses bewegen.

Mina fragte sich, was Louis wohl sagen würde, wenn er sie jetzt sehen könnte. Er wäre hin- und hergerissen, vermutete sie, zwischen dem Wunsch, die große Sache zu unterstützen, und dem Bedürfnis, dass seine Familie zu Hause blieb, sich um ihre eigenen Angelegenheiten kümmerte und nicht auffiel. Er hatte ihren Familiennamen in Phillips umgeändert, und wofür, wenn sie mit einem Plakat, einer Forderung und einer Parole durch die Stadt zog?

Bernice sagte: «Tante Millie, du kannst nicht mit Laufmaschen in der Strumpfhose und Essensflecken auf der Bluse in den Bus steigen, damit stellst du mich bloß. Geh mit Paula in eine von Ringos Boutiquen und kauf dir was Anständiges. Du bist eine attraktive Frau oder warst es zumindest früher, aber seit Onkel Louis' Tod lässt du dich gehen.»

«Für wen soll ich mich denn schick machen?»

«Für die Welt, Tante, die Welt! Komm, wir fangen mit einem neuen Lippenstift an, geht auf mich.»

Mina hatte keine Lust, von ihrer dominanten Nichte oder Tochter an die Hand genommen zu werden. Also ging sie allein in die Stadt zu George Henry Lee und kaufte sich ein neues Kleid, einen neuen Wintermantel und vier Paar Strumpfhosen, die der letzte Schrei waren. Bei den Accessoires sah sie einen roten Schal mit Rosenmuster. Sie hielt ihn sich an den Hals und dachte: Wenn ich zur russischen Botschaft gehe und sie mich so sehen, denken sie vielleicht, ich bin doch ein kleines bisschen auf ihrer Seite.

Mit Bernice, Paula und all den anderen mittelalten jüdischen Hausfrauen, die in diesem Land geboren waren und keine Angst vor der Polizei hatten, fuhr sie im Bus nach London. Sie waren aufgetakelt, parfümiert, aufgeregt, klug, sie skandierten und sangen unbeschwert, vorübergehend befreit vom Joch der Waschmaschine, der Spülmaschine, des Staubsaugers und des Brathähnchenessens am Freitagabend. Sie fuhren die Autobahn in Richtung Süden, um den Vertretern von Leonid Breschnew den Kampf anzusagen.

«Meine Kinder denken, ich bin nicht ganz dicht», sagte Adele Bernstein und drehte sich zu Paula um, die auf dem

Gangplatz hinter ihr saß, nicht angemessen gekleidet in Hosen oder einem Rock aus knitterfreiem Stoff, nein, sie trug einen flaschengrünen Hosenanzug aus Wildleder, weil sie, dachte Adele, einfach anders sein musste mit dieser für die Familie Schwarz typischen Angeberei; sie und ihr Mann spielten sich in Liverpool wie Könige auf und waren im La Bussola in der Bold Street gesehen worden, wie sie ausgerechnet Hummer aßen.

«Wieso? Was hat das mit deinen Kindern zu tun?»

«Das hab ich auch gesagt, aber Myrna meinte zu Harvey: ‹Daddy, lässt du sie da wirklich mitmachen?› Ich sagte: ‹Von ihm lass ich mich nicht aufhalten!› Worauf sie zurückschoss: ‹Bist du jetzt bei der Frauenbewegung, oder was?› Teenager, was will man machen? Sie meinen, sie sind die Schlausten. ‹Und wenn es so wäre?›, sagte ich, aber da ist sie ausgerastet, als hätte ich ihr bestes Kleid gestohlen – eins von diesen überkandidelten, wie heißen die noch mal, von Laura Ashley, in denen man aussieht wie ein Milchmädchen, aber schwer in Mode. Sie denken, der Feminismus ist nur für sie, und wir alten Frauen stellen sie bloß, wenn wir uns einmischen. Aber ich bin trotzdem hier.»

Von den benachbarten Sitzen kam vereinzelt Applaus. Die Frauen fühlten sich mutig und frei. Ihre Töchter könnten noch einiges von ihnen lernen, darüber, wie man den Hintern hochkriegt und auf Demonstrationen geht, Unruhe stiftet und sogar eine Nacht in der Zelle für die Sache riskiert.

Paula wollte ihnen sagen, dass es bei ihr genau andersherum war. Ihre ernste Tochter Shelley hatte sie geradezu angestachelt mitzukommen, um sich aus ihrem, so nannte sie es, «bürgerlichen Lebensstil» zu lösen.

«Und was ist daran so schlimm?», hatte Ringo zu Shelley gesagt. «Wenn man aus dem Nichts kommt, ist es schön, hübsche Sachen zu haben. Mein Vater hatte bei der Flucht aus Rumänien nur die Kleider am Leib, und sieh dir an, was er sich aufgebaut hat.»

Shelley hatte dagegengehalten: «Dann sollte man eigentlich meinen, er solidarisiert sich mit den Arbeitern und gibt sein überschüssiges Einkommen ab.»

Ringo konnte sich das Lachen nicht verkneifen, legte den Arm um seine Tochter und sagte: «Kleine Miss Lenin.»

«Wenn schon, dann Trotzki.»

«Und sieh dir an, wie es mit ihm zu Ende gegangen ist, mit einem Eispickel im Kopf», sagte Louis und hatte wie immer das letzte Wort, aber diese Wortgefechte machten ihm Spaß, denn anders als Paula ging ihm seine Tochter nicht mit ihrer Rechthaberei auf die Nerven.

«Meine Tochter ist montags Trotzkistin und mittwochs Feministin», erklärte Paula den Frauen im Bus, «sie belehrt mich sogar, wenn ich im Auto sitze und warte, dass Ringo herumkommt und mir die Tür öffnet.»

«Warum sollte ein Mann einem nicht die Tür öffnen, das tut jeder Gentleman», sagte Lorraine Solomon auf der anderen Seite des Gangs. «Mit einem Rüpel verheiratet zu sein ist schlimmer.»

Adele Bernstein sagte: «Mrs Phillips, heute ist mit Sicherheit ein großer Tag für Sie, der viele Erinnerungen weckt.»

«O ja.» Mina dachte an das Haus ihrer Eltern zurück, an die Dienstmädchen, die auf der Treppe sitzenden Kinder. Den üblen Mehlstaub, die Getreidesäcke, das Roggenbrot. «Aber wissen Sie, manchmal musste ich von alldem weg.»

Die Geschichte vom Wald wurde ein weiteres Mal erzählt, diesmal vor einem neuen, begierigen Publikum, das lachend nach Luft schnappte. Einige Details wurden wiederholt und im Bus nach vorne und hinten weitergegeben.

«War das nicht ein Film?», fragte Lorraine Solomon. «Ich glaube, den hab ich kurz vor meiner Hochzeit im Rialto gesehen.»

«Ich habe fünfhundert Pfund für meine Geschichte bekommen, dann haben sie damit gemacht, was sie wollten. Soll ich mich deshalb beschweren? Mein Louis und ich sind damit nach Südfrankreich gefahren.»

«Wie waren sie denn nun wirklich, diese Jungs?»

«Gentlemen, genau wie im Film. Haben mir alles erklärt. In Liverpool ist es kein Geheimnis, dass ich immer mit dem kleinen Mann sympathisiert habe. Ich hielt die Sowjetunion für einen großartigen Verbündeten und Stalin für einen guten Menschen. Inzwischen weiß ich, dass er nur ein gewöhnlicher Mörder war. Ich habe einen Bruder, oder hatte einen, keine Ahnung. Nicht Jossel, ein anderer; eigentlich hatte ich drei, aber dieser eine hatte was mit der russischen Botschaft zu tun. Ich glaube nicht, dass er noch dort ist, wir haben lange nichts von ihm gehört, er hat immer Ärger gemacht, aber wer weiß, vielleicht kann er uns behilflich sein.»

Sie zog ihre Einkaufstasche unter dem Sitz hervor und packte Käsesandwiches und selbst gebackene Makronen aus.

«Also, wer will ein bissel essen? Ist genug für alle da.»

Als sie London erreichten, war Mina zum Star des Ausflugs avanciert, und Paula dachte: *Gut, sie braucht mich nicht als Aufpasserin, ich kann allein losziehen*, denn sie hatte für diesen Nachmittag eigene Pläne.

Mina stieg aus dem Bus und wusste, dass sie fragen musste, eine schlichte Frage konnte ja nicht schaden. Es interessierte sie nicht, was man mit ihr machen würde, im Falle einer Verhaftung käme sie nur auf eine englische Polizeistation mit beflissenen Wachtmeistern in komischen Helmen. Sie würde durchziehen, was sie vorhatte, und als sie um die Ecke bog und die gewaltige Botschaft mit den vielen Fenstern in ihrer weißen Pracht vor ihr aufragte, dachte sie: *Nur ein Haufen Steine, weiter nichts*, und marschierte zu den uniformierten Wachen.

«Ich möchte etwas über meinen Bruder Itzik Mendel erfahren, er hat hier gearbeitet. Kennen Sie ihn?»

Der Soldat war jung. Auf der Stirn hatte er ziemlich viele Pickel, die seine Mütze nicht ganz verbergen konnte. Das Gewehr lastete auf seinen Schultern. Er blickte zu ihr hinab. Wovon faselte die Frau? Er sagte nichts, denn er war es gewohnt, im Dienst nicht zu sprechen und auch in seiner Freizeit die Zunge zu zügeln. Die alte Frau plapperte weiter auf ihn ein. Er verstand nicht, was sie sagte, richtete seinen Blick stoisch geradeaus. Es fiel ihm nicht schwer, wie eine Steinstatue dazustehen.

«Ach!», rief Mina. «Sie sind zu jung. Vielleicht waren Sie noch gar nicht geboren, als er hier war.»

Sie wich zurück in die Menge der Frauen, die aus dem Bus kam. Unter den Demonstranten herrschte eine ausgelassene, herausfordernde Stimmung; sie waren den weiten Weg hierhergekommen und würden ihr Anliegen vorbringen. Einige hatten Besen mitgebracht und fegten den Bürgersteig, um die niedrigen Aufgaben darzustellen, die den Refuseniks im Zuge ihrer Degradierung aus ihrem früheren Leben aufgezwungen wurden. Sie verteilten Flugblätter an die Passanten. Sie hatten Sandwiches mit koscherer Füllung dabei. Einige wollten über Nacht bleiben und sich eine Vorstellung im West End ansehen. Ein Fotograf tauchte auf und fotografierte sie.

Die Tore öffneten und schlossen sich, Funktionäre gingen ein und aus. Mina versuchte, sie abzupassen. Die Organisatoren der Demonstration ermahnten sie zur Vernunft. «Deswegen sind wir nicht hier, unsere Banner sprechen für sich selbst.»

«Das ist eine persönliche Angelegenheit», sagte Mina. «Ich muss mit diesen Leuten etwas klären.»

Doch die steinerne Fassade der Botschaft entließ Menschen mit steinerner Miene, die stumm und unfreundlich ihrer Arbeit nachgingen.

«Mein Bruder Itzik Mendel», sagte Mina flehentlich. «Kennen Sie ihn? Er hat früher hier gearbeitet, er war ein wichtiger Mann.»

Eine Frau mittleren Alters in einem grünen Regenmantel kehrte in ihr Büro zurück. Auch sie war wichtig, sie trug die Verantwortung für die Gastronomie der Botschaft. Mahlzeiten mussten geliefert werden, dazu jede Menge Tee, Kaffee, Wodka. Es war eine logistische Herausforderung, alle satt zu bekommen. Mina fand, dass sie ein mitfühlendes Gesicht hatte, und stellte sich ihr in den Weg.

«Entschuldigen Sie. Ich habe einen Bruder. Er heißt Itzik Mendel, seit meiner Kindheit habe ich ihn nicht mehr gesehen. Früher schrieb er mir Briefe. Angeblich zählte er hier zu den oberen Chefs. Kennen Sie ihn?»

«Was wollt ihr eigentlich mit euren Sprüchen und Protesten? Ist euer Leben so unglücklich, dass ihr durch die Straßen zieht und eure Nasen in Angelegenheiten steckt, die euch nichts angehen? Geht nach Hause und kümmert euch um eure Kinder und Enkel. Geht nach Hause in eure Küchen.»

«Ich bin Witwe, ich esse nicht viel, ich wärme mir nur eine Dose Tomatensuppe auf und esse eine Scheibe Brot dazu. Roggenbrot schmeckt am besten. Ich komme aus Lettland, dort bin ich geboren.»

«Gutes Brot ist ein Genuss, da gebe ich Ihnen recht.

Wie schmeckt das Brot in Lettland? Ich komme aus der Ukraine.»

«Mein Vater war Getreidehändler in Riga, er kannte alle Müller und Bäcker, bei uns kam das beste Brot auf den Tisch, dicht, weich, würzig, nicht wie dieses weiße Zeugs in diesem Land, das im Mund zu einer Pampe wird, wie man sie Babys füttert.»

«Ich wünschte, alle Nationen würden von unserer gemeinsamen Liebe zu gutem Brot sprechen. Dann hätten wir Frieden.»

«Ich weiß noch, dass ich immer Kaffee trank, und dazu gab's ein Brot mit Honig. Meine Mutter hatte eine sehr schöne Kaffeekanne.»

«Brot und Mütter sind das Gleiche.»

«Sie müssen ein gutes Herz haben, wenn Sie so etwas sagen.»

«Danke. Jetzt muss ich zurück an meine Arbeit.»

In der Botschaft fragte ihr Chef, mit wem sie da geredet habe.

«Irgendeine dumme Frau, nicht ganz richtig im Kopf. Hat von Brot und Kaffeekannen gefaselt. Dem Äußeren nach Jüdin. Ihr Bruder hat angeblich hier gearbeitet, ob wir ihn kennen. Er hieß Itzik Mendel.»

Doch niemand in ihrem Büro kannte Minas Bruder, und alle gingen wie gewohnt ihren Geschäften nach und vergaßen das Brot und alte Frauen aus dem Baltikum.

Paula verteilte ein paar Minuten Flugblätter, dann hob sie den Arm und hielt ein Taxi an. Sie saß da und betrachtete London wie einen Film, in dem sie einst die Hauptrolle gespielt hatte. Ein Wirrwarr von Erinnerungen, möglicherweise eingebildet oder zumindest verschönert, so unwahrscheinlich kamen sie ihr inzwischen vor. Sie wusste sehr wohl, wie verwöhnt sie war. Ringo hatte sein Wort gehalten. Sie hatte eine Phase in ihrem Leben erreicht, in der sie alles langweilte, was Ringo ihr versprochen und wahrhaft fürstlich eingelöst hatte: die Ferien in der Karibik, die Übernachtungen im Hilton an der Park Lane, die kurzen Ausflüge nach Paris, um sich die neueste Mode der Saison anzuschauen, das Haus mit dem offenen Wohnbereich, das Panoramafenster, das den Raum mit Sonne durchflutete. Der Ankleideraum für ihre Garderobe, der Schmuck, der Chinchillamantel, den sie zu Hause während der Dreitagewoche um die Schultern trug. Ihr Lebensstil war tatsächlich bürgerlich, sie hatte sich von dem befreit, was Roland ihre spießige Moral genannt hatte, um in einem mit Krimskrams angefüllten Leben eingesperrt zu sein.

Sie hätte eine Affäre anfangen können und hatte auch darüber nachgedacht, sie flirtete gelegentlich mit einem Schauspieler aus dem Everyman Theatre, der fünfzehn Jahre jünger war als sie. Sie ließ ihn weiter zappeln und köderte ihn mit ihrem Rive Gauche, das nach Reichtum und tabulosem Sex roch. Ringo würde ihr verzeihen, er würde ihr nie den Laufpass geben. In seinen Augen waren sie beide wie Säulen, die einen unsichtbaren Himmel stützten, den sie nie gesehen hatte und den er nicht beschreiben konnte. Es blieb sein Geheimnis, was er anstrebte und ohne sie offenbar nicht erreichen konnte. Sie hatte einen Fehler begangen, und man hatte ihr verziehen, ihre Vergangenheit gelöscht, aber war es nicht hier, in dieser Straße, wo Roland sie zum Essen in ein italienisches Kellerbistro eingeladen hatte? Aber nein, alle Bistros sahen gleich aus, und sie befanden sich nicht annähernd in der Nähe von Pimlico oder Soho, fuhren gerade an Harrods vorbei Richtung Park Lane, dann am Hilton und den Autosalons, Ringos Revier, nicht Rolands.

Am Haymarket hatte Roland ihre Hand gepackt, als sie die Straße überquerten, und sie geküsst, den Verkehr angehalten. Auf der anderen Straßenseite hatte er sich gebückt, um seinen Schnürsenkel zu binden, und sie hatte so getan, als trete sie ihm mit ihrem Schuh in seinen dürren Hintern. Am Sloan Square hatte sie sich morgens auf die lange Reise zu den Filmstudios begeben. In Bloomsbury war sie beim Warten darauf, dass irgendetwas passierte, jeden Tag ein bisschen mehr gestorben. Vorbei am Red Lion Square und der Conway Hall, wo sie mit glitzernden Anstecknadeln am Kragen Schlange stand für einen Vortrag über – welches Thema noch mal? – irgendwas mit Volksmärchen.

Das Taxi fuhr um den Regent's Park, in der Ferne röhrten Zootiere. Einmal hatte sie Roland gebeten, mit ihr in den Zoo zu gehen, aber er war zurückgeschreckt. «O nein, die armen krätzigen Löwen, das halte ich nicht aus.» Damals hatte sie gedacht, dass er doch nicht ganz herzlos war. Einmal hatte er den Wunsch geäußert, sich eine Katze anzuschaffen. Daraus wurde nichts. «Ich mag keine Hunde», hatte er unergründlich gesagt. «Ich hoffe, das ist klar.»

Der Taxifahrer war neugierig, konnte sie nicht einschätzen, nach Primrose Hill gehörte sie eher nicht. Während der Fahrt hatte sie geschwiegen und keinen seiner Köder geschluckt, sie in ein Gespräch zu verwickeln, sie schaute und schaute die ganze Zeit nur aus dem Fenster, legte weder neuen Lippenstift im runden Spiegel ihrer Puderdose auf, noch fummelte sie mit ihrem kleinen Taschenkalender herum, wie es solche Frauen gewöhnlich taten, wenn sie allein hinten im Taxi saßen. Sie hatte nichts Provinzielles an sich und sah auch nicht so aus, als käme sie von ihrem Anwesen auf dem Land. Sie wirkte elegant, wohlhabend, weltoffen, und doch starrte sie aus dem Fenster wie eine Frau von außerhalb.

Was führte sie im Schilde? Er wurde nicht schlau aus ihr.

«Wenn wir dort sind, möchte ich, dass sie ein paar Minuten warten und mich dann wieder dorthin zurückbringen, wo ich eingestiegen bin. Wird nicht lange dauern.»

«Sie hätten mir das sagen sollen. Dann hätte ich die Uhr abgestellt und Ihnen einen Sonderpreis gemacht. Kann ich immer noch, wenn Sie möchten, haben Sie Lust auf eine Rundfahrt? Sehenswürdigkeiten ansehen?»

«Ist schon in Ordnung.»

Er drängte weiter, dachte, er könnte mit seiner Geschwätzigkeit und seinem Starrsinn ihre kühle Gleichgültigkeit brechen.

«Ich weiß nicht, ob Sie schon mal hier waren, aber in den letzten paar Jahren hat sich die Gegend gemacht. Davor gab es hier nur Einzimmerwohnungen. Die Leute lebten von der Hand in den Mund. Jetzt gehören ihnen ganze Häuser.» Er verstummte, sie widersprach ihm nicht oder tat so, als würde sie ihm nicht zuhören.

«Verstehe.» Sie wirkte etwas weniger gelangweilt.

«Es fängt damit an, dass die Häuser an Wert verlieren, weil es Bruchbuden sind, dann kaufen die Wichtigtuer sie auf und treiben die Preise hoch. Jetzt herrscht hier Grabesstille, kein Leben mehr vorhanden.»

Paula dachte: Tja, das hätten ich und Ringo sein können. Ob wir hierhergepasst hätten, oder sind wir zu geschäftsmäßig? Aber er könnte nie irgendwo leben, wo man nicht an der Straße parken darf.

Sie kamen an Häusern vorbei, die in den Farben von Zuckerdragees gestrichen waren, rosarot, taubenblau, pistaziengrün. Roland, begriff sie jetzt, wohnte wahrscheinlich schon lange nicht mehr hier, er war ein Radiomensch, die arme Fraktion. Hier war Fernsehland. Das Schäbige war schick geworden, das Beengte ein Schmuckstück, die abblätternde Farbe an den Haustüren hart und glänzend, mit polierten Messingklopfern und Briefkästen.

Roland war zügellos und würde es immer sein. Unvorstellbar, dass er durch diese Türsäulen ging, das Haar modisch über dem Kragen, goldene Krawatte, Samtjacke, und sich umdrehte, um Frau und Kinder zum Abschied zu küssen. Aus einer derart ausgeprägten selbstzerstörerischen Neurose wuchs man nicht heraus.

«Früher war die Gegend ziemlich heruntergekommen», sagte sie. «Ich erkenne sie kaum wieder.»

«Sie scheinen sich auszukennen, haben Sie mal hier gelebt?»

«Gelebt? Nein, nie. Ich war manchmal hier, ist lange her, ich kannte jemanden. Aber ich war immer nur zu Besuch. Sie können jetzt halten.»

Dies war ihr Ziel, Rolands einstige Haustür. Sie zögerte, seufzte. Wozu? Nostalgie, aber wonach? Nach dem Mädchen, das sie kurz hatte sein dürfen, bevor sie von ihren Brüdern zurückgejagt wurde, ihren Brüdern, die sie nie vergessen ließen, dass sie feindliche Linien überquert hatte? Sie könnte herausfinden, was aus ihm geworden war, vielleicht an die BBC schreiben oder an Robin Rose, dessen Name immer noch in Filmcredits erschien. Oder an seine Universität, die bewahrten doch Unterlagen auf, oder? Im schlimmsten Fall könnte sie einen Privatdetektiv engagieren, es Ringo verheimlichen und das Honorar von ihrem Kleidergeld bezahlen. Doch als sie jetzt zu der nunmehr verschlossenen Haustür blickte, zu der Harry und Benny sich so mühelos Zutritt verschafft hatten, zu den Fenstern mit den cremefarbenen Raffgardinen aus Seide, über denen eine Blumenampel mit rosa Geranien und blauen Lobelien eine Vorliebe für das Mediterrane verriet, dachte sie: Manche Menschen können nur in einer Zeit leben.

Und wenn nicht, hängen sie fest, verkrüppelt und nutzlos wie eine Fliege ohne Flügel.

Sie nahm eine Zigarette heraus, zündete sie mit leicht zitternden Händen an und sagte: «Wissen Sie was, ich steige doch nicht aus. Drehen Sie einfach um und bringen Sie mich zu Harrods. Ich mache lieber einen kleinen Einkaufsbummel.»

«Ja, gönnen Sie sich was, warum nicht? Sie verdienen es.»

Mit Schmuck behängt, parfümiert, voller Sehnsucht und ohne zu wissen, wer sie war, erinnerte Paula sich an Rolands Versprechen, sie zu versohlen. Tja, wer hat nun wen geschlagen?, dachte sie. Man überlebt, man bleibt, so weit als möglich, unbeschadet. Ich hatte Glück, großes Glück. Am Ende bekam ich, was ich verdient habe. Und trotzdem, dachte sie, als das Taxi umdrehte und in Richtung Süden zu der lauten jüdischen Busgruppe aus dem Norden zurückfuhr, alle Türen waren jetzt geschlossen und würden es immer sein.

«Was hast du die ganze Zeit getrieben?», fragte ihre Mutter.

«Ich war bei Harrods, Mami, schau, ich hab eingekauft.»

«Solange du nur das gemacht hast.»

«Was denn sonst, Mami?»

| 35

Am Ende bleibt nur ein Zimmer. Vier Wände, ein Stuhl, ein Tisch, eine Couch, ein Fenster. Legt man den Kopf auf die linke Schulter, erkennt man einen klar umrissenen blauen Streifen, der nicht zum immer gleichen Blau des Himmels gehört, sondern zum nur drei Block entfernten Meer. Es ist da, eine bescheidene Zierde in seiner begrenzten Existenz. Er hat seine Kindheit am Meer verbracht, an einem anderen Meer, in einem anderen Land, aber es hat ihm immer gefehlt. Einmal hatte er von Odessa geträumt, dem lärmenden Hafen, wo alles möglich war. Es ist ein schönes Zimmer, alles kompakt, zweckmäßig, ausreichend für die Bedürfnisse einer Einzelperson. Die Couch lässt sich zum Bett ausziehen, in heißen Nächten streicht der Wind vom unruhigen Wasser über sein müdes Gesicht.

Seine Mahlzeiten nimmt er in einem Café am Ende der Straße ein, jeden Tag die gleiche Mahlzeit, er ist Stammkunde. Die Bedienung bringt ihm keine Speisekarte mehr, sie weiß, was er nimmt: Hühnchen mit Reis. Am Abend isst er zu Hause ein paar Scheiben Brot mit etwas Käse aus der Gegend. Am Morgen nur Kaffee. Er war nie ein großer Esser. Luxus vermisst er nicht, hat ihm nie etwas bedeutet.

Nachmittags geht er am Strand spazieren. Familien spielen auf dem Sand, die Kinder bauen bröckelnde Türme, die

Mütter bespritzen ihren Busen mit Wasser, die Väter rauchen und lesen Zeitung. Die Jugendlichen verspotten ihn, er ist ein alter Mann mit schlecht sitzendem Gebiss und der äußeren Erscheinung eines Gnoms in einem Märchen. Er beherrscht die Sprache nicht gut, und die Worte und Sätze, die er doch versteht, entsprechen nicht dem gängigen Gebrauch, er muss dann seine Fantasie bemühen und raten, was die Beleidigungen bedeuten könnten.

In der Gegend seines letzten Wohnsitzes, seiner endgültigen Bleibe nach einem Leben auf Wanderschaft, wachsen Dattelpalmen und Orangenbäume. Und Bougainvilleen, ein chaotischer bunter Strauch, der über Mauern und Zäune wuchert und an Telegrafenmasten rankt. Die Vitalität dieser Pflanze mit ihrer messingfarbenen Kraft ist ein Affront gegen seine Sinne, sie sind an monochrome Farben gewöhnt. In der Luft schweben Düfte, die er nicht kennt, dazu Gerüche von Speiseöl und Sonnencreme. Nach einer Stunde anstrengender Bewegung kehrt er in sein Zimmer zurück: zu einem Buch, dem Radio, den Geräuschen seiner Nachbarn, die sich streiten, Sex haben, neugeborenen Babys, die sich die Lunge aus dem Hals brüllen.

Seit sechs Jahren lebt er hier. Das Neugeborene geht mittlerweile zur Schule, er sieht, wie das Mädchen mit seiner kleinen Büchermappe an der Hand seiner Mutter das Gebäude verlässt. Sie erinnert ihn an seine eigenen Mädchen, die, hätten sie gelebt, inzwischen Mütter wären und er selbst ein *Seide* mit Taschen voller kleiner Überraschungen. An schlechten Tagen glaubt er, der Itzik, der eine Frau und Kinder hatte, sei nur eine Figur in einer Geschichte, die er einst gehört und sich zu eigen gemacht hatte. Es war fast unglaublich, dass ausgerechnet er einmal geliebt worden war. Der Zustand der Einsamkeit ist ein Mantel aus Beton, den man nicht abstreifen kann. Er zumindest kann es nicht. Wie war es ihm damals in den Dreißigern gelungen, als er Beyla zum ersten Mal mit ihren Freundinnen im Park gesehen hatte? Was immer er getan hatte, er würde es nicht mehr zuwege bringen.

Sein ganzes Leben lang war er umtriebig gewesen, hatte geredet und zugehört, Arbeit erledigt. Er kam nie in den Genuss einer engen Freundschaft zu anderen Menschen, aber er hat es mit Liebe, Ehe, Vaterschaft versucht, und alles zerfiel zu Staub. Wer war schuld? Die Zeiten? Andere durchlebten den gleichen Abschnitt der Geschichte und waren erfolgreich. Seine Schwester in Liverpool – für sie war der ganze bürgerliche Traum wahr geworden. Jossel, den er als einen scheinheiligen Langweiler erinnerte, war ein zweites Leben mit einer jüngeren Frau geschenkt worden. Bei Solly, dem Baby, war er nicht sicher. Ihm war einiges zu Ohren gekommen, Dinge, die ihn davon abhielten, sich zu ihm als Bruder zu bekennen. Rivka hatte den Kürzeren gezogen. Hatte sie nicht einmal ihre Puppe zerbrochen, eine Vorahnung ihres eigenen Schicksals? Er konnte sich nicht erinnern.

Nun ist er stumm, es gibt niemanden, mit dem er reden könnte. Niemand hat ihm etwas zu sagen, und auch er hat nichts zu sagen. Die Bedienung im Café, die wortlos in die Küche geht und seine Bestellung an den Koch weitergibt, kennt seinen Namen nicht. Er kennt ihren nicht, er hat nie danach gefragt, und sie hat sich ihm nie vorgestellt. Mit anderen Gästen reißt sie Witze, flirtet, angelt nach Trinkgeldern. Ihm bringt sie nur das Essen. Seine Zunge scheint im Mund zu schrumpfen; seine Stimme fühlt sich eingerostet und unbenutzt an, sie müsste durch Gespräche geölt werden, aber er spricht tagelang, manchmal bis zu zwei Wochen mit niemandem. Er hat ein Telefon, aber es klingelt nur einmal im Monat, ein Routineanruf von einem gelangweilten Funktionär, der fragt, ob er etwas brauche. Er erfüllt nur seine Pflicht. Der alte Mann ist schon lange nicht mehr von Nutzen für sie, man hatte ein umfassendes Abschlussgespräch mit ihm geführt. Eines Morgens sang er einem Vogel ein Lied vor, fühlte sich dumm und gehemmt, aber er konnte sich hören. Er sang das Wiegenlied, das seine Mutter ihm und er seinen Töchtern vorgesungen hatte. Zu seiner eigenen Überraschung musste er weinen. Er besitzt keine Fotos von seiner Familie, sie wurden zurückgelassen. Wenn man flieht, dann nur mit den Kleidern am Leib. Er hatte die Botschaft in dem Anzug verlassen, den er jetzt trägt. Mit den Kleidern am Leib und einem Aktenschrank im Kopf. Es war keine ideologische Entscheidung gewesen, er hatte nicht den Glauben an das kommunistische System verloren, er hatte nie daran geglaubt. Er war abgehauen, ehe man ihn am Kragen packen und ihm im Gulag eine reinere Version des Kommunismus einbläuen konnte. Irgendwem hatte sein Gesicht nicht gepasst, das war alles. Und war sein Gesicht einfach zu lieben?

Er verließ die Botschaft in diesem unbedeutenden Land mit seinem milden Klima und dem Meer als Grenze. Und zog in ein Zimmer.

Am anderen Ende der Stadt gibt es ein Kino, das Filmklassiker aus einer vergangenen Zeit zeigt, Filme aus vielen Ländern, mit Untertiteln, manche in die hiesige Sprache synchronisiert. Vor einigen Monaten gab es eine Dsiga-Wertow-Retrospektive: *Der Mann mit der Kamera* ist einer seiner Lieblingsfilme. Mit dem Bus war er in das unbekannte Viertel gefahren, um es sich auf seinem Platz im Palast der Träume bequem zu machen. Das Wiederaufleben des Hochgefühls der ersten Revolutionsjahre weckte in ihm eine schmerzliche Wehmut nach der Klarheit seines früheren Lebens. Es war so leicht gewesen, *alles* schien möglich. Jeder war jung, jeder war plötzlich frei: vom Zaren und von anderen tyrannischen Vätern.

Er steckte ein Faltblatt in seine Tasche, das eine Liste mit den kommenden Filmen enthielt. In sechs Wochen lief der alte britische Film *Die Geschichte vom Wald*. Er wartete. Sechs ereignislose Wochen verstrichen. Sie fühlten sich an wie sechzig Jahre. Ein Tag wie der andere, nichts passierte. In anderen Zimmern stritten Familien, schrien Kinder, sangen Frauen zum Rauschen des Meers. Wieder fuhr er zum Kino, kaufte eine Karte, setzte sich auf seinen Platz und legte die Hände gefaltet in den Schoß; seit Kurzem hatten sie zu zittern begonnen. Parkinson, dachte er, das fehlte mir noch, nicht mehr fähig sein, eine Tasse an den Mund zu heben, von einer gleichgültigen Schwester mit weichem Zeug gefüttert zu werden.

Die Zuschauer trudelten nach und nach ein. Senioren, die sich nach den Filmen ihrer Jugend sehnten, Filmstudenten, junge Liebende, Paare, die an diesem regnerischen Abend nicht wussten, wohin, einsame Typen wie er, mit undurchschaubarer Absicht. Unter den Anwesenden in dem halb leeren Kino, die Luft schwer vom Rauch billiger Zigaretten, wusste nur Itzik, wie falsch der Film war. Er war dabei gewesen, er hatte alles gesehen, nichts stimmte mit der Wirklichkeit überein, absolut nichts. Da waren keine magischen Elemente, nur ein verzogenes Mädchen und ein aufgeblasener Bruder, eine Gruppe von jungen Männern, die an Ideen glaubten, die sie später zermalmten.

Er erinnerte sich an Wladimir Propp und den Vortrag in London, zu dem er seine schöne Nichte gelockt hatte. Der Redner hatte sehr ausführlich über die Struktur von Geschichten gesprochen. Aber ich habe auch eine Geschichte, dachte er. Er hatte sie seinen Vorgesetzten mehrmals erzählt. Warum hier, hatten sie ihn gefragt, und warum jetzt? Worauf es nur eine Antwort gab: «Früher lebte ich mit meinen Brüdern und Schwestern in einem schönen Kaufmannshaus in Riga nicht weit vom Hafen, dann ging meine kleine Schwester eines Tages in den Wald, und unsere Familie zerbrach.»

Auch das entsprach nicht der Wahrheit, aber wer sagt, dass Geschichten wahr sein müssen? Wenn man eine Geschichte erzählt, ist man an ihre inneren Regeln gebunden. Die Wahrheit ist ein gefährlicher Ast, der einem das Auge aussticht.

Der Film war zu Ende, ein paar Leute im Saal klatschten. Einige lachten. Einige buhten. Der Geschäftsführer des Kinos beschloss, den alten Schinken nicht noch mal zu zeigen. Es war 1977. Keiner interessierte sich dafür. Diese alten Schwarz-Weiß-Filme wirkten abgestanden und altmodisch. Zwei Straßen weiter standen Leute Schlange, um *Star Wars* zu sehen. Diese Art von Fantasien wollten die Leute heutzutage sehen. Mit viel Krach, Geknall und Lasern.

Draußen regnete es noch. Itzik wartete auf den Bus. Die orangeroten Lichter seines Viertels waberten in der feuchten Luft. Die Fahrt dauerte vierzig Minuten. Er betrachtete die unbekannte Stadt in all ihrer rätselhaften Geselligkeit. Was dachten und fühlten die Menschen? Konnte ein Mann wie er glauben, dass ihre Empfindungen wirklich echt waren? Was hatte er falsch gemacht, wann war der Schnitzer passiert? Bei seiner Haltestelle stieg er aus. Es regnete nicht mehr, und die Bedienung stand vor dem Café und rauchte eine Zigarette. Da war ein Mensch. Eine müde Frau in Schuhen mit viel zu hohen Absätzen für ihren Beruf, eine Frau, die vermutlich den ganzen Tag an ihre unbequeme Lage erinnert wurde. Und dennoch ein

Mensch, der sich seiner Existenz bewusst war. Er ließ seine Zunge langsam einen Gruß formen.

Die Bedienung hatte vergessen, dass er sprechen konnte. Niemand wusste, wer er war. Niemand wusste etwas über ihn. Er war nur ein alter Ausländer.

«Hallo», sagte sie. «Sie sind ja tropfnass, ihr Mantel fällt an den Nähten auseinander. Wie alt sind Sie? Zu alt, um an so einem Abend unterwegs zu sein.»

Itzik lächelte. Seit Jahren hatte er das nicht mehr getan. Sie sah, wie sich sein Gesicht zu einem wölfischen Grinsen verzog. Gerissen, verständig, voller Schmerz und Wissen. Am Ende zeigte sich, dass er doch ein Mensch war!

Später erzählte sie ihrem Freund, dass sie sich nichts dabei gedacht hatte, als sie sagte: «Wollen Sie nicht auf einen Kaffee hereinkommen? Sie sehen aus, als müssten Sie sich aufwärmen.»

Sie hatte spontan gehandelt, sagte sie, aus reiner Freundlichkeit und Mitleid, aber die Geste schien ihn so zu überraschen, dass er stocksteif stehen blieb, wie erstarrt unter der tropfenden Markise. Das Neonschild des Cafés leuchtete rot auf seiner Schulter, bis er einen Schritt vortrat und spürte, wie ihre Hand leicht seinen Arm berührte, als er durch die Tür stolperte.

36

Am Ende bleibt nur ein Zimmer.

Mina liegt im Sterben. Sie ist hundertzwei Jahre alt. Mit hundert hat sie ein Telegramm von der Queen erhalten.

«Sogar die hohen Tiere nehmen mich jetzt wahr. Gott schütze die Königin, möge er ihr ein hohes Alter ersparen, das ist nicht schön, aber immerhin hat sie noch ihren Mann an ihrer Seite. Nein, nicht an ihrer Seite, er muss hinter ihr gehen. Wenn ich meinen Louis je gebeten hätte, mir die Führung zu überlassen, hätte er nicht gewusst, was er sagen soll. Aber ich wurde halt in einem anderen Land geboren, wir hatten einen Zaren, und seht, was aus ihm geworden ist, man sollte sich nicht darauf verlassen, dass das Glück ewig währt. Auch wenn man die Königin von England ist.»

Im folgenden Jahr kann sie nicht mehr ganz klar denken. Sie sieht das Gesicht der Königin auf Briefmarken, das frisch gewellte Haar, die Krone, die Halskette. «Wer ist das?»

Ihr Bauch ist geschwollen. Sie stöhnt und berührt ihn. Manchmal weint sie. Der Arzt sagt, man solle die Familie rufen, sie nähere sich ihrem großen Finale. Mary Malley, die jeden Tag mit dem Bus von Garston kommt, eine bescheidene Frau, die Bettpfannen leert und Körper umdreht, die zu Wundliegen neigen, sagt, nein, in der alten Frau steckt noch mehr Leben. Sie behauptet, das zweite Gesicht zu haben und Dinge zu sehen, die andere nicht wahrnehmen. Der Tod wartet immer hinter dem Schleier des sogenannten Lebens, aber Mina hat er noch nicht geholt. Er sitzt auf der Hintertreppe, sie hat ihn noch nicht hereingebeten. «Bei manchen Menschen läuft es nicht ganz nach dem Willen des Todes», sagt sie. «Er muss noch ein bisschen warten und sich die Fingernägel polieren.»

Und sie behält recht. Es geht noch mehrere Tage weiter, lange Tage und Nächte. Manchmal kehrt das Licht in Minas Augen zurück. Sie kann noch zusammenhängend denken, aber ihre Gedanken nicht äußern.

Ich war keine Königin Esther.

Wenn man seinen Elan verliert, seine Freude am Leben, ist man niemand.

Warum muss ich eine alte Frau sein, was ist mit mir passiert?

Im Fernseher flimmern Bilder von Paaren, die aufs Land fliehen wollen. Sie sprechen von Feldern, Ferienhäusern, Wegen, Spaziergängen, freundlichen Pubs, Dorfwiesen und bekunden ihren Traum, Lamas zu züchten. Mina nimmt es weit entfernt wahr, erinnert sich daran, was Andrievs über Bäume gesagt hatte.

Die Bäume wissen genau, was zu tun ist, ihre ganze Weisheit steckt in ihrem Holz.

Noch immer weiß sie nicht, was er damit gemeint hat. Ein Baum ist ein Baum, er steht nur da, sie hat nie gelernt, eine Eiche oder eine Esche anhand der Blätter oder der Rinde zu unterscheiden.

Ihr mittleres Kind, Benny, kommt aus seinem Strandhaus in Israel, ein kleiner, gebräunter argwöhnischer Mann mit offenem Hemd. Seit 1956 lebt er dort, ist mit einer Einheimischen verheiratet, hat Enkel in der Armee. Jeden Morgen machen er und seine Frau bei Sonnenaufgang, bevor die Hitze das Land erdrückt, einen Powerwalk am Strand entlang, zusammen mit einer Armee von fitten, braun gebrannten Rentnern. Nun ist er gekommen, so schnell er konnte, fuhr rücksichtslos schnell zum Flughafen, begleitet von Gerüchten über einen anderen Krieg. Im Radio schlägt der amerikanische Präsident die Trommel. Diesmal ist Irak der Feind. Sie müssen auf einen Raketenangriff aus der Luft vorbereitet sein, denn jeder weiß, der Tyrann verfügt über Massenvernichtungswaffen. Er muss schnell zu ihr, ehe der Luftraum geschlossen wird. Er hat seine Mutter zehn Monate lang nicht gesehen und will nicht die letzte Gelegenheit verpassen, um sie zu küssen und ihre Hand zu halten. Von allen Kindern hat er die unkomplizierteste Beziehung zu ihr. Er liebt sie bedingungslos: «Sie hat mir das Leben geschenkt, was kann ein Mensch mehr verlangen?»

Die drei Kinder von Mina Phillips sitzen im Büro der Oberschwester, zusammen mit Dr. Collier, der sich redlich bemüht, schlechte Nachrichten auf eine annehmbare Weise zu übermitteln. Ein junger Mann, der sich gerade in seiner neuen Praxis niederlässt, zu deren Einzugsbereich auch dieses Heim mit seinen Bewohnern gehört. Er erklimmt gerade das spitze Antlitz der Gerontologie und wünschte, er müsse nicht jeden Abend den Tod nach Hause zu seiner Frau und den zwei Kindern mitnehmen. Seine Kleidung riecht danach.

«Ich muss Ihnen sagen, dass Ihre Mutter sehr schwach ist, sie hat fast keine Abwehrkraft gegen die geringste Infektion. In meinem Beruf nennen wir Lungenentzündung den Freund des alten Mannes und auch der alten Frau, aber es dauert. Zieht sich hin.»

Sie hat Schmerzen, sie stöhnt erbärmlich. Sie erinnert ihn an ein Tier, das eingeschläfert werden will. Die wenigen Worte, die sie von sich gibt, sind ein Mischmasch aus Englisch und Jiddisch, zwei Sprachen, die in unverständliche Silben zerfallen, Gaswolken aus einer anderen Welt.

Er versucht, seine Vorgehensweise zu erklären, aber sie wollen es nicht hören. Ja, es gibt eine Spritze, die er ihr verabreichen könnte, der einzige Zweck ist Schmerzlinderung, das muss er absolut klarstellen, danach wird sie sich wohlfühlen und mit sich im Reinen sein. Er erklärt, was er vorhat und wie es wirkt.

«Aber das ist Heroin», sagt Benny aufgebracht, «Sie machen einen Junkie aus ihr.»

«Dafür ist es zu spät.»

Er erklärt, es werde ihr gut gehen, sie werde schmerzfrei sein. Das sei das Wichtigste. Sie können bei ihr sitzen, wenn sie möchten, einige Angehörige singen, andere erzählen Geschichten, erinnern sich oder halten nur die Hand ihres geliebten Menschen. Oder sie gehen nach Hause und warten auf den Anruf. Ihre Entscheidung. Sie müssen tun, was sie für das Beste halten. Ihre Mutter kann nicht mehr entscheiden.

Benny, der sich zugutehält, nicht drum herumzureden, und die Sachen beim Namen nennt, sagt: «Verstehe ich das richtig? Sie bitten uns um die Erlaubnis, unsere Mutter *umzubringen*? Unser eigen Fleisch und Blut? Wo sind wir hier eigentlich? Wie viele haben Sie schon um die Ecke gebracht? Jeder sollte zugeben, dass unsere Mutter ewig leben wird, und ihr Glück wünschen.»

Der Arzt sagt: «Lassen Sie es mich anders formulieren ...»

Harry fällt ihm ins Wort. Der Arzt kennt ihn als hiesigen Geschäftsmann, der einen guten Ruf genießt und großzügige Tombolapreise für die Gartenpartys des Heims aus jüdischen Geschäften organisiert. Einmal gab es eine Rinderhälfte, ein andermal einen tragbaren Fernseher, Fahrstunden, eine juwelenbesetzte Handtasche.

«Da ich niemand bin, der mit Vorwürfen um sich wirft, vermute ich, dass dies gängige medizinische Praxis ist. Früher war es das Kopfkissen auf dem Gesicht, was letzten Endes humaner war, weil es keine Drogen gab, die man verabreichen konnte, aber Sie bitten *uns* um Erlaubnis? Ich habe das Gefühl, als hätte ich eine verrostete Tür im Kopf, durch die nicht dringt, was Sie von uns verlangen. Versteht ihr, was ich meine?» Er sieht nacheinander seinen Bruder und seine Schwester an.

Benny sagt: «Nicht annähernd.»

Paula, die der Arzt für die Intelligenteste von den dreien hält, hat bisher geschwiegen. Er hat sie und ihren Mann schon mehrmals getroffen, ein glamouröses, wohlhabendes Paar mit ganzjähriger Bräune, die nur von häufigen Urlauben in der Karibik rühren kann. In seinen Notizen führt er sie als «weltoffen, protzig, schlau». Ihm ist nicht bewusst, dass diese Einschätzung leicht vorurteilsbehaftet ist. Würde man ihn fragen, würde er sagen: «Aber es stimmt doch, oder?»

Er wendet sich an sie und sagt: «Mrs Schwartz, wie ist Ihre Meinung?»

Er merkt, dass er sie in Verlegenheit bringt, in der Hoffnung, einen Keil zwischen sie und ihre Brüder zu treiben. Bei ihr deutete bisher nichts auf die gefühlsduselige Sentimentalität der beiden Männer hin. Sie sitzt in dem pfirsichfarbenen Vinylsessel, die noch immer großartigen Beine übereinandergeschlagen, der Rock ein Stück über dem Knie und eine Bluse aus Seide – oder Satin? – in einem Farbton, den man wohl mitternachtsblau nennt. Selbstbeherrscht, gut erhalten durch Schönheitsoperationen und teure Zahnmedizin. Sie raucht eine Zigarette mit goldfarbenem Filter, ohne um Erlaubnis gefragt zu haben.

Paula hat aus gutem Grund geschwiegen. Sie weiß, ihre Brüder wollen alles auf sie abwälzen und bauen darauf, dass sie die Entscheidung trifft. Dann können sie ihr die Schuld geben. *Paula hat uns dazu gezwungen*.

Im vergangenen Jahr musste Paula sich eingestehen, dass auch sie in ihren Siebzigern ist, weil Mina ständig sagte: «Schau uns an, zwei alte Damen, wer hätte je gedacht, dass wir das gemeinsam haben?»

Und das erinnert Paula daran, dass auch sie auf der Rutschbahn nach unten ist und in ein paar Jahren selbst ein Seidenschal nicht mehr genügen wird, um einen eingefallenen Hals zu verbergen. Sie wird gebrechlich und inkontinent sein, Probleme mit den Beinen, den Augen, der Blase, der Verdauung haben, alles im Verfall begriffen, nicht mehr richtig funktionierend, irreparabel. Dann das Undenkbare, der Tod, der gerade ihrer Mutter widerfährt, was bedeutet, sofern es der Reihe nach geht, dass Harry der Nächste ist, dann Benny und schließlich sie. Was für eine Schlange, in der man da anstehen muss. Unerträglich. Also hegt auch sie die Hoffnung, dass ihre Mutter nicht sterben wird.

Um die Kluft zwischen ihnen zu verringern, hatte Paula ihrer Mutter einen Lippenstift, einen Schal und einen Parfümflakon mitgebracht, alles, was sie jünger aussehen ließ – «Nur zum Auffrischen, Mami» –, und Mina hatte an der Eitelkeit Gefallen gefunden und gesagt: «Paula besorgt mir von allem das Neueste.»

Paula hat auch Neuigkeiten von ihrer Tochter Shelley

mitgebracht, die ihrerseits Mutter von Zoë Fletcher ist, jede in dieser ununterbrochenen Linie von Töchtern weniger jüdisch als die letzte. Paula, die wie eine BBC-Moderatorin spricht und der die jüngeren Hausfrauen der Gemeinde nachsagen, dass sie in ihren wilderen Zeiten eine Affäre mit einem echten BBC-Sprecher gehabt hatte, ist immer noch als eine jüdische Frau aus der Vorstadt erkennbar. Sie trägt zum Beispiel goldenen Badeschmuck – allein der Gedanke daran lässt Shelley erröten. Shelley hat Jura studiert, ist mittlerweile Kronanwältin, in der Justiz also ganz oben. Sie war seit jeher sehr streitlustig, eine, so ihr Vater, jüdische Eigenschaft, denn Streitgespräche seien der Kern des Judentums.

«Nein, das stimmt nicht», erwiderte Shelley.

Mit ihrem zweiten Mann Mike Harris lebt sie in einem schmalen, hohen, alten Haus in London, versteht sich aber noch gut mit ihrem ersten Mann, Eddie Fletcher, dessen Name ihre Tochter trägt, während sie eine Schwartz blieb. Sie besucht Abendgesellschaften mit dem Premierminister, sie kennt Lordrichter und den Direktor der Staatsanwaltschaft. In einer der nationalen Zeitungen gab es ein großes Interview mit einem Foto von ihr in ihrer Anwaltsperücke, auf einem Hocker an ihrer Kücheninsel aus Quarz sitzend. Paula hat die Zeitung mitgebracht, um sie ihrer Mutter zu zeigen. Doch Mina, die inzwischen nicht mehr den Unterschied zwischen ihrer Enkeltochter und der Queen erkannte, ließ sie auf den Boden fallen wie ein Baby, das den Unterschied zwischen hier und dort lernt.

Paula weiß, dass Shelley sie für schwierig, exzentrisch und oberflächlich hält. Obwohl sie liest, ständig liest, sagt Shelley: «Aber nur *Romane*.» Sie liest Philip Roth, Saul Bellow und Margaret Atwood. Am besten gefallen ihr die großen amerikanisch-jüdischen Dauerbrenner, deren Energie wie ein Heizkessel von der ersten Seite an zündet. Wenn Shelley von Literatur spricht, meint sie Sachbücher: Fußnoten, ein Register und eine Bibliografie. Paula hatte sie damals vor Eddie Fletcher gewarnt. «Männer wie er haben eine Uhr an der Stelle, wo das Herz sein sollte.»

Aber Shelley hatte gerufen: «Mum, wenigstens hat er *Prinzipien*.»

«Ach ja? Die halten dich im Bett nicht warm.»

Als Zoë geboren wurde, betrachtete Paula das Baby in seinen blütenweißen Stricksachen und sagte: «Ich bin gespannt, was deine Geschichte ist.»

Zwischen jeder Generation hat es Missverständnisse gegeben. Paula kommt sich vor wie Janus, der römische Gott mit dem Doppelgesicht, das in beide Richtungen blickt. Auf jeder Seite sieht sie schwierige Frauen. Einer der letzten zusammenhängenden Sätze ihrer Mutter war: «Ich stand immer auf der Seite der Underdogs, aber was heißt das schon, wenn der Underdog *dich* nicht mag?»

Paula erinnert sich an die Küche im alten Haus am Brownlow Hill, die Kleider, die zum Trocknen an der Seilrolle hingen, die alten Lieder, «*Schlof, mein Meidele, schlof*». Dann das Radio, die äußerst englischen Stimmen, die korrekten Vokale, die Modulierung der Konsonanten, das Gefühl, dass es außerhalb ihrer vier Wände eine Autorität gibt, die ihre Mutter nicht interessierte oder von der sie nichts wusste, weil hier in der Küche nur Dampf, Sicherheit und Kochgerüche waren, und manchmal stand ihre Mutter aufgeputzt an der Tür, in einem Paar weißer Handschuhe aus Ziegenleder, und ihr Vater mit dem Hut in der Hand, das Gesicht seiner molligen Frau zugewandt. Aber nach Louis' Tod hatte sie es aufgegeben, einen koscheren Haushalt zu führen mit getrennten Töpfen, Pfannen, Porzellan und Besteck, «alles Unsinn». Was also, fragt sich Paula, hatte sie in all den Jahren wirklich gedacht?

Aber was auch immer in ihrem Kopf vorging, Mina verstand es, eine Mutter zu sein, während Paula nie den Dreh herausfand. Wäre Shelley in den kommenden Jahren mit der Möglichkeit einer offenbar tödlichen Injektion konfrontiert, würde sie vermutlich sagen: «Alles klar.»

«Gehen Sie nach Hause», sagt Dr. Collier, «besprechen Sie das Ganze. Fragen Sie Ihre Kinder, fragen Sie Ihre Freunde. Rufen Sie mich jederzeit an, ich bin immer erreichbar, ich sage am Empfang, man soll Sie durchstellen, und sollte ich zu Hause sein, hinterlassen Sie eine Nachricht. Seien Sie versichert, dass ich Ihre Mutter sehr bewundert habe, sie gehörte zu den echten Persönlichkeiten in diesem Heim mit ihren Geschichten. Ich wusste nie genau, was davon ich glauben sollte und was Fantasie war.»

«Alles ist wahr», sagt Benny trotzig, gereizt, «in ihrem ganzen Leben hat sie nie eine Lüge erzählt. Nennen Sie sie keine Lügnerin. Sie war so ehrlich, wie der Tag lang ist.»

«Natürlich, natürlich, damit wollte ich nicht ... Aber Sie müssen verstehen, die Welt, aus der sie kam, erscheint mir wie ein Märchen, Wälder, Wölfe ... Woher kam sie eigentlich genau? Ich dachte immer, wahrscheinlich irgendwo aus Russland. In den Unterlagen hatten wir keine Geburtsurkunde von ihr.»

«Soweit ich weiß, hatte sie nie eine Geburtsurkunde», sagt Harry. «Und wenn doch, ist sie schon lange verschwunden, oder sie wurde zurückgelassen, die Familie musste schnell aufbrechen. Sie kam aus Riga, der Hauptstadt Lettlands, angeblich eine richtig belebte Stadt, zusammen mit ihrem Bruder, *olew ha-Scholem*, der vor ein paar Jahren in diesem Heim gestorben ist. Vor Ihrer Zeit. Wir wollten mal dorthin fahren, uns umschauen und sehen, wo alles anfing, aber es war schwer reinzukommen, zumindest damals. Inzwischen hat es sich geändert, wie man hört.»

«Alles lange her», sagt Benny. «Von dieser Generation ist uns nur unsere Mami geblieben.»

«Hatte der rote Schal, den sie immer trug, irgendeine Bedeutung?»

Die Pflegerinnen banden ihn ihr jeden Morgen um den Hals; in den vergangenen Wochen hatte sie sich die Zipfel in den Mund gesteckt und daran gelutscht, deshalb mussten sie ihn verstecken. Der Farbstoff hätte sich lösen und ihr schaden können. Sie sah sich suchend im Zimmer um und zeigte auf ihren Hals. «Mein *Schmate*», sagte sie immer. «Wo ist es?»

Paula erinnert sich an das Stück Decke ihrer kleinen Tochter, dessen Verlust auf den Sanddünen von Formby, wo es aus dem Buggy gefallen war, vermutlich das Grundtrauma in Shelleys Leben auslöste. Sie hatte es mit einem anderen Stück Stoff versucht, aber Shelley behauptete, es rieche anders: nicht nach ihr und ihrer Bettwäsche und verschütteter Milch. «Das will ich nicht», hatte sie geweint. Und gelernt, ohne die Decke zu leben. Paula bat die Pflegerinnen, Mina den Schal zurückzugeben und sie mit dem Ding um den Hals sterben zu lassen, was immer es ihr bedeuten mochte.

«Oh, ja, er hatte *Bedeutung*, wie Sie es ausdrücken», sagt Harry. «Sie wissen das nicht, aber früher hat sie Flugblätter für die Kommunistische Partei verteilt. In unserer Straße, wo jede Menge Zahnärzte und Zollbeamte wohnten! Wahrscheinlich sind sie sofort im Mülleimer gelandet, damals gab es noch kein Recycling. Und während des Kriegs hatte sie ein Bild von Stalin auf dem Kaminsims. Der Schnurrbart von dem Mann macht mir immer noch Angst, wenn ich daran denke. Was hatte sie bloß mit Stalin, was konnte jemand an ihm finden? Ich habe wirklich Glück, geborener Engländer zu sein. Sonst wäre alles viel schlimmer gewesen. Paula, was meinst du? War sie wirklich eine Rote?»

«Ich glaube, es war hauptsächlich eine Pose», sagt Paula, die endlich das Gefühl hat, dass ihre Zunge sich löst, nachdem sie ihr wie ein Stück Holz im Mund lag. «Wie weit sie an all das glaubte, weiß ich nicht. Ich vermute, es hing mit ihrer Eitelkeit zusammen, sie wollte sich an ihre Jugend erinnern. An dieser alten Geschichte vom Wald muss etwas Wahres sein, ein Fünkchen Wahrheit, aber offenbar ausgeschmückt. Gegen Ende der Siebziger hat sie sich jedenfalls gegen Russland gewandt, und sie fing an, sich für die sowjetischen Juden zu engagieren, als es in Mode war. Zu der Zeit wusste sie schon über das Schicksal ihrer kleinen Schwester Bescheid, aber was mit ihrem Bruder Solly passiert ist, weiß sie bis heute nicht. Dann gab es noch den anderen Bruder ...»

«Itzik, diesen *Mamser*.»

«Ach, hör auf, du hast ihn nie gekannt.»

«Ich will ihn auch nicht kennen. Du weißt, was er dir fast angetan hat.»

«So schlecht war ich gar nicht dran.»

«Doktor», sagt Harry und wirft seinem Bruder und seiner Schwester einen *Nicht-vor-dem-Goj*-Blick zu, «meine Mutter bedeutet uns alles. Nichts kann die Liebe einer Mutter ersetzen. Sicher, sie war unberechenbar, eine sehr komplizierte Frau. Ich habe sie nie verstanden und werde es mein Leben lang nicht tun. Wussten Sie, dass ein Film über sie gemacht wurde? Und Sie wollen, dass wir das Leben unserer Mutter beenden? Damit wäre alles vorbei. Das Liverpool, in dem wir aufgewachsen sind, gibt es nicht mehr, von Brownlow Hill ist nicht mehr viel zu sehen, und mit dem Liverpool, in dem wir unser Leben geführt haben, den schönen Vororten, ist es auch bald vorbei. Wenn Sie ihr diese sogenannte Injektion geben, was ist dann noch übrig?»

Aber irgendwann sind die Geschwister bereit zu gehen, sie steigen in ihre Autos und fahren zu Paula, um einen Tee zu trinken und ein Stück Kuchen abzulehnen, damit sie sagen können: «Wie kann man zu einem solchen Zeitpunkt essen?», und: «Kein Krümel geht über meine Lippen», damit sie streiten, sich wichtigmachen und ihre Vorrangstellung als Ältere beanspruchen können, um auf Ringo zu warten, denn er hatte sicher eine Meinung, er war ein Mann, der einen Titel vor seinem Namen haben könnte, hätte der Krieg ihn nicht nach Berlin geführt, wo er das salomonische Urteil über echte Nazis sprach.

«Glaubst du, wir sollten deine Shelley fragen?», sagt Harry im Aufzug zu Paula. «Für solche Dinge muss es doch Gesetze geben. Sie kennt sich aus.»

Paula denkt kurz daran, ihre Tochter auf dem Handy anzurufen, wie sie es im Notfall tun soll. Aber warum alles der nächsten Generation aufbürden? Sie müssen allein einen Weg aus der Situation finden, es ist ihre Pflicht.

37

Ringo ist es schließlich, der die Geschwister mithilfe des gesunden Menschenverstandes und mit einem Schuss Tora dazu überredet. («Nicht einmal Methusalem, die am längsten lebende Person auf Erden, hat mehr als neunhundertneunundsechzig Jahre geschafft, also wird auch Mina Phillips nicht ewig leben, so besonders ist sie nicht.») Seine Worte sind freundlich und zugleich hart. Ist es nicht eine Anerkennung ihrer großen und dauerhaften Liebe zu ihrer Mutter, dass die Geschwister meinen, ohne sie nicht auszukommen? Die Liebe einer Mutter bedeutet alles, mit ihr beginnt die Welt, und der Preis einer jüdischen Mutter lässt sich nicht mit Rubinen aufwiegen. Aber tun sie es nicht eigentlich für sich selbst, wenn sie ihre Mutter dazu verdammen, weiter zu leiden – fürchten sie nicht eigentlich, ihre eigene Seele zu verlieren?

Und so geben sie alle nach. Harry ruft den Arzt an und sagt, sie seien sich einig, es sei das Beste. Er solle dafür sorgen, dass sie nicht leidet.

Um vier Uhr nachmittags, die Zeit, wenn die Pflegerinnen mit dem Teewagen die Runde für die Bettlägerigen machen und im Tagesraum zahnlose Münder Kekse zerkauen, nimmt Dr. Collier behutsam Minas Hand, hebt sie hoch und entleert seine Spritze in ihren Blutstrom. Ein kleines Seufzen.

Die Kinder sitzen am Bett und wissen nicht, was ihre Mutter weiß. Unmöglich zu sagen. Ihr Haar ist weiß, ihr Hals hager, das Gesicht gesprenkelt von braunen Altersflecken. Benny erkennt sie kaum. Nach einem Streit mit seiner Schwester über etwas in den Nachrichten ist er aus Stolz zu lange weggeblieben. Er ist für den kommenden Krieg, sie ist dagegen. Das sei ein Fass ohne Boden, sagt sie, und es werde nicht gut enden. Ob sie jetzt Pazifistin geworden sei? Dann zur Hölle mit ihr und ihrem schicken Haus und ihrer schicken Tochter, er bleibe keine Minute länger unter ihrem Dach. (Floskeln, denkt Paula, mehr können sie nicht.)

Die Kinder haben gestritten, wer bis zum Schluss bei ihr sitzen soll. Ringo sagt: «Lassen wir das Los entscheiden.» Er holt ein Kartenspiel und hebt ab. Paula zieht den Kreuzbuben. Sie hatte schon immer Glück.

Mary Malley öffnet die Tür und sieht drei Leute im Zimmer.

Als Erstes ist da Mina, die in ihrem Bett liegt, während das Morphium den Schmerz niederschlägt wie ein Boxer, ein grober Rohling, der alles niedermäht, was ihm im Weg steht, einschließlich seines Wirts. Mina sieht allmählich leicht durchsichtig aus, als bereite sie sich darauf vor, sich aufzulösen, zu schmelzen. Eine gewisse fleischige Wächsernheit, die Mary auch bei anderen beobachtet hat. Manche Menschen werden Geister, sie hat sie im Altenheim gesehen, aber die Oberschwester schimpfte, als sie es erwähnte. Die Juden glauben nicht an Geister, sie folgen einer anderen Religion, bei der es nur um Regeln geht und wie man in dieser Welt zu leben hat. Es ist kein mystischer

Glaube. In ihrer Personalakte steht: «Gute Arbeiterin, aber neigt zum Fantasieren.»

Nummer zwei ist die elegante Mrs Schwartz, die wie immer aussieht, als käme sie frisch vom Friseur, ihr taubenblauer Jaguar steht draußen geparkt (es sollte eigentlich ein Mercedes sein, aber Ringo wollte natürlich kein deutsches Auto kaufen). Sie trägt einen hellbraunen Hosenanzug aus Wildleder, der vermutlich ein Vermögen gekostet hat, aber in der Branche ihres Mannes bekommt sie natürlich alles zum Großhandelspreis. Es wird noch Stunden dauern, und Mary Malley ist überrascht, sie hätte nicht gedacht, dass sie dazu fähig ist.

Und schließlich der Tod höchstpersönlich, er sitzt am Ende des Bettes in einem sauberen schwarzen Anzug und einem Hemd mit hohem Kragen, ein vornehmer Herr in schlichter Pracht, wie man ihn früher auf seinem edlen Pferd über die Landstraßen von Wicklow reiten sah. Der Tod wirkt sehr bereit, seine Augen glänzen. Nun wird es nicht mehr lange dauern. Vor einer Stunde hatte sie den zweiten Sohn gesehen, der sich die Augen ausheulte, ein guter Junge, der direkt aus dem Heiligen Land gekommen ist, um hier zu sein, dabei könnte er sich die Füße in den Wassern von Galiläa waschen. Aber er kann nichts tun, um ihren Fortgang aufzuhalten. Ebenso wenig wie die Tochter, die trockenen Auges eine Zeitschrift liest. Könnte doch nur jeder den Tod sehen wie sie. Dann würden sie sich nicht sorgen und diskutieren. Der Priester sagte, sie sei wirr im Kopf, niemand könne den Tod sehen. Aber was wusste er schon? Was wusste ein Mann schon?

Mina nimmt Bewegung im Raum wahr. Menschen, Formen, Schatten. Den Tod sieht sie nicht. Sie würde lachen, wenn Mary Malley ihr erzählen würde, dass sie ihn sieht. Warum ist der Tod eigentlich keine Frau?, hätte sie vermutlich gesagt. Eine Frau bringt uns auf die Welt, also wird eine Frau uns auch wieder aus ihr wegholen. Aber solche Gedanken kann sie nicht formen. Sie geht in einen Wald, die Baumkronen verdecken die Sonne, die anderen warten auf sie, ihr Mann, ihre Mutter und ihr Vater, ihre Brüder und ihre Schwester. Sie singen. Die Musik ist laut und stark. Die Erde ist frisch und fruchtbar, aus den Stämmen der Bäume sprießen Pilze. Alles wächst und verfällt.

«Und die Erde war wüst und leer, und Finsternis war über der Tiefe; und der Geist Gottes schwebte über dem Wasser.»

Die Welt des schmalen Metallbettes, die Medikamente, der Wasserkrug, die gerahmten Fotos, die Vorhänge, die desinfizierten Plastikstühle, die Zeitschriften und der stumme Fernseher weichen zurück, nur der Zipfel des Schals bleibt zwischen ihren Lippen. Paula zieht ihn vorsichtig weg. Minas Hand bewegt sich, ihr Mund stößt einen schwachen Laut aus. Ihr Atem ist anders, Paula hat noch nie jemanden sterben sehen. Sie weiß, dass sie nichts Großem, keinem beeindruckenden Abschied beiwohnt, sondern etwas Kleinem, fast Belanglosem.

Mina fällt wie ein trockenes Blatt von einem Baum.

Ihr Mund ist leicht geöffnet. Paula neigt sich vor und küsst ihr Gesicht. «Wohin bist du gegangen?», fragt sie. «Wo bist du?»

Paula spürt die Sehnen in ihrem Hals erschlaffen, sie möchte weinen, aber ein Gefühl des Staunens überkommt sie. Es ist ein großes Rätsel, wohin die Toten gehen, und gehen sie überhaupt irgendwohin? Vielleicht erfinden die Menschen deshalb Geschichten über Himmel und Hölle. Eine solche Leere, ein solches Nichts kann der menschliche Verstand nicht verkraften. Die ganze Galaxie des Seins ihrer Mutter, vom kleinen Mädchen bis zu ihrem Gekicher, als das Telegramm aus dem Buckingham Palace ankam, bedeutet jetzt nichts mehr. Und bei mir, denkt Paula, wird es genauso sein.

Sie erinnert sich an Rolands Hand, die ihr Strumpfband unter dem Restauranttisch berührte. *Wenn ich sterbe, wird das nie passiert sein.*

Der Himmel vor dem Schlafzimmerfenster ist ausgeschlossen, keine Sterne, kein Mond. Harrys Frau Betty rührt sich im Schlaf. Sie hat geträumt und glaubt, eine Glocke läutet, eine Schulglocke, eine Kirchenglocke, sie fühlt sich herbeigerufen, aufgefordert, sich den Schrecken und der Schönheit des Lebens zu stellen. Harry schaltet das Licht an, im grellen Schein sieht Bettys Gesicht plötzlich sehr alt aus. Er greift zum Telefon, hört seine Schwester am anderen Ende. «Es war friedlich. Sie ist ohne Schmerzen gegangen. Ich dachte, sie schläft, aber nein, sie war fort. Ich habe noch nie einen Menschen sterben sehen, aber jetzt war ich dabei, ich weiß Bescheid. Es ist nichts mehr da. Eine Leiche ist wie eine Schneiderpuppe.»

«Wie kannst du nur so etwas sagen?»

«Tja, ich hab's gesagt. Gibst du Benny Bescheid?»

Der schläft ein Stück weiter den Flur entlang im Gästezimmer.

Harry klopft an die Tür und weckt seinen Bruder, überbringt ihm die Nachricht, bietet ihm Tee an.

«Ja, genau. Als ordentlicher Engländer trinke ich eine schöne Tasse Tee, das wird alles ändern. Vielleicht bringt sie das ins Leben zurück. Tee mit zwei Stück Zucker bitte und mit sehr viel Milch. Oh, sieh nur, sie öffnet die Augen.»

«Gut, ich mache trotzdem einen.»

Der Bestatter hat sie eingeplant. Er wurde informiert. Er kommt um acht Uhr morgens, als die lebenden Bewohner im Tagesraum noch beim Frühstück sitzen, auf den Tischen Toastkrümel und verschüttete Müslimilch, in der Ecke der laufende Fernseher, wo Moderatoren auf Sofas kaum wache Popstars interviewen, die Gesichter von den Spuren der Nacht gezeichnet. Jeder weiß, dass Mina Phillips in der Nacht gestorben ist. Manche weinen, einige beten, andere stellen sich die naheliegende Frage: Wer ist als Nächstes dran, ich vielleicht? Eine der Bewohnerinnen, Addy Goldberg, hatte als siebenjähriges Kind Mina den Brownlow Hill hinab zur Munitionsfabrik gehen sehen. Ihre Mutter sagte damals: «Mina zieht in den Krieg.» Jetzt sagt Addy zu den Pflegerinnen: «Sie hatte ein Gewehr, müssen Sie wissen.» Und während es niemand für wahrscheinlich hält, dass die Einhundertzweijährige je eine Waffe trug, sagt die fantasiereiche Mary Malley: «Ich würde es ihr zutrauen.»

Im Büro der Oberschwester bespricht die Familie die Einzelheiten der Beerdigung, die am Nachmittag stattfinden wird, die Totengräber sind gebucht, der Rabbi bereitet schon die Rede vor und möchte noch ein paar Geschichten über die alte Frau hören, die er nie getroffen hat.

Die Oberschwester erinnert daran, dass es vor einigen Jahren Fördergelder gab und eine Frau bezahlt wurde, die mit einem Tonbandgerät Zeitzeugen über die sterbende Welt der alten Gemeinde befragte. Die Abschrift sei in der Bibliothek verfügbar. Ihr Onkel Jossel habe einige gute Schilderungen über das Leben in Brownlow Hill geliefert und sich sehr gut an die vielen kleinen erfolgreichen Geschäfte erinnert, bevor alle in die Vororte zogen. Und auch ihre Mutter hatte sich an einiges erinnert.

«Würde mich interessieren, was sie da wohl erzählt hat», sagt Harry.

«Wisst ihr noch, wie Daddy und Onkel Jossel sich auf dem Schlachtfeld begegnet sind?», sagt Benny. «Eine Wahnsinnsgeschichte, unübertrefflich, die hatte es wirklich in sich.»

«Du hast dieses Märchen doch hoffentlich nie geglaubt, oder?», sagt Paula sarkastisch lächelnd, die Lippen gewölbt wie ein Krummsäbel.

«Was soll das heißen? Was ist daran nicht glaubwürdig? Daddy ist den ganzen Weg aus Leeds gekommen, um ihr einen Antrag zu machen. Er hatte eine Nelke im Knopfloch und zog sich auf der Toilette im Lyceum um. Und sie sind zusammen die Princes Road entlanggegangen.»

«Tja, du bist ziemlich lange weg gewesen. Solche Geschichten nutzen sich beim Erzählen ab, und manches fällt unter den Tisch, die Wahrheit späht durch die Vorhänge. *Ich* habe vor Jahren gehört, und zwar von jemandem vom Brownlow Hill, dass das Ganze ein vom Rabbi organisierter *Schidech* war. Eine arrangierte Ehe wie alle damals.»

Auch Harry hat etwas beizutragen, das er jahrelang zurückgehalten hat. «Um ehrlich zu sein, ich habe etwas anderes gehört, eine andere Geschichte, nicht sehr nett, deswegen habe ich sie nie erzählt, solange unsere Mutter noch lebte. Tante Lia hat die Katze aus dem Sack gelassen. Onkel Jossel hat Daddy Geld geschuldet und gab ihm seine Schwester als Abzahlung.»

«Die boshafte Giftschlange», sagt Benny. «Sie hat alles verdient, was sie bekommen hat. Onkel Jossel hatte Glück, dass er sie los war, wenn ihr mich fragt.»

«Tja, ich erzähle nur, was ich gehört habe. Ich glaube, es war folgendermaßen: Als Onkel Jossel in der Armee war, entwickelte er eine Vorliebe für Glücksspiele. Wahrscheinlich aus Langeweile bei dem ständigen Warten, dass endlich jemand auf ihn schießt. Er hielt sich für besonders schlau und dachte, er könnte ein System ausarbeiten, weil er keine Ahnung hatte, dass es reines Glück ist. Und deshalb erzählt man sich, dass er unsere Mutter beim Poker verlor.»

«Niemals», sagt Paula. «Lia war eine eifersüchtige, unzufriedene Hexe, die sich ihr Leben lang ungerecht behandelt fühlte. Ich sehe es wie Benny. Ich glaube kein Wort davon.»

«Margaret würde es wissen, wenn sie noch lebt. Ihr hätte er die Wahrheit gesagt.»

«Ach ja? Wann war die Wahrheit jemandem in unserer Familie wichtig?»

«Was denn, sind jetzt alle Lügner? Ohne Integrität?»

«Ich weise nur auf das hin, was Mami immer gesagt hat, man soll den Behörden erzählen, was sie hören wollen», sagt Paula. «Das ist nur gesunder Menschenverstand, Selbsterhaltungstrieb. Sie waren Emigranten, keiner kannte sie, sie konnten sagen, was sie wollten. Wenn man entwurzelt war wie sie, kann man alles sein, was man will. Wer will das Gegenteil behaupten? Aber wem glaubst du jetzt?»

«Ich?», sagt Harry. «Ich mag immer die beste Geschichte. Einmal saß ich im Flugzeug nach Spanien, Betty und ich wollten dort Urlaub machen, aber wir bekamen keine nebeneinanderliegenden Plätze. Ich sitze also neben einem Herrn, der anfängt, mir seine Lebensgeschichte zu erzählen. Er war Fußpfleger, eine schreckliche Geschichte, er konnte einen zum Einschlafen bringen mit all den Füßen und Zehen, Hühneraugen und Frostballen. Ich hätte ihm die Geschichte am liebsten aus dem Mund gerissen und sie neu erzählt, allerdings als Komödie, wer würde das nicht wollen? Die beste Geschichte ist die mit den längsten Beinen, versteht ihr, wie ein Rennpferd. Aber was ich wirklich glaube? Ich glaube, der Rabbi hat alles geregelt, als Onkel Jossel aus dem Krieg zurückkam und sah, dass seine kleine Schwester mit dem gemeinen Volk in einer Fabrik arbeitete, mit den niedrigsten der Niedrigen und dem Kopf voller Flausen, die man gar nicht wissen will. Ja, der Rabbi hat sie mit einem Jungen aus Leeds zusammengebracht, der nichts von ihrem Ruf wusste – damals konnte es gar nicht anders sein.

38

Juden müssen ihre Toten innerhalb von vierundzwanzig Stunden beerdigen. Harry fährt zum Rathaus, um den Totenschein zu besorgen, und drängelt sich an die Spitze der Warteschlange – «Ich brauche das Papier sofort, bitte» –, denn bei Juden gibt es kein drei Wochen langes Warten in der eiskalten Leichenhalle, keinen Besuch beim Bestatter, um einen Sarg mit protzigem Innenfutter und teuren Messinggriffen aus einem Katalog auszusuchen. Keine Einladungen, keinen gedruckten Gottesdienstablauf, kein Absprechen von Kirchenliedern und Musikstücken. Keinen offenen Sarg mit dem aufgebahrten Toten, der für den Weg ins Jenseits in seinem besten Sonntagsstaat daliegt, als prüfe Gott, ob sich die Neuankömmlinge wie Hochzeitsgäste an den Dresscode der Einladung halten.

Die Frauen der *Chewre Kadische* waschen den Leichnam, wickeln ihn in ein Leintuch und legen ihn in eine schlichte Holzkiste mit Seilgriffen. Jeder kennt Mina Phillips oder weiß von ihr, sie ist die letzte der Letzten. Warum sie so lange lebte, kann keiner sagen, aber sie hat dem berühmten Auftritt des Todes getrotzt, bis schließlich alles nachgab. Danach trinken die Frauen – Sheila, Lorraine, Jackie – Kaffee und plaudern über die Beerdigung. Die bekannte Enkelin, heißt es, sitze schon im Zug aus London.

Shelley kommt tatsächlich zu spät. Paula hatte sie um acht Uhr morgens mit der Nachricht angerufen, wie eine Startpistole für den kommenden Tag. Sie hat eine Reisetasche gepackt, bereit für die Fahrt nach Euston. Ihre Tochter Zoë begleitet sie; als Kind der Großstadtelite ist sie gespannt auf die ganze Szene oben in Liverpool, die irgendwie das Gegenteil ihrer weltverbessernden Eltern mit ihren lahmen Prinzipien darstellt. Mit vielen Verwandten, die lautstark verkünden, Margaret Thatcher habe das Land gerettet und die Araber hätten es auf die Juden abgesehen und daran werde sich nie etwas ändern.

Doch der Zug nach Liverpool wird kurz vor Crewe für eine Stunde und siebzehn Minuten von einem verletzten Schwan auf den Schienen aufgehalten. Man hat den Tierschutzverein gerufen. Er soll ihn entfernen und in ein Tierheim bringen, den Fluss ausfindig machen, aus dem er verschwunden ist, und ihn mit seiner Familie vereinen. Flatternd taumelt er auf dem Bahngleis umher und versucht, Höhe zu gewinnen. Die Leute vom Tierschutzverein jagen ihn mit einem großen Netz in eine Weidenröschenhecke. Auf einem parallel zu den Schienen verlaufenden Fußweg legen Gruppen von Wanderfreunden ihre Stöcke beiseite und rufen den Rettern aufmunternde Ratschläge zu. Der Schwan wird schwächer, müht sich aber weiter, der Gefangennahme zu entkommen.

Alle sind an ihren Handys. Shelley spricht mit ihrer Mutter. «Wir haben uns wirklich beeilt, Mum, wir sind sofort losgefahren. Wie gesagt, auf der Strecke ist ein blöder *Schwan*. Im Notfall kommen wir direkt zum Friedhof, aber ich bin sicher, die Beisetzung verpassen wir nicht.» Auf dem Platz hinter ihr sagt gerade eine leise, aber dennoch hörbare Stimme: «Wenn sie kommen, und das werden sie jetzt wahrscheinlich jeden Moment, streite jegliches Wissen über einen Safe ab. Sag ihnen, du hast nichts damit zu tun.» Shelley, die Anwältin, tut so, als halte sie sich die Ohren zu.

Zoë fragt sich, warum sie auf dieser Reise dabei ist. Aber Shelley hatte gesagt: «Ich möchte wirklich, dass du mitkommst. Im Kreis dieser Familie brauche ich eine Verbündete.»

«Dieser Familie? Du meinst deine Familie, oder?»

«Du weißt, was ich meine.»

«Nicht wirklich.»

«Du wirst schon sehen.»

Zoë mag Paula ganz gern und versteht nicht, warum ihre Mutter Probleme mit ihr hat. Ihr Vater hat gesagt: «Die zwei sind wie Schmirgelpapier und Holz. Sie reiben sich gegenseitig auf.»

Und nun ist sie hier und reist in Richtung dieses abgewirtschafteten Hafens, in diese jüdische Vorstadt, zu diesem Haufen von Verwandten mit politischen Ansichten, die die Besucher aus London als primitiv und unangenehm empfinden. Was wird sie dort erleben, und was wird man von ihr erwarten? Schwer vorhersehbar. Vielleicht wird sie Zuschauerin sein, nicht mehr als ein Publikum für den ganzen *Sturm und Drang* des Schwartz'schen Psychodramas. Aber vielleicht kommt ihr auch eine Sprechrolle zu, sie hat keine Ahnung.

Schließlich wird der Schwan im Netz gefangen, medizinisch versorgt und in einem Transporter nach Crewe gebracht. Der Zugführer gibt die neue voraussichtliche Ankunftszeit in Liverpool Lime Street bekannt. Sie sind in Bewegung, fahren weiter. Shelley erzählt Zoë von ihrem ersten gemeinsamen Besuch in Liverpool, als sie noch ein kleines Kind war, wie sie die Schlickfelder der Mersey bei Runcorn überquerten, wie die Wasserlachen des Flusses unter der unglaublich starken Sonne glasig schimmerten. Und wie sie an den Fabriken von Halewood vorbeifuhren und Zoë fragte: «Sind wir noch in England?»

Während Shelley und ihre Tochter vom Schwan aufgehalten werden, ist Harry ziemlich in Hektik. Er muss zehn mündige Juden für den Minjan auftreiben, Shelley nennt es gern und sarkastisch «die männliche Überzeugungskraft». Frauen sind dafür nicht vorgesehen, da sie den Leichnam vorbereitet haben. Auch Ringo nicht. Jedem Juden wird bei der Geburt die Mitgliedschaft in einem der zwölf Stämme Israels zugewiesen, und jedes Mitglied des Kohanim-Stammes, der Priesterkaste, zu der auch Ringo Schwartz und Leonard Nimoy aus Star Trek gehören, darf sich dem Grab nicht nähern. Ringo und Leonard beherrschen beide den Priestersegen, das mit den gespreizten Fingern gebildete V, das Leonard als Grußgeste der Vulkanier in die Welt brachte und mit dem Ringo seine Tochter aufzog, als sie ein Teenager war – er behauptete, auch er sei ein Vulkanier, allerdings ohne die großen Ohren. Also müssen Paula, Shelley und Zoë (die beiden durch den Schwan aufgehaltenen Frauen kamen direkt vom Bahnhof im Taxi an) allein stehen, ohne Männer, die sie trösten.

Shelleys zweiter Mann Mike ist Vorsitzender eines Strafgerichts in Nottingham und daher nicht abkömmlich, wird aber später am Abend kommen, und auch Zoës Freund Angus wollte kommen, obwohl Zoë ihm ein rein anthropologisches Interesse unterstellt. Er drängt sie ständig dazu, ihr Erbe zu erforschen, was auch immer das sein mag. Seine Ex-Freundin kam aus Kamerun, und Zoë fragt sich, ob er sie manchmal ansieht und denkt, sie sei ein bisschen zu farblos für seinen Geschmack, und ob sie deshalb die Schwartz-Seite der Familie betonen und den Rest kleinreden sollte, die Fletchers, Generationen von Bauern aus Northamptonshire, die Anfang des zwanzigsten Jahrhunderts zu Schuhmachern wurden. Wie öde ist das denn?

Ihre Urgroßmutter hatte Zoë erst in sehr hohem Alter kennengelernt. Sie war eine feste Größe im Familienleben gewesen, eingewickelt in Häkeldecken auf einem Stuhl in einer Einrichtung, die nach Desinfektionsmitteln und Bratensoße roch. Sie kann nicht behaupten, dass sie sie *mochte*, geschweige denn liebte, denn die alte Frau war eine unberechenbare Erscheinung, die ständig von einem Wald sprach. Natürlich kennt Zoë die alte Geschichte, hält sie aber nur für ein Märchen, nichts, was tatsächlich passiert ist, denn niemand in der Familie mütterlicherseits hatte je viel für die Natur übrig. Ihr Vater lachte oft über die Juden, die in Gucci-Slippern und Kaschmirschals, manche auch in supermodernen Wanderstiefeln, nach Hampstead Heath pilgern, um für zehn Minuten durch vertrocknetes Laub zu rascheln und sich dann in einem Café in Kenwood zum Kuchenessen niederzulassen.

Harry hat es geschafft, am Telefon zehn Männer für den Minjan zusammenzutrommeln und sie in ihren Anzügen und leicht mit Zigarrenasche besudelten Krawatten zum Friedhof zu treiben, wohlhabende Männer in ihren Siebzigern, die zu Beerdigungen kommen, weil es eine Mitzwa ist, eine gute Tat. Sie sind als Nächste dran, und einige von ihnen sind bereits früh gegangen. So ist das mit Beerdigungen, sie erinnern die Lebenden daran, dass wir alle mit den Toten in einem Boot sitzen.

Auf der anderen Seite des Grabs sehen sie die berühmte Tochter Shelley in einem gut geschnittenen schwarzen Hosenanzug. Es kursiert die Geschichte, dass sie als Teenager beinahe vom Garagendach gesprungen wäre, nachdem sie LSD genommen hatte und dachte, sie könne fliegen. Paula hätte fast einen Herzinfarkt bekommen. Neben ihr steht ihre Tochter, an deren Namen sich keiner erinnert, eine junge Dame mit feinem hellem Haar und langen Beinen wie Spaghetti, die sich in der Runde umsieht und ihrer Mutter zuflüstert: «Und wer ist das?»

Ja, Zoë versucht zu verstehen, wo sie ist, wer all die Leute sind und was ihre Großmutter jetzt ist: eine gebrauchte Hülle für ihr Wesen, ihren Geist, ihre Seele, ihre Identität – wie soll man es nennen? Als sie fünf Jahre alt war, hatte sie ihre Mutter gefragt: «Warum bist du ein Mädchen und Daddy ein Junge?» Und: «Wie werden Leute tot?» Ihre Mutter hatte etwas zu schnell erwidert: «Na ja, manchmal werden sie von einem Auto zerquetscht, wenn sie über die Straße gehen, weil sie sich nicht an der Hand eines Erwachsenen festhalten, wie man es ihnen sagt.» Worauf ihre Tochter verängstigt in Tränen ausbrach.

Nach der kurzen Zeremonie des Kaddisch wird Mina in die Erde neben ihren Mann Louis hinabgelassen. Es ist ein perlgrauer Nachmittag auf dem Friedhof, der in einem Stadtviertel liegt, in das sie, abgesehen von Besuchen bei geliebten Toten, normalerweise keinen Fuß setzen, und plötzlich wird Harry schmerzhaft bewusst, dass es in Liverpool mittlerweile mehr tote Juden gibt als lebende. Seine beiden Söhne sind aus Manchester und Gateshead gekommen; der jüngere ist orthodox geworden, mit schwarzem Hut und vor den Ohren baumelnden Pejes. Er hält seinen Vater für einen Heuchler vom Schlage der Juden, die am Morgen in die Synagoge gehen und am Nachmittag zum Fußball, statt den ganzen Sabbat gemäß den strengen Geboten Gottes zu befolgen.

Benny weint, und Harry legt ihm den Arm um die Schultern. «Das wird schon wieder», sagt er zu seinem jüngeren Bruder. «Wir werden uns immer an sie erinnern, sie wohnt weiter in unseren Herzen.»

Aber Benny erwidert: «Ich habe ihr nie gesagt, dass ich sie liebe. Niemals.»

«Das wusste sie, ganz bestimmt.»

«Ich bin zu lange weg gewesen. Ich hätte jeden Monat zu ihr fliegen können, aber der Strand war mir lieber.»

Einige bleiben noch eine Weile, andere wollen schnell von dort wegkommen, der Friedhof ist deprimierend. Wenn der letzte Jude die Stadt verlassen hat, wer wird sich dann um die Gräber kümmern? Mehrmals im Jahr klettern Hooligans über die Mauer und verunstalten die Gräber mit Hakenkreuzen. Verhaftet wird nie jemand; es passiert nachts ohne Zeugen, aber sie sind da, im Bus könnte man neben ihnen sitzen.

Als Nächstes geht es zu Paula und Ringo, in das modernistische Haus mit Blick auf das Wohngebiet von Allerton, zum Tee- oder Whiskeytrinken und Kuchenessen. Zoë kann kaum fassen, dass ihre Mutter in derart luxuriösen Verhältnissen aufgewachsen ist, während es zu Hause nur helle Eichenböden, weiß-graue Wände von Farrow & Ball und im Flur Stapel von Broschüren der Labour Party gibt, die Shelley in ihrer wenigen freien Zeit noch verteilen muss. Der Premierminister spricht davon, sie ins Oberhaus zu holen. «Meine Tochter, die Baroness», sagt Ringo, «und so was stammt von mir ab.»

Das Haus ist voller Freunde, Verwandter, Nachbarn. Die Aufschläge an Harrys und Bennys Jacken wurden abgeschnitten, ihre Gesichter bleiben eine Woche lang unrasiert, die Spiegel wurden zur Wand gedreht. Als ihre Tochter fragt, warum, vermutet Shelley, dass die eitlen Lebenden so ihr Spiegelbild meiden können. Der Rabbi hat Holzstühle mit abgeschnittenen Beinstümpfen mitgebracht, auf denen die wichtigsten Trauergäste während der Gebete sitzen. Zoë empfindet alles als äußerst ritualisiert und theatralisch, was sind das für Traditionen, was bedeuten sie, welchen Zweck erfüllen sie?

Während alle essen, reden, in Erinnerungen schwelgen und Witze reißen, bedeutet ihre Großmutter ihr, sie soll zu ihr kommen und sich neben sie auf das dunkelrote Sofa von Heal's setzen.

«Hör mal, Zoë», sagt sie. «Du musst mir einen Gefallen tun.»

«Wie kann ich helfen?», erwidert sie höflich und nimmt an, es handelt sich um eine Aufgabe in der Küche, Kuchen herumreichen, rasch zum Spirituosengeschäft gehen, um noch ein paar Flaschen Johnnie Walker zu kaufen. Vielleicht darf sie ja den Jaguar ihrer Oma fahren.

«Ich hab da so ein neues Ding bekommen, eine E-Mail. Ringo hat mir letztes Jahr ein Konto eingerichtet, ich war ein bisschen im Internet. Was für ein verrückter Ort, hm? Dort gibt es alles und vieles, von dem man lieber nichts wissen will. Ich hab sie ausgedruckt. Könntest du die Frau besuchen und herausfinden, was sie will?»

«Du hättest sie gar nicht ausdrucken müssen, man kann E-Mails weiterleiten.»

«Ich weiß, aber ich wusste nicht, wohin ich sie schicken soll. Ein Telefonbuch für E-Mail-Adressen gibt es nicht, oder?»

«Nein, Oma, das gibt es nicht.»

POSTSKRIPTUM

Das Haus war in Highgate. Im Bus fuhr ich den steilen Hügel hoch und ließ London weit unter mir zurück. Ich stieg zu einer neuen Art von Erkenntnis auf und kam mir vor, als begebe ich mich auf eine Reise in die tiefe Vergangenheit, die mich erst seit Kurzem interessierte, während sich meine Mutter kaum darum scherte. Geschichte ist nicht so ihr Ding. «Als Teenager hatte ich die Beatles», sagte sie mir mal, «wozu brauchte ich da alte tote Juden?»

Oma Paula hatte sie noch nicht mal gefragt, was sie von «diesem Fund», wie sie es nannte, hielt. «Shelley ist immer rund um die Uhr beschäftigt», sagte sie, «für sie gibt es nur Verbrechen und Strafe. Und irgendwie fehlt ihr die Neugier. Sie hat keine Fantasie. Du schon, sie müssen dich deinen Eltern untergeschoben haben, denn von deinem Vater, diesem Langweiler, hast du das bestimmt nicht.»

Ich hatte ihr E-Mail-Konto übernommen, der Frau geantwortet und ein Treffen in einem Café vorgeschlagen, aber sie lehnte ab, nein, ich solle zu ihr kommen, sie hätte da etwas, das ich mit eigenen Augen sehen müsse, sie könne nicht riskieren, es herumzutragen. Ich wusste nicht so recht, worauf ich mich da einließ, aber wie Oma Paula ganz richtig sagte, kann ich neuen Erfahrungen nur schwer widerstehen, und hier ging es um etwas so Unvorhersehbares, dass ich unmöglich ablehnen konnte. Selbst wenn Oma Paula das zugelassen hätte. Sie hatte mein Handgelenk mit ihrem festen Griff gepackt und gesagt: «Lass mich nicht im Stich. Nach all der Zeit müssen wir dem Ganzen auf den Grund gehen.»

Eine Frau Mitte vierzig öffnete die Tür. Sie trug eine Lesebrille an einer Kette um den Hals und war in hellbeiges Wildleder und cremefarbenen Kaschmir gekleidet. Ihr glattes blondes Haar war zu einem strengen Pferdeschwanz gebunden, und die mehr oder weniger monochrome Aufmachung betonte ihren Porzellanteint und die perfekt mit Lidstrich und Wimperntusche geschminkten Augen. Während sie in der Tür stand, musterte sie mich wie ein Scanner, der jeden Millimeter meines Körpers abtastet, ihr Blick schien meinen Mantel zu durchbohren. Ich fand es unangenehm, so durchdringend angesehen zu werden, und vermutlich dachte sie, ich würde gleich die Flucht durch den Garten ergreifen, denn ihre prüfende Miene wich einem Lächeln, und sie entschuldigte sich für die gründliche Begutachtung, aber sie könne nicht anders. Es sei eine *Déformation professionnelle*.

Sie bat mich ins Haus, vorbei an teuren silbernen Tapeten in die Küche, durch deren pyramidenförmiges Atriumdach das letzte trübe Licht des Dezembernachmittags auf einen Tisch fiel, der mit Tassen, Untertellern und einer Platte mit gekauftem Gebäck gedeckt war. Am anderen Tischende stand eine Menora, noch nicht gereinigt vom Vorabend. Offenbar war es der vierte Abend von Chanukka, das kalte Wachs hing erstarrt von den silbernen Kerzenhaltern. Als ich später nach Hause kam, schaute ich im Kalender nach. Sie war einige Tage zu früh dran, und ich fragte mich, ob sie die Menora meinetwegen benutzt hatte, gewissermaßen als Requisite für die Geschichte, die sie mir erzählen wollte. Oder vielleicht dachte sie, die Daten seien symbolisch oder jedes Jahr gleich wie Weihnachten. Das Haus war zu schön, um wahr zu sein, die Frau, die mir die Tür geöffnet hatte, glich einer Schauspielerin, die für mich spielte. Doch im Laufe des Nachmittags wurde mir klar, dass sie nur im Dunkeln tastete, so wie wir alle, wenn es um die Familie Mendel geht.

Sie hieß Rosita Schifrin und war Dermatologin mit einer Praxis in einem der Privatkrankenhäuser in St John's Wood, spezialisiert auf Muttermale, Schuppenflechte und Erwachsenenakne. Keine kosmetischen Eingriffe, versicherte sie mir, sie hatte nichts mit Botox oder Fillern zu tun. Ihr Mann Leon arbeitete in der Finanzbranche in Canary Wharf. «Er spielt mit Zahlen wie Kinder mit dem Inhalt eines Bonbonglases.» Ein gerahmtes Foto zeigte das Paar, er mit hellen Augen und Goldrandbrille, die rosa Haut glatt wie bei einem Baby, beide lächelnd mit Champagnergläsern neben Boris Jelzin stehend.

Sie hatten sich in den letzten Jahren des alten Sowjetregimes vor der neuen Ära kennengelernt, an der staatlichen Universität Nowosibirsk im fernen kalten Osten. Ich konnte kaum glauben, dass ich an einem Küchentisch in Highgate saß, während sie mir sachlich von einem parallelen Leben erzählte, in dem der Staat, so drückte sie es aus, wie ein niedriges Dach über dem eigenen Kopf hing, das ständig näher kam und einem das Hirn zu zermalmen drohte.

«An den Universitäten in Moskau und Leningrad gab es Quoten für Juden, daher war Nowosibirsk praktisch eine jüdische Universität», sagte sie. «Wenn man zu Sowjetzeiten Jude war, war das deine Nationalität.»

«Aber es ist keine Nationalität», sagte ich, «nicht so wie französisch oder britisch oder ...»

Ein klitzekleines Lächeln wollte sich in ihr Gesicht stehlen, und entgegen ihrer Behauptung, sie habe in ihrem Berufsleben nichts mit Botox zu tun, schien ihr privates Leben eine andere Geschichte zu erzählen.

«Ich spreche von damals. Es stand in der fünften Zeile des Ausweisdokuments. Und wenn eine Bewerbung abgelehnt wurde, hieß es, wegen der fünften habe es nicht geklappt.»

«Bewerbung wofür?»

«Für alles.»

Dann stand sie auf und sagte: «Ich möchte dir jetzt etwas Besonderes zeigen.» Sie holte eine alte Kaffeekanne aus einem Schrank, angeschlagen und bemalt mit einem Garten voller grellbunter Blumen in unnatürlichen Farben.

«Diese Kanne war zu kostbar, um sie aus dem Haus mit in ein Café zu nehmen», sagte sie. «Wir werden unseren Kaffee nicht hieraus trinken, ich setze gleich einen in der Stempelkanne auf. Dieses Stück hat mich aus Russland bis nach Chicago und dann nach London begleitet – seine Irrfahrten sind jetzt erst einmal vorüber. Ziemlich beeindruckend, dass die zerbrechlichsten Dinge überleben können, nicht wahr?»

«Ist die Kanne sehr alt?»

«Wahrscheinlich aus dem neunzehnten Jahrhundert. Kannst du das glauben? Lange Zeit dachte ich, sie käme aus Moldawien, wo meine Großmutter geboren wurde – in Kischinjew, einer berühmten jüdischen Stadt, schon mal davon gehört?»

«Nein, leider nicht.»

«Es war die Stätte eines Massakers, aber lassen wir das. Ich dachte, sie stammt von ihrer Seite der Familie, denn meistens mögen Frauen schöne Dinge und nicht Männer, es sei denn, sie sind verweichlicht, und das war Solly nicht – nein, das konnte man ihm nicht vorwerfen, er war seinerzeit ein großer Schürzenjäger.»

«Wer war Solly?»

«Mein Großvater, der kleine Bruder deiner Urgroßmutter, der Jüngste. Und laut meiner Mutter ist mit dieser Kaffeekanne die Geschichte verbunden – was daran wahr ist, weiß ich nicht –, dass mein Großvater sie von seiner Mutter bekam, deiner Ururgroßmutter, die sie bei der Vertreibung aus Lettland mitnahm.»

«Wow! Dann ist sie wirklich alt.»

«Ja, aber wie wahr ist diese alte Geschichte? Wenn sie nämlich meinen Opa getroffen hätten, hätten Sie ihn nie für einen Typen gehalten, der ausgerechnet Kaffeekannen wertschätzt, denn er war wirklich kein ... na ja, sagen wir, er war ein lauter, ungestümer Mensch, der in vielen verschiedenen Berufen gearbeitet hat. Eine Zeit lang war er Schauspieler in einem jiddischen Theater, nicht in Moskau, sondern in der Provinz, in Charkiw, das heute zur Ukraine gehört. Die Vorstellung, dass er die Kanne von seiner Mutter geerbt und in all den Jahren – Jahrzehnten – mit sich herumgeschleppt hat und sie nie kaputtging, dass er sie behütet hat wie ein Baby – nun, mir scheint das unglaubwürdig, aber vielleicht geschehen ja Wunder.»

Die Kanne stand neben der Menora, ein lebendes Fossil aus einer Vergangenheit, die mir so alt erschien wie die griechischen Götter. Was für eine Ironie, dass ausgerechnet eine Kaffeekanne unser einziges Familienerbstück sein sollte, während andere Diamanten in ihre Rocksäume genäht hatten. Wir sprachen hier von einer alten Kanne mit Macken und Schrammen, die nichts wert war, kein Secondhandladen hätte sie genommen, und doch stand sie hier auf dem Tisch und wirkte völlig unschuldig. Ich war also wegen einer *Kaffeekanne* hierhergekommen! Weil sie wissen wollte, ob meine Urgroßmutter Mina sie jemals erwähnt hatte, wenn sie von ihren Erinnerungen an die Küche ihrer Mutter sprach. Ich sagte, ich müsse meine Oma Paula fragen, ob sie sich an so etwas erinnere.

«Ich weiß wirklich nicht, ob sie schön oder potthässlich ist», sagte Rosita, «aber sie begleitet uns schon so lange. Mein Mann rührt sie nicht an, er sagt, ich würde ihn umbringen, wenn sie herunterfiele und kaputtginge. Er täuscht sich, er müsste sich schon selbst umbringen, ich denke nicht daran, für seine Tollpatschigkeit ins Gefängnis zu gehen. Aber uns bleibt so wenig von der Vergangenheit, wir haben nur unsere Erinnerungen und Märchen, weil wir aus einem Regime kamen, in dem man den eigenen Gedanken nicht trauen konnte, unsere Seele war öffentlicher Besitz geworden, man zweifelte am eigenen Erinnerungsvermögen, aber so war das eben, man hat es akzeptiert, was sollte man tun? Wir hatten also eine Kaffeekanne und eine Geschichte, und die Geschichte gehörte *uns*. Nicht dem Volk, sondern uns. Aber stimmt sie auch? Damals war das egal. Aber jetzt bin ich neugierig. Meine Söhne sind ebenfalls an dieser alten Geschichte interessiert und finden es aufregend, dass wir hier Verwandte haben.»

«Was möchtet ihr über uns wissen?», fragte ich, da ich Notizen vorbereitet hatte, um ihr Minas und Jossels weitverzweigte Familien samt allen Nachkommen hier und im Ausland vorzustellen.

«Bei uns gab es eine Familiengeschichte über ein Mädchen, eine Schwester, die in den Wald ging, irgendwie in Schwierigkeiten geriet und deshalb mit ihrem Bruder übers Meer nach Amerika geschickt werden musste. Daher wusste ich schon immer, dass wir Verwandte im Westen hatten, und das war einerseits gut, weil wenigstens jemand entkommen war, und gleichzeitig schlecht, weil immer die Gefahr bestand, dass man Briefe bekam. Wer solche Verbindungen hatte, galt als nicht vertrauenswürdig, man konnte ja ein Spion sein oder jemand, dem durch ausländische Propaganda weisgemacht wurde, wie viel besser das Leben im Westen war. Übrigens, ist das ein Muttermal an deinem Hals? Hast du das schon lange? Ich sehe es mir gern mal an, für Familienmitglieder berechne ich nichts.»

Der abrupte Themenwechsel erschreckte mich, ich hatte die Flut der Erklärungen aufgenommen, kam mir ziemlich kleinlaut und dumm vor, und jetzt sollte ich meine Aufmerksamkeit plötzlich auf etwas anderes lenken. Sie holte ein Instrument heraus, das aussah wie die Lupe eines Juweliers, und untersuchte meine Haut. Ich spürte ihren Atem auf meinem Hals und versuchte, mich auf eine Stelle an der Wand zu konzentrieren, wo das Tapetenmuster sich in eine grüne Weinranke verwandelte. Die Kaffeekanne stand da wie etwas, das zerbrechen und in den Müll geworfen werden könnte oder noch weitere hundert Jahre fortdauern würde. Sie hatte es so weit geschafft, so viel abbekommen, aber ich wollte nicht diejenige sein, die ihr mit einem ungeschickten Ellbogen den Garaus machte.

Rosita blickte auf. «Keine Sorge, ist ganz normal, aber lass es regelmäßig überprüfen, achte auf Veränderungen. Ich gebe dir eine Broschüre mit, wenn du gehst.»

Irgendwie war es schwierig, sich wieder der sowjetischen Vergangenheit zu widmen, denn jetzt nahm Rosita eine Meringue-Tarte mit einer Kuchengabel in Angriff und empfahl die Brownies. «Mein Mann macht sich nichts aus Süßem, wenn du also nicht noch ein Stück isst, kann ich mir den ganzen Kuchen gleich auf die Hüften packen», sagte sie. «Ich mag den Anblick von essenden Frauen, mir gefällt die sinnliche Gier.»

«Meine Großmutter war ziemlich überrascht von deiner Nachricht», sagte ich, «aber noch überraschter war sie, als sie herausfand, dass sich mein Großvater im Internet mit Ahnenforschung befasst hatte.»

«Ja, das Interesse meiner Mutter wurde auch durch das Internet geweckt, deshalb bat sie mich, euch ausfindig zu machen. Und dein Opa tat das Gleiche, wir haben uns alle in diesem Forum für jüdische Ahnenforschung getroffen, und jetzt sind wir hier, die Nachkommen der Mendels von Riga.»

«Erzähl mir die Geschichte von Solly», sagte ich.

Aber ich konnte ihrer Erzählung nicht annähernd folgen. Sie ergab keinen Sinn, da die Städte, Ortschaften, Regionen und Länder ständig ihre Namen änderten und Solly erst in der Gunst dieses oder jenes Bürokraten stand und dann wieder in Ungnade fiel. Ich bemühte mich zwar mitzukommen, verlor aber irgendwann den Faden. Es schien, als wäre Solly oft zur falschen Zeit am falschen Ort gewesen, und dann wendete sich das Blatt, und er war plötzlich ein berühmter Schauspieler, den man in der Garderobe mit Blumen überhäufte und in der Zeitung feierte, bis etwas schiefging, sei es, er sagte oder tat etwas Falsches oder die Zeiten änderten sich, jedenfalls war er plötzlich verschwunden. Aber die Kaffeekanne blieb offenbar immer in seinem Besitz.

«Bist du sicher», sagte ich, «dass es ein und dieselbe Kaffeekanne war? Vielleicht ging sie kaputt, und er fand einen Ersatz. Es muss ja nicht genau die gleiche sein.»

«Du bist nicht die Erste, die das fragt. Leon ist sicher, dass es mehrere Nachfolgemodelle gab. Außerdem war Solly nicht unbedingt der ehrlichste Mensch, und vielleicht wollte er nur die Erinnerung an seine geliebte Mutter bewahren, die einen Knacks hatte wie die Kaffeekanne. Wie und ob sie es überstand, darauf weiß niemand die Antwort, aber um auf deine erste Frage zurückzukommen, wie *Solly* überlebte: Er, seine Frau und die vier Kinder einschließlich meiner Mutter wanden sich aus allem heraus wie die Schlangen, als die man sie beschimpfte.» Sie lachte. «Wir hatten also Glück, und wir hatten Pech. Wir logen, wir bestachen Leute, vermutlich schliefen wir auch mit einem von oben. Wir haben alles Unmoralische getan, das zum Überleben notwendig war. Das war's, was soll ich sagen?»

«Und parallel dazu», sagte ich, «lebten diejenigen, die davongekommen waren, in den Vororten, in Häusern mit Kieselrauputz, dem Inbegriff der bürgerlichen Selbstzufriedenheit.»

Auf der durch den Schwan verzögerten Reise nach Liverpool zu Minas Beerdigung im vergangenen Monat fuhren wir im Taxi an ihrem Haus in der Nähe der Penny Lane vorbei, und meine Mutter zeigte es mir: schrecklich normal, schrecklich sicher. Für diese Wanderer aus der Sowjetära muss es das Paradies gewesen sein.

Rosita strich ihr blondes Haar glatt und sagte: «Jetzt bist du mit dem Erzählen an der Reihe. Was mich interessiert und warum ich Kontakt aufnahm, ist Folgendes: Ist die alte Geschichte, unser Erbe, dass diese Mina sich mit den Bolschewiki im Wald einließ, wirklich wahr? In meiner Kindheit erzählte meine Mutter sie mir oft als Gutenachtgeschichte. Ausgeschmückt und abgemildert, passend gemacht für ein junges unschuldiges Kind, und vielleicht gab es auch sprechende Tiere und prophetische Vögel. Einmal sahen wir einen Film im Fernsehen, etwa Mitte der Achtziger, ein uralter britischer Film in russischer Synchronisierung über ein Mädchen, das in den Wald geht und einige Jungs trifft, dann verwandelt sie sich in einen Vogel, dann ist sie auf einem Schiff, dummer kindischer Unsinn, aber meine Mutter rief: ‹Dann ist also doch etwas Wahres an der Geschichte, die mir mein Vater erzählt hat!›»

«Meine Oma Paula war Skriptgirl bei diesem Film. Wenn du möchtest, sage ich ihr, sie soll dich anrufen, sie erzählt bestimmt gern, wie es dazu kam. Aber was da im Wald passiert ist, weiß ich wirklich nicht, wahrscheinlich weiß das niemand. Wie auch? Diese ganze Welt ist eine Art Märchen, oder?»

«Nicht für uns, die darin gelebt haben.»

«Schon möglich.»

«Ich bedauere unser schlechtes Timing, ich habe Mina knapp verpasst. Wir hätten reden und vieles ein für alle Mal klären können.»

«Was klären?»

«Wer nun wer war und was sie einander angetan haben. Seltsam, nicht wahr, dass wir beide, die hier sitzen und Kuchen essen, dieselbe DNA haben. Aber es gibt noch jemanden aus der Familie, über den wir reden sollten. Jossel, was ist aus ihm geworden?»

Also erzählte ich ihr die Geschichte von der Hochzeit seiner Tochter und was danach geschah, und Rosita sagte: «Ein Schlitzohr nach dem anderen. Was für eine Familie!»

Als ich nach Hause kam, saß ich eine Weile da und ließ all das Merkwürdige sacken. Die Kaffeekanne, die Geschichten, die Frau mit dem blonden Haar und den blonden Kleidern, diese nebelhafte Welt von Menschen, die schon lange tot waren, ihre unterschiedlichen Schicksale. Jossel, der sein eigenes Glück über alles andere stellte. Die hübsche Rivka, die kein Glück hatte, mit ihren Kindern in den Wald ging und nie wieder zurückkam. Solly, der die Erinnerung an seine Eltern ausgerechnet mit einer Kaffeekanne lebendig hielt. Itzik, der Wendehals und Egoist, wie Rosita ihn nannte, der stets nur für sich selbst Partei ergriff. Ich fragte mich, was ich unter solchen Umständen tun würde, konnte es mir aber nicht vorstellen.

Dann rief ich meine Großmutter an und erzählte ihr von Rosita Schifrin und ihrem Haus in Highgate, von der Kaffeekanne und den übereinstimmenden Geschichten vom Wald.

«Kann es wirklich stimmen? Dass sie sich mit Bolschewiken traf?»

«Vielleicht hat sie das erzählt; was wirklich geschah, ist völlig offen. Vielleicht schlich sie nur hinaus, um einen Jungen zu treffen, einen ungeeigneten Jungen.»

«Sie war erst vierzehn, viel zu jung.»

«Soweit ich mich erinnere, war sie unzufrieden. In diesem Wald ist ihr etwas widerfahren, das steht fest, etwas, das meinen Onkel veranlasst hat, sie so schnell wie möglich aus Riga wegzuschaffen. Vielleicht war sie schwanger und hatte eine Fehlgeburt, vielleicht war sie ... Ich weiß nicht, alles ist möglich.»

«Warum, glaubst du, war sie unzufrieden?»

«Warum sind alle Frauen unzufrieden?»

«Ich nicht.»

«Wart's ab.»

Und nicht zum ersten Mal begriff ich, warum meine Mutter es für einen Fluch hielt, von der unzähmbaren Paula großgezogen worden zu sein, die ihre heimliche Geschichte in London nach dem Krieg ihr Leben lang wiedergutmachen musste und die in dem modernen Haus, das Ringo für sie gebaut hatte, vielleicht nicht mehr sah als einen vergoldeten Käfig.

Ich dachte: Ja, ich sollte nach Riga fahren und nach Häusern von Mehlhändlern, Wäldern in Gehweite, Pilzarten und Schifffahrtslinien suchen. Ein Flug genügte, um meine Neugierde zu befriedigen.

Aber würde mir das etwas über die Geschichte vom Wald sagen? Was wussten die echten Bäume darüber, warum Mina ihren Märchenkorb nahm und unter das grüne Blätterdach ging, das den Himmel verbarg? Das Ganze klang wie eine Legende, erfunden, und doch hatte Rosita, diese postsowjetische Dermatologin, davon gehört. War es eine allgemeine Volkserinnerung, wie sie in jenen Zeiten üblich war? Kleine Kinder im Wald, Wölfe im Schafspelz, Hänsel und Gretel und Lebkuchenhäuschen? Oder eine Parabel und die jungen Bolschewiken in Wirklichkeit nur Ausgeburten der Fantasie?

Dann dachte ich: Vielleicht ging Mina nur in den Wald, weil sie gern allein war, weit weg von der lauten Familie und ihren verschiedenen Schicksalen. Ja, aus purer Lust und Freude am Schönen inmitten all der Absurdität und Hässlichkeit des Lebens. Genau das ist die Geschichte, die ich erzählen werde, sollte ich jemals darüber sprechen, denn irgendwie scheint es kein Entrinnen zu geben, wir müssen unsere Geschichten erzählen, ob wahr oder nicht. Es sei denn, man schweigt, und das wiederum ist, laut meiner Mutter, keine Eigenschaft der Mendels – das beste Beispiel dafür sei mein Großonkel Jossel, an den ich mich nicht wirklich erinnere, der meinen Urgroßvater auf einem weit entfernten Schlachtfeld durch seine Geschichten bei Bewusstsein hielt.

Diese fernen jüdischen Verwandten von vor mehr als einem Jahrhundert kommen mir zunehmend näher, künstlich vergrößerte, verzerrte Lichtpunkte, Feuer- und Gaskugeln, weit entfernt und unverständlich. Kein Wunder, dass die Menschen der Antike in den Sternkonstellationen Fische, Zwillinge und Pflüge sahen – der Drang, zufälligen

Mustern menschliche Bedeutung beizumessen, ist überwältigend.

Mina ging in den Wald. Die Geschichte beginnt. Ich bin die Erbin dieses Mädchens, dieser jungen Männer, der rauschenden Bäume im Wind, des Schiffs, des Hafens, der vereitelten Ankunft in der Neuen Welt und des Sich-mit-weniger-Begnügens, obwohl man doch die ganze Welt will.

NACHWORT DER AUTORIN

Ich wurde in eine Familie geboren, über die es wenige schriftliche Aufzeichnungen gibt, aber Geschichten und die Kunst des Erzählens wurden hoch geschätzt: Erzähl den Behörden, was sie hören wollen, egal, ob es sich um einen Einwanderungsbeamten oder einen Bankdirektor handelt. Die Fähigkeit, eine plausible Geschichte zu spinnen, war überlebensnotwendig, und die ehrliche, ungeschminkte Wahrheit galt als eine Bürde, die nicht immer zum eigenen Vorteil gereichte, wenn man vor Verfolgung floh oder Gläubigern entgehen wollte. Die Geschichte von Jossel, der Louis auf dem Schlachtfeld das Leben rettete und ihm seine Schwester versprach, geht offenbar auf ein wahres Ereignis zurück, das mir ein Verwandter erzählte. Als ich sie jedoch einer meiner Cousinen erzählte, schmetterte sie es verächtlich ab.

«Wer hat dir das erzählt?»

«Dein Bruder.»

Teile der Familie hatten sich viele Jahre lang aus den Augen verloren und fanden erst zwei Generationen später wieder zueinander. Dann gab es noch jene unbekannten, namenlosen Verwandten, die in Polen und der Ukraine zurückblieben, als meine Großeltern ihre langjährige Heimat verließen und auf dem Weg in die Neue Welt nach England kamen, wo ihr Vorhaben aufgrund von Geldmangel unterbrochen wurde. Bis zum Ausbruch des Zweiten Weltkriegs bekamen sie noch Briefe, dann folgte ein abruptes Schweigen, das bis zum heutigen Tag andauert.

Mein Vater, der Polen 1904 als Baby verließ, besaß nie eine Geburtsurkunde, und sein wahres Alter war umstritten. Es hieß, seine Eltern hätten ein paar Jahre unterschlagen, damit er der Einberufung im Ersten Weltkrieg entging. Ein Dokument, das sorgfältig bis heute aufbewahrt wurde, war der Brief, den ich in voller Länge wiedergegeben habe, unterschrieben mit «Anti-Jude». Er landete in unserem Briefkasten im Vorort, nachdem die Einbürgerung meines Vaters in der *London Gazette* bekannt gemacht wurde, was die Änderung des Namens von Ginsberg zu Grant zur Folge hatte – entlehnt von der Whiskeymarke. Mein Vater deutete oft an, dass es vor Ginsberg noch einen anderen Namen gab: Er wurde geändert, um ihnen die Flucht aus dem von Pogromen heimgesuchten Polen zu erleichtern, oder möglicherweise wurde er angenommen, als sie das Mietbuch des Hauses am Brownlow Hill übernahmen. Wie dem auch sei, ohne diesen ursprünglichen Namen sind alle Versuche, meinen Familienstammbaum zurückzuverfolgen, am Beginn des zwanzigsten Jahrhunderts im Sande verlaufen.

Als wir 1996 die Wohnung meiner Mutter ausräumten, fanden wir in ihrem Nachlass ein maschinengeschriebenes Manuskript, unterschrieben mit Jack Levy, eine Erinnerung an die Läden und kleinen Geschäfte von Brownlow Hill, dem Standort der jüdischen Gemeinde von Liverpool, ehe sie in die Vororte von Childwall und später Allerton zog. Meine Darstellung des jüdischen Lebens am Brownlow Hill stützt sich auf Jack Levys Bericht, und ich danke Michael Swerdlow für die Identifizierung des Autors und den ausführlichen Bericht über sein Leben.

Ich begann diesen Roman im Februar 2020, den Großteil des Schreibens verbrachte ich in der seltsamen, einsamen Isolation des Lockdowns, und mein tief empfundener Dank gilt den Freunden und der Familie, die mir halfen durchzuhalten: meinen schreibenden Mitstreiterinnen Natasha Walter und Susie Boyt; meiner Schwester und meinem Schwager Michele Grant und John Boughton; meinem Neffen Ben Ari, seiner Frau Farnaz und ihrer Tochter Talah, die in sich DNA aus dem jüdischen Osteuropa, Persien und den keltischen Ländern versammelt. Sie wird einige Geschichten zu erzählen haben! Dank auch an Lennie Goodings, Susan de Soissons und Zoe Gullen bei Virago sowie Jonny Geller bei Curtis Brown.

LONDON, NOVEMBER 2022